FRANK REHFELD

Elbengift

Frank Rehfeld

Elbengift

Die Zwerge von Elan-Dhor 1

Roman

Originalausgabe

blanvalet

MIX
Papier aus verantwortungsvollen Quellen
FSC® C014496

Verlagsgruppe Random House FSC-DEU-0100
Das FSC®-zertifizierte Papier *Super Snowbright* für dieses Buch
liefert Hellefoss AS, Hokksund, Norwegen.

1. Auflage
Originalausgabe April 2011 bei Blanvalet,
einem Unternehmen der Verlagsgruppe Random House GmbH, München

Umschlagmotiv: © HildenDesign unter Verwendung
einer Illustration von Raphael Lacoste
Redaktion: Simone Heller
HK · Herstellung: sam
Satz: Uhl + Massopust, Aalen
Druck und Einband: GGP Media GmbH, Pößneck
Printed in Germany
ISBN: 978-3-442-26776-7

www.blanvalet.de

PROLOG

Stimmen drangen vergänglichen Schatten gleich durch die Unendlichkeit, wurden leiser, verloren sich, zerfaserten und verhallten schließlich im Nichts, bis kurz darauf neue erklangen. Jedenfalls dachte das Wesen dies zunächst, bis es irgendwann plötzlich erkannte, dass es sich eigentlich nicht um Stimmen, sondern um seine eigenen Gedanken handelte.

Die Erkenntnis löste Erschrecken in ihm aus, eine Empfindung, die es bisher noch nie gespürt hatte, von der es nicht gewusst hatte, dass es dazu fähig war. Es hatte nicht einmal geahnt, dass es überhaupt zu Empfindungen fähig war. Jedenfalls konnte es sich nicht erinnern, jemals zuvor welche verspürt zu haben. Es konnte sich nicht erinnern, dass es überhaupt jemals etwas anderes gekannt hatte als die Unendlichkeit um sich herum, durch die es trieb, angefüllt mit allen nur erdenklichen Farben und voller seltsamer Formen, die immer wieder zerflossen und sich neu bildeten.

Und den Stimmen.

Die Stimmen waren da gewesen, seit es sich erinnern konnte, ohne dass es ihnen jemals bewusst gelauscht hatte. Nun jedoch hatte sich etwas verändert, und es begriff, dass es bereits zuvor etwas gefühlt hatte, ohne sich dessen bewusst gewesen zu sein, weil das Gefühl bislang einfach ein vertrauter Teil seiner

Existenz gewesen war. Die Stimmen waren beruhigend gewesen, hatten es mit der tröstlichen Einbildung erfüllt, dass andere bei ihm waren, obwohl es ihnen noch nie begegnet war.

Nun jedoch war diese Illusion ausgelöscht, und das Gefühl von Einsamkeit brach mit erbarmungsloser Gewalt über es herein. Es begriff, dass es in Wahrheit allein war, dass es vollkommen für sich durch die Endlosigkeit trieb. Das Erschrecken darüber steigerte sich zu Entsetzen und wurde immer stärker, bis es nicht einmal mehr klar denken konnte und selbst die vermeintlichen Stimmen verstummten. Aber der Aufruhr in seinem Inneren übertrug sich auf seine Umgebung. Die Farben wirbelten wild durcheinander und vermengten sich, die Formen zerflossen und bildeten sich neu, zumeist zu bedrohlich erscheinenden, deformierten Gebilden, die sich gleich darauf wieder auflösten und erneut andere Gestalt annahmen.

Einsam.

Allein.

Treibend in der Unendlichkeit.

Unfähig, etwas anderes zu tun, als nur zu sein.

In ihm herrschten nichts als Chaos, Schrecken und Angst. Es wusste nicht, wie lange es gefesselt von seinen Empfindungen einfach nur so dahintrieb, da Zeit hier keinerlei Bedeutung besaß, bis sich auf einmal etwas änderte.

WER BIST DU?

WAS BIST DU?

Verwirrung mischte sich unter die Empfindungen, die es erfüllten. Die Stimme entsprang nicht ihm selbst, war kein bloßer Widerhall seiner Gedanken, dennoch begriff es erst mit Verzögerung, dass sie tatsächlich von außen zu ihm drang und was das bedeutete.

Gerade noch hatte es die Erkenntnis der allumfassenden Einsamkeit in tiefste Verzweiflung gestürzt, doch sie traf nicht zu.

Es war nicht allein!

1

DIE FROSTSPINNE

Dezember 9424 neuer Zeitrechnung der Elben

Frostige Böen fauchten den Reitern einen Willkommensgruß entgegen, als sie den Kamm des Felsgrates erreichten, der ihnen bislang notdürftig Schutz vor dem eisigen Wind geboten hatte. Es wäre für Lhiuvan einfach gewesen, sich genau wie seine Begleiter durch Magie vor der Kälte und dem Sturm zu schützen, doch im Gegensatz zu ihnen hatte er darauf verzichtet und lediglich um sein Pferd einen entsprechenden Zauber gewoben. Er mochte die Unbilden der Natur, selbst den rauen Biss des Windes, der ihm wie eine Kampfansage Schneefäuste entgegenschleuderte und die ungeschützte Haut seines Gesichts prickeln und brennen ließ.

Zumindest an diesem Tag.

Der Schnee stach wie mit Millionen winziger Nadeln auf sein Gesicht ein, aber er begrüßte den Schmerz, denn er zeigte ihm, dass er noch lebendig war. Ein Gefühl, das er in letzter Zeit viel zu selten verspürt hatte. Kälte und Schnee waren wie ein Feind, dem er sich zum Kampf stellen *wollte*, dem er nicht ausweichen und von dem er sich nicht niederringen lassen würde.

»Wie weit wollt Ihr die Patrouille noch ausdehnen?«, fragte einer der Elbenkrieger, die ihn begleiteten. Er musste schreien, um sich durch das Brüllen des Sturms verständlich zu machen. »Die Frostspinne entfernt sich vom Tal und stellt schon längst keine Gefahr mehr dar.«

Ein anderer deutete auf die kaum noch erkennbaren Vertiefungen im Schnee vor ihnen.

»Ihre Spur ist schon jetzt fast zugeweht, und in ein, zwei Stunden wird es dunkel. Spätestens dann müssen wir die Verfolgung abbrechen. Wenn wir jetzt umkehren, können wir es bis zur Dämmerung noch zurück zum Tal schaffen.«

Lhiuvan sah zum Himmel auf, der mit dicken, grauen Wolken bedeckt war, die das Versprechen auf noch viel mehr Schnee bargen. Dann ließ er seinen Blick über die Einöde aus Felsen, Schnee und Eis wandern, die sich vor ihnen erstreckte. Natürlich hatten die anderen recht, natürlich wäre es an der Zeit, umzukehren. Sie hätten es schon längst tun sollen. Die Frostspinne war dem goldenen Tal nicht einmal sonderlich nahe gekommen und hatte niemals eine Bedrohung dargestellt. Nur durch puren Zufall waren sie auf ihre Spur gestoßen, und es hatte von Anfang an keinen vernünftigen Grund gegeben, sie zu verfolgen.

Aber nicht immer ging es nur um Vernunft.

»Brechen wir die Verfolgung ab«, entschied er nach kurzem Überlegen. »Ich denke auch, dass das Biest keine Gefahr mehr darstellt. Reitet schon vor. Ich will nur noch etwas überprüfen und folge euch dann.«

Mit sichtlicher Erleichterung wendeten die Reiter ihre Pferde, lediglich Naltiria zögerte. Die junge Kriegerin hatte noch nicht an vielen Patrouillenritten teilgenommen, und Lhiuvan wusste, dass sie eine schwärmerische Verliebtheit für ihn empfand, ein Gefühl ohne jegliche Aussicht auf Erwiderung.

»Ich würde lieber mit Euch reiten«, sagte sie. Der Wind riss ihr die Worte von den Lippen, sodass Lhiuvan sie kaum verstehen konnte.

Er schüttelte den Kopf.

»Das ist nicht nötig. Ich werde nicht lange brauchen.«

»Ihr wollt die Frostspinne weiter verfolgen«, hielt Naltiria ihm unumwunden vor. »Versucht gar nicht erst, es zu leugnen, ich erkenne es in Euren Augen. Ich habe keine Angst vor dem Ungeheuer. Lasst mich Euch begleiten.«

Lhiuvan erschrak. Waren ihm seine Gedanken so deutlich anzumerken? Am liebsten hätte er Naltiria befohlen, sich den anderen anzuschließen, doch stattdessen zuckte er nach ein paar Sekunden nur die Achseln und ritt weiter. Sollte sie ihm folgen, wenn sie wollte.

Er verstand selbst nicht ganz, was mit ihm los war. Gedanken, wie er sie in letzter Zeit immer häufiger und drängender verspürte, hatte er früher nicht gekannt – das Verlangen, sich mit jemandem oder wenigstens mit etwas zu messen, zu kämpfen.

Zu töten.

Es war ein düsteres Verlangen, eines Elben unwürdig. Er schämte sich dafür, doch es war so stark, dass es ihn manchmal fast von innen heraus aufzufressen schien, wenn er ihm nicht bald nachgab. Bis in seine Träume hinein verfolgte ihn immer häufiger der Drang, sein Schwert in lebendes Fleisch zu treiben, mit seiner Klinge durch

Haut, Sehnen, Muskeln und Knochen zu schneiden, zu töten und zu zerstückeln.

Wie stets, wenn ihn diese Gedanken packten, empfand Lhiuvan Schrecken und Abscheu vor sich selbst, und wie stets versuchte er sie auch jetzt zu verdrängen.

»Warum?«, brüllte Naltiria ihm über das Fauchen des Sturms zu, nachdem sie ihr Pferd an seine Seite gelenkt hatte.

Lhiuvan antwortete nicht, tat, als hätte er sie gar nicht gehört.

»Warum?«, rief sie noch einmal. »Die Frostspinne stellt doch keine Gefahr mehr da. Warum wollt Ihr sie unbedingt weiter jagen?«

Fast widerwillig wandte Lhiuvan ihr für einen Moment das Gesicht zu und blickte sie an. Kälte und Wind vermochten ihr nichts anzuhaben – auch sie hatte sich durch einen Zauber geschützt. Ihr blondes, glattes Haar fiel herab und umrahmte ihr Gesicht. Es war ein überaus hübsches Gesicht, wie auch er zugeben musste, mit großen, leicht mandelförmigen Augen. Er hätte sich ob ihrer Gefühle für ihn glücklich schätzen sollen, obwohl ihm bewusst war, dass diese weniger ihm persönlich als dem berühmten Krieger galten, dem sie ihr Leben verdankte. Als Sklavin und dazu bestimmt, wie Schlachtvieh zu enden, war sie in den unterirdischen Katakomben tief unter dem Schattengebirge und der Zwergenmine Elan-Dhor aufgewachsen. Einem Stoßtrupp aus Elben und Zwergen war es gelungen, die Gefahr durch die Thir-Ailith, die Abtrünnigen seines Volkes, die sich dem Bösen verschrieben hatten und vor Äonen in die Tiefe verbannt worden waren, zu beseitigen und deren Opfer zu befreien, darunter auch Naltiria.

Etwas mehr als sieben Jahre lag das nun zurück.

Und damit auch der Tod Aliriels, der einzigen Frau, die er jemals geliebt hatte und jemals lieben würde. In einem Stollen der Zwergenmine Zarkhadul hatte sie bei einem Überfall der Thir-Ailith ein grausames und sinnloses Ende gefunden, und trotz der mittlerweile verstrichenen Jahre war es ihm seither unmöglich, etwas für eine andere Frau zu empfinden. Es wäre ihm wie Verrat vorgekommen.

Auch Naltiria würde dies irgendwann erkennen, vermutlich schon bald, und selbst wenn es sie im ersten Moment schmerzen würde, würde sie wahrscheinlich schnell darüber hinwegkommen. Aber auch daran wollte er jetzt nicht denken.

Er hätte ihr gar nicht erst gestatten sollen, bei ihm zu bleiben, aber sein Verlangen, sich in einem Kampf zu beweisen, war kurzzeitig so stark gewesen, dass ihm alles andere gleichgültig geworden war, und es wäre grausam und verantwortungslos gewesen, sie jetzt allein zurückzuschicken. Noch andere Gefahren und Ungeheuer als Frostspinnen lauerten in der eisigen Einöde, und obwohl sie sich trotz ihrer Jugend bereits zu einer hervorragenden Kriegerin entwickelt hatte, wollte er sie keinem unnötigen Risiko aussetzen.

Narr, schalt er sich gleich darauf selbst. *Welche größeren Gefahren könnten sie wohl erwarten, als eine hungrige Frostspinne auf Beutezug zu jagen, die schrecklichste Bestie in diesem Teil der Welt?*

Wortlos trieb er sein Pferd an, preschte schneller und

schneller durch die Eiswüste, ehe die Spuren des Ungeheuers völlig verweht wurden. Die Frostspinne hatte ihre Höhle irgendwo in der Nähe, das spürte er. Sie kamen dem Ungeheuer näher. Erwartung und Vorfreude erregten ihn und löschten jegliches andere Gefühl aus.

Kein Mensch, vermutlich nicht einmal der geübteste menschliche Fährtenfinder, wäre noch in der Lage gewesen, der Spur der Frostspinne zu folgen. Aber was konnte man von minderwertigen Völkern schon erwarten, egal ob es sich um Menschen, Zwerge oder sonst jemanden handelt, dachte Lhiuvan. Niemand unter ihnen besaß so scharfe Sinne wie ein Elb, und genau diese scharfen Sinne ermöglichten es ihm selbst jetzt noch, die fast zugewehten Abdrücke im Schnee zu erkennen.

Er ritt wesentlich schneller, als in diesem Gelände angeraten gewesen wäre. Überall unter der trügerisch glatten Schneedecke konnten sich tückische Spalten verbergen, die eine Gefahr für ihn, aber mehr noch für sein Pferd darstellten. Doch das Jagdfieber war stärker als jede Regung seines Verstandes. Er wandte nicht einmal den Kopf, um sich zu vergewissern, ob Naltiria ihm noch folgte.

Nach einiger Zeit wurden die Spuren deutlicher und führten in einem Bogen auf eine große Hügelkette im Norden zu. Mit etwas Glück, so hoffte Lhiuvan, waren diese Hügel das Ziel der Frostspinne und sie hatte irgendwo dort eine Höhle. Er war der Verfolgung überdrüssig, wollte das Ungeheuer endlich stellen, es im Kampf bezwingen und töten.

Die Hügel erwiesen sich als fast gebirgsartig zerklüftet, mit tief eingeschnittenen Schluchten und steil aufragenden Felswänden. Eine Umgebung, wie Frostspinnen sie liebten, was Lhiuvans Hoffnung steigerte, den Unterschlupf des Ungeheuers gefunden zu haben.

Die Felsen boten Schutz vor dem Biss des Windes, wodurch auch die Spuren der Bestie nicht mehr so rasch verweht wurden und nun wieder besser zu sehen waren. Sie führten durch eine breite, gewundene Schlucht, die von zerklüfteten, rund einem Dutzend Meter hohen Felswänden begrenzt wurde.

Sie gelangten an eine recht steil ansteigende Geröllhalde. Lhiuvan zögerte kurz, dann sprang er aus dem Sattel und band sein Pferd an einem Felsbrocken fest. Es erschien ihm zu gefährlich, über das mit einer dicken Schneedecke überzogene Geröll zu reiten. Er zog eine Fackel aus den Satteltaschen, wartete, bis Naltiria es ihm gleichgetan hatte, dann begannen sie die Steigung hinaufzuklettern. Rasch merkten sie, wie gut es war, dass sie die Tiere zurückgelassen hatten. Das feine Gestein war so glatt, dass es ihren Füßen mehrmals keinen Halt bot und sie nur mit äußerster Geschicklichkeit verhindern konnten, dass sie stürzten und das gerade erst emporgestiegene Stück zurückrutschten. Jedes Pferd würde sich auf diesem Untergrund die Beine brechen.

Schließlich endete der Hang. Fast lotrecht fiel das Gestein in einen mehrere Meter durchmessenden Kessel ab, der auf allen Seiten von hohen Felsen umgeben war. In einer der Felswände klaffte ein Loch, bei dem es sich nur um den Eingang zur Höhle der Frostspinne handeln konnte. Innerlich jubelte Lhiuvan in grimmigem Triumph auf. Er hatte gewusst, dass er das Ungeheuer allen Widrigkeiten zum Trotz aufspüren würde. Nun endlich waren sie am Ende ihrer Jagd angelangt und hatten ihr Ziel erreicht.

Die Felswand wies kaum Vorsprünge oder Vertiefungen auf und stellte selbst für einen Elben eine Herausforderung dar. Durchgefroren, wie er war, würde er es schwerlich schaffen, daran hinunterzuklettern, erkannte Lhiuvan. Auch würde er seine ganze Kraft und Geschmeidigkeit im Kampf gegen die Frostspinne benötigen, und so umgab er sich nun doch mit einem Schutzzauber gegen die Kälte. Rasch breitete sich eine angenehme Wärme auf seiner Haut aus, drang kribbelnd in sein Inneres und vertrieb die Steifheit aus seinen Gliedern.

Er beugte sich vor, musterte die vor ihm abfallende Felswand gründlich und schwang sich dann über die Kante. Behände und elegant, wie es nur ein Elb vermochte, kletterte er ohne einen Laut in die Tiefe, fand für Hände und Füße Halt an kaum sichtbaren Vorsprüngen oder Vertiefungen im Gestein, so dass es aussah, als würde er wie eine Spinne am Fels kleben.

Bereits nach wenigen Sekunden erreichte er den Grund des Kessels. Naltiria folgte ihm nicht minder langsam und mit mindestens ebenso großer Eleganz. Als sie sich nur noch einen knappen Meter über dem Boden befand, bröckelte ein winziger Vorsprung ab, auf den sie den rechten Fuß setzte. Instinktiv versuchte Lhiuvan den Stein aufzufangen, aber trotz seiner elbenhaft schnellen Reaktion griff seine Hand ins Leere. Der nicht ganz faustgroße Stein fiel zu Boden und kullerte davon.

Gleich darauf erreichte auch Naltiria den Grund. Lhiuvan warf ihr einen zornigen Blick zu. Einige Sekunden lang lauschte er angespannt, aber es blieb alles ruhig. Offenbar war der Aufprall des Steins nicht bis in die Höhle zu hören gewesen.

Vorsichtig näherten sie sich der Öffnung im Fels und zogen ihre Schwerter, wobei sie die Klinge zwischen Daumen und Zeigefinger hindurchgleiten ließen, um jedes verräterische Geräusch zu vermeiden.

Sie drangen ein Stück weit in den Stollen ein, der sich hinter der Öffnung erstreckte, bis es zu dunkel wurde, als dass sie noch etwas hätten erkennen können. Lhiuvan rieb die Spitze seiner Fackel an der Wand entlang. Funken sprühten und setzten die Fackel in Brand. Ein grelles weißes Licht flackerte auf.

Spätestens jetzt musste die Frostspinne die drohende Gefahr bemerken, aber das spielte nun keine Rolle mehr. Das Ungeheuer konnte ihnen nicht mehr entkommen.

Wenige Schritte vor ihnen verbreiterte sich der Stollen und mündete in eine Höhle. Lhiuvan bebte mittlerweile vor Erregung am ganzen Körper. Nur mit Mühe konnte er sich beherrschen, nicht blindlings vorzustürmen. Seine Nerven waren zum Zerreißen gespannt, sein Verstand nur noch von dem Gedanken ans Töten und Vernichten erfüllt.

Sie erreichten den Eingang zur eigentlichen Höhle. Sie war größer als erwartet, viele Dutzend Meter in alle Richtungen, und selbst das grell-weiße, nahezu taghelle Licht der Fackel reichte nicht aus, sie vollständig zu erleuchten. Allerdings nahm Lhiuvan an ihrem hinteren Ende vage, schattenhafte Bewegungen wahr.

Um seine Selbstbeherrschung war es endgültig geschehen. Ohne auch nur einen Moment nachzudenken, stürmte er mit einem lauten Schrei los, sein Schwert in der einen und die Fackel in der anderen Hand. Hinter ihm rief Naltiria etwas, doch er nahm es nur am Rande wahr und achtete nicht darauf.

Wenige Sekunden später schrie sie erneut, und diesmal war es eindeutig ein Warnschrei. Im gleichen Moment sah Lhiuvan aus den Augenwinkeln eine Bewegung. Instinktiv warf er sich zur Seite, und vermutlich rettete nur diese ungeheuer schnelle Reaktion ihm das Leben.

Welche Bewegung er auch immer im Hintergrund der Höhle gesehen hatte, die Frostspinne war es nicht. Das Ungeheuer musste seine Annäherung sehr wohl frühzeitig bemerkt haben und hatte an der Decke gelauert. Nun ließ es sich auf ihn herabfallen, und nur um Haaresbreite entging er einem tödlichen Hieb.

Statt ihn voll zu treffen, streifte das auf ihn herabzuckende Spinnenbein ihn nur, dennoch war die Wucht des Hiebes immer noch groß genug, ihn von den Beinen zu reißen und mehrere Meter weit durch die Luft zu wirbeln. Die Fackel entglitt seiner Hand und fiel zu Boden, brannte dort jedoch weiter. Wenigstens gelang es Lhiuvan, sein Schwert festzuhalten und so zu drehen, dass er sich beim Aufprall auf den Fels nicht selbst darauf aufspießte oder anderweitig verletzte.

Benommen blieb er einen Moment liegen und kämpfte gegen den Schmerz an, der wie eine feurige Lohe durch seinen ganzen Körper raste. Neben ihm ragte die Frostspinne wie ein Berg empor, erschien ihm aus seiner liegenden Position noch größer, als sie ohnehin war. Hellgraues, stoppeliges Fell, das ihr sowohl vor Fels als auch im Schnee ideale Tarnung bot, bedeckte ihren monströsen Körper und die mehr als mannslangen Beine. Aus im Fackellicht funkelnden Facettenaugen starrte das Ungeheuer auf ihn herab, doch es griff nicht an, um ihm den Todesstoß zu versetzen.

Stattdessen wandte es unschlüssig den Kopf. Erst jetzt sah Lhiuvan, dass Naltiria herbeigeeilt war und dem Monstrum mit ihrem Schwert einen wuchtigen Hieb versetzte. Zum zweiten Mal innerhalb weniger Sekunden rettete sie ihm damit das Leben.

Die Bestie ließ die Gelegenheit verstreichen, ihn zu töten, stattdessen fuhr sie herum und wandte sich dem augenscheinlich gefährlicheren Gegner zu, der sie attackierte. Drohend fauchte sie Naltiria an, die einen weiteren Streich gegen eines der langen Beine führte, es jedoch verfehlte.

Vorsichtig bewegte Lhiuvan seine Glieder. Er hatte sich eine Reihe von Prellungen zugezogen, doch erleichtert stellte er fest, dass offenbar keine Knochen gebrochen waren. Schrecken und Schmerz hatten das Jagdfieber und die Erregung in ihm abkühlen lassen. Nun aber kehrten sie rasch zurück und überschwemmten erneut seine Gedanken. Er unterdrückte den Schmerz, stemmte sich hoch und packte sein Schwert fester.

Naltiria wurde von der Frostspinne immer weiter zurückgedrängt. Durch die Länge ihrer Beine besaß diese eine weitaus größere Reichweite als die junge Elbin. Immer wieder schlug das Ungeheuer nach ihr, manchmal mit mehreren Beinen gleichzeitig, und teilweise gelang es Naltiria nur mit knapper Not, den Hieben ausweichen. Nur vereinzelt kam sie dazu, ihrerseits mit dem Schwert zuzuschlagen. Und selbst wenn sie traf, erwies sich das Fell der Frostspinne als so zäh, dass ihre Klinge es kaum zu durchdringen vermochte und dem Monstrum nur leichte Verletzungen zufügte, die es kaum behinderten, sondern es höchstens noch wütender machten.

Umgekehrt steckte in den langen Spinnenbeinen genug Kraft, um einen Elben zu töten oder zumindest kampfunfähig zu machen. Lhiuvan wagte sich kaum vorzustellen, was mit ihm geschehen wäre, wenn der Hieb ihn voll getroffen hätte.

Und dabei waren die Beine noch nicht einmal die gefährlichsten Waffen einer Frostspinne. Sie trug ihren Namen nicht nur deshalb, weil sie vor allem in eisigen Breitengraden anzutreffen war. Sollte es ihr gelingen, ihn mit ihren Giftzähnen zu beißen, so war er verloren. Das Gift einer ausgewachsenen Frostspinne war für jedes Lebewesen absolut tödlich.

Noch bevor das Untier auf die neue Gefahr aufmerksam wurde, versetzte Lhiuvan ihm von hinten einen Schlag gegen eines seiner Beine. Auch seine Klinge vermochte das Fell lediglich zu ritzen, doch immerhin quollen einige Blutstropfen aus der Wunde.

Die Bestie stieß ein wütendes Fauchen aus, doch noch ehe sie herumfahren und sich ihm zuwenden konnte, schlug er ein weiteres Mal zu. Er traf exakt dieselbe Stelle noch einmal. Sein Schwert fraß sich tiefer in die bereits bestehende Wunde und ließ sie weiter aufklaffen.

Sofort wich Lhiuvan einige Schritte zurück.

Voller Wut und Schmerz setzte ihm die Frostspinne nach. Mit zwei Beinen zugleich hieb sie nach ihm, und nur mit einem zusätzlichen, weiten Satz nach hinten konnte er ihnen ausweichen.

Gleichzeitig verlor die Bestie das Gleichgewicht. Die Wunde, die er ihr beigebracht hatte, zeigte Wirkung: Als sie ihr verletztes Bein belastete, knickte es unter ihr weg. Der gesamte massige Körper geriet ins Schwanken. Einen Moment lang hoffte Lhiuvan, dass sie vollends zu Boden stürzen würde, aber soweit kam es nicht. Dennoch war sie für Sekunden damit beschäftigt, ihr Gleichgewicht zu wahren, so dass sie während dieser Zeit praktisch verteidigungsunfähig war.

Naltiria erkannte die sich bietende Gelegenheit und griff sofort wieder an. Auch Lhiuvan wollte sich erneut auf das Ungeheuer stürzen, als er plötzlich einen Schmerz im rechten Oberschenkel verspürte. Gleich darauf breitete sich eisige Kälte in seinem Bein aus und lähmte es, sodass nun er seinerseits den Halt verlor und zu Boden stürzte, als das Bein seinen Muskeln nicht mehr gehorchte.

Er blickte geradewegs in die Facettenaugen zweier weiterer Frostspinnen, allerdings wesentlich kleiner als das Ungetüm, mit dem er es bislang zu tun gehabt hatte. Jetzt wusste er, was für eine Bewegung er im Hintergrund der Höhle wahrgenommen hatte, und ihm wurde klar, warum die Spinne bei der Jagd bereit gewesen war, sich so weit von ihrer Höhle zu entfernen. Sie hatte eine Brut zu versorgen!

Glücklicherweise waren ihre Nachkommen noch jung und nicht allzu groß. Wäre er gestanden, hätten sie ihm gerade bis zur Hüfte gereicht, doch jetzt, da er halb gelähmt auf dem Boden lag, erschienen selbst sie ihm als riesige, Furcht einflößende Ungetüme.

Erneut versuchte eines der Jungen nach ihm zu beißen, doch diesmal war Lhiuvan auf der Hut. Wild schwang er sein Schwert, und wenn er auch nicht traf, reichte es doch, das Biest zurückzutreiben. Dabei hatte er Glück, dass die Brut noch so jung und ihr Gift längst nicht so konzentriert wie bei einem erwachsenen Tier war, sonst wäre er bereits tot gewesen. So aber merkte er, wie die Kälte und damit auch die Lähmung allmählich wieder aus seinem Bein zu weichen begannen.

Er warf einen raschen Blick zu Naltiria hinüber. Sie wurde von der Frostspinne in arge Bedrängnis gebracht, doch dank ihrer Geschicklichkeit gelang es ihr, den Angriffen immer wieder auszuweichen und dem Ungeheuer ihrerseits kräftige Schwerthiebe zu versetzen.

Aber Lhiuvan sah auch drei weitere junge Spinnen, die aus dem Hintergrund der Höhle herankrochen. Zwei davon näherten sich ihr, die dritte kam auf ihn zu. Er rief Naltiria eine Warnung zu.

Nicht allzu weit von ihm entfernt, aber knapp außerhalb seiner Reichweite, lag die Fackel auf dem Boden. Mühsam wälzte Lhiuvan sich herum, bis er sie mit den Fingerspitzen seiner linken Hand erreichen und ergreifen konnte. Er schwenkte sie im Halbkreis. Die Brut der Frostspinne fürchtete das Feuer und wich zornig zischend zurück.

Ein kaum erträgliches Kribbeln breitete sich in Lhiuvans Bein aus, als die Kälte wich und das Gefühl zurückkehrte. Er überprüfte, ob er es wieder belasten konnte. Zumindest teilweise gelang es ihm. Die Fackel weiterhin vor sich schwenkend kämpfte er sich mit äußerster Mühe wieder auf die Füße.

Eines der Jungen versuchte seine Schwäche auszunutzen und schlug mit seinen beiden vorderen Beinen nach ihm. Wuchtig ließ Lhiuvan sein Schwert niedersausen. Auch das Fell war beim Nachwuchs noch längst nicht so fest und dicht wie bei einem ausgewachsenen Tier. Die rasiermesserscharfe Klinge glitt hindurch und trennte beide Beine dicht unterhalb des Gelenks ab. Das Ungeheuer bäumte sich auf und stieß einen schrillen Schrei aus. Noch einmal stieß Lhiuvan sein Schwert auf das Jungtier hinab, und diesmal spaltete er ihm mit einem mächtigen Hieb den Kopf.

Brüllend fuhr das Muttertier herum, als es bemerkte, dass er eines ihrer Jungen getötet hatte.

Für Naltiria bedeutete dies Rettung in höchster Not. Ein Hieb eines der Spinnenbeine hatte sie zu Boden gestreckt, wo sie der Frostspinne nahezu hilflos ausgeliefert war. Nun jedoch verlor die Bestie schlagartig jedes Interesse an ihr und kam noch immer vor Wut und Schmerz über den Tod ihres Jungen brüllend auf Lhiuvan zugestürmt.

Aber Zorn und Rachedurst machten sie auch blind und unvorsichtig. Lhiuvan erwartete sie ruhig, das Schwert in der einen und die Fackel in der anderen Hand. Rasend vor Hass schlug das Ungeheuer mit seinen Beinen nach ihm, während ihn gleichzeitig eines der Jungen ein weiteres Mal zu beißen versuchte.

Erst im letzten Moment wich er geschickt zur Seite aus,

zu spät für die Bestie, ihren Angriff noch zu bremsen. Eines ihrer wirbelnden Beine traf an seiner statt eines der Jungen und schleuderte es davon, gleich darauf prallte sie gegen das zweite und begrub es fast unter sich. Kläglich wimmernd brach es zusammen.

Lhiuvan wartete den Moment ab, an dem die Bestie dicht an ihm vorbeistürmte, um ihr mit einem kraftvollen Schwerthieb eine weitere Wunde an einem ihrer Beine zuzufügen. Die Frostspinne schien es nicht einmal wahrzunehmen. Sie stupste ihr wimmerndes Junges vorsichtig an, sodass er Gelegenheit zu einem weiteren Hieb fand, während er aus den Augenwinkeln sah, dass Naltiria sich benommen wieder aufrichtete.

Erneut wurde die Frostspinne von rasender Wut gepackt. So schnell und plötzlich, dass er es kaum wahrnahm, stürzte sie sich ein weiteres Mal auf ihn.

Nur mit knapper Not konnte er ihren wirbelnden Beinen ausweichen, aber das war nicht die einzige Gefahr. Dicht vor ihm klaffte das Maul mit den mehr als fingerlangen, nadelspitzen Giftzähnen auf. Klebriger Geifer tropfte davon herab.

Ein Ausweichen war nicht mehr möglich. Instinktiv riss er die Fackel nach oben. Der Kopf der Bestie zuckte vor dem grellen Licht und der Hitze zurück. Giftiger Geifer spritzte durch die Luft, aber die zuschnappenden Zähne verfehlten ihn. Lhiuvan versetzte dem Ungeheuer mit der Fackel einen Schlag gegen das Maul und stach gleichzeitig mit seinem Schwert nach einem der Facettenaugen, verfehlte es jedoch.

Die Frostspinne bäumte sich auf. Geschickt tauchte

er unter ihren Beinen hindurch und stach erneut zu. Die Schwertspitze bohrte sich tief in ihre Brust, wo das Fell nicht ganz so dicht wuchs, drang durch Fleisch und Sehnen – und hing plötzlich fest!

Um ein Haar wäre Lhiuvan das Schwert aus der Hand gerissen worden. Mit aller Kraft zerrte er am Griff, aber es gelang ihm nicht, es wieder zu lösen. Wahrscheinlich hatte sich die Klinge an einem der Knochen verhakt, die dieses Monstrum anstelle eines Außenpanzers besaß.

Es brüllte, bäumte sich für einen Moment noch höher auf und stürzte dann zurück. Lhiuvan konnte die Waffe nicht länger festhalten, wollte er nicht unter dem riesigen Leib begraben werden. Seine Finger rutschten vom Griff ab. Er taumelte zurück, wäre fast zu Boden gestürzt und konnte nur mit Mühe das Gleichgewicht halten, während er unbeholfen die Fackel vor sich schwenkte.

Inzwischen war Naltiria herangekommen und griff das Ungeheuer mit Todesverachtung erneut an. Lhiuvan erkannte, dass er es in unverantwortlicher Weise unterschätzt hatte. Ohne die junge Elbin, die er anfangs nur für eine Belastung gehalten und gar nicht hatte mitnehmen wollen, wäre er bereits tot. Sie blutete am Kopf, an der linken Seite färbte sich ihr blondes Haar rot. Doch schien es glücklicherweise nur eine harmlose Platzwunde zu sein, und auch ihre Benommenheit hatte sie abgeschüttelt, denn sie bewegte sich wieder mit der gleichen Geschmeidigkeit wie zuvor.

Inzwischen jedoch war die Frostspinne auf der Hut und ließ sich kein weiteres Mal von hinten überrumpeln. Auch sie bemerkte den heranstürmenden Feind und ließ augenblicklich von Lhiuvan ab, um sich Naltiria zuzuwenden. Mit einer für ein Wesen ihrer Größe unglaublich schnellen Bewegung fuhr sie trotz ihrer bereits erlittenen Verletzungen herum.

Diesmal versuchte sie auch gar nicht erst mit ihren Beinen nach der Elbin zu schlagen. Stattdessen zuckte ihr Kopf vor. Lhiuvan sah das Verhängnis kommen und stieß einen Schrei aus, aber es war bereits zu spät. Naltiria schaffte es nicht mehr, dem Angriff auszuweichen. Tief bohrten sich die Zähne des Ungeheuers in ihre Schulter.

Auch Naltiria schrie auf, doch ihr Schrei brach abrupt ab. Beinahe augenblicklich begann das Gift zu wirken. Sie erstarrte zur Regungslosigkeit, ihr hübsches Gesicht eine verzerrte Grimasse aus Schmerz und Entsetzen. Ihre Haut und ihre Haare verloren die Farbe, wurden gräulich und blass. Einen Moment lang sah es so aus, als würde sich eine wächserne Schicht darüberlegen, doch Lhiuvan wusste es besser.

»*Nein!*«, brüllte er.

Er hatte selbst erlebt, wie lähmend kalt schon das Gift des Frostspinnenjungen gewesen war. Das um ein Vielfaches konzentrierte Gift des Muttertieres entfaltete eine ungleich stärkere Wirkung. Was wie eine wächserne Schicht aussah, war in Wirklichkeit Eis. Im Augenblick ihres Todes war Naltirias gesamter Körper in ungeheurer Kälte gefroren.

Schreckensbleich musste Lhiuvan mit ansehen, wie die Frostspinne eines ihrer Beine hob und damit nach der Elbin schlug. Es war ein fast sanfter Hieb, dennoch reichte er aus, Naltiria zu zerschmettern. Wie eine gläserne Skulptur zerbarst ihr gefrorener Körper in tausende winzige Bruchstücke, die über den Höhlenboden verteilt wurden. Einzig ihre Ausrüstung blieb davon verschont. Ihre Gürtelschnalle, ihr Schwert und ein Dolch, den sie im Gürtel getragen hatte, fielen zusammen mit ihrer Kleidung klirrend zu Boden.

Entsetzen und ohnmächtige Verzweiflung über den Tod der jungen Elbin erfüllten Lhiuvan. Auch wenn er unfähig gewesen war, ihre Liebe zu erwidern, die sie dazu gebracht hatte, ihm hierher zu folgen, hatte er sie doch gern gehabt. Er hatte die Verantwortung für sie getragen, und ohne sie wäre er längst selbst ein Opfer der Frostspinne geworden.

Irgendetwas in ihm zerbrach. Hass und ein grenzenloses Verlangen nach Rache stiegen in ihm auf und fegten alle anderen Gefühle beiseite.

Als die Frostspinne sich erneut ihm zuwandte, wich er ihrem zuschlagenden Bein mit einem weiten Satz aus, kam mit einer Rolle wieder auf die Füße und hetzte an dem Untier vorbei auf die Stelle zu, an der Naltiria gestorben war. Noch immer steckte sein Schwert im Leib des Untiers, und waffenlos hatte er keinerlei Chance. Hastig hob er Naltirias Schwert auf. So leistete sie ihm selbst im Tod noch einen letzten Dienst. Es war eine gute Waffe, wenn auch etwas leichter als seine eigene und nicht ganz so perfekt ausbalanciert, aber sie lag auf jeden Fall gut in der Hand und würde ihren Zweck erfüllen.

Er ließ sie zwei-, dreimal durch die Luft sausen, um ein Gefühl dafür zu bekommen – mehr Zeit blieb ihm nicht, ehe die Frostspinne sich erneut auf ihn stürzte.

Lhiuvan legte all seine Kraft und Konzentration in einen gewaltigen Streich gegen ihr vorderes linkes Bein. Er traf exakt die schon vorhandene Wunde, und diesmal war der Hieb so gewaltig, dass er das Bein vollständig durchtrennte. Das abgeschlagene Ende wirbelte durch die Luft, Blut spritzte aus der Wunde. Das Monstrum stieß schrille Laute aus, die in den Ohren schmerzten, und bäumte sich auf. Schwerfällig versuchte es vor ihm zurückzuweichen, doch Lhiuvan setzte sofort nach. Der Vorderleib der Bestie sank nach unten, als sie wegen des fehlenden Beins einknickte. Sofort nutzte er die Gelegenheit und attackierte sie mit der Fackel.

Diesmal gelang es ihm, eines ihrer Augen zu treffen. So gut geschützt ihr übriger Körper auch war, für ihre Augen galt das Gegenteil. Es überraschte Lhiuvan selbst, wie leicht und tief die Fackel eindrang; er spürte kaum einen Widerstand.

Erneut kreischte die Frostspinne schmerzerfüllt auf. Wie rasend schlug sie mit ihren noch verbliebenen Beinen nach ihm, sodass er sich nur durch einen hastigen Sprung zurück retten konnte.

Aber das Ungeheuer war nun so schwer verletzt, dass er den Kampf endlich beenden und es töten wollte. Er täuschte eine Bewegung nach rechts an, bewegte sich dann stattdessen mit elbenhafter Geschwindigkeit nach links, und kam auf diese Art in den toten Winkel, wo es mit seinem ausgebrannten Auge nichts mehr sehen konnte.

An den eigentlichen Leib der Frostspinne kam er nicht heran, ohne dass er Gefahr lief, von einem der in blindwütiger Agonie durch die Luft peitschenden Beine getroffen zu werden, deshalb führte er seine Hiebe auch weiterhin gegen die Beine aus. Wenn das Ungeheuer sich drehte, vollzog er die Bewegung mit, sodass er sich auch weiterhin stets außerhalb seines Sichtfeldes hielt.

Es gelang ihm, ein weiteres Bein abzuschlagen, und damit war das Schicksal der Frostspinne vollends besiegelt. Ihre nun noch verbliebenen beiden linken Beine schafften es nicht, das Gewicht ihres Körpers zu tragen. Sie brach zusammen und trieb sich damit sein altes, in ihren Knochen verhaktes Schwert noch tiefer in den Leib. Aus ihrem Brüllen und Kreischen wurde ein klägliches Wimmern.

Lhiuvan umrundete den Koloss und näherte sich ihm erneut von vorne. So wurde die Gefahr für ihn zwar größer, da die Bestie ihn hier sehen konnte und nach ihm zu schlagen begann, doch fehlte ihr die vorherige Beweglichkeit. Ihre Hiebe waren schwerfällig und langsam, und es bereitete ihm keinerlei Schwierigkeit, ihnen auszuweichen.

Im Gegenzug hieb er wieder und wieder kraftvoll auf ihr vorderes rechtes Bein ein, bis auch dieses abgeschlagen zu Boden fiel.

Damit war ihm das Ungeheuer nun völlig ausgeliefert. Es trommelte mit den Beinen auf den Boden, ohne ihn erreichen zu können. Voller Hass und Schmerz starrte es ihn aus dem lidlosen Facettenauge an, und Lhiuvan starrte einige Sekunden lang triumphierend zurück, ehe er genüsslich auch in dieses Auge die Fackel stieß und es zum Erlöschen brachte.

Einen Moment lang überlegte er, ob er das Ungeheuer einfach so liegen lassen sollte, damit es in seiner Hilflosigkeit langsam und qualvoll verendete, doch brachte er das nicht fertig. Entgegen jeglicher Elbenart hielt jedoch nicht Mitleid ihn davon ab. Ganz im Gegenteil, es hätte den Blutdurst, der ihn wieder fest in seinen Krallen hielt, nicht befriedigt. Einzig seine Gier zu töten trieb ihn an.

Wie besessen hieb er auf die Beine des nunmehr hilflosen Monstrums ein, schlug eins nach dem anderen ab. Die Frostspinne zuckte nur mehr wimmernd in ihrem Schmerz, doch nach wie vor gab er sich nicht zufrieden. Zunächst versuchte er sich noch einzureden, dass er lediglich Rache für Naltirias grausamen Tod übte, doch als immer mehr und mehr Blut floss, dachte er nach einiger Zeit an überhaupt nichts mehr. Nur von dem Drang zu zerstückeln beseelt, hackte er wieder und wieder auf den riesigen Körper ein, merkte nicht einmal, dass die Frostspinne irgendwann den letzten Rest ihres Lebens aushauchte.

Erst als seine Arme schließlich zu erlahmen begannen, ließ er von ihr ab, verharrte einige Sekunden keuchend und wandte sich dann stattdessen ihrer Brut zu. Die Jungen waren zurück in den hinteren Teil der Höhle geflohen, wo sich ihr Nest befand. Lhiuvan ließ keines von ihnen am Leben.

Erneut gönnte er seinen schmerzenden Muskeln einige Momente Ruhe, dann hackte er weiter auf den Kadaver der Frostspinne ein. Diesmal waren seine Schläge jedoch gezielter als zuvor, kein blindwütiges Verstümmeln mehr. Es ging ihm darum, sein Schwert freizulegen, das noch im Leib der Bestie steckte und unter ihr begraben war.

Als er es endlich an sich genommen hatte, hob er Naltirias Kleidung und ihre Ausrüstung auf und verließ die Höhle, ohne sich noch einmal umzublicken.

Sein Blutdurst und sein Verlangen nach Kampf und Tod waren gestillt.

Zumindest für den Augenblick.

2

EINE KÖNIGLICHE HOCHZEIT

Juni 9430 neuer Zeitrechnung der Elben

Niemand, der jemals eine Zwergenfeier miterlebt hatte, hätte bestritten, dass Zwerge gerne sangen, vor allem nach einigen zünftigen Humpen Bier oder Wein. Allerdings galt ihre Vorliebe in erster Linie derben Sauf- und Kampfliedern, wie dem unsterblichen Klassiker

Bringt noch Fässer herein,
wir wollen mehr Wein.
Unser Blut ist rot,
unser Feind bald tot,

der sich auf jeder Feier großer Beliebtheit erfreute und vor allem nach Genuss größerer Mengen des entsprechenden Weins stets aus zahlreichen Kehlen lauthals mitgegrölt wurde.

Poetische Dichtkunst war wahrlich keines der Gebiete, auf denen es Zwerge zu besonderer Meisterschaft gebracht hatten. Ihre kunstfertigen Talente lagen eher im handwerklichen Bereich als im Ersinnen geschliffener Liedtexte und feiner Melodien. Dies war vielmehr die Domäne menschlicher und vor allem elbischer Barden, die mit Wort und Musik weitaus geschickter umzugehen verstanden. Und dennoch hätten wohl auch sie Schwierigkeiten gehabt, die Pracht und den Prunk der Hochzeit zwischen Königin Tharlia und Kriegsmeister Thilus in Worte zu kleiden, die der Wahrheit tatsächlich gerecht wurden, obwohl in der nächsten Zeit zweifellos viele Lieder darüber gesungen werden würden.

Für viele war die Nachricht von der königlichen Vermählung eine Überraschung gewesen. In beiden großen Zwergenminen, sowohl in Elan-Dhor wie auch in Zarkhadul, hatte sie wie eine Streitaxt eingeschlagen und für erheblichen Gesprächsstoff gesorgt. Zwar hatte man die Königin und den Kriegsmeister häufig gemeinsam in der Öffentlichkeit gesehen, doch das war nicht ungewöhnlich, seit sie ihn nach dem Sieg über die Dunkelelben vor nunmehr dreizehn Jahren zum Kriegsmeister und Oberkommandierenden der Palastgarde befördert hatte, die auch ihre persönliche Leibgarde stellte.

Insofern hatte niemand mehr dahinter vermutet, und Tharlia hatte sich auch bemüht, keinerlei Anlass zu diesbezüglichem Gerede zu bieten. War ihr nach ihrer Krönung und der Vertreibung der Zwerge aus Elan-Dhor zunächst wachsende Feindschaft entgegengeschlagen, so hatte sich dies seit dem Sieg über die Dunkelelben umgekehrt, und sie hatte seither beim gesamten Volk höchste Popularität erlangt. Anders als ihr Vorgänger, der wegen seiner Misswirtschaft vom Thron gejagte König Burian, duldete sie keinerlei Korruption und Verschwendung, aber wohl noch entscheidender für ihre Beliebtheit war der ungeheure Aufschwung, den das Zwergenvolk in den vergangenen Jahren erlebt hatte, und der seinen Höhepunkt vermutlich noch längst nicht erreicht hatte.

Zuvor hingegen war es mit Elan-Dhor stetig bergab gegangen. Die einst so reichen Minen waren weitgehend erschöpft, größere Vorkommen an Edelsteinen oder -metallen waren schon lange nicht mehr gefunden worden. Auch das Vordringen in immer größere Tiefen hatte sich als nutzlos erwiesen. Keine der unzähligen Probeschürfungen hatte zu einem Erfolg geführt, zudem hatte sich die Gefahr, der sie sich aussetzten, rapide gesteigert, je weiter sie in die Tiefe vordrangen. Weit von Elan-Dhor entfernt war so mancher Erkundungstrupp trotz Kriegereskorte in einen Hinterhalt von Gnomen, Schraten oder Goblins geraten.

Und schließlich hatte das gewaltige Tiefenmeer eine natürliche Grenze gebildet. Der Transport größerer Mengen von Waren über das Wasser wäre nicht nur extrem gefährlich, sondern auch nur mit größtem Aufwand zu bewältigen gewesen, der sich nur bei wirklich spektakulären Funden gelohnt hätte.

Wege, das Tiefenmeer zu umgehen, waren nie entdeckt worden.

Und doch gab es sie, wie man nun wusste. Während der entscheidenden Schlacht gegen die Thir-Ailith hatten die Goblins einen Trupp aus Zwergen und Hochelben auf geheimen, nur ihnen bekannten Pfaden am Meer vorbeigeführt, wohl wissend, dass ihr Geheimnis anschließend keines mehr sein würde. So war es den Zwergen nun möglich, tiefer in die Erde vorzudringen, ohne das verhasste

Wasser überqueren zu müssen – bis hin ins gigantische ehemalige Reich der Dunkelelben.

Auf jeden Fall hatte es nach der Rückkehr des Zwergenvolkes nach Elan-Dhor mehr als genug Arbeit gegeben. Die eigentliche Stadt war zwar weitgehend unversehrt geblieben, doch in den Minen hatte der Krieg große Verwüstungen hinterlassen, vor allem, weil das Zwergenvolk versucht hatte, durch gezielt herbeigeführte Stolleneinstürze und Sprengungen seinen Rückzug zu decken. Von der Arbeit am Wiederaufbau des tausend Jahre lang verschütteten und von den Thir-Ailith beherrschten Zarkhadul gar nicht erst zu sprechen …

Angesichts des Übermaßes an zu erledigenden Aufgaben und des verbissenen Ringens zahlreicher kleinerer Familien, sich eine neue, bessere Existenz aufzubauen, war es Tharlia unpassend erschienen, rauschende Feste zu feiern oder anstatt durch ihre Arbeit durch ein Techtelmechtel mit dem Kommandanten ihrer Palastgarde ins Gerede zu kommen.

Nur einige Wenige, die die beiden so gut kannten wie Warlon, hatten längst bemerkt, dass zwischen ihnen mehr als nur freundschaftliche Gefühle existierten, die im Laufe der vergangenen Jahre zu leidenschaftlicher Liebe herangewachsen waren. Insofern war er von der Ankündigung der Hochzeit auch nicht übermäßig überrascht worden, obwohl er mittlerweile nicht mehr in Elan-Dhor lebte, sondern lediglich von Zeit zu Zeit als Gast dort weilte.

Überrascht hatten ihn allerdings der ungeheure Aufwand des Festes und die große Zahl hochkarätiger Ehrengäste, die daran teilnahmen. Zu ihnen gehörten Bürgermeister oder andere Abgesandte der im Umkreis von ein, zwei Tagesritten liegenden Dörfer und Städte der Menschen, aber sogar der lartronische König Kalmar, zu dessen Hoheitsgebiet das Schattengebirge formal gehörte, war mit großem Gefolge aus der fernen Hauptstadt Teneret angereist. Selbst aus dem nördlichen Nachbarreich Radon war eine Abordnung erschienen, die Geschenke und Glückwünsche von König Lorian überbrachte.

Dass sie alle es für nötig gehalten hatten, der Einladung Folge zu leisten, zeigte überdeutlich, welche Bedeutung man dem Zwergenvolk mittlerweile wieder beimaß. Der Handel war in den vergangenen Jahren von Neuem in Schwung gekommen, und jeder wollte sich von diesen lukrativen Geschäften einen möglichst großen Anteil sichern. Wie in lange vergangenen Zeiten machten sich sogar wieder aus fernen Landstrichen ganze Karawanen auf den Weg zum Schattengebirge, was nicht nur den Zwergen selbst, sondern auch den umliegenden Ortschaften einigen Reichtum bescherte und die Streitigkeiten der jüngeren Vergangenheit mit dem an die Oberfläche geflüchteten Volk von Elan-Dhor vergessen ließ.

Den größten Glanz jedoch verlieh dem Fest eindeutig die mit einem Schiff hoch aus den eisigen Einöden des Nordens angereiste Delegation der Elben, die von der Herrin Illurien von den Bäumen persönlich angeführt wurde. Obwohl ihr Volk einen maßgeblichen Anteil am Sieg über die Dunkelelben gehabt hatte, war es ihr erster Besuch in Elan-Dhor. Über Jahrtausende hinweg hatte es keinerlei Kontakte zwischen Elben und Zwergen gegeben – die einen hielten die anderen für arrogant und hochnäsig oder gierig und eigensüchtig. Völlig überwunden waren diese gegenseitigen Vorurteile noch immer nicht, zumal sich gezeigt hatte, dass sie bis zu einem gewissen Grad tatsächlich der Wahrheit entsprachen. Ihre Völker waren einfach in vielerlei Hinsicht grundverschieden.

Immerhin aber hatte es in den letzten Jahren zumindest unregelmäßige Kontakte gegeben. Zumeist gingen diese von den Elben aus, da sie mit ihren Schiffen nur wenige Tage oder höchstens Wochen benötigten, um das Schattengebirge zu erreichen, während eine Reise zum goldenen Tal für die Zwerge eine monatelange Strapaze darstellte. Durchschnittlich alle zwei, drei Monate suchte eine Elbenabordnung die Minen auf. Zumeist ging es dann um einen Austausch von Wissen. Vor allem in Carem Thain, der gigantischen Bibliothek von Zarkhadul, lagerten unzählige uralte Schriften mit längst verloren geglaubtem Wissen, das von den Gelehrten nach und nach gesichtet wurde und teilweise selbst für die Elben von Interesse war.

Ganz im Gegensatz zu der großen, strahlend schönen Abordnung der Elben stand die Gesandtschaft der Goblins. Quarrolax, ihr Anführer, war mit einem Begleiter erschienen, und Schönheiten waren die Goblins sicherlich nicht. Sie waren noch kleiner als Zwerge und besaßen eine runzlige, grünlich-graue Hautfarbe. Ihre haarlosen Köpfe schienen viel zu groß für den Rest ihrer schmächtigen Körper zu sein und saßen auf dürren Hälsen, die aussahen, als würden sie jeden Moment unter dem Gewicht brechen. Gekleidet waren sie in einfaches, durch ein paar aufgetragene Malereien verziertes Leder, das für sie sicherlich festliche Kleidung darstellte, gerade im direkten

Vergleich zu den Prachtgewändern der anderen Gäste jedoch schäbig wirkte.

»Das war eine wunderschöne Feier«, seufzte Ailin, als die Zeremonie schließlich abgeschlossen war.

»Etwa schöner als unsere eigene?«, gab Warlon zurück.

Die Hohepriesterin versetzte ihm einen Stoß mit dem Ellbogen, dann musste sie lächeln, wie er trotz ihres Schleiers erkannte.

»Da darfst du ausgerechnet mich nicht fragen, ich bin wahrscheinlich die Einzige, die darauf mit einem Nein antwortet. Weißt du, hier fehlt einfach die Atmosphäre von Verfall, das besondere Flair von Ruinen und das Stolpern über Risse im Boden, das unser Fest ausgezeichnet hat. Erst so etwas macht eine Hochzeitsfeier für meinen Geschmack richtig perfekt.«

All das hatte die königliche Trauung in der Tat nicht zu bieten. Für das Fest präsentierte sich die gesamte Stadt in allerbestem Zustand. Die letzten Schäden, die von der Eroberung durch die Dunkelelben zurückgeblieben waren, waren längst beseitigt, die Stadt noch prachtvoller als zuvor geworden. Tausende von Lampen, Fackeln und farbigen Lampions ließen sie erstrahlen und säumten vor allem den Weg vom Dunkelturm, in dem die Hohepriesterin Breesa die Trauung vollzogen hatte, zum Palast, wo der Tag für die geladenen Ehrengäste mit einem großen Bankett ausklingen würde, während der Großteil des Zwergenvolkes auf den Straßen weiterfeierte.

Warlon hingegen hatte in Zarkhadul geheiratet, wo er mittlerweile lebte. Nur so war es möglich gewesen, das strenge Zölibat zu umgehen, dem sich die Priesterinnen

Li'thils in Elan-Dhor den uralten Regeln des Ordens gemäß unterwerfen mussten. Ailin hingegen war von Tharlia und Breesa gleichfalls in den Rang einer Hohepriesterin erhoben und mit der Aufgabe betraut worden, auch in Zarkhadul einen Orden zu gründen, dessen Vorschriften sie weniger streng gefasst hatte. Dadurch war es ihr und dem frisch zum Kriegsmeister beförderten Warlon ermöglicht worden, sich zu vermählen.

Angeführt vom Brautpaar setzte sich der Zug der Ehrengäste, zu denen auch sie beide als Teil einer offiziellen Abordnung aus Zarkhadul gehörten, in Bewegung, hinaus aus der überfüllten Tempelhalle und auf die von Wappen, Fahnen, bunten Lampen und jubelnden Zwergen gesäumten Straßen der unterirdischen Stadt in Richtung Palast. Selbst die beiden großen Festsäle dort, die durch offene Türen miteinander verbunden waren, reichten kaum aus, alle Gäste aufzunehmen. Tharlia hatte eine sorgfältige Auswahl treffen müssen, um niemanden vor den Kopf zu stoßen. Trotz ihrer mittlerweile unangefochtenen Stellung konnte sie es sich nicht leisten, das Wohlwollen der großen und mächtigen Häuser zu verlieren, die den Großteil der Gäste stellten.

Dennoch vermutete Warlon, dass so mancher mit seinem Schicksal haderte, nicht ebenfalls an dem Bankett teilnehmen zu können. Aber auch von denen, die keine Einladung erhalten hatten, kam niemand zu kurz. An zahlreichen Plätzen der Stadt waren große Buffets aufgebaut worden, genug, dass jeder Zwerg in Elan-Dhor sich satt essen konnte, und auch der Nachschub an Wein und Bier würde nicht ausgehen. Dies sollte ein Fest für das ganze Volk sein.

Vor den Stufen des Palastes ließ Warlon seinen Blick zu der gewaltigen Statue Barloks schweifen, die dort aufgestellt worden war, größer und prachtvoller als alle anderen Statuen auf dem Vorplatz.

Dem vermutlich größten Krieger angemessen, den das Zwergenvolk jemals hervorgebracht hat, dachte Warlon sarkastisch. Dabei wäre Barlok selbst all die Verehrung, mit der er nach seinem Tod überhäuft wurde und die seinen Namen für alle Zeiten unsterblich machen sollte, wahrscheinlich unangenehm gewesen, und er hätte nur ein verächtliches Schnauben dafür übrig gehabt. Für ihn waren Ruhm und Ehre niemals ein Selbstzweck gewesen, stattdessen hatte er bei seinen großen Taten stets das Wohl aller im Sinn gehabt.

Und dabei hatte er schließlich den Tod gefunden.

Gerne hätte Warlon einen Augenblick vor der Statue innegehalten und seines väterlichen Freundes und Mentors gedacht. An Tagen wie diesen, wenn er wieder in Elan-Dhor weilte und mit all den anderen Würdenträgern zusammentraf, fühlte er sich besonders an ihn erinnert, und auch nach den seither verstrichenen Jahren vermisste er ihn noch. Doch der Gästezug wälzte sich unaufhaltsam weiter voran, die Stufen hinauf und in den Palast.

Auch die Festsäle waren prächtig herausgeputzt. Lange, reich gedeckte Tafeln standen dort. Am Kopf der längsten und größten nahm das Brautpaar Platz. An diesem Tisch saßen besondere Ehrengäste. Ein jeder Platz dort war durch ein Namenskärtchen gekennzeichnet. Das hatte die unterschiedliche Herkunft einiger Gäste bedingt, zwischen deren Völkern nicht gerade das beste Einvernehmen herrschte. So war die politische Situation zwischen Lartronia und Radon seit vielen Jahren angespannt, weshalb man die beiden Abordnungen möglichst weit voneinander entfernt hatte Platz nehmen lassen. Schon allein die Höflichkeit gebot, dass man sie nicht unmittelbar nebeneinander setzte. Tharlia wollte nicht das geringste Risiko eingehen, obwohl niemand erwartete, dass sie ihre Streitigkeiten ausgerechnet hier austragen würden.

Bei anderen Gästen war sich Warlon dessen gar nicht so sicher.

Unbehaglich musterte er Sjorkan, den hünenhaften Barbaren, der gerade ein gutes Stück von der Abordnung aus Lartronia und auch der aus Radon, vor allem aber weit entfernt von den Elben, mit zwei Begleitern am Tisch Platz nahm. Dabei quittierte er eine Bemerkung mit einem lauten, durch den ganzen Saal dröhnenden Lachen, auf das hin so mancher sich erschrocken nach ihm umblickte.

Vornehmes Benehmen war noch nie eine Tugend der Barbaren gewesen, in dieser Hinsicht waren sie einem Großteil des Zwergenvolkes ähnlicher als den Menschen – oder zumindest den feinen Höflingen, die nach Elan-Dhor gekommen waren und aus ihrer Verärgerung über die Anwesenheit der Barbaren vom ersten Moment an keinen Hehl gemacht hatten. Noch empörter darüber waren die Elben gewesen, und Tharlia hatte all ihr diplomatisches Geschick aufbieten müssen, um die Wogen zu glätten.

»Es ist eine Zumutung, mit diesem ungehobelten Pack an einem Tisch sitzen zu müssen«, stieß Lhiuvan, der Warlon schräg gegenüber saß, nicht gerade leise hervor. »Lieber würde ich diesen Barbaren mein Schwert zu schmecken geben.«

Auch Warlon hielt es für einen Fehler, dass Tharlia Sjorkan eingeladen hatte. Um nach Clairborn zu gelangen, der Elan-Dhor am nächsten gelegenen menschlichen Siedlung, wo sie mit ihren Schiffen angelegt hatten, mussten die Elben den Oronin hinaufsegeln, der direkt durch die nordöstlich des Schattengebirges gelegenen Barbarengebiete floss. Mehrfach waren ihre Schiffe dabei in den letzten Jahren angegriffen worden. Der Beschuss mit Pfeilen hatte Tote und Verletzte gefordert, insofern war ihr Zorn auf die Barbaren nur zu verständlich.

Und auch für den schwelenden Zwist zwischen Lartronia und Radon war genau dieses Gebiet mit seinen kriegerischen Bewohnern einer der Anlässe. Nördlich davon gab es einige radonische Siedlungen, die immer wieder Opfer von Überfällen der Barbaren wurden. Die radonische Armee war machtlos, denn wenn Streitkräfte zu Vergeltungsmaßnahmen ausrückten, zogen sich die Barbaren stets über den Oronin zurück, der die Grenze zwischen den beiden Ländern bildete. Eine Verfolgung bis in die Wälder östlich des Schattengebirges war so gut wie aussichtslos.

Aus diesem Grund beschuldigte Radon Lartronia, die Barbaren auf seinem Gebiet zu dulden und ihnen Zuflucht zu gewähren, während König Kalmar im fernen Teneret keinerlei Interesse daran hatte, Streitkräfte in diese abgelegene Gegend zu schicken, um einen verlustreichen Kleinkrieg gegen die Barbaren zu führen. Es gab dort in weitem Umkreis keinerlei lartronische Siedlungen, und das Gebiet lag am äußersten Rand des Reiches, direkt an der Küste zum Ostmeer. Es war ohne jede Bedeutung für Kalmar, weshalb er es inoffiziell vermutlich längst aufgegeben und den Barbaren überlassen hatte.

Sjorkan schien die Feindseligkeit, die ihm von zahlreichen Seiten entgegenschlug, nicht weiter zu stören. Möglicherweise genoss er sie sogar insgeheim. Unbeeindruckt lachte und scherzte er mit seinen Begleitern und leerte dabei seinen Becher so schnell, dass die Palastdiener kaum mit dem Nachschenken nachkamen.

Über viele Jahrhunderte hinweg hatte es keinerlei Kontakte zwischen Zwergen und Barbaren gegeben. Das hatte sich erst in den letzten Jahren geändert. Nach der Wiederbesiedlung Zarkhaduls, das wesentlich näher an den Barbarengebieten lag als Elan-Dhor, war Sjorkan als Häuptling eines der größten Stämme unerwartet dort aufgetaucht, um sich seinen Brustharnisch durch die Schmiedekunst der Zwerge verzieren zu lassen. Im Gegenzug hatte er Nahrungsmittel und erstklassige Felle angeboten – beides vor allem in der Anfangszeit in Zarkhadul dringend benötigte Waren.

Im Laufe der Zeit hatte sich daraus eine fruchtbare Handelsbeziehung entwickelt, und deshalb hatte sich Tharlia allen Bedenken zum Trotz entschlossen, auch den Barbarenhäuptling einzuladen.

Im Gegensatz zu den anderen Gästen trug Sjorkan keine vornehme Festkleidung, sondern auch jetzt einen seiner in den Zwergenschmieden prächtig verzierten Brustpanzer, sowie kunstvolle metallene Armbänder und -schienen, dazu eine Hose und Stiefel aus Leder und einen

Fellumhang. Lediglich seine Waffen hatte er wie alle anderen Gäste auf Tharlias Verlangen abgelegt.

Erst als Ailin ihn anstieß, bemerkte Warlon, dass Gelinian ihn etwas gefragt hatte. Sie war die Tochter der Elbenherrin und hatte die Abordnung der Elben befehligt, die im Kampf gegen die Thir-Ailith die Wende gebracht hatte.

Warlon wandte sich von dem Barbaren ab und blickte sie entschuldigend an, doch sie schien ihm seine Unaufmerksamkeit nicht übel zu nehmen. Geduldig erkundigte sie sich noch einmal, welche Fortschritte Zarkhadul in den vergangenen Monaten gemacht hatte.

Er begann einige Belanglosigkeiten zu berichten: dass sie viele Straßen und Gebäude ausgebessert und einige der alten Schmieden und sonstigen Werkstätten wieder in Betrieb genommen hatten, und dass es ihnen durch behutsame Ausgrabungen sowohl von der Außen-, wie auch der Innenseite unter ungeheuren Mühen gelungen war, das Baran-Tahal, das große Haupttor, wieder freizulegen.

»Wir haben es ausgebessert und in neuem Glanz erstrahlen lassen, so gut wir es vermochten, aber es ist längst noch nicht so prunkvoll und auch nicht so wehrhaft, wie es einmal gewesen ist. Die früheren Bewohner von Zarkhadul waren uns an Kunstfertigkeit schon damals weit überlegen. Auf manchen Gebieten konnten wir mittlerweile zu ihren früheren Leistungen aufschließen oder sie gar übertreffen, auf anderen jedoch können wir uns nach wie vor nicht mit ihnen messen, wie wir zu unserer Schande eingestehen müssen.«

Aufmerksam hörte Gelinian ihm zu, und rasch merkte Warlon, dass ihre Frage nicht nur eine Floskel gewesen war, sondern sie sich ernsthaft für den Fortgang der Arbeiten in den verschiedensten Bereichen interessierte. Solcherart ermutigt berichtete er weiter und verschwieg auch die bislang noch unbewältigten Schwierigkeiten nicht, denen sie sich noch stellen mussten.

»Ein großes Problem ist nach wie vor der Nachschub an Nahrungsmitteln«, sagte er. »Auch nach Jahren sind wir noch nicht in der Lage, uns vollständig selbst zu versorgen. Zarkhadul liegt tiefer unter dem Berg als Elan-Dhor. Es gibt kaum Lichtschächte dort, und durch diese wenigen dringt längst nicht genügend Helligkeit ein, als dass Getreide oder Früchte irgendwo in den Höhlen wachsen könnten. Einen Teil unserer Nahrung bauen wir im Freien unmittelbar am Fuße des Kalathun an, einen Teil kaufen wir von fahrenden Händlern oder in Clairborn. Vor allem aber sind wir in dieser Hinsicht von Elan-Dhor abhängig. Hier wurden die Hellhöhlen vergrößert, sodass wir hoffen, irgendwann zumindest nicht mehr auf Zukäufe von anderen angewiesen zu sein.«

»Demnach scheint es keine Rivalität, sondern ein nach wie vor gutes Verhältnis zwischen beiden Zwergenminen zu geben.«

»In der Tat. Die Bevölkerung von Zarkhadul besteht zu einem großen Teil aus den Zwergen, die wir aus der Gewalt der Thir-Ailith befreit haben, ob nun in der Mine selbst, oder im Reich der Dunkelelben. Wir unterrichten sie gemäß ihren Fähigkeiten, so gut es geht, aber nachdem sie vorher nur Sklaven und Schlachtvieh gewesen sind, braucht es mehr als ein paar Jahre, bis ihre Ausbildung in einer unserer Kasten als Krieger, Arbeiter oder Gelehrter abgeschlossen ist und sie vor allem gelernt haben, frei und selbstständig zu denken und Eigenverantwortung für ihr Schicksal zu übernehmen. Gerade daran mangelt es noch – viele werden immer noch von der Angst beherrscht, die ihr ganzes früheres Leben bestimmt hat, und es wird lange dauern, bis sich das ändert. Aus diesem Grund wird Zarkhadul auch vorläufig noch von hier aus regiert.«

»Ich dachte, in Zarkhadul gäbe es einen eigenen Hohen Rat, der die Entscheidungen fällt«, mischte sich Lhiuvan ein. Warlon hatte nicht einmal bemerkt, dass auch er dem Gespräch gelauscht hatte.

»Den gibt es allerdings, ich gehöre ihm sogar an«, bestätigte er mit einem wenig glücklichen Lächeln. Er hatte sich nie als einen Politiker gesehen und sich deshalb anfangs mit Händen und Füßen gegen seine Berufung in den Rat gewehrt. Doch wegen seiner herausragenden Rolle während des Kriegs gegen die Dunkelelben war er für viele Zwerge, vor allem für die aus der Gewalt der Thir-Ailith befreiten, ein Held – jemand, zu dem sie aufschauten und dem sie vertrauten. In langen Gesprächen hatte Tharlia ihn schließlich davon überzeugt, dass er sich dieser Verantwortung nicht entziehen konnte, auch wenn er mit seiner Rolle nach wie vor nicht gerade glücklich war. »Aber der Rat nimmt hauptsächlich Verwaltungsaufgaben wahr und hat nur beratende Funktion. Tharlia ist als Königin Oberhaupt beider Minen.«

»Und eine solche Bevormundung lassen sich die Bewohner von Zarkhadul einfach gefallen?« Lhiuvan schüttelte den Kopf. »Ich habe ja immer gesagt, Zwerge sind ein äußerst seltsames Volk.«

»Das hat nichts mit Bevormundung zu tun, sondern …«, begann Warlon, kam aber nicht zum Weitersprechen, weil sich in diesem Moment Tharlia von ihrem Sitz am Kopf der Tafel erhob und eine Glocke läutete. Augenblicklich kehrte Ruhe ein.

»Ich danke Euch allen, auch im Namen meines Gemahls, dass Ihr unserer Einladung so zahlreich gefolgt seid, um diesen Freudentag mit uns gemeinsam zu feiern«, sagte sie mit lauter Stimme. »Besonders möchte ich noch einmal denjenigen Anwesenden danken, die uns in unserem Kampf gegen die Thir-Ailith unterstützt haben, denn ohne ihre Hilfe wären wir jetzt mit Sicherheit nicht hier. Trotz vieler Vorbehalte, die unsere Völker gegeneinander gehegt haben, haben wir Seite an Seite gegen einen übermächtigen Feind gekämpft und die Gefahr gebannt. Seither haben wir einander besser kennengelernt, und ich hoffe, dass auch dieses Fest mit seinen zum Teil von weither angereisten Ehrengästen dies noch vertiefen wird. Niemals wieder dürfen Missgunst und Vorurteile unsere Völker entfremden und zu Missverständnissen oder gar Kriegen führen, das ist meine tief empfundene Hoffnung. Darauf möchte ich nun mein Glas erheben.«

Eine kurze und prägnante Rede, dachte Warlon, während er nach seinem Bierhumpen griff. Er hatte weitschweifige Ausführungen befürchtet, die ohnehin nur alle gelangweilt hätten, doch so war es auf jeden Fall viel besser. Auch Tharlia musste bewusst sein, dass die Gäste auf das Essen warteten und ihnen der Sinn nicht nach langen, pathetischen Reden stand.

Zuvor jedoch wurden noch Hochzeitsgeschenke überreicht. Damit dies nicht übermäßig lange dauerte, hatten die Zwerge die Übergabe bereits zuvor erledigt, aber die angereisten Gäste anderer Völker sollten Gelegenheit bekommen, ihre Geschenke vor den Augen aller zu präsentieren.

Einige davon waren materieller Natur, wie die Wagenladung Felle, die Sjorkan mitgebracht hatte, oder das Geschenk der Gesandten aus Radon, die mehrere erstklassige Lastochsen und -pferde überreichten. Diese Gaben standen vor dem Palast bereit.

Andere besaßen einen eher ideellen Wert. So gestattete Quarrolax dem Zwergenvolk nun ganz offiziell, auf den geheimen Wegen seines Volkes zu reisen, die er ihnen während des Kampfes gegen die Thir-Ailith gezeigt hatte. Zwar benutzten die Zwerge sie ohnehin schon, um das Tiefenmeer zu umgehen, doch nun besaßen sie auch die formale Erlaubnis dazu.

Ein ganz besonderes Geschenk machte auch Kalmar, der König von Lartronia. Er übereignete den Zwergen einen Streifen Land an der Oberfläche, eine halbe Meile breit, der von Elan-Dhor bis nach Zarkhadul reichte, sodass niemand mehr das Recht hatte, ihnen den Weg von einer Mine zur anderen zu versperren, und den sie außerdem für Land-und Forstwirtschaft nutzen konnten. Ein wahrhaft großmütiges, königliches Geschenk.

Zuletzt erhob sich Illurien, die Herrin der Elben. Groß und schön war sie, als sie in ihrem weißen Gewand auf das Hochzeitspaar zutrat, die Haare fielen ihr wie eine Flut aus Gold über den Rücken. Wie eine junge Frau erschien sie jedem, der sie zum ersten Mal sah, und es war schwer vorstellbar, dass sie die Älteste und Weiseste ihres Volkes sein sollte. Einzig ein Blick in ihre Augen, die zeitlosen Brunnen ähnelten, vermittelte einen Eindruck ihres hohen Alters.

In den Händen hielt sie ein kleines Kästchen.

»Bis hinauf in die eisigen Einöden und unser goldenes Tal ist Kunde gedrungen, dass es Euch Mühe bereitet, genügend Nahrungsmittel anzubauen, um Euer so stark angewachsenes Volk zu ernähren, vor allem in den dunklen Hallen von Zarkhadul, in die nur wenige Strahlen Tageslicht fallen«, sagte sie. »Wir haben lange über dieses Problem beratschlagt und nachgedacht. Nun freue ich mich, Euch mit dem Segen und dem Zauber der Elben bedachtes Saatgut für ein Getreide zu schenken, das auch unter der Erde gedeiht, weil selbst Lampen ihm genügend Licht zum Wachsen spenden.« Mit diesen Worten überreichte sie Tharlia das Kästchen. »Dies ist nur eine kleine Menge davon, weitere Säcke lagern noch auf unserem Schiff und werden Euch morgen übergeben werden.«

Auch Warlon war beeindruckt. Wenn das Getreide wirklich hielt, was die Elbenherrin versprach – woran er kaum Zweifel hatte –, dann war dies in der Tat ein höchst willkommenes Geschenk, das sie vieler Sorgen entheben würde. Tharlia bedankte sich bei Illurien und den anderen herzlich für die Geschenke.

»Und nun möge das Bankett beginnen«, sagte sie abschließend und läutete erneut. Die großen Flügeltüren wurden geöffnet, und Heerscharen von Palastdienern brachten riesige Platten herein, so groß, dass sie nur von mehreren getragen werden konnten. Darauf türmten sich Speisen, wie sie vortrefflicher nicht hätten sein können. Es gab alle möglichen Arten von Fleisch, zumeist ganze, am Spieß gegrillte Tiere, die verschiedensten Brote, Kuchen und andere Backwaren, Käse, Früchte und große Schüsseln mit Süßspeisen. Alles wurde auf den unter der Last ächzenden Tischen abgestellt, damit jeder sich selbst nach Geschmack bedienen konnte.

Während des Essens sangen einige elbische Barden ihre Lieder und spielten dabei auf sonderbaren Instrumenten. Auch menschliche Gaukler traten auf und zeigten ihre Kunststückchen. Obwohl es sich um noch nie in Elan-Dhor aufgeführte Darbietungen handelte, achtete Warlon kaum darauf. Stattdessen setzte er sein Gespräch mit Gelinian und einigen der anderen Elben fort. Auch Ailin nahm immer stärkeren Anteil daran, da Gelinian sich auch sehr für den in Zarkhadul neu gegründeten Priesterinnenorden interessierte.

»Der Orden hat in den letzten Jahren einen ungeheuren Zustrom an Anwärterinnen erhalten«, berichtete sie. »Gemessen am Rest unseres Volkes verfügen überdurchschnittlich viele der befreiten Zwerginnen über die geistigen Fähigkeiten, die für eine Ausbildung zur Priesterin Li'thils nötig sind.«

»Sie wurden in unmittelbarer Nähe einer starken Magiequelle geboren und waren ihr einen Großteil ihres Lebens über ausgesetzt«, erwiderte Gelinian. »Auch wenn es eine finstere Magie war, ist sie offenbar nicht ohne Folgen geblieben.« Abwehrend hob sie die Hände. »Nein, nein, versteht mich nicht falsch. Ich will damit nicht andeuten, dass ihr Charakter davon beeinflusst wurde. Aber Bereiche ihres Geistes wurden dadurch angeregt, die bei den meisten Zwergen nur schlummern. Schon bei der nächsten Generation dürfte sich das wieder normalisieren.«

»Vermutlich«, stimmte Ailin zu. »Diese Fähigkeiten werden nicht vererbt, sondern treten offenbar willkürlich auf.«

»Und immer nur bei Frauen?«, hakte Lhiuvan nach. »Oder werden sie bei den männlichen Zwergen nur nicht gefördert, weil dein Orden sie gar nicht erst aufnimmt?«

»Diese Art besonderer geistiger Fähigkeiten wurde noch nie bei Zwergenmännern entdeckt. Wir sind Priesterinnen einer Göttin, und wir glauben, dass sie diese Kräfte nur an Frauen verleiht.«

»Solche Unterschiede gibt es bei unserem Volk zum Glück nicht«, stellte Lhiuvan fest. »Elben wie Elbinnen können die gleichen Zauber erlernen, obwohl manche natürlich mehr Talent als andere auf diesem Gebiet besitzen. Aber es hat nichts mit dem Geschlecht zu tun.«

Das Gespräch wandte sich wieder den allgemeinen Problemen zu, die sich mit der Neubesiedlung von Zarkhadul ergeben hatten. Umgekehrt hatte Warlon auch zahlreiche Fragen dazu, was sich im goldenen Tal verändert hatte und wie gut die Eingliederung der befreiten Elben mittlerweile gelungen war. Zwar behauptete Gelinian, dass es dabei so gut wie keine Probleme gab, und Lhiuvan hob hervor, dass sich durch ihre Ankunft auch beim übrigen Elbenvolk neue Hoffnung und neue Vitalität ausgebreitet hatten, doch auf konkreteres Nachhaken erhielt Warlon nur ausweichende Antworten und verzichtete schließlich auf weitere Fragen in dieser Richtung.

Allerdings dachte er sich seinen Teil und merkte, dass auch Ailin neben ihm nachdenklich geworden war. Entgegen den Beteuerungen schien die Lage im goldenen Tal längst nicht so einfach zu sein, sonst hätten sie klarere Antworten erhalten.

Der Festschmaus dauerte mehr als zwei Stunden. Erst als alle mehr als satt waren, endete das Bankett schließlich, und die größtenteils leeren Tabletts wurden abgeräumt. Damit war auch die strikte Tischordnung aufgehoben. Die meisten Gäste standen auf, um ein wenig umherzugehen und sich zu unterhalten. Vor allem die Angehörigen der großen Zwergenhäuser nutzten die Gelegenheit, neue Kontakte zu den Abordnungen der Menschen zu knüpfen, wohl in der Hoffnung, dass sich daraus einmal Geschäftsbeziehungen entwickeln mochten. Überall standen und saßen kleine Grüppchen beisammen.

Ailin wollte sich über einige Punkte mit Hohepriesterin Breesa unterhalten, während Warlon ziellos ein wenig umherschlenderte. Ihm lagen solche vornehmen Feiern nicht. Er war ein Krieger, und wenn er die Wahl gehabt hätte, hätte er lieber an einem gefährlichen Kampfeinsatz teilgenommen, statt hier zu sein. Sein einziger Trost war das hervorragende Bier.

Er stieß mit dem einen oder anderen auf das Wohl des Brautpaares an und wechselte ein paar Worte, ehe er sich schließlich den beiden Goblins zuwandte. Quarrolax und sein Begleiter gehörten zu den Wenigen, die allein an einem der Tische saßen. Ihr Volk war für geschäftliche Verbindungen uninteressant, außerdem saß in vielen Zwergen noch ein tief verwurzeltes Misstrauen gegen den langjährigen Erzfeind im Kampf um die Erschließung der Tiefenwelt.

Dieses war bei Warlon seit dem Krieg geschwunden, in dem sich die Goblins als zuverlässige Verbündete erwiesen hatten. Auch in den seither verstrichenen Jahren hatte es keinerlei Konflikte zwischen ihren Völkern mehr gegeben, obwohl die Jahrhunderte zuvor von ständigen Reibereien und Kämpfen erfüllt gewesen waren.

Dennoch wusste Warlon kaum, worüber er mit den Goblins sprechen sollte. Er wechselte ein paar belanglose Floskeln mit Quarrolax und war fast froh, als nach einigen Minuten jemand aus der lartronischen Delegation zu ihm kam und ihm ausrichtete, dass König Kalmar ihn zu sprechen wünschte.

Bereitwillig folgte er ihm und nahm nach einer entsprechenden Einladung dem König gegenüber Platz.

Es fiel Warlon schwer, das Alter von Menschen zu schätzen, weil diese wesentlich schneller alterten und eine viel geringere Lebenserwartung besaßen. Auf jeden Fall war der König alt, dennoch aber keinesfalls von der Last der Jahre gebeugt, sondern stark und stattlich. Seine Augen blickten klar und herrisch, und sein grauer Bart war eines Zwerges durchaus würdig.

»Ein wahrlich schönes Fest«, begann er. »Dabei hatte ich gedacht, dass auf einem Zwergenfest nur bis zum Umfallen getrunken und bei einer Untermalung aus grölenden Schlachtgesängen möglichst viel Essen in sich hineingestopft würde.«

Seine Augen funkelten bei diesen Worten spöttisch und zeigten Warlon, dass seine Bemerkung nicht ernst gemeint war. Dennoch fragte er sich ein wenig unbehaglich, warum Kalmar gerade ihn an seinen Tisch gebeten hatte. Er glaubte nicht, dass es nur um einen Austausch von Höflichkeiten ging, und sah sich gleich darauf bestätigt.

»Manche werfen uns sogar vor, dass zumindest unsere vornehme Oberschicht eher den Menschen ähnele und zu wenig dem entspräche, wie man sich Zwerge gemeinhin vorstellt«, gab er ebenfalls lächelnd zurück.

»Was zweifellos ein Lob und kein Vorwurf ist, wie man an diesem Fest sieht. Einzig die Auswahl mancher Gäste lässt etwas zu wünschen übrig«, fuhr der König mit einem bezeichnenden Blick zur Delegation aus Radon und dann zu Sjorkan hinüber fort. »Es heißt, dass vor allem Zarkhadul gute Geschäfte mit den Barbaren macht.«

»Nicht übermäßig viele, aber durchaus lukrativ für beide Seiten«, bestätigte Warlon ein wenig steif. Sein Unbehagen wuchs. »Sie liefern uns vor allem Holz und Felle, woran wir einen wesentlich höheren Bedarf haben, als wir selbst decken können.«

»Holz könnt Ihr künftig selbst auf dem Land am Fuße der Berge schlagen, das ich Eurem Volk abgetreten habe, auch wenn es sicherlich eine Weile dauern wird, dort Waldstücke aufzuforsten, doch wird sich dort dann auch vielerlei Getier jagen lassen.« Er zögerte kurz. »Aber mir bereitet weniger Sorgen, welche Waren Euer Volk von den Barbaren bezieht, als vielmehr umgekehrt. Die Waffenschmiedekunst der Zwerge ist weithin berühmt, und wir sähen äußerst ungern solche Waffen in den Händen solch unberechenbarer Feinde. Wir selbst haben keine Siedlungen in unmittelbarer Nähe der Barbarengebiete, aber sie bedrohen unsere Schifffahrtswege auf dem Oronin. Vor allem aber sind ihre mörderischen Übergriffe Ursache für die ständigen Auseinandersetzungen mit dem radonischen Reich.«

»Die Barbaren schmieden ihre Waffen selbst oder erbeuten sie im Kampf«, behauptete Warlon. »Wir liefern ihnen keine. Zwar haben sie Interesse daran gezeigt, doch haben wir dies stets abgelehnt und werden es auch weiterhin so halten. Die guten Handelsbeziehungen mit Lartronia und Radon sind uns zu kostbar, um sie auf diese Art zu gefährden.«

»Eure Worte sind weise und klingen gut in meinen Ohren. Zumindest würden sie es tun, wenn wir nicht bei den Gefallenen eines missglückten Angriffs auf eines unserer Schiffe Brünnen, Armreifen, Beinschienen und dergleichen Ausrüstung mehr gefunden hätten, die unzweifelhaft zwergische Schmiedekunst verrieten. Und auch Schwerter.« Des Königs Stimme war scharf geworden. »Wie wollt Ihr das erklären?«

»Wollt Ihr mich und mein Volk etwa der Lüge bezichtigen?«, gab Warlon ebenso scharf zurück, zwang sich aber gleich darauf zur Mäßigung. Das Schattengebirge lag inmitten von Lartronia, und viel hing von einem guten Verhältnis zum Königshof ab. »Es stimmt, wir haben Ausrüstung und auch Waffen der Barbaren bearbeitet, allerdings nur solche, die sie uns bereits fertig gebracht haben. Aber sie haben ein besonderes Verhältnis zu ihrem Kriegswerkzeug. Auch wenn man es gerade von ihnen nicht erwarten mag, stellen sie in dieser Hinsicht gerne einen gewissen Prunk zur Schau. Je reicher verziert ihre Waffen sind, desto mehr Ansehen genießen sie innerhalb ihres Volkes. Deshalb zahlen sie gut dafür, dass wir ihre Waffen und sonstige Ausrüstung verzieren. Das ist alles, was wir tun. Weder stellen wir sie her, noch verbessern wir ihre Kampfeigenschaften. Wir verzieren sie nur nach dem Willen ihrer Besitzer.«

»Und das ist wirklich alles?« Die Skepsis in Kalmars Stimme war nicht zu überhören.

»Alle anderen Anfragen haben wir abgelehnt, so großzügig manche in Aussicht gestellte Bezahlung auch gewesen wäre. Wenn Ihr Zweifel an meinen Worten habt, dann lasst die erbeuteten Waffen genauer untersuchen. Ihr werdet feststellen, dass weder ihr Stahl noch seine Verarbeitung es mit von uns geschmiedeten Klingen aufnehmen können.«

»Das werde ich«, sagte der König, und obwohl er seinen Worten durch ein flüchtiges Lächeln etwas von ihrer Schärfe zu nehmen versuchte, klangen sie dennoch wie eine Drohung. »Glaubt mir, das werde ich.«

3

DER ÜBERFALL

WER BIST DU?

WAS BIST DU?

So überwältigend die Freude über die Erkenntnis war, nicht allein in der Unendlichkeit zu sein, so sehr verunsicherte die fremde Stimme das Wesen auch.

Wer war es? Was war es?

Fragen wie diese hatte es sich noch niemals zuvor gestellt, wusste nichts damit anzufangen. Es war, mehr wusste es nicht, und deshalb schwieg es verwirrt.

WIE HEISST DU?

WOHER KOMMST DU?

Noch mehr Fragen, mit denen es nichts anzufangen wusste. Heißen? Besaß es einen Namen? Es war es. Es existierte, und das war immer so gewesen, soweit es sich erinnern konnte. Woher sollte es gekommen sein? Wie konnte es überhaupt etwas anderes geben als die Ewigkeit in der sich überall ausdehnenden Unendlichkeit? Woher sollte es kommen, wenn es doch immer schon hier gewesen war?

Die Farben und Formen um es herum begannen stärker durcheinanderzuwirbeln, reagierten auf den Aufruhr in seinem Inneren.

ICH BIN, *antwortete es zögernd.*

DU BIST WAS?

ICH BIN, *wiederholte es, weil es keine andere Antwort wusste.*

Schweigen folgte seinen Worten, dehnte sich aus, bis es bereits zu fürchten begann, die fremde Stimme wäre für immer verstummt.

ICH BIN ICH, *ergänzte es seine Antwort geringfügig.* ICH WAR UND ICH BIN, MEHR WEISS ICH NICHT.

ABER DU MUSST EINEN NAMEN HABEN UND VON IRGENDWOHER GEKOMMEN SEIN. *Die Stimme war nicht fort, sie sprach wieder zu ihm. Erleichterung überkam es, auch wenn der Sinn ihrer Worte dunkel war.*

ICH HABE KEINEN NAMEN, UND ICH WAR IMMER HIER. ICH BIN NIRGENDWOHER GEKOMMEN.

DANN ERINNERST DU DICH NUR NICHT DARAN. ABER DU MUSST VON EINEM ANDEREN ORT GEKOMMEN SEIN, DENN NICHTS ENTSTEHT UND NICHTS VERGEHT HIER.

Seine Verwirrung steigerte sich.

EIN ANDERER ORT? *Wie sollte es außerhalb der Unendlichkeit noch andere Orte geben?* WAS FÜR EIN ORT?

ICH KANN NICHT WISSEN, WOHER DU KOMMST, DESHALB FRAGE ICH DICH. ABER OFFENBAR ERINNERST DU DICH NICHT MEHR DARAN. WENN DU ES WÜNSCHST, WERDE ICH DIR DESHALB VON MIR ERZÄHLEN, UND WIE ICH HIERHER GELANGT BIN.

Wünschte es das? Die merkwürdigen Fragen und Behauptungen verwirrten es noch immer, es musste darüber nachdenken. Aber zugleich wollte es auf keinen Fall, dass die fremde Stimme sich wieder von ihm zurückzog und verstummte.

JA, ERZÄHLE MIR VON DIR, *bat es deshalb.*

GUT, WENN DU ES WÜNSCHST. MEIN NAME IST THALINUEL, UND ICH ENTSTAMME DEM VOLK DER ELBEN. DIES IST MEINE GESCHICHTE…

Thalinuels Geschichte, Mai 11657
alter Zeitrechnung der Elben

Der Überfall ereignete sich am letzten Tag ihrer Reise, als sie noch gut fünf Stunden von Tal'Orin entfernt waren, wo das große Treffen der Völker stattfinden sollte, und er erfolgte ohne jede Vorwarnung. Speere zischten aus dem Dickicht beiderseits des Weges heran und rissen mehrere Reiter aus dem Sattel. Eine Speerspitze verfehlte Thalinuel nur um Haaresbreite. Binnen Sekunden verwandelte sich der gerade noch geordnete Trupp in ein Chaos aus Schreien, zu Boden stürzenden Elben und durchgehenden Pferden.

Auch Thalinuels Pferd scheute. Nur mit Mühe konnte sie sich im Sattel halten und es wieder beruhigen, während sie gleichzeitig ihr Schwert zog. Noch hatte sie sich von der Überraschung und dem Schrecken nicht erholt, als das dichte Unterholz mit Brachialgewalt zerfetzt wurde. Vier gewaltige Trolle mit Keulen in den Händen, gefolgt von sieben oder acht mit Schwertern bewaffneten Tzuul, brachen aus dem Wald hervor und stürzten sich auf die überraschten Elben.

Trotz der Spannungen mit einigen der jüngeren Völker, die sich in letzter Zeit verschärft hatten, hatte doch niemand einen offenen Angriff auf eine offizielle Elbendelegation für möglich gehalten. Entsprechend sorglos war die Vorhut gewesen, aber selbst größte Wachsamkeit hätte sie nicht vor diesem perfekt gelegten Hinterhalt bewahren können.

Einer der Trolle kam direkt auf Thalinuel zu. Er war fast doppelt so groß wie sie, ein Gestalt gewordener Albtraum, der fast nur aus Muskeln zu bestehen schien, über denen sich eine grünliche, schuppige Haut voller Warzen spannte. Erneut brüllte er auf und entblößte dabei ein furchtbares Raubtiergebiss mit mehr als fingerlangen Reißzähnen. In seinen Pranken hielt er eine Keule, die länger und dicker war als das Bein eines ausgewachsenen Elben.

Scheinbar mühelos riss das Ungeheuer die Waffe nach oben und ließ sie fast waagerecht durch die Luft sausen. Thalinuel entging dem Streich nur, indem sie sich seitlich aus dem Sattel gleiten ließ, so weit es nur ging, und eher neben ihrem Pferd hing, als darauf saß. Dennoch war sie nicht sicher, ob die Keule ihr Haar noch streifte, oder ob sie nur den Luftzug spürte.

Noch während sie sich wieder in den Sattel schwang, stieß sie ihr Schwert vor. Die Klinge traf den Unterarm des Trolls und bohrte sich tief hinein, doch für das gewaltige Monstrum war die Wunde vermutlich nicht mehr als ein Mückenstich. Einen Moment lang starrte sie direkt in die hasserfüllten Augen unter der flachen, fliehenden Stirn des kahlen Schädels. Eine platte Nase und fleischig herabhängende Wangen vervollständigten das hässliche Bild.

Gleich darauf war Thalinuel an dem Troll vorbei. Hastig blickte sie sich um.

Der heimtückische Überfall hatte einen hohen Blutzoll von dem Spähtrupp gefordert. Gut die Hälfte der zwanzig Elben lag tot oder schwer verletzt auf dem Boden, dabei hatte der eigentliche Kampf gerade erst begonnen. Zu Thalinuels grenzenloser Erleichterung gehörte Verilon nicht zu den Opfern. Nicht weit von ihr entfernt kämpfte er gegen zwei Tzuul. Einen von ihnen stach er gerade mit seinem Schwert nieder.

Überhaupt begann sich das Kriegsglück nun zu wenden, nachdem sich die Elbenkrieger von ihrem Schock erholt hatten.

»Kampfformation bilden!«, befahl Verilon.

Zusammen mit den anderen ritt sie ein kleines Stück den Waldweg entlang. Auf Verilons Pfiff hin wendeten sie ihre Pferde und preschten die gleiche Strecke zurück, immer schneller auf die Tzuul und Trolle zu.

Auch die Tzuul waren bedrohliche Kämpfer, zwei Köpfe größer als Elben und extrem breitschultrig und muskulös, mit gräulicher Haut und ebenfalls kahlköpfig. Es hieß, dass sie aus einer Kreuzung von Trollen und Menschen hervorgegangen waren – die Nachkommen einiger von Trollen verschleppter und vergewaltigter Menschenfrauen.

Thalinuel sah, wie sich Schrecken auf ihren Gesichtern und in ihren Augen mit den schlangenartig geschlitzten Pupillen ausbreitete, dann brachen die Elben auf ihren Rössern über sie herein wie ein Sturm über Steppengras. Die Tzuul mochten starke und Furcht einflößende Gegner sein, aber sie waren auch ein undisziplinierter Haufen, der es nicht mit einem kampferfahrenen Trupp von Elbenkriegern in ihrem Zorn aufnehmen konnte.

Mühelos parierte Thalinuel einen gegen sie geführten Schwertstreich und schlug dem Tzuul in der gleichen Bewegung den Waffenarm ab. Einem anderen spaltete sie den hässlichen Schädel, dann waren sie und ihr Trupp durch die Reihe der Feinde gebrochen.

Für die schwerfälligen Trolle war der Angriff zu schnell erfolgt, und die Tzuul hatten der Attacke kaum etwas entgegenzusetzen. Nur eines der Elbenpferde war durch eine Klinge verletzt worden und schleuderte seine Reiterin aus dem Sattel, als es zusammenbrach. Auf der gegnerischen Seite hatten lediglich zwei der Trolle und einige wenige Tzuul den Angriff überlebt. Keinem von ihnen stand mehr der Sinn nach einer Fortsetzung des ungleichen Kampfes; voller Schrecken flohen sie in den Wald.

Zusammen mit einigen anderen Kriegern wollte sich Thalinuel an die Verfolgung machen, doch ein scharfer Zuruf von Verilon hielt sie auf.

»Halt!«, befahl er. »Es ist genug Blut geflossen, wir dürfen unsere Kräfte nicht aufsplitten.«

»Du willst sie ungestraft entkommen lassen?«, keuchte Thalinuel ungläubig.

»Es widerstrebt mir so sehr wie dir, aber es ist nicht unsere Aufgabe, Rache zu üben«, entgegnete er, während er von seinem Pferd abstieg. »Wir müssen den Weg sichern und den König schützen, das hat Vorrang vor allem anderen. Kümmert euch um die Verwundeten!«

Nur widerstrebend sprang auch Thalinuel aus dem Sattel. Verilon hatte recht, auch wenn es ihr schwer fiel, sich dies einzugestehen. In dem dichten Unterholz konnten sie die Schnelligkeit ihrer Pferde nicht ausspielen, wahrscheinlich würden sie die Trolle und den Tzuul ohnehin nicht mehr einholen. Vor allem aber waren sie zu wenige, um mehrere Aufgaben gleichzeitig zu erfüllen, und die Pflege der Verletzten war wichtiger als das Verlangen nach Rache. Zudem befanden sich das Königspaar und der Haupttrupp ihrer Gesandtschaft nicht weit hinter ihnen, und seine Sicherheit, für die sie zu sorgen hatten, war wichtiger als alles andere.

Trotzdem schwor Thalinuel sich, dass für diesen feigen Überfall irgendjemand büßen würde.

Wenn nicht jetzt, dann später.

Irgendwann.

»Sechs Tote und drei Schwerverletzte, von denen einer die kommende Nacht möglicherweise nicht überleben wird!«, stieß König Lotharon mit weithin hallender Stimme hervor und ließ seinen Blick anklagend über den Platz und die versammelten Abgeordneten der großen Völker schweifen. »Wir sind nicht bereit, diesen heimtückischen Angriff einfach hinzunehmen.«

»Was geschehen ist, ist sicherlich bedauerlich, und wir verurteilen den Vorfall scharf«, ergriff Hollan, ein Abgesandter der Menschen von den nördlichen Stämmen, das Wort. »Aber keines unserer Völker war daran beteiligt. Wie Ihr selbst sagt, wurde der Angriff von Tzuul und Trollen verübt, die an dieser Versammlung nicht teilnehmen. Sie sind nun einmal Mörder und Wegelagerer. Wir alle haben unter ihren Übergriffen zu leiden. Sie sind grausam und unersättlich in ihrer Gier.«

»Das war kein wahlloser Überfall, bei dem sie nur

auf Beute aus waren«, behauptete Lotharon unnachgiebig. Trotz seines hohen Alters bot er eine imposante Erscheinung, der man die Jahrhunderte nicht ansah. Sein ursprünglich goldenes Haar und der kurz geschnittene Bart begannen sich silbern zu verfärben, doch kerbte kaum eine Falte die Haut seines Gesichts, und wenn man in seine grauen Augen blickte, ging ein fast suggestiver Zwang von ihnen aus. »Beute können sie leichter finden. Lassen wir die Dummheit der Trolle außen vor, ihnen wäre dies möglicherweise zuzutrauen. Aber zumindest die Tzuul würden niemals ohne Grund eine große und schwer bewaffnete Elbeneskorte angreifen, die ohnehin keine Reichtümer mit sich trug.« Er schüttelte den Kopf. »Diese Mörder waren nicht auf Gold oder ähnliches aus. Der Hinterhalt war von langer Hand vorbereitet. Sie wussten genau, wer wir sind und wohin wir unterwegs waren, und sie lauerten uns gezielt auf. Hätten sie länger aus dem Verborgenen attackiert, statt ihre Kräfte zu überschätzen und zu früh zum Nahkampf überzugehen, hätten sie vielleicht sogar Erfolg gehabt und zumindest unsere Vorhut vollständig getötet.«

Aufgeregtes Getuschel setzte unter den anwesenden Delegationsmitgliedern ein, als sie begriffen, was seine Worte zu bedeuten hatten.

»Das … das ist unerhört!«, empörte sich einer der Zwerge. »Wollt Ihr damit andeuten, dass eines unserer Völker in diesen Überfall verstrickt ist?«

»Nicht andeuten, sondern als Tatsache feststellen«, rief Molakan. Gleichzeitig schlug er mit der Faust auf den eckigen Felsblock, der einstmals ein Altar gewesen war, ihnen jetzt jedoch als Tisch diente, und sprang auf. Er war noch jung und von kräftigem, dennoch schlankem Wuchs. Sein Gesicht war kühn und sein goldenes Haar kunstvoll geflochten. Er saß zur Rechten des Königs, denn er stammte aus einem der ältesten Elbengeschlechter und war als Hüter der Türme von Saltinan einer der Fürsten ihres Volkes. Ein mit Edelsteinen besetztes Stirnband kündete von seinem hohen Rang. »Niemand außer den hier Anwesenden wusste von diesem Treffen, wusste, wann und wo es stattfinden würde. Und dennoch haben uns die Trolle und Tzuul auf unserem Weg hierher aufgelauert. Sie können nur durch Verrat davon erfahren haben. Wenn etwas unerhört ist, dann die Tatsache, dass wir Verräter unter uns haben!«

Das Tuscheln und Murmeln wurde lauter, Protestrufe erklangen. Unbehaglich blickte Thalinuel sich um. Viele der Anwesenden waren empört, nicht nur die Verhandlungsdelegationen, sondern vor allem deren Eskorten, die ebenso wie sie und die anderen Elbenkrieger etwas abseits saßen.

Dafür, dass es hier um Friedensberatungen mit der Hoffnung auf eine Erneuerung der freundschaftlichen Bündnisse zwischen den verschiedenen Völkern ging, hatten die Verhandlungen einen denkbar schlechten Start genommen. Nach dem Überfall war das jedoch auch nicht anders zu erwarten gewesen. Dennoch überraschte Thalinuel die Heftigkeit des Protestes, und sie war nicht sicher, ob es klug von Lotharon – und vor allem von Molakan – war, gleich so massive Vorwürfe zu erheben. Fraglos waren diese berechtigt, aber nur um eines der Völker oder möglicherweise sogar einen Einzeltäter zu Recht des Verrats anzuklagen, beschuldigten sie alle anderen zu Unrecht und brachten sie gegen sich auf.

Aber nicht nur die mit jeder Sekunde gereizter werdende Stimmung bereitete ihr Unbehagen. Es war dieser Ort selbst.

Ursprünglich hatten die Verhandlungen wie üblich in Saltinan stattfinden sollen, der größten Elbenstadt und dem Sitz des Königspaars, doch hatten sich die anderen Völker geweigert und auf einen neutralen Ort gedrungen. Das allein zeigte schon, wie weit sie sich in den vergangenen Jahren entzweit hatten. Beinahe wäre das gesamte Treffen bereits im Vorfeld gescheitert, doch hatten sie sich schließlich auf Tal'Orin als Verhandlungsort geeinigt.

Tal'Orin – am südöstlichen Rand des Elem-Laan gelegen, des Finsterwaldes, der Tempel einer längst vergessenen Gottheit. Ein Überbleibsel aus der alten Welt, erbaut von einem Volk, an das sich schon seit langem niemand mehr erinnerte. Nicht einmal mehr die Elben wussten, welche Wesen hier einst ihre Götter verehrt hatten.

Und doch war immer noch der schwache Widerhall einer großen Macht zu spüren, die einstmals hier ihren Sitz gehabt hatte, ohne dass Thalinuel zu sagen vermocht hätte, ob es eine gute oder böse Macht gewesen war.

Vielleicht keines von beiden.

Der Ort besaß eine seltsame, fast geisterhafte Schönheit, den melancholischen Abglanz einstiger Pracht und Anmut, die mittlerweile nur noch zu erahnen waren. Die Außenwände waren bis auf die Grundmauern eingestürzt und von dichtem Unkraut überwuchert, sodass sie den runden Platz wie ein grüner Wall umgaben, aus dem nur noch vereinzelt einige zyklopische Pfeiler aufragten.

Jenseits davon standen zahlreiche weitere ebenfalls zum größten Teil eingestürzte Tempelgebäude. Innerhalb dieses Walls jedoch erhoben sich wie bei einem Amphitheater kreisförmig steinerne Sitzreihen um das Zentrum der Anlage, wo der einstige Altar ruhte. Auf kleineren Felsblöcken saßen die Abgesandten der Völker darum herum, während ihre Eskorten auf den Überresten der Sitzreihen Platz genommen hatten. Auch Thalinuel saß hier mit den übrigen Elbenkriegerinnen und -kriegern, und ihr entging nicht, dass sich sämtliche Völker für sich allein, abgesondert von den anderen, Plätze gesucht hatten. Ein überdeutliches Zeichen, wie sehr sie sich nicht nur von den Elben, sondern auch untereinander bereits entfremdet hatten.

Unter diesen Umständen war es schon geradezu erstaunlich, dass überhaupt so viele zu diesem Treffen erschienen waren – selbst die Nocturnen, von denen Thalinuel es am wenigsten erwartet hätte.

Sie waren das älteste noch existierende Volk, älter noch als die Elben, und zugleich auch sehr mystische Geschöpfe. Das letzte Relikt der Wesenheiten des Chaos, die unaussprechlichen dunklen Kulten gefrönt und in einer noch jungen Welt ewiger Nacht finstere Götter angebetet hatten. Im Zeitalter der Finsternis.

Aber die finsteren Dämonengötter waren nicht die einzigen Wesenheiten im Universum, und schließlich hatten die Götter des Lichts und der Ordnung beschlossen, dem blasphemischen Treiben nicht länger tatenlos zuzusehen. Als Gegengewicht zur Finsternis hatten sie die Elben erschaffen, lichte Wesen voller Güte und Liebe, aber auch stark und unbeugsam. Das war auch nötig gewesen, denn die Kreaturen des Chaos ließen sich nicht durch Barmherzigkeit und Güte allein von ihrem grausamen Treiben abbringen. Das Zeitalter des Feuers hatte begonnen, denn mit reinigendem Feuer, kaltem Stahl und der Macht ihres Geistes waren die Elben gegen die Armeen des Bösen zu Felde gezogen, um die Finsternis zu verdrängen und Licht auch an die dunkelsten Orte zu bringen.

Äonen hatte der Kampf gedauert, ehe Licht und Ordnung schließlich über das Chaos und die Dunkelheit triumphiert und das Zeitalter des Friedens eingeläutet hatten.

Einzig die Nocturnen waren der Vernichtung entgangen. Ein Teil ihres Volkes war schwach und seiner Macht beraubt an verborgene Orte geflohen. Nach dem Sieg über ihre Feinde war es den Elben möglich gewesen, wieder zu den eigentlichen Grundzügen ihrer Art zurückzufinden, zu Liebe und Güte. In ihrer Barmherzigkeit verschonten sie die Nocturnen, nachdem diese dem Chaos und ihren verderblichen Kulten abgeschworen und sich zu einem Leben in Frieden verpflichtet hatten.

Mittlerweile bildeten sie ein nur noch kleines, weit verstreut lebendes Volk, dessen vollständiger Untergang sich bereits abzeichnete und das kaum Kontakte zu den anderen Völkern unterhielt. Gerade deshalb wunderte sich Thalinuel, dass sogar sie Abgesandte zu diesem Treffen geschickt hatten. Vor allem, da ihnen das helle Licht des Tages nach wie vor verhasst war.

Sie blickte zu den hageren, fast zweieinhalb Meter großen Gestalten hinüber. Tiefe Furchen hatten sich überall in ihre weißliche Haut eingekerbt und ließen sie wie mumifiziert aussehen. Ihre Augen waren fast faustgroß, mit riesigen schwarzen Pupillen, sodass kaum etwas Weißes darin zu erkennen war. Im Augenblick allerdings war von ihren Augen und auch dem übrigen Gesicht ohnehin so gut wie nichts zu sehen, da sie zum Schutz vor dem Sonnenlicht spitz zulaufende Kapuzen trugen, die so weit vorgezogen waren, dass sie alles verbargen, was sich darunter befand.

Von allen Völkern traute Thalinuel es den Nocturnen am ehesten zu, hinter dem Überfall zu stecken, denn selbst wenn sie sich schon vor langer Zeit den Forderungen der Elben gebeugt und ihren Chaosgöttern abgeschworen hatten, herrschte doch keinerlei Freundschaft zwischen ihren Völkern. Möglicherweise war genau das der Grund, weshalb sie heute hier erschienen waren – sie wollten sich lediglich vom Erfolg ihres Anschlags überzeugen.

Dazu passte auch, dass sie als Einzige nicht in den Protest der anderen einstimmten, sondern die Anschuldigungen ohne sichtbare Regung hinnahmen.

»Wir sind nicht hergekommen, um uns beleidigen zu lassen«, empörte sich Hollan. »Zumindest von den Stämmen, die ich vertrete, hat keiner etwas mit diesem Anschlag zu tun. Wir sind hier, um Regeln für das künftige Zusammenleben unserer Völker festzulegen, aber wenn Ihr meinem Wort misstraut, hat es wohl keinerlei Sinn, diese Beratungen überhaupt fortzusetzen!«

Zustimmung wurde laut. Mehrere Menschen und Zwerge erhoben sich.

»Bitte bleibt«, ergriff zum ersten Mal die Elbenkönigin Larisal, die zur Linken ihres Gemahls saß, mit sanfter Stimme das Wort. »Uns ist durchaus bewusst, dass die meisten von euch unserer Einladung mit vollkommen ehrlichen und ehrenvollen Absichten gefolgt sind. Dennoch deutet Vieles darauf hin, dass es unter uns einen Verräter gibt. Das sollte nicht nur uns, sondern auch euch größte Sorgen bereiten. Und wenn der heimtückische Hinterhalt nun bewirkt, dass unsere Beratungen gar nicht erst stattfinden, dann haben unsere Feinde ihr Ziel erreicht.«

Zögernd und widerstrebend nahmen diejenigen, die gerade aufgesprungen waren, wieder Platz.

»Ich weiß ohnehin nicht, was wir hier noch groß bereden sollen«, brummte ein alter Zwerg mit langem, grauem Bart und ebensolchen Haaren. »Unsere Forderungen sind klar. Wir wollen uns nicht länger von euch gängeln lassen, sondern unser Leben so führen, wie wir es für richtig halten. Und das werden wir auch tun. Ihr könnt uns höchstens mit Gewalt daran hindern, aber ich bezweifle, dass ihr so weit gehen werdet, wenn eure eigenen Prinzipien euch wirklich etwas bedeuten.«

»Dessen solltest du dir nicht zu sicher sein«, stieß Molakan hervor. Er wollte noch mehr sagen, doch mit einer scharfen Geste brachte Lotharon ihn zum Verstummen.

»Wir wurden in diese Welt gesandt, um das Böse zu bekämpfen und Licht und Ordnung zu verbreiten«, sagte er. »Diese Aufgabe haben wir erfüllt. Aber dazu gehört auch, darüber zu wachen, dass die Finsternis niemals zurückkehrt. Wir waren eure Lehrer, zumindest die Lehrer aller jüngeren Völker, die ohnehin erst entstehen und sich in Frieden ausbreiten konnten, weil unser Volk mit seinem

Blut und seinem Leben die Finsternis vertrieben hat. Wäre uns dies nicht gelungen, gäbe es eure Völker gar nicht, oder ihr wäret nicht mehr als Sklaven der Kreaturen, die diese Welt einst beherrscht haben.«

»Dessen sind wir uns bewusst«, warf einer der beiden Goblins ein, die an dem Tisch saßen. »Und wir danken euch dafür. Aber es genügt uns nicht länger, zwar keine Sklaven zu sein, aber dennoch von euch beherrscht zu werden. Wir verlangen echte Freiheit ohne jemanden, der uns vorschreibt, was wir zu tun, wie wir zu denken und was wir zu lassen haben.«

Er sprach mit großem Nachdruck, dennoch fiel es Thalinuel schwer, das dürre kleine Wesen mit dem großen Kopf wirklich ernst zu nehmen. Immerhin hatte er fehlerfrei gesprochen, während viele seines Volkes dazu neigten, Wörter zu vertauschen und Sätze zu verdrehen – eine Schwäche, die auf ihre eigene, äußerst primitive Sprache zurückzuführen war.

»Aber wir schreiben euch nichts dergleichen vor«, widersprach Larisal. »Wir versuchen, euch zu helfen. Das haben wir getan, seit es eure Völker gibt. Wir haben nicht nur dafür gesorgt, dass ihr euch in Frieden entwickeln konntet, sondern waren stets auch eure Lehrer und haben unser Wissen an euch weitergegeben. Wir haben euch aus der Barbarei herausgeführt, sonst wärt ihr heute noch Wilde, die wahrscheinlich mit steinernen Faustkeilen aufeinander einschlagen würden. Durch uns jedoch habt ihr jahrhundertelange Entwicklungen übersprungen und bereits eine viel höhere Zivilisationsstufe erreicht, als es euch sonst möglich gewesen wäre.«

»Auch dafür danken wir den Elben«, sagte einer der Menschen. Thalinuel kannte ihn nicht, doch seiner dunkleren Hautfarbe nach musste er aus dem Süden stammen. »Aber selbst wenn wir noch *Wilde* wären, wie Ihr es bezeichnet, dann deshalb, weil dies unserer Natur entspräche. Euch jedoch interessiert unsere Natur nicht. Es ist Euch gleich, ob wir Menschen, Zwerge, Goblins oder was auch immer sind. Ihr messt alles nur an Euch selbst und wollt, dass wir ebenso sind und ebenso denken wir Ihr. Die Freiheit, die Ihr uns zugesteht, gilt nur innerhalb der Grenzen, die Ihr uns vorgebt. Aber wir werden uns nicht länger von Euch vorschreiben lassen, wie wir unser Leben zu führen haben.«

»Undankbares Gesindel«, schnaubte Molakan mit vor Zorn rot angelaufenem Gesicht. Wieder versuchte Lotharon ihn mit einer besänftigenden Handbewegung zum Schweigen zu bringen, doch diesmal ignorierte der Hüter der Türme die Geste. »Freiheit! Pah, für die Art von Freiheit, die ihr wollt, seid ihr noch längst nicht reif. Glaubt ihr wirklich, wir ließen euch gewähren, wie ihr es wollt? Unzählige unseres Volkes gaben ihr Leben dafür, diese Welt in einen Hort des Lichts zu verwandeln. Denkt ihr, wir würden tatenlos zusehen, wie ihr in eurer Verantwortungslosigkeit alles zunichte macht, was wir geschaffen haben, und die Welt erneut in Chaos und eine Dunkelheit stürzt? Niemals!«

»Wenn dies der Weg ist, den die jüngeren Völker einschlagen wollen, werden die Elben sie nicht daran hindern können«, ergriff zum ersten Mal einer der Nocturnen das Wort. Er sprach mit zischelnder, unangenehmer Stimme. »Unser Volk ist alt, viel älter als eures, und unsere Zeit auf dieser Welt bald abgelaufen, aber wir haben diese Lektion im Großen Krieg selbst auf bittere Art lernen müssen. Auch wir hatten andere Völker unterdrückt, ihnen unsere Lebensweise aufgezwungen und von ihnen verlangt, unsere Götter anzubeten. Aber sobald sie während des Krieges eine Chance sahen, sich von unserer Herrschaft zu befreien, kehrten sie uns den Rücken. Wir mussten sie schließlich vernichten, um zu verhindern, dass sie sich mit euch verbündeten. Ist dies der Weg, den auch die Elben einschlagen wollen?«

»Niemand spricht davon, dass wir Völker ausrotten wollen«, entgegnete König Lotharon scharf. »Ihr habt selbst erlebt, wohin dieser Weg die Nocturnen geführt hat. Wir appellieren lediglich an die Vernunft der hier Anwesenden, sich nicht von dem Weg abzuwenden, auf den wir sie geführt haben.«

»Und doch droht ihr ihnen«, sagte der Nocturne und deutete dabei mit der Hand auf Molakan. »Denn wie anders sind seine Worte zu verstehen? Wie weit wollt ihr gehen, wenn ihr *niemals* zulassen wollt, dass sich die anderen Völker von den Elben lossagen und einen eigenen Weg gehen?«

Betroffenheit zeichnete sich auf den Gesichtern des Königspaares ab, während sich Molakans Züge vor Zorn noch mehr verzerrten. Dennoch schwieg er, schien zu erkennen, dass jedes Wort, das er sagte, die Situation nur noch weiter verschärfen würde.

»Niemand von uns hat gesagt, dass wir uns dem Chaos zuwenden würden oder dem, was ihr als das *Böse* bezeichnet«, meldete sich wieder einer der Zwerge zu Wort. »Ich kann mir nicht vorstellen, dass eines unserer Völker plötzlich anfangen würde, die alten Dämonengötter anzubeten und in ihrem Sinne tätig zu werden, nach dieser langen Zeit nicht einmal mehr die Nocturnen, wie ich glaube. Und es steht auch kaum zu befürchten, dass mit einem Mal überall Kriege ausbrechen würden. Alles, was wir verlangen, ist die Freiheit, so zu leben, wie wir selbst es für richtig halten.«

»Wir sind nicht für ein Leben an der Oberfläche geschaffen, so sehr die Elben auch versucht haben, uns davon zu überzeugen«, warf ein anderer Zwerg ein. »Wir sehnen uns danach, in prächtigen Hallen aus Stein tief unter den Bergen zu leben. Und den Goblins geht es ebenso. Ihr aber zwingt uns dazu, unser Leben an der Oberfläche zu fristen.«

»Wir haben euch nur die Vorteile eines Lebens hier vor Augen geführt«, widersprach Larisal.

»Nein, ihr zwingt uns dazu, um uns besser überwachen zu können, denn sonst müssten eure elbischen *Lehrer* mit uns in die Tiefe gehen, und das ist euch zuwider!«, behauptete der Zwerg. »Aber das werden wir nicht länger hinnehmen. Einige unseres Volkes sind bereits an unsere Ursprünge unter der Erde zurückgekehrt, und wir anderen werden ihnen bald folgen. Wenn ihr uns daran hindern wollt, dann könnt ihr dies nur mit Gewalt tun. Wir wollen dem Elbenvolk auch weiterhin in Freundschaft verbunden bleiben, aber wenn es nicht anders geht, dann werden wir notfalls auch um unsere Freiheit kämpfen!«

Zustimmende Rufe ertönten von den Rängen.

Viele zustimmende Rufe.

4

IN DER TIEFE

Juni 9430 neuer Zeitrechnung der Elben

Das Fest dauerte noch bis spät in die Nacht an, doch Warlon verließ es zusammen mit Ailin schon frühzeitig. Das Gespräch mit König Kalmar hatte ihm die Feierlaune verdorben und ihm gezeigt, wie viel Misstrauen seinem Volk noch immer entgegenschlug und wie brüchig manche stark und freundschaftlich erscheinenden Bande in Wahrheit waren. Auch Tharlia hatte sich besorgt darüber gezeigt, als er ihr davon erzählt hatte, doch sie waren sich einig, dass sie sich von niemandem, auch nicht vom König Lartronias, vorschreiben lassen würden, mit wem sie Geschäfte tätigten.

Die meisten Gäste von außerhalb reisten am nächsten Morgen ab – die Goblins hatten sich sogar noch im Laufe der Nacht auf den Rückweg zu ihren eigenen Höhlen gemacht –, lediglich die Delegation der Elben würde noch einige Tage bleiben. Wenn sie sich schon auf den weiten Weg hierher gemacht hatte, wünschte ihre Herrin Illurien auch, beide Minen ausgiebig zu besichtigen, bei deren Verteidigung eine Reihe von Elben ihr Leben gelassen hatte, und mehr über die Zwerge und ihre Lebensweise zu erfahren.

Bei ihrer Ankunft am Tag vor der Trauung hatte Tharlia selbst sie bereits durch Elan-Dhor geführt. Für diesen Nachmittag war eine Besichtigung eines Teils der tiefer gelegenen Minen bis hin zum Tiefenmeer vorgesehen, an dessen Anblick sie besonderes Interesse bekundet hatte, obwohl Elben es gewöhnlich verabscheuten, sich längere Zeit unter der Erde aufzuhalten.

»Habt Ihr noch einmal über meinen Vorschlag nachgedacht, Herrin, auch die Bereiche zu besuchen, in denen die Thir-Ailith einst gelebt haben?«, erkundigte sich Lhiuvan, als sie sich am späten Vormittag in einem Audienzsaal des Palastes einfanden, um einige letzte Einzelheiten der geplanten Expedition zu besprechen.

»Es ist ein abstoßender, widerwärtiger Ort«, widersprach Gelinian. »Zumindest war es so, als ich dort war. Zudem ist nach dem Ende der Thir-Ailith die finstere Magie dort erloschen, darüber haben wir gewacht. Es gibt keinen Grund, Euch damit zu belasten.«

»Keinen Grund?«, protestierte Lhiuvan. »An diesem Ort wurde eine der schrecklichsten Gefahren gebannt, die unser Volk je bedroht hat. Das allein sollte schon Grund genug sein. Elbenkrieger haben dort ihr Leben im Kampf gegen diese Gefahr verloren, ihrer solltet Ihr gedenken. Aber vor allem: Zehntausende Elben, die heute im goldenen Tal leben, sind dort als Sklaven aufgewachsen und haben grausam in den Minen geschuftet. Ungezählte weitere wurden von den Thir-Ailith dahingeschlachtet. Ich finde, Ihr seid es ihnen einfach schuldig, diesen Ort aufzusuchen, wenn Ihr schon in Elan-Dhor weilt.«

»Eure Argumente wiegen schwer«, sagte Illurien unschlüssig. »Hören wir erst einmal, was unsere Gastgeber dazu sagen.«

»Ich nehme an, Ihr sprecht von einem Besuch im früheren Reich der Thir-Ailith«, vermutete Tharlia. »Wenn Ihr es wünscht, können wir die geplante Expedition freilich bis dorthin ausdehnen, obwohl sie dann gut die doppelte Zeit in Anspruch nehmen wird.«

»Ich denke, es wird zumindest für diejenigen Eurer Begleiter, die damals dabei waren, ein beruhigendes und erfreuliches Erlebnis sein, zu sehen, wie sich alles seither verändert hat«, fügte Thilus hinzu. »Befürchteten wir anfangs noch, dass diese Stätte des Grauens auf ewig durch den überall dort in Wänden, Decke und Boden brütenden Odem des Bösen verseucht wäre, so konnte dieser mittlerweile tatsächlich völlig aus Fels und Stein und Stahl vertrieben werden. Es ist ein Ort wie beinahe jeder andere in der Tiefenwelt geworden, und etwas Besseres kann man über eine solche Stätte wohl kaum sagen.«

»Umso mehr spüre ich das Verlangen in mir, diesen einst so düsteren Ort wiederzusehen und mich von seiner Verwandlung zu überzeugen, für die wir mit unserem Blut bezahlt haben«, sagte Lhiuvan. »Und ein Besuch der Herrin der Elben würde nicht nur die Gefallenen ehren, sondern diesen Ort auch segnen, in der Hoffnung, dass dort niemals wieder etwas Böses entstehen kann.«

Obwohl ein wenig pathetisch, klangen die Worte des Elben durchaus schlüssig, dennoch erfüllten sie Warlon mit einem vagen, nicht näher zu beschreibenden Gefühl von Unbehagen. Es war unverkennbar, dass Lhiuvan unbedingt an den Ort des letzten Kampfes gegen die Thir-

Ailith zurückkehren wollte, doch der Elb sprach für seinen Geschmack ein wenig zu schnell, mit zu glatter Zunge und mit zu viel nachdrücklichem Drängen, so als hätte er sich seine Worte schon lange zuvor zurechtgelegt. Warlon hatte das unbestimmte Gefühl, als wären die vorgetragenen Argumente keineswegs die einzigen oder gar entscheidenden Gründe für sein Engagement, und das weckte sein Misstrauen.

Vielleicht reagierte er auch nur überempfindlich, weil er Lhiuvan aufgrund von seiner Arroganz, die er schon von ihrer ersten Begegnung an zur Schau gestellt hatte und an der sich seither nichts geändert zu haben schien, nicht besonders mochte, aber Warlon glaubte nicht, dass sein Unbehagen allein darauf zurückzuführen war.

»Um falschen Erwartungen vorzubeugen, muss jedoch eine Einschränkung gemacht werden«, sagte er. »Das alles gilt für den allergrößten Teil der Thir-Ailith-Katakomben, von denen wir in den letzten Jahren begonnen haben, einen Teil für uns nutzbar zu machen. Die Stadt dieser Kreaturen, das Zentrum des Bösen, mochte kein Zwerg mehr betreten, auch wenn die von dort ausgehende Gefahr gebannt ist. Aus diesem Grund haben wir alle Zugänge dorthin verschlossen.«

Er bemerkte, wie es in Lhiuvans Augen aufblitzte, und für einen kurzen Moment ein enttäuschter, fast schon zorniger Ausdruck über sein Gesicht glitt. Gleich darauf hatte der Elb sich aber schon wieder unter Kontrolle.

»Das ist bedauerlich, da gerade dieser Ort am deutlichsten zeigte, wie verderbt die Thir-Ailith waren, und dass sie nichts mehr mit unserem Volk gemein hatten«, sagte er.

»Aber vielleicht ist es besser so. Wer weiß, ob in ihren Hinterlassenschaften nicht doch immer noch irgendeine finstere Macht schlummert, die in den falschen Händen eine erneute Katastrophe heraufbeschwören könnte.«

Warlon runzelte die Stirn. Obwohl Lhiuvan es nicht ausdrücklich erwähnt hatte, konnte mit den *falschen Händen* nur sein Volk gemeint sein, da es allein Zugang zu diesem Ort hatte, und diese erneute Spitze ärgerte ihn. Dennoch sagte er nichts.

»Ich habe mir alles angehört und einen Entschluss gefasst«, ergriff dafür Illurien wieder das Wort. »Ich habe wenig Verlangen, so weit in die Tiefe zu reisen und diesen Ort aufzusuchen. Aber ich verspüre tatsächlich eine Verpflichtung denen gegenüber, die dort gelitten und ihr Leben verloren haben. Ich will ihrer gedenken.« Sie wandte sich an Tharlia. »Insofern möchte ich Euch bitten, unsere ursprünglich geplante Expedition bis dorthin auszudehnen.«

Die Königin nickte.

»Wenn dies Euer Wunsch ist, so werden wir ihn erfüllen.«

Eine der ersten Wiederherstellungsarbeiten nach der Rückeroberung von Elan-Dhor hatte der Reparatur des Lastenaufzugs gegolten, der unabdingbar war, um größere Mengen Erz und andere Rohstoffe zur Weiterverarbeitung in die Schmieden und sonstigen Verarbeitungsstätten in der Stadt zu befördern. Während des Krieges hatten sie den über viele Etagen in die Tiefe führenden Schacht mit großen Mengen an Felsbrocken aufgefüllt, um zu verhindern, dass die Dunkelelben darin heraufkletterten und ihre Verteidigungsstellungen umgehen konnten.

Mittlerweile war der Schacht längst wieder freigeräumt, der gewaltige, über zahlreiche Räder und Rollen laufende Flaschenzug, mit dem Lasten nach oben gezogen und in die Tiefe hinabgelassen werden konnten, war in verbesserter Form neu gebaut worden. Vor allem handelte es sich jetzt um eine richtige Plattform und nicht wie vorher nur um ein korbähnliches Gebilde aus mit Metall verstärktem Holz.

Obwohl der Aufzug in erster Linie dem Transport von Lasten diente, konnten bei Bedarf auch Personen damit befördert werden. In diesem Fall nutzten sie ihn, da Tharlia und Thilus ihren Gästen eine stundenlange Wanderung über endlose Treppen ersparen wollten.

Auch Warlon nahm an der Expedition teil, während Ailin schon am Vormittag mit einem Fuhrwerk nach Zarkhadul zurückgekehrt war, weil irgendwelche dringenden Aufgaben dort auf sie warteten. Angelegenheiten des Priesterinnenordens, von denen Warlon nichts verstand. Außerdem schlossen sich ihnen für den Hohen Rat noch die beiden Vertreter der Arbeiterkaste an, und sie wurden von einer Eskorte von zwanzig Zwergenkriegern begleitet. Zwar gab es in der Tiefenwelt keine offenen Feindschaften mehr, wohl aber einige Ungeheuer wie die Zarkhane, deren Zahl nach dem Ende der Dunkelelben allmählich wieder zunahm. Darüber hinaus kam es vor allem außerhalb der befestigten Minen in letzter Zeit wieder zu Übergriffen von Gnomen und Schraten, und Tharlia wollte angesichts des hohen Besuchs keinerlei Risiko eingehen.

Zu Warlons Freude wurde die Eskorte von Lokin befehligt. Dieser hatte Ailin und ihn seinerzeit auf der Reise zum goldenen Tal begleitet, ein Ausgestoßener, der als Dieb und Schmuggler sein Dasein gefristet hatte. Durch seine Tapferkeit während der gefährlichen Mission und der anschließenden Schlacht um Elan-Dhor hatte er seine Ehre zurückerlangt und war wieder in die Kriegerkaste aufgenommen worden, in der er seither als Kampfführer diente.

Einer der ersten Orte, die sie besuchten, war Shain-Dalara, die Kristalloase. Ein nicht nur wunderschöner, sondern für die Priesterinnen auch ein heiliger Ort, von dem es hieß, dass die Göttin Li'thil selbst ihn geschaffen hätte, als sie sich einst dort ausruhte.

Warlon erinnerte sich noch lebhaft der gewaltigen Kristallgebilde, die die gesamte Höhle erfüllt hatten, zu riesigen Blüten und anderen Skulpturen gewachsen waren und Wände und Decke überzogen hatten. Auf tausenderlei verschiedene Arten hatten sie das Licht von Lampen und Fackeln gebrochen und waren in allen nur vorstellbaren Farben erstrahlt, so dass man das Gefühl gewann, sich mitten in einem ungeheuren Edelstein zu befinden.

Die Dunkelelben jedoch hatten die Schönheit dieses Ortes verabscheut und sie vollständig zerstört, jeden einzelnen Kristall zu winzigen Splittern zertrümmert, doch selbst ihr Vernichtungswerk war nicht von Dauer. Inzwischen hatten neue Kristalle zu wachsen begonnen, wenn sie auch längst noch nicht so groß und eindrucksvoll wie die früheren waren. Dennoch war der Anblick unvergleichbar, und selbst die Elben zeigten sich beeindruckt.

»Das ist wunderschön, sogar für unsere Augen«, murmelte Illurien. »Ich hätte niemals erwartet, einen Ort solcher Schönheit so tief unter der Erde vorzufinden.«

»Ich hoffe, dass dies nicht Euer letzter Besuch in Elan-Dhor sein wird«, entgegnete Tharlia. »Wenn der Erholungsprozess weiterhin so rasch voranschreitet, werdet Ihr diesen Ort in einigen Jahren nicht mehr wiedererkennen. Noch hat er seine einstige Schönheit längst nicht vollständig zurückgewonnen.«

»Dann würde allein schon ein erneuter Besuch an dieser Stätte eine weitere Reise wert sein«, sagte Illurien.

»Und dies ist längst nicht die einzige, die einen Besuch lohnt.«

Sie verließen die Kristalloase wieder und suchten einige Stollen auf, in denen Zwergenarbeiter noch aktiv Fels brachen und Erze schürften, damit die Elben auch davon einen Eindruck gewannen, ehe sie schließlich den gesamten Bereich der Minen hinter sich ließen.

Damit entfiel auch die Möglichkeit, mittels des Aufzugs den Weg erheblich zu verkürzen, sodass sie eine stundenlange Wanderung erwartete, ehe sie schließlich das Tiefenmeer erreichten. Größtenteils handelte es sich um Wege, die kaum noch von den Zwergen genutzt wurden und sich deshalb nicht mehr in bestem Zustand befanden, doch ertrugen die Elben den Marsch, ohne zu klagen. Von den Kriegern wusste Warlon, dass sie wesentlich ausdauernder und kräftiger waren, als ihre schlanken, fast hageren Körper vermuten ließen, und offenbar galt das auch für ihre Herrin.

Ihr Weg führte sie durch eine Feuerhöhle, eine gewaltige Grotte, unter der einige Dutzend Meter tiefer ein Lavafluss dahinströmte. Schächte, die bis zur Lava herabreichten, durchzogen den Boden und endeten in zahlreichen Löchern, aus denen von Zeit zu Zeit hohe Flammenzungen emporloderten.

Es war unverkennbar, dass die Elben sich davor fürchteten und die Durchquerung der Feuerhöhle eine Tortur für sie darstellte, die ihnen viel Mut und Selbstbeherrschung abverlangte. Unwillkürlich fühlte sich Warlon an die Thir-Ailith zurückerinnert, die einzig vor Feuer eine geradezu panische Angst gehabt hatten. Auch die Hochelben schienen von dieser Angst nicht frei zu sein.

Rasch setzten sie ihre Wanderung in die Tiefe fort.

Eine Mischung aus Euphorie und Zorn erfüllte Lhiuvan, gepaart mit immer größer werdender Ungeduld. Zorn darüber, dass die Zwerge nach eigenen Angaben die Zugänge zur ehemaligen Stadt der Thir-Ailith verschlossen hatten, der Stätte eines so entscheidenden Kampfes für das Überleben und die Zukunft ihrer beider Völker, aber zugleich Euphorie, dass er sich diesem Ort nun näherte, was auch zu einer wachsenden Ungeduld führte, endlich dort einzutreffen.

Fünfeinhalb Jahre waren verstrichen, seit er dem Drang, aus purem Verlangen zu töten, erstmals nachgegeben hatte, eine mit dem Tod Naltirias teuer bezahlte Befriedigung seiner dunklen Gelüste. Nahezu ein Jahr lang hatte er diesem Verlangen anschließend widerstehen können, aber es war stärker und stärker geworden, wie ein Parasit, der sich in seinem Geist eingenistet hatte und an ihm fraß, bis er dem Drang ein weiteres Mal nachgegeben hatte.

Diesmal war sein Opfer ein Schneetiger gewesen, doch auch dessen Tod hatte sein Verlangen nach Blut nur für einige Zeit befriedigen können. Zu diesem Zeitpunkt wäre er mehrfach nahezu der Verlockung erlegen, sich der Herrin Illurien zu offenbaren, ihr in der Hoffnung auf Hilfe oder wenigstens Rat von seinen unerklärlichen Begierden zu berichten.

Er hatte es nicht getan, und heute verachtete er sich fast für diese Schwäche, der er damals beinahe nachgegeben hätte. Was war schon dabei, wenn er seine Kräfte im Kampf mit Raubtieren maß? Er war ein Krieger, in endlosen Jahren zum Kämpfen und Töten ausgebildet. Mittlerweile erschien es ihm als eine völlig normale Regung, dass er diese Fähigkeiten auch erproben und ausleben wollte. Sie hatte immer tief in ihm vergraben geruht, und offenbar hatte erst der Krieg gegen die Thir-Ailith sie in ihm wachgerufen und an die Oberfläche gespült.

Es war nicht unnatürlich, dass er dieses Verlangen verspürte. Unnatürlich war die Lebensart der anderen Elben, die diesen Drang unterdrückten und verleugneten, sogar vor sich selbst, wie ihm nun bewusst geworden war. Viel hatte nicht gefehlt, und die Verdrängung dieses Teils seiner Natur hätte sein Volk sogar in den Untergang getrieben. Es war schwach und müde geworden, hatte sich mit seinem bevorstehenden schleichenden Ende abgefunden.

Durch die befreiten Sklaven der Thir-Ailith war es diesem Schicksal zumindest vorläufig entronnen. Mit ihrer Energie und Tatkraft hatten sie auch dem Rest des Elbenvolkes neue Hoffnung verliehen und es aus seiner Lethargie gerissen.

Vor allem unter ihnen waren einige, denen es bereits nicht mehr reichte, abgeschieden im goldenen Tal zu leben, so schön es auch war. Sie waren zu Reisen aufgebrochen, um auch die übrige Welt kennenzulernen, und über kurz oder lang würden einige vermutlich sogar neue Niederlassungen gründen, weitere Elbenstädte, wie es sie früher einst gegeben hatte, ehe sich sein Volk von allen weltlichen Belangen abgewandt und in die Einöde zurückgezogen hatte.

Gebannt war die Gefahr dadurch jedoch noch lange nicht. Solange sein Volk an alten Werten und Idealen festhielt, statt aus seinen Fehlern zu lernen, würde alles irgendwann wieder von vorne beginnen.

Lhiuvan war entschlossen, es nicht so weit kommen zu lassen.

Er wusste nun, wo die Fehler lagen – dass man die eigene Natur nicht auf Dauer verdrängen konnte. Aber dies war eine ungeliebte Wahrheit, die man mit aller Gewalt zu unterdrücken versuchte, das hatte er bereits feststellen müssen. Ganz behutsam hatte er sich bei einigen Gesprächen in diese Richtung vorgetastet, war aber zumeist auf heftige Ablehnung gestoßen. Das hatte ihm gezeigt, dass es ihm nur mit Worten nicht gelingen würde, sein Volk wachzurütteln und von dem verhängnisvollen Irrweg abzubringen. Wenn er andere überzeugen wollte, benötigte er Macht, und er wusste auch, wo er diese finden konnte.

Aus diesem Grund war er hauptsächlich hier.

Um in den Tiefen der Welt überleben zu können, wohin man sie einst verbannt hatte, hatten die Thir-Ailith eine Quelle schier unglaublicher Macht angezapft. Es war ihnen gelungen, ein Tor zu einer anderen Daseinsebene aufzustoßen, was als eines der frevlerischsten Verbrechen galt, die es überhaupt gab, da niemand wusste, welchen möglicherweise grauenvollen Kreaturen man auf diese Art einen Weg in diese Welt bahnte.

Dies war bei den Thir-Ailith nicht geschehen. Stattdessen hatte ihr Tun nicht nur ihr Überleben gesichert, wenngleich in schrecklich veränderter, der lebensfeindlichen Umgebung angepasster Form, sondern ihnen auch zu ungeahnter Macht und Stärke verholfen – einer Macht, wie auch Lhiuvan sie benötigte.

Wenn es ihm gelang, sich diese anzueignen …

Das Tor war im Verlauf des Kampfes gegen die Thir-Ailith kollabiert und anschließend versiegelt worden, aber es existierte nach wie vor. Es vollständig zu vernichten, hatte selbst die Fähigkeiten der Elbenmagier überschritten.

Das verlieh Lhiuvan Hoffnung, dass es ihm gelingen könnte, es erneut zu öffnen, vorausgesetzt, er erreichte es überhaupt. Im Stillen verfluchte er die Zwerge, dass sie die Zugänge dorthin versperrt hatten und seine Pläne damit zu durchkreuzen drohten, aber deshalb war er noch längst nicht bereit, einfach aufzugeben. Zumindest würde er sich erst einmal vor Ort ein Bild von der Lage verschaffen. Bis dahin blieb ihm nichts anderes übrig, als sich nichts anmerken zu lassen und gute Miene zum bösen Spiel zu machen, obwohl er am liebsten jedem einzelnen der zu klein geratenen Dreckwühler mit seinem Schwert den Kopf von den Schultern geschlagen hätte.

Oder, noch besser, ihnen langsam und genüsslich den Hals umgedreht …

Auch Lhiuvan hatte das Tiefenmeer zuvor noch nicht gesehen, und obwohl der gigantische unterirdische See zweifellos beeindruckend war, lenkte er ihn nur kurzzeitig von seinen Grübeleien ab. Anders sah es bei den übrigen Elben aus, die von dem Anblick völlig in Bann geschlagen wurden. Vor allem Illurien stellte zahlreiche Fragen, ehe sie ihren Weg endlich fortsetzen konnten.

Weitere scheinbar endlose Stunden führte dieser sie durch die trostlose, tote Welt aus Stein und Fels. Nach einiger Zeit erreichten sie das Gebiet, durch das Quarrolax sie einst geführt hatte, um das Tiefenmeer zu umgehen, und für das er den Zwergen nun offizielle Nutzungsrechte geschenkt hatte. Der ohnehin gut getarnte Zugang dorthin wurde zusätzlich von Zwergenkriegern bewacht, und als sie ihn passiert hatten, erkannte Lhiuvan, dass die Abtretung dieses Gebietes lediglich eine Formsache gewesen war, da die Zwerge es sich längst angeeignet hatten. In dieser Hinsicht nötigte ihre Entschlossenheit und Konsequenz ihm sogar eine gewisse Achtung ab.

Vielerorts waren die Stollen und Gänge bearbeitet, vor allem Unebenheiten im Boden waren ausgeglichen worden. Man hatte Schienen verlegt, um den Transport von mit Erzen beladenen Loren zu erleichtern. Größere Höhenunterschiede wurden durch kompliziert aussehende Konstruktionen aus Rädern, Ketten und Seilzügen überwunden, die Lhiuvan gar nicht erst zu verstehen versuchte.

Ein leichter Geruch nach Petroleum erfüllte die Luft. An den Wänden liefen Rinnen entlang, in denen die träge Flüssigkeit floss. Von diesen tropfte es in knapp kopfgroße steinerne Becken, die in regelmäßigen Abständen ins Gestein gehauen waren, und hielt die darin brennenden Feuer am Leben, die die Stollen erhellten.

»Die Schmieden und Schmelzöfen der Thir-Ailith entsprechen nicht unserem Standard«, erklärte Schürfmeister Artok, einer der beiden Vertreter der Arbeiterkaste im Hohen Rat der Zwerge. »Wir können sie nicht weiter benutzen. Aber wir haben sie so gut es ging ausgeschlachtet und damit begonnen, nun direkt in der Tiefe eigene Fertigungsstätten zu errichten.«

»Es wird noch geraume Zeit dauern, alles komplett umzustrukturieren«, ergänzte Torgan, der zweite Vertreter der Arbeiter im Rat, während sie ihren Weg fortsetzten. »Aber auf Dauer ist es einfacher, das Erz direkt in der Tiefe zu verarbeiten und dann die fertigen Waren in die Stadt zu transportieren.«

»Zudem gewinnen wir so den Platz, den die Betriebe gegenwärtig in der Stadt einnehmen, als zusätzlichen Wohnraum, den wir dringend benötigen«, erklärte Tharlia. »Obwohl viele nach Zarkhadul übergesiedelt sind, leben in Elan-Dhor dennoch mehr Zwerge als vor dem Krieg.«

»Das bedeutet aber, dass sie einen langen Weg zurücklegen müssen, um überhaupt erst einmal zu den Schmieden zu gelangen«, wandte Gelinian ein. »Sie sind mehr als zwanzig Stunden unterwegs.«

»Das gleiche Problem, das auch die Schürftrupps haben«, entgegnete Torgan. »Damit es sich lohnt, müssen wir sie schichtweise für mehrere Tage in die Tiefe schicken, wo sie in Baracken schlafen. Sicherlich kein optimaler Zustand, aber wir hoffen, dass wir auch dafür eine Lösung finden. Derzeit arbeiten wir an einem weiteren Schacht, den wir bis hinab zu den neuen Schürfgebieten ausheben wollen. Durch einen weiteren Aufzug könnten wir den Weg entscheidend verkürzen.«

Lhiuvan beachtete das Gespräch kaum. Obwohl sie raschen Schrittes gingen, kamen sie für seinen Geschmack viel zu langsam voran. Er spielte mit dem Gedanken, sich unauffällig vom Rest des Trupps zu entfernen und vorauszueilen, aber immer wieder begegneten ihnen Zwergenarbeiter, die Loren schoben oder sonst irgendetwas transportierten, gelegentlich kamen sie auch an Patrouillen oder Wachposten vorbei. Vor allem Letztere würden sich mit Sicherheit wundern und unliebsame Fragen stellen, wenn sie ihn allein hier unten antrafen, ihn vielleicht sogar aufhalten.

Gerade Misstrauen durfte er jedoch nicht erregen. So blieb ihm nichts anderes übrig, als seine Ungeduld weiterhin zu zügeln.

Sie benötigten Stunden, bis sie endlich den Bereich der Tiefenwelt erreichten, in dem einst die Thir-Ailith gehaust hatten. Allzu deutlich erinnerte sich Lhiuvan noch daran, wie es damals hier gewesen war, an die Aura des Bösen, die jeden Quadratzoll Boden, jedes Stück Wand erfüllt hatte und direkt vom Gestein ausgeatmet zu werden schien.

Jetzt war davon nichts mehr zu spüren. Die Stollen und Höhlen unterschieden sich nicht von jenen, durch die ihr Weg sie bislang geführt hatte. An manchen Stellen klafften große, rechteckige Vertiefungen in den Wänden. Lhiuvan erinnerte sich, dass dort damals von finsterer Magie erfüllte Reliefs in das Gestein geritzt gewesen waren, die den Sinn eines jeden verwirrten, der sie zu lange betrachtete, und ihn in den Wahnsinn trieben. Mit aller Sorgfalt hatten die Zwerge sie entfernt.

Lhiuvan vermutete, dass dies auch der Grund dafür war, dass seine Sinne ihm weder eine verzerrte Form der Stollen noch sonst eine Illusion der Umgebung vorgaukelten. Hatte man früher in der Nähe der magischen Verzierungen nicht aufgepasst, hatten Gänge und Wände gewirkt, als würden sie sich der verrückten Symmetrie der Reliefs angleichen, mit sich kreuzenden, gekrümmten Geraden, ins Unmögliche überdrehten Winkeln und anderen sinnverwirrenden Phänomenen mehr. Er wusste nicht, ob es sich um eine Nebenwirkung der verderblichen Magie gehandelt hatte, oder ob erst diese Reliefs die Verbreitung der Magie im Reich der Thir-Ailith möglich gemacht hatten. Jetzt zählte nur noch, dass sie erloschen war.

Hier gab es keine brennenden Petroleumbecken mehr an den Wänden. Stattdessen waren dort Fackeln und Lampen aufgehängt und sorgten für Licht.

Nach einiger Zeit gelangten sie in eine große Halle. Damals hatten sie sie durch einen Ausgang auf der gegenüberliegenden Seite wieder verlassen. Jetzt jedoch war dieser zugemauert. Sie befanden sich nun ganz in der Nähe der früheren Stadt der Thir-Ailith. Die Schienen führten zu einem etwas weiter rechts gelegenen Durchgang, den auch sie benutzten.

Zwar begegneten sie auch weiterhin immer wieder Zwergen, die verschiedenen Arbeiten nachgingen, doch wenigstens keinen Patrouillen und Wachposten mehr, wie

Lhiuvan zufrieden feststellte. Immerhin gab es nur einen einzigen Zugang zu diesem gesamten riesigen Höhlensystem, durch dessen Öffnung das über Äonen hinweg in der Erde eingeschlossene Verhängnis überhaupt erst über die Zwerge hereingebrochen war, und es genügte, diesen zu bewachen, um alle Gefahren fernzuhalten.

Sie näherten sich nun den Bereichen, in denen damals die Sklaven der Thir-Ailith eingesperrt gewesen waren und für die Dunkelelben hatten schuften müssen, bis sie schließlich als Schlachtvieh geendet hatten. Hätte er damals davon gewusst, dass die Zwerge schon wenige Jahre später hier selbst nach Erz und Schätzen schürfen würden, hätte Lhiuvan dies abstoßend und widerlich gefunden.

Nun war es ihm egal.

Er blieb immer wieder stehen und tat so, als würde er sich irgendetwas genauer ansehen, sodass er allmählich hinter die anderen zurückfiel, ohne dass es Verdacht erregte. In einem unbeobachteten Moment nutzte er die Gelegenheit, rasch eine Laterne zu ergreifen und in einem Seitengang zu verschwinden. Einige Sekunden lang blieb er still stehen, lauschte und wartete, aber niemand schien sein Verschwinden bemerkt zu haben und kam, um nach ihm zu sehen.

Erleichtert atmete er auf.

Zwar besaß er nicht den untrüglichen Orientierungssinn der Zwerge, aber er hatte sich lange genug hier aufgehalten, um sich einigermaßen zurechtzufinden. Sie hatten die Stadt der Thir-Ailith auf der rechten Seite umgangen, also brauchte er sich nur in die entgegengesetzte Richtung zu wenden. Es hatte damals zahlreiche Zugänge zu der riesigen Höhle gegeben, in der sie lag, insofern dürfte es ihm nicht schwer fallen, einen davon zu finden.

Sein Ziel war nahe, und nichts würde ihn jetzt noch aufhalten.

5

MOLAKAN

Thalinuels Geschichte, Mai 11657
alter Zeitrechnung der Elben

»So viel Hass«, stieß Molakan verbittert hervor. Im Gegensatz zu den in eng anliegende, braune Lederwämse, grüne Hosen und kniehohe Stiefel gekleideten Kriegerinnen und Kriegern trug der Hüter der Türme von Saltinan auch jetzt ein buntes, um die Hüften mit einem Gürtel gerafftes Gewand. »So viel wilder, ungezähmter Hass. Ist es etwa das, was wir nach allem, was wir für sie getan haben, verdienen? Dass sie uns den Rücken kehren, uns sogar überfallen und abschlachten? Ist es das, was sie unter Dankbarkeit verstehen?«

»Manches, was sie gesagt haben, klang für mich sogar gut nachvollziehbar. Wer kann es ihnen verdenken, dass sie ohne fremde Beeinflussung ihren eigenen Weg gehen wollen?«, wandte Kadunan ein, ein älterer Krieger, der für seine Ruhe und Besonnenheit bekannt war. »Sie sind nun einmal keine Elben, und deshalb können wir nicht von ihnen erwarten, dass sie all unsere Werte und Ideale übernehmen und unsere Lebensweise teilen.«

»Eine Lebensweise, die es ihnen überhaupt erst ermöglicht hat, das zu werden, was sie heute sind. Wir haben sie dazu befähigt, in Frieden heranzuwachsen und Jahrhunderte, vielleicht Jahrtausende ihrer Entwicklung zu überspringen. Ohne uns hätten sie nicht einmal eine gemeinsame Sprache und könnten sich nicht miteinander verständigen. Wahrscheinlich würden sie noch mit Steinen und primitiven Keulen aufeinander einschlagen. Manche der jungen Völker gäbe es vielleicht gar nicht mehr, weil sie von anderen, stärkeren ausgerottet worden wären.«

»Vielleicht«, stimmte Kadunan zu. »Und vielleicht hätte es auch genau so kommen sollen. Wer hat uns eigentlich das Recht gegeben, in den natürlichen Kreislauf einzugreifen? Zur Freiheit gehört auch die Freiheit, Fehler zu machen. Fehler sind zumeist die besten Lehrmeister, viel besser als wir, wenn wir unser Wissen einfach an sie weitergeben. Was wäre, wenn zum Beispiel die Zwerge bereits älter als wir wären und von uns verlangen würden, ihrer Lebensart zu folgen? Wären wir glücklich damit, in dunklen Höhlen unter der Erde zu hausen, wie es ihnen am liebsten wäre, oder würden auch wir in so einer Situation verlangen, unser Leben nach unseren Vorstellungen führen zu können?«

Seine Worte machten Thalinuel nachdenklich. Bislang hatte sie eine ebensolche Verbitterung wie Molakan über den Verrat der jüngeren Völker verspürt. Kadunans Worte jedoch ließen sie deren Denk- und Handlungsweise in einem zumindest geringfügig anderen Licht betrachten.

Selbstverständlich würde auch sie sich nicht von anderen Völkern vorschreiben lassen wollen, wie sie zu leben hatte, doch war dieses Beispiel ziemlich weit hergeholt. Es ging um grundlegendere Dinge als nur die Frage, ob ein Volk auf oder unter der Erde leben sollte. Frieden, Ordnung und Recht waren Grundprinzipien, deren Wert jedes Volk anerkennen musste, das sich nicht dem Chaos und den Göttern des Bösen verschrieben hatte.

Aber die Rebellion der anderen Völker galt ja auch nicht speziell diesen Prinzipien – grundsätzlich schienen sie diese zu akzeptieren. Dennoch waren während der Beratungen tiefe Gräben sichtbar geworden, die sich nicht mehr hatten überbrücken lassen. Im Gegenteil, nach einer kurzen Phase der Sachlichkeit hatte sich die Stimmung rasch wieder verschlechtert, nachdem die gegensätzlichen Standpunkte klar geworden waren und jede Seite auf ihren Ansprüchen beharrt hatte.

Sie alle hatten die Entschlossenheit der jüngeren Völker unterschätzt, und es war König Lotharon nicht gelungen, ihren Forderungen Argumente entgegenzusetzen, die bei ihnen Gehör fanden. Insofern musste man das Treffen als gescheitert bezeichnen. Die Atmosphäre beim Abschied war kühl, fast schon frostig gewesen, und die Vertreter der Völker hatten keinerlei Hehl aus ihrer Absicht gemacht, mit oder ohne die Zustimmung der Elben künftig ihrer eigenen Wege zu gehen.

Entsprechend tief saß die Enttäuschung im gesamten elbischen Trupp, selbst jetzt noch, mehrere Stunden nachdem sie von Tal'Orin aufgebrochen waren und sich auf den Rückweg nach Saltinan begeben hatten. Den bisherigen Weg hatten sie hauptsächlich schweigend zurückgelegt. Erst jetzt, während der ersten Rast, waren einige Gespräche aufgeflackert, die sich freilich allesamt mit dem zurückliegenden Treffen befassten.

Thalinuel hatte sich bislang nicht daran beteiligt. Sie saß etwas abseits auf einem der Felsbrocken, die reichlich in einer Talsenke am Fuße des Hügels verteilt lagen, in dessen Windschutz sie ihr Lager aufgeschlagen hatten. Stumm begnügte sie sich damit, den anderen zuzuhören und nachzudenken.

Und es gab eine ganze Menge, worüber sie nachdenken musste.

Bislang war ihre Sicht der Dinge klar und geordnet gewesen. Ihr Volk hatte stets auf der Seite des Guten gestanden und war selbstlos zu einem Mentor der jüngeren Völker geworden, um auch ihnen den Weg zum Licht zu weisen. Der Gedanke, dass die jüngeren Völker dies aus irgendwelchen Gründen gar nicht wünschten und sich in ihrer Freiheit beschnitten fühlten, war ihr bisher nicht im Entferntesten gekommen.

Nun jedoch hatten sich in diesem Weltbild tiefe Risse gezeigt. Sie war sich nicht mehr sicher, was sie denken und glauben sollte; alles war mit einem Mal so ungeheuer verworren und kompliziert geworden.

»Das ist doch absurd!«, empörte sich Molakan. »Jedes intelligente Wesen bis auf die Zwerge und Goblins lebt an der Oberfläche, nur einige Tiere verkriechen sich in Höhlen und unter der Erde. Selbst wenn die Zwerge Millionen Jahre älter wären als wir, würde kein Elb sich jemals von ihnen zu einem Dreckwühler machen lassen. Wenn solcher Unsinn alles ist, was Euch zu diesem Thema einfällt, dann solltet Ihr uns besser ganz mit Eurem Gerede verschonen.«

Einen Moment lang blickte Kadunan ihn scharf an. Er war ein ruhmreicher Krieger und brauchte es sich nicht gefallen zu lassen, von irgendjemandem so angefahren zu werden, auch nicht vom Hüter der Türme von Saltinan. Dass Molakan sich überhaupt dazu hatte hinreißen lassen, zeigte deutlicher als alles andere, wie angespannt sie alle waren. Das schien auch Kadunan zu erkennen, denn nach einigen Sekunden wandte er den Blick ab und zuckte mit den Schultern.

»Wie Ihr meint«, sagte er ruhig und erhob sich. »Ich kann Euren Zorn gut verstehen, aber er sollte Euch nicht blind für alles andere machen. Und vor allem ist er stets ein schlechter Ratgeber. Das solltet auch Ihr bereits gelernt haben.«

Ohne sich noch einmal umzudrehen, ging er davon, nicht zu einem der anderen Grüppchen hinüber, die sich gebildet hatten, sondern direkt zu seinem Zelt.

Thalinuel ballte die Hände, die bislang locker auf ihren Oberschenkeln gelegen hatten, zu Fäusten. Was gerade geschehen war, mochte nur ein unbedeutender Zwischenfall sein, dennoch entsetzte es sie nicht viel weniger als die gescheiterten Beratungen. Natürlich waren auch in ihrem Volk längst nicht immer alle einer Meinung, aber normalerweise wurden unterschiedliche Ansichten in aller Ruhe und Sachlichkeit besprochen. Nun jedoch begannen die äußeren Umstände bereits den Umgang und das Miteinander in ihrem eigenen Volk zu vergiften, selbst wenn Molakans Worte nur ein einmaliger Ausrutscher gewesen sein mochten, die ihm bereits leidtaten. Jedenfalls zeigte sich auf seinem Gesicht genau wie auf dem der meisten anderen Betroffenheit.

Eine Weile herrschte Schweigen. Thalinuel starrte zu Boden, rollte mit ihren Füßen einen faustgroßen Stein hin und her.

»In einer Hinsicht muss ich Kadunan zustimmen«, ergriff Verilon schließlich das Wort. Sie blickte auf und sah den für einen Elb außergewöhnlich kräftigen Mann an. »Auch ich kann den Wunsch der anderen Völker nach Freiheit und Selbstbestimmung verstehen, denn wir engen sie tatsächlich ein. Und wir haben Fehler gemacht. Wir hätten die Entwicklung voraussehen müssen, statt unsere Augen davor zu verschließen. Dann hätten wir sie in die richtigen Bahnen lenken und die Völker darauf vorbereiten können, nach und nach mehr eigene Verantwortung für ihre Entwicklung und ihr Schicksal zu übernehmen.«

»Dafür sind sie noch längst nicht reif«, widersprach Molakan. »Hätten wir sie in ihren Bestrebungen gefördert, wäre es nur noch schneller so weit gekommen.«

»Vielleicht. Aber dann wären wir in Frieden und Freundschaft von ihnen gegangen, statt mit Streit und Groll zurückgewiesen zu werden, wie es jetzt geschehen ist. Und was noch viel schlimmer ist, sie haben es sogar gewagt, unsere Delegation zu überfallen. Lange schon hat es keinen solchen Angriff mehr auf einen bewaffneten Trupp von Elbenkriegern gegeben. Ich habe unsere Vorhut befehligt. Viele der Toten waren meine Freunde. Obwohl ich weiß, dass mich keinerlei Schuld daran trifft, lastet ihr Tod dennoch schwer auf mir, und ich bin nicht bereit, ihn so einfach hinzunehmen.«

»Das gilt auch für mich!«, rief Thalinuel. Verilon sprach

ihr direkt aus der Seele. Auch bei anderen erklang Zustimmung.

»Es gibt wohl für keinen von uns Zweifel daran, dass es sich nicht nur um einen Hinterhalt von Wegelagerern handelte, dem wir zufällig zum Opfer gefallen sind«, fuhr Verilon fort. »Die Trolle und Tzuul hatten es ganz bewusst auf uns abgesehen, jemand hat sie mit dem Angriff auf uns beauftragt. Jemand, der genau wusste, wann und wo das Treffen stattfinden würde, und unseren Weg erraten konnte. Leider haben wir keinerlei Hinweise, um wen es sich bei den Verrätern handelt, dennoch hätte ich erwartet, dass dieses Thema bei den Beratungen eine größere Rolle spielen würde. Stattdessen hat König Lotharon es nur zu Beginn kurz zur Sprache gebracht und dann fallen lassen, als ob die Toten keinerlei Bedeutung hätten. Das zu akzeptieren fällt mir schwerer als alles andere.«

Wieder erklangen zustimmende Rufe. Thalinuel war froh, dass endlich jemand auch dieses Thema noch einmal aufgriff, das angesichts der anderen Vorkommnisse völlig in den Hintergrund getreten war, und dass es ausgerechnet Verilon war. Es zeigte ihr wieder einmal, wie ähnlich sie einander waren, in welch ähnlichen Bahnen auch ihre Gedanken verliefen.

Wenn er sie doch nur endlich auch als Frau wahrnehmen würde, statt nur als Freundin und Kampfgefährtin …

»Diese Schuld wird immer als Schandfleck auf dem Königspaar lasten«, stimmte Molakan zu. »Aber es steht uns nicht zu, den Herrn und die Herrin dessen anzuklagen. Sie haben getan, was sie für das Beste hielten. Natürlich möchte ich die Schuldigen bestraft sehen, aber es spielt keine große Rolle, welches Volk hinter dem Verrat steckt.« Er sprang von dem Felsbrocken auf, auf dem er gesessen hatte. Erregt gestikulierte er mit den Händen. »Zutrauen würde ich es jedem. Ich sage ja, sie sind nicht reif für das, was sie als Freiheit bezeichnen. Wie könnt Ihr da sagen, wir hätten ihnen noch helfen sollen, sich von uns abzuwenden und ihrer eigenen Wege zu gehen?«

»Weil sie es jetzt ohnehin getan haben«, entgegnete Verilon. »Aber jetzt geschah es im Streit. Allein schon deshalb werden sie alles, was wir sie gelehrt haben, besonders kritisch prüfen und manches verwerfen. Das hätte vermieden werden können. So jedoch fürchte ich, dass es lange dauern wird, bis sich die Wogen glätten und unsere Völker wieder zu einem so freundschaftlichen Miteinander finden, wie es einmal war.«

»Ein freundschaftliches Miteinander mit Verrätern und heimtückischen Mördern!« Molakan spie aus. »Darauf kann ich verzichten. Diese Kreaturen sind schlimmer als wilde Bestien! Ohne unsere lenkende Hand werden sie binnen kürzester Zeit in Barbarei verfallen. Sie werden all unsere Anstrengungen zunichte machen, alles zerstören, was wir in Jahrtausenden mühsam geschaffen haben. Ihr werdet Euch meiner Worte noch erinnern. Ich sehe dunkle Schatten am Horizont aufziehen, Vorboten einer Dämmerung, die ein neues Zeitalter der Finsternis einläuten wird.«

Einige Sekunden herrschte Stille.

»Ich glaube es nicht«, stieß Verilon schließlich hervor. »Möglicherweise, sogar mit ziemlich großer Wahrscheinlichkeit, wird sich die Entwicklung verlangsamen, es wird manche Rückschritte geben, aber ich kann mir nicht vorstellen, dass uns eine neue Finsternis droht. Die jüngeren Völker sind nicht böse. Es mag in ihnen schlummern, mehr als in uns, aber ich glaube nicht, dass sie sich auf diesen Weg begeben.«

»Ich wünschte, ich könnte Eure Zuversicht teilen«, murmelte Molakan. »Aber ich kann es nicht. Ich kann es einfach nicht.«

Das Lager wurde während der Nacht schwer bewacht, nicht nur von einem oder zwei Wachposten, die warnen konnten, wenn sie etwas Ungewöhnliches bemerkten, sondern von fast einem Dutzend, die alle zwei Stunden wechselten. König Lotharon wollte keinerlei Risiko eingehen, dass sie erneut durch einen heimtückischen Überfall überrascht werden konnten. Ein deutlicher Hinweis darauf, für wie gefährlich auch er die Situation hielt. Nach dem Scheitern der Verhandlungen war nicht einmal auszuschließen, dass einige der Völker sich das, was sie für ihr Recht hielten, mit Gewalt zu nehmen versuchten. Ein vereinter Angriff auf das elbische Königspaar und den Rest der Elbendelegation, womöglich gar die vollständige Auslöschung selbiger, würde eine Zeit der Unruhe heraufbeschwören, die sie nutzen konnten, um ihre »Freiheiten« weiter auszubauen.

Thalinuel hatte sich früh in ihr Zelt zurückgezogen, das sie mit einer anderen Kriegerin teilte, aber trotz ihrer Müdigkeit fand sie keinen Schlaf. Die zahlreichen Wachen hätten ihr ein Gefühl von Sicherheit verleihen sollen, aber das war nicht der Fall. Es war auch nicht Furcht, die sie wachhielt. Sie konnte sich nicht einmal wirklich vorstellen, dass die Völker tatsächlich einen offenen Angriff auf einen Trupp von gut siebzig Elbenkriegern unternehmen würden.

Ihr Geist war einfach zu aufgewühlt, zu viele Sorgen spukten durch ihre Gedanken. Nicht einmal Meditationsübungen halfen ihr, sich zu entspannen und zur Ruhe zu kommen.

Schließlich sah sie ein, dass sie keinen Schlaf finden würde, solange sie sich nur von einer Seite auf die andere drehte. Zwar war die Zeit für ihre Wache noch längst nicht gekommen, dennoch erhob sie sich lautlos. Sie band sich das lederne Stirnband um, das ihre Zugehörigkeit zu den Kriegern zeigte, warf sich ihren Mantel um die Schultern und verließ das Zelt.

Tief atmete sie ein paarmal die klare Nachtluft ein.

Offenbar war sie nicht die Einzige, die keinen Schlaf fand, denn weit mehr Krieger als nur die eingeteilten Wachposten waren noch munter, saßen in leise Gespräche vertieft an den wärmenden Lagerfeuern.

Ein Stück entfernt sah sie zu ihrer Verwunderung eine Gruppe von nicht ganz einem Dutzend Kriegern, zu der auch Verilon und Molakan gehörten, die gerade dabei waren, ihre Pferde zu satteln. Anstelle seines bunten Gewandes trug auch der Hüter der Türme nun einfache Kleidung, die der der Krieger ähnelte.

Thalinuel zögerte einen Moment, dann ging sie zu der Gruppe hinüber.

»Ich nehme an, du kannst auch nicht schlafen«, sagte Verilon, als sie bis auf wenige Schritte herangekommen war. »Kein Wunder, so geht es den meisten in dieser Nacht.«

»Warum sattelt ihr die Pferde? Was habt ihr vor?«, erkundigte sie sich.

»Da wir ohnehin nicht schlafen können, wollen wir einen kleinen Ritt unternehmen und uns ein bisschen in der Umgebung umsehen«, antwortete Verilon, ohne sie anzublicken. »Falls uns irgendeine Gefahr droht, entdecken wir sie auf diese Art frühzeitig. Das ist sinnvoller, als nur untätig herumzusitzen.«

Thalinuel spürte sofort, dass er log oder ihr zumindest nicht die ganze Wahrheit sagte. Hinter diesem *kleinen Ritt* steckte mehr, das erkannte sie schon an den entschlossenen, grimmigen Gesichtern der beteiligten Kriegerinnen und Krieger, doch bevor sie etwas entgegnen konnte, erhielt sie überraschend Unterstützung durch Molakan.

»Sie gehörte zur Vorhut und war bei dem Überfall heute Morgen ebenfalls beteiligt«, sagte er. Ein beträchtlicher Teil seiner Anspannung schien von ihm abgefallen zu sein, er wirkte wesentlich gelöster als am frühen Abend. »Ich denke, dass sie allein deshalb schon ein Recht hat, die Wahrheit zu erfahren und sich uns anzuschließen, wenn sie es wünscht und unseren Plan gutheißt.«

»Welchen Plan? Wovon sprecht Ihr?« Als sie keine Antwort erhielt, wandte sie sich wieder Verilon zu. »Sag schon, was habt ihr vor?«

Er zögerte, doch nach einigen Sekunden drehte er sich zu ihr herum und nickte widerstrebend.

»Wir sind kaum eine Stunde von dem Ort entfernt, an dem der Angriff stattfand«, erklärte er. »Tzuul, vor allem aber Trolle, führen ihre Überfälle meist innerhalb eines nicht allzu großen Umkreises durch und verlassen ihr Gebiet nur selten. Heute Morgen mussten wir sie ziehen lassen, da unsere wichtigste Aufgabe der Schutz des Königspaares war. Aber Molakan glaubt, dass wir selbst jetzt noch eine Chance haben, sie aufzuspüren.«

»Und uns an ihnen zu rächen«, ergänzte Thalinuel bitter. »Das meinst du doch, nicht wahr? Ist es so weit mit uns gekommen, dass wir danach dürsten, Blutvergießen mit weiterem Blutvergießen zu vergelten?«

»Die Zeiten haben sich geändert«, sagte Molakan. »Das ist wohl unverkennbar. Seit heute wissen wir, dass wir nicht länger inmitten von Freunden leben, wie wir bislang geglaubt haben, sondern dass wir von potentiellen Feinden umgeben sind. Das wird auch unsere Art zu leben beeinflussen. Nichts wird mehr sein wie zuvor. Ich habe es vorhin schon gesagt und sage es jetzt noch einmal: Es wird eine neue Zeit der Dunkelheit geben. Die Tage des Friedens sind vorbei. Nicht mehr lange, und unser Volk wird erneut um sein Überleben kämpfen müssen, wenn wir nichts unternehmen.«

»Und wie soll uns Rache an ein paar Trollen und Tzuul dabei helfen, dieses Übel abzuwenden?«, fragte Thalinuel scharf. »Auch in mir sträubt sich alles dagegen, sie ungeschoren davonkommen zu lassen. Ich habe zusehen müssen, wie sie Freunde von mir grausam abgeschlachtet haben. Aber die Toten werden nicht wieder lebendig, wenn wir nun Rache an ihren Mördern üben. Wir stellen uns nur mit diesen auf eine Stufe. Und wir verraten unsere eigenen Ideale, die wir die jüngeren Völker zu lehren versucht haben. Wie können wir unter solchen Umständen noch darauf hoffen, dass sie sich wenigstens weiterhin an unsere Lehren halten, auch wenn sie sich von uns selbst abwenden?«

»Du missverstehst uns«, sagte Molakan. »Es geht uns nicht um Rache. Wir wollen Informationen. Wenn wir die Tzuul aufspüren, werden wir von ihnen erfahren, wer sie zu dem Überfall angestiftet hat. So werden wir herausfinden, welches Volk uns verraten hat, und können Vorsorge treffen, dass so etwas nie wieder geschieht.«

»Nehmen wir diesen Vorfall hingegen einfach so hin, ermutigen wir dadurch nur andere«, warf eine Elbenkriegerin ein, die ihr Pferd bereits fertig gesattelt hatte. »Sie würden es nicht als Großmut verstehen, sondern es uns als Schwäche auslegen. Schon bald würde es zu weiteren Angriffen auf uns kommen, wenn sie den Eindruck gewännen, dass sie mit keinerlei Konsequenzen rechnen müssten.«

Thalinuel zögerte. Sie fühlte sich hin- und hergerissen. Ungeachtet dessen, was die Stimme der Vernunft ihr riet und sie selbst gerade gesagt hatte, widerstrebte es auch ihr zutiefst, die feigen Mörder, die den Anschlag am Vormittag verübt hatten, einfach ungeschoren davonkommen zu lassen. Unmittelbar nach dem Kampf war eine Verfolgung unmöglich gewesen, aber wenn sich jetzt die Gelegenheit bot, dies nachzuholen und zudem noch herauszufinden, wer die Tzuul und Trolle angestiftet hatte …

Der Gedanke war verlockend, und völlig konnte auch sie sich nicht von dem Verlangen nach Vergeltung frei machen, obwohl sie es zu unterdrücken versuchte. Die Entschlossenheit der anderen mahnte sie zur Vorsicht. Sie fürchtete, dass die ganze Sache außer Kontrolle geraten könnte, sonst hätte sie sich dem Trupp wohl ohne zu zögern angeschlossen. Noch am Morgen hatte sie sich selbst in ihrem Zorn geschworen, dass jemand für den feigen Überfall würde büßen müssen.

Sie blickte zu den Karren des kleinen Trosses hinüber, auf denen Lebensmittel und andere Vorräte für die Reise transportiert wurden. Auf einem davon lagen auch die Toten. Sie würden sie nach Saltinan zurückbringen und dort in allen Ehren bestatten. Sollten ihre Mörder wirklich entkommen, jedenfalls diejenigen, die nicht schon beim Überfall mit dem Leben bezahlt hatten?

Darüber hinaus hatte die Kriegerin recht: Wenn sie nicht einmal versuchten, in Erfahrung zu bringen, wer die wahren Verantwortlichen waren, käme dies einer Einladung an alle gleich, die ihrem Volk Böses wollten.

»Was ist nun?«, drängte Verilon. »Begleitest du uns, oder bleibst du hier?«

»Was passiert, wenn wir die Tzuul tatsächlich aufspüren?«, fragte Thalinuel, noch immer unschlüssig.

»Das hängt von ihnen ab«, antwortete Molakan. »Falls sich noch mehr Trolle bei ihnen befinden, werden sich diese gewiss nicht ergeben. Dazu reicht ihr bisschen Verstand gar nicht aus. Uns wird nichts anderes übrig bleiben, als sie zu töten, schon allein, um diese Gefahr für andere zu bannen, denn sonst würden sie weiter morden. Die Tzuul hingegen können selbst entscheiden, ob sie im Kampf sterben oder aufgeben. Im letzten Fall werden wir sie gefangen nehmen und vor ein ordentliches Tribunal stellen. Wie du siehst, geht es uns nicht um Rache, sondern um Gerechtigkeit. Wir könnten ein weiteres Schwert gut gebrauchen.«

Thalinuel gab sich einen Ruck. Sie war von diesem eigenmächtigen Unternehmen nach wie vor nicht völlig überzeugt, aber zurückzubleiben und Stunde um Stunde tatenlos darauf zu warten, dass Verilon und die anderen zurückkehrten, würde furchtbar sein.

»Wartet noch einen Moment«, sagte sie. »Ich sattele nur rasch mein Pferd.«

6

DIE HALLE DER KÖNIGINNEN

Juni 9430 neuer Zeitrechnung der Elben

Kein einziger Zwerg lief Lhiuvan über den Weg, während er weiterging. Sie hielten sich offenbar alle entweder in den noch ein gutes Stück von hier entfernt liegenden Schürfbereichen auf oder transportierten Erz auf dem Weg, auf dem auch er hierhergekommen war. Niemand würde ihn stören.

Er bog in einen anderen Gang ab, dann in einen weiteren, der an einer noch nicht allzu alten Mauer endete. Lhiuvan fluchte leise. Er hatte gehofft, dass die Dreckwühler sich damit begnügt hätten, lediglich ein paar Felsbrocken aufzuhäufen, um die Zugänge zu versperren. Eine massive Mauer, mit zwergischer Handwerkskunst errichtet, stellte ein wesentlich schwierigeres Hindernis dar.

Lhiuvan stieß einen weiteren Fluch aus. Er stellte die Laterne ab und betastete die Steine und die mit einer nur dünnen Schicht aus Mörtel gefüllten Fugen, doch nirgendwo konnte er eine Schwachstelle entdecken. Mit bloßer Gewalt würde er die Mauer niemals einreißen können.

Aber ihm standen schließlich auch andere Möglichkeiten zur Verfügung …

Mit aller Kraft konzentrierte er sich. Er war kein Magier, sondern hatte den Weg eines Kriegers eingeschlagen, aber wie in jedem Elben schlummerten auch in ihm diese Kräfte. Darüber hinaus war seine Mutter eine starke Magierin gewesen. Von ihr hatte er manches gelernt, sodass er Fähigkeiten beherrschte, die über sein bloßes Geschick im Umgang mit dem Schwert hinausreichten, obgleich er sie nie sonderlich trainiert hatte.

Lhiuvan presste beide Hände fest gegen die Mauer. Es fiel ihm vergleichsweise leicht, seinen Geist mit dem von Tieren oder gar Pflanzen zu verbinden – mit allem, was lebte, aber hier hatte er es mit totem Stein zu tun. Dennoch versuchte er, ihn geistig zu erfassen.

Schweiß begann auf seiner Stirn zu perlen, als er seine Anstrengungen immer weiter verstärkte. Er bemühte sich, die Struktur des Steins zu spüren, doch immer wieder griff er geistig ins Leere. Er brauchte etwas Lebendiges, um sich daran festklammern und darauf einwirken zu können. Nach ungezählten Fehlschlägen und einer Zeit, die ihm wie eine Ewigkeit vorkam, wollte er bereits aufgeben, als er plötzlich doch etwas spürte.

Obwohl er die Augen geschlossen hatte, sah er die Mauer mit einem Mal vor sich, sah jeden einzelnen Stein, jede Vertiefung und jeden Vorsprung.

Lhiuvan konzentrierte sich auf einen dieser Steine und begann, auf ihn einzuwirken. Es überraschte ihn selbst, wie leicht es ihm plötzlich fiel. Als er die Augen öffnete, sah er noch etwas Staub an der Mauer herabrieseln – alles, was von dem Stein übrig geblieben war. Wo er sich vorher befunden hatte, klaffte nun ein Loch in der Mauer.

Innerlich triumphierend setzte er seine Bemühungen fort. Auch der Stein neben der Öffnung begann sich lautlos zu verformen, verlor seine Festigkeit und verwandelte sich in Staub.

Lhiuvan zerstörte einen Stein nach dem anderen, bis er eine Öffnung geschaffen hatte, die groß genug war, dass er sich hindurchzwängen konnte. Wesentlich lieber wäre ihm gewesen, wenn er lediglich einige lose Gesteinsbrocken hätte zur Seite räumen müssen, denn diese hätte er anschließend wieder an ihren Platz rollen können, um sein Tun auf diese Art zu verschleiern. So jedoch hinterließ sein Eindringen deutliche Spuren, aber das konnte er nicht vermeiden. Wenn er Erfolg hatte, würde er schon sehr bald über eine so gewaltige Macht verfügen, dass es darauf nicht mehr ankam.

Er betrat die ehemalige Stadt und das Herrschaftszentrum der Thir-Ailith. Auch hier war nichts mehr von ihrer verderblichen Magie zu spüren, sie war mit dem Tod ihrer Königinnen vollständig erloschen.

Lhiuvan ging weiter. Das Licht der Laterne riss nur einen kleinen Teil seiner Umgebung aus der Dunkelheit, aber dieser genügte, um ihn erkennen zu lassen, dass zumindest eine seiner Wahrnehmungen bei seinem letzten Besuch nicht nur eine durch ihre Magie hervorgerufene Einbildung gewesen war. In den übrigen Bereichen der unterirdischen Welt mochte die Form der Stollen und Höhlen zu normaler Symmetrie zurückgekehrt sein.

Nicht jedoch hier.

Die Stadt der Thir-Ailith bestand aus steinernen, schwarzen Gebilden, die Bäumen mit darin errichteten

Häusern nachempfunden waren, ein bizarres Nachäffen und Verhöhnen der ursprünglichen Lebensweise seines Volkes. Aber auch ohne ihre Magie schien es, als ob die Bauwerke allen Naturgesetzen widerstreben würden. Es schmerzte Lhiuvan in den Augen, sie länger als ein paar Sekunden zu betrachten. Vor allem aber merkte er, wie sich sein Geist zu verwirren begann, wenn er zu lange auf einen Punkt starrte.

Aus den Augenwinkeln meinte er Bewegungen wahrzunehmen, die gar nicht da waren. Es war nicht, als würde sich etwas Lebendiges gerade am Rande seines Blickfeldes bewegen, sondern als würden die steinernen Baumstämme selbst sich auf unmögliche Weise verändern, ein Stück weit in die Richtung, in der die Albträume und der Wahnsinn lauerten.

Mit einem Mal konnte Lhiuvan verstehen, warum die Zwerge die Zugänge hierher versperrt hatten. Schon das bloße Wissen, sich Tag für Tag in der unmittelbaren Nähe dieser geometrischen Monstrosität aufzuhalten, musste schlimm genug sein. Niemand, der nicht wie er ein festes Ziel verfolgte, würde sich freiwillig hierher begeben.

Er bemühte sich, sich nur auf den Weg vor sich zu konzentrieren, während er durch die tote Stadt schritt, auf das einzige Gebäude zu, das nicht einem Baumhaus nachempfunden war. Dafür war es einfach zu groß. Es handelte sich um den riesigen Bau im Zentrum der Stadt, in dem einst die Königinnen der Thir-Ailith gehaust hatten; drei zu titanischer Masse aufgeblähte Scheusale, die den magischen Kontakt zu den Mächten jenseits des Tors aufrechterhalten hatten, das sich ebenfalls dort befand.

Lhiuvan spürte, wie sich sein Herzschlag beschleunigte, je näher er seinem Ziel kam. Schon ragte eine Seitenwand des ebenfalls ganz aus schwarzem Gestein errichteten Gebäudes vor ihm auf. Er folgte ihr bis zu einer Stirnwand des Bauwerks, wo sich einer der beiden Eingänge befand. Halbwegs hatte er erwartet, dass auch dieser noch einmal zusätzlich zugemauert worden wäre. Dem war jedoch nicht so, stellte er erleichtert fest und trat hindurch. Das Licht der Laterne reichte nicht annähernd aus, um das Innere der riesigen Halle zu erleuchten, aber das war auch nicht nötig, denn sie war vollständig leer.

Erinnerungen überwältigten Lhiuvan, und für einen Moment schloss er die Augen. Wieder sah er die drei titanischen Königinnen der Thir-Ailith, ins Gigantische aufgeblähte Gestalten, die immer noch Ähnlichkeit zu ihrem ursprünglich elbenhaften Erbe gezeigt hatten, was vielleicht das Schrecklichste an ihnen gewesen war. Durch dicke, sich wie Schlangen windende Schläuche aus reiner Energie waren sie mit dem Tor in der linken Seitenwand der Halle verbunden gewesen, von wo aus sie ihre Kraft bezogen. Kraft, die sie benötigten, um in ununterbrochener Folge neue Kampfdrohnen zu gebären; seelenlose, aber bereits vollständig ausgewachsene Ebenbilder der Thir-Ailith als Kämpfer für ihren Krieg um Elan-Dhor.

Aber ihre Gier war unersättlich gewesen, und selbst durch die Energien aus dem Tor konnten sie nicht befriedigt werden. Zug um Zug waren elbische Sklaven in die Halle geführt und von den Königinnen getötet worden, wobei sie ihre Lebenskraft in sich aufgesogen hatten.

Lhiuvan schauderte. Er schüttelte sich, um die Erinnerungen zu vertreiben, und öffnete die Augen wieder. All dies lag Jahre zurück. Gemeinsam mit den befreiten Sklaven hatten sie die Königinnen buchstäblich in Stücke gehauen und ihre Überreste schließlich verbrannt, während die Elbenmagier mit all ihrer Kraft das Tor zum Erlöschen gebracht hatten.

Aber der Kampf war nicht ohne Folgen geblieben. Die gewaltigen magischen Entladungen hatten das Bauwerk beschädigt, und die seither verstrichene Zeit hatte die Schäden noch vergrößert. Überall auf dem Boden lagen Trümmerstücke herum, die offenbar aus dem Dach gebrochen waren, teils kleine, teils aber auch fast mannsgroße Brocken.

Besorgt warf Lhiuvan einen Blick nach oben, doch das Licht der Laterne reichte nicht weiter als ein paar Meter. Alles, was darüber lag, blieb von Dunkelheit verhüllt.

Aber er war nicht so weit gekommen, um sich jetzt von Furcht überwältigen und zur Umkehr treiben zu lassen. Entschlossen trat er auf den Teil der Wand zu, an dem sich seiner Erinnerung nach das Tor befinden musste.

Nichts war davon zu erkennen, nichts deutete darauf hin, wo genau es sich befand. Zögernd streckte er eine Hand aus. Wieder drohten ihn Erinnerungen zu überwältigen. Während des Kampfes war Kriegsführer Barlok, der einzige Zwerg, dessen Mut und dessen Ansichten er zumindest ansatzweise zu respektieren gelernt hatte, in das bereits instabil werdende Tor gesogen worden. Lhiuvan hatte noch versucht, ihn zurückzuziehen, doch stattdessen wäre er selbst beinahe mit in das Tor gerissen worden. Er erinnerte sich der unirdischen, schier unerträglichen

Kälte, die seine Hände betäubt und ihn dazu gezwungen hatte, den Zwerg loszulassen, als er das Tor berührt hatte.

Unwillkürlich fürchtete er, dass es ihm jetzt erneut so gehen könnte, und er musste alle Willenskraft aufbieten, um die Wand zu berühren. Aber selbst als er mit den Fingern über den Stein strich, konnte er nichts Besonderes fühlen.

Erneut blieb ihm nichts anderes übrig, als auf seine geistigen Fähigkeiten zurückzugreifen, aber damit hatte er gerechnet. Spätestens, um das Tor erneut zu öffnen, würde er sie benötigen.

Mit unsichtbaren geistigen Fühlern tastete er die Wand ab, diesmal jedoch nicht, um den Stein zu verändern oder zu zerstören, sondern um das Tor überhaupt erst einmal zu finden. Rasch merkte er, dass ihn seine Erinnerung getrogen und er sich um ein gutes Stück verschätzt hatte, was dessen Lage betraf. So leer, wie die Halle jetzt war, täuschten ihre Proportionen erheblich. Erst knappe zwei Dutzend Meter von der Stelle entfernt, an der er es vermutet hatte, stieß er plötzlich auf etwas – eine fremdartige magische Präsenz, schwach zwar nur, aber unverkennbar.

Er hatte das Tor gefunden, und wie er erwartet hatte, war es zwar verschlossen, aber noch immer aktiv.

Lhiuvan gönnte sich einige Sekunden Pause, um seine Kräfte zu sammeln, dann griff er erneut mit seinem Geist nach der Wand.

Überdeutlich konnte er nun die gewaltigen Energien spüren, die sich in dem ganz gewöhnlich wirkenden Wandstück vor ihm verbargen, so gewaltig, dass sie ihn mühelos zermalmen würden, wenn er nicht aufpasste. Unendlich behutsam griff er mit geistigen Fingern nach der fremden Magie, versuchte ihre Struktur zu ergründen. Sie war verworren wie ein komplizierter Knoten, aber es dauerte nicht lange, bis er eine Schwachstelle in dem Muster entdeckte.

Einen kurzen Moment lang wunderte er sich, dass es so einfach sein sollte, das Tor wieder zu öffnen, aber dann konnte er seine Ungeduld nicht länger zügeln. Mit aller Macht konzentrierte er sich auf den schwachen Punkt, und benutzte seine eigene Magie wie einen Hebel.

Tatsächlich ging alles so leicht, dass er es selbst kaum glauben konnte. Die Magie war seiner eigenen sehr ähnlich, wenn auch um ein Vielfaches stärker, so dass es ihm schon im ersten Versuch gelang, darauf Einfluss zu nehmen.

Als Lhiuvan schließlich begriff, was das zu bedeuten hatte, war es bereits zu spät.

Ein grelles Licht flammte auf und blendete ihn, im nächsten Moment traf ihn etwas wie der Schlag einer unsichtbaren, riesigen Faust und schleuderte ihn zurück. Schreiend stürzte er zu Boden. Jeder Nerv seines Körpers schien in Flammen zu stehen, unvorstellbare Pein tobte durch seinen Geist.

Es war kein Wunder, dass die Magie seinen eigenen winzigen Kräften so ähnlich war, denn woran er sich zu schaffen gemacht hatte, war nicht das Tor selbst gewesen, sondern ein Schutzschild, den die Elbenmagier darum gelegt hatten, um es einzuschließen. Eine Art magischer Riegel, der nur gegen das Tor wirkte, aber von der anderen Seite so leicht wie ein solcher zurückgezogen werden konnte.

Und genau das hatte er getan.

Wie ein Kind, das beim Spiel mit einem brennenden Stück Holz unbeabsichtigt eine Katastrophe auslösen konnte, so hatte er mit seinen stümperhaften Bemühungen den Schild aufgelöst, und das nicht langsam und kontrolliert, sondern er hatte sämtliche Energien mit einem Schlag freigesetzt.

Knisternd loderten weitere Blitze auf, glitten über die Wände oder peitschten wie zuckende Schlangen durch die Halle. An mehreren Stellen ertönte ein bedrohliches Knirschen. Vereinzelt lösten sich Gesteinsbrocken aus der Decke und stürzten herab.

Lhiuvan versuchte sich aufzurichten, aber seine Muskeln gehorchten ihm nicht. Nicht weit von ihm entfernt zerbarst ein fast mannsgroßer Steinbrocken auf dem Boden. Splitter rasten wie Geschosse durch die Luft, und einige trafen auch ihn, verursachten aber nur oberflächliche Verletzungen.

Trotzdem befand er sich in größter Gefahr. Das gesamte Bauwerk drohte einzustürzen und ihn unter sich zu begraben, wenn es ihm nicht gelang, von hier wegzukommen. Er verstärkte seine Anstrengungen, aber seine Muskeln waren noch immer wie gelähmt.

Lhiuvan schalt sich selbst einen Narren. Auch wenn das Tor bereits während des Kampfes gegen die Königinnen kollabiert war – wie hatte er nur glauben können, dass die Magier es völlig ungeschützt zurücklassen würden? Er hatte schließlich gewusst, dass sie es gründlich untersucht hatten, und natürlich hatten sie dafür Vorsorge getroffen, dass es sich nicht regenerieren und von selbst wieder öffnen konnte. Was lag da näher, als es mit einem Schutzschild zu umgeben? In seiner Gier und Ungeduld hatte er es versäumt, dies zu überprüfen, sonst hätte er den Schild vorsichtig entfernen können.

So jedoch hatte er ihn unkontrolliert und plötzlich zusammenbrechen lassen, und seine gesamte Energie war freigeworden.

Der größte Teil davon wütete nun in der Halle. Die Luft war von beständigem Knistern und einem Geruch wie zu Beginn eines besonders heftigen Gewitters erfüllt. Ein Gesteinsbrocken traf die Laterne und zerschmetterte sie. Trotzdem wurde es nicht dunkel. In ununterbrochener Folge zuckten Blitze umher.

Ein kleinerer Teil der Energie jedoch war auch geradewegs in das Tor selbst geflossen und hatte genau das bewirkt, was die Elben hatten vermeiden wollen. Sie erfüllte es mit frischer Kraft, erweckte es zu neuem Leben.

Weitere, kleinere Blitze glitten über die Wand, die sich dort, wo sich das Tor befand, zu verändern begann, eine schwarze, glasartige Struktur annahm. Manche Blitze zuckten sogar *unter* dieser Oberfläche auf.

Immer mehr Felsbrocken stürzten um Lhiuvan herum nieder und schlugen mit ohrenbetäubendem Dröhnen auf dem Boden auf. Es grenzte an ein Wunder, dass er noch nicht von einem getroffen und getötet worden war.

Unendlich langsam kehrte das Gefühl in seine Glieder zurück. Er konnte die Arme und Beine geringfügig bewegen, aber es reichte noch längst nicht, um aufzustehen und zu fliehen. Mühsam wälzte er sich auf den Bauch, stemmte sich auf die Unterarme und schleppte sich auf ihnen vorwärts, ein winziges Stück nach dem anderen. In diesem Tempo würde er mehr als eine Stunde benötigen, um den Ausgang zu erreichen. Zeit, die ihm nicht mehr vergönnt sein würde, daran gab es keinen Zweifel, denn er war davon überzeugt, dass die Halle den tobenden Energien nicht standhalten und einstürzen würde.

Ein weiteres Stück der Decke brach herab, ein länglicher Gesteinsbrocken, der dicht neben ihm aufschlug, einen Moment lang aufrecht stehen blieb und dann umkippte – direkt auf seine Beine, ehe er ausweichen konnte.

Lhiuvan schrie gellend auf. Er hatte gelernt, Schmerzen zu kontrollieren und zu unterdrücken, aber die Pein, die jetzt über ihn hereinbrach, war zu groß, um sie zu beherrschen.

Hinzu kam die Enttäuschung. So nah war er seinem Ziel gewesen. Es war ihm gelungen, bis hierher zu gelangen, und das Tor begann sich wieder zu öffnen, auch wenn es noch nicht allzu stabil war. Und dennoch war es aufgrund seiner eigenen Unvorsichtigkeit für ihn nun ebenso unerreichbar, als hätte es sich am anderen Ende der Welt befunden. Seine Beine waren zermalmt und eingeklemmt, er würde sich keinen einzigen Schritt mehr weiterschleppen können.

Ihn erwartete nichts als der sichere Tod.

Verzweifelt versuchte er, mit seiner Magie nach dem Tor zu greifen. Nur von dort konnte noch Rettung kommen. Wenn es ihm irgendwie gelang, zu den Wesenheiten Verbindung zu bekommen, die schon die Königinnen der Thir-Ailith mit so unvorstellbarer Macht ausgestattet hatten, gab es vielleicht noch Hoffnung.

Verzweifelt mühte er sich ab, aber seine Kräfte waren viel zu schwach. Wirkungslos verliefen seine Bemühungen im Nichts; seine lautlosen Rufe verhallten ungehört.

Sein Verstand begann sich zu verwirren, seine Sinne schwanden. Schon wollte er seine Versuche aufgeben, als er plötzlich doch etwas vernahm oder wenigstens zu vernehmen glaubte, eine grausame, kalte Stimme, die direkt in seinem Kopf erklang.

WER BIST DU?, fragte die Stimme. Jedes ihrer Worte drang wie ein Speer aus Eis in seine Gedanken und verbreitete eine betäubende Kälte.

Lhiuvan war nicht sicher, ob es die Stimme wirklich gab oder ob er sich nur etwas einbildete. Dafür jedoch hörte er plötzlich etwas anderes: sich nähernde Schritte und Stimmen, die nach ihm riefen. Man hatte sein Verschwinden bemerkt und nicht lange gebraucht, um ihn zu finden. Sein Herz schlug noch schneller, falls dies überhaupt möglich war. Seine Pläne waren gescheitert, und es würde ihm schwer fallen, zu erklären, was hier geschehen war, aber vielleicht bestand doch noch Hoffnung, dass er wenigstens mit dem Leben davonkam.

»Hierher!«, rief er mit letzter Kraft. »Ich bin hier!«

Die Stimmen wurden lauter, das Licht von Fackeln und Laternen fiel in die Halle. Gestalten erschienen im Eingang, Zwerge und Elben. Entsetzen zeichnete sich auf ihren Gesichtern ab, als sie das Inferno wahrnahmen, das in der Halle tobte.

Aber sie überwanden ihren Schrecken rasch. Illurien erteilte einige knappe Befehle. Einige der Zwergen- und Elbenkrieger kamen auf Lhiuvan zugeeilt, während sich die Herrin und die wenigen Elbenmagier in ihrer Begleitung dem Tor zuwandten. Lhiuvan konnte spüren, wie sie bereits gegen die zerstörerischen Energien ankämpften und sie einzudämmen versuchten, bevor sie es erreichten.

»Meine Beine«, stöhnte er. »Ich kann mich nicht bewegen.«

»Wir müssen die Steinplatte anheben!«, rief Warlon. Zwerge und Elben griffen nach dem Brocken. Mit vereinten Kräften gelang es ihnen, ihn anzuheben. Zwei der Elben ergriffen Lhiuvan an den Schultern und zogen ihn darunter hervor. Bei jeder Bewegung pulste wiederum schier unerträglicher Schmerz durch seinen Körper, stieß ihn in ein Delirium, in dem er nicht mehr zwischen Wahn und Wirklichkeit zu unterscheiden vermochte.

Fast besinnungslos hing er im Griff der beiden Elben, als diese ihn hochhoben. Seine Beine baumelten wie tote Anhängsel herab, schmerzten nicht einmal mehr.

ICH ERKENNE DICH, meinte er plötzlich ein weiteres Mal die grausame Eisesstimme in seinem Kopf zu hören. WIR SIND UNS SCHON EINMAL BEGEGNET!

Gleichzeitig zuckte trotz der Bemühungen der Magier ein weiterer Blitz auf, direkt aus dem Tor heraus, auf ihn und die beiden Elben zu, die ihn trugen, hüllte sie in grelles Licht und schleuderte sie zurück.

Dann versank die Welt um ihn herum in Dunkelheit.

7

DIE TZUUL

Thalinuels Geschichte, Mai 11657
alter Zeitrechnung der Elben

Die Nacht war sternenklar, und auch vom kleinsten Wölkchen unverhüllt hing der sich rundende Mond am Himmel. Aber Elem-Laan, der Finsterwald, trug seinen Namen nicht zu Unrecht. Obwohl ihr Weg sie nur durch seine östlichen Ausläufer führte, wo die Bäume längst nicht so dicht wie in seinem Zentrum wuchsen, lastete tiefe Dunkelheit unter seinem Blätterdach. Dennoch ritten sie in scharfem Tempo. Die Nacht war bereits zur Hälfte verstrichen, und bis zur Morgendämmerung mussten sie im Lager zurück sein. Ein Mensch oder selbst ein sich nach der Dunkelheit unterirdischer Stollen und Höhlen sehnender Zwerg hätte vermutlich kaum die Hand vor Augen erkannt, aber die scharfen Elbenaugen ermöglichten es den Kriegern, sogar unter diesen Umständen den vor ihnen liegenden Weg deutlich genug zu erkennen.

Noch immer verspürte Thalinuel Unbehagen, aber nachdem sie sich nun einmal entschlossen hatte, sich an der Jagd nach den Tzuul und Trollen zu beteiligen, nahm es immer weiter ab. Eine Umkehr stand ohnehin nicht mehr zur Debatte. Statt sich mit Fragen über die Richtigkeit ihres Vorhabens zu belasten, bereitete sie sich in Gedanken lieber auf den bevorstehenden Kampf vor. Denn wenn sie Erfolg hatten und den Unterschlupf der Tzuul entdeckten, würde ein Kampf aller Voraussicht nach unvermeidlich sein. Sie konnte sich nicht vorstellen, dass ihre Feinde sich einfach so ergeben würden.

Aufgrund der gestiegenen Gefahr nach dem Überfall am Morgen und der fehlgeschlagenen Beratungen hatte König Lotharon beschlossen, eine andere Strecke für den Rückweg nach Saltinan zu wählen, nicht durch den Wald hindurch, sondern an seinem Rand entlang. In freiem Gelände bestand eine sehr viel größere Chance, einen weiteren Hinterhalt frühzeitig zu entdecken.

Aus diesem Grund befanden sie sich vom Ort des Überfalls ein gutes Stück entfernt, während sie ihn andernfalls bereits passiert hätten. Die Entfernung war sogar noch größer, als Molakan geschätzt hatte, oder sie kamen langsamer als erwartet voran, denn sie benötigten mehr als eineinhalb Stunden, um die Stelle zu erreichen.

Thalinuel presste die Zähne aufeinander und krampfte die Hände fest um die Zügel. Der Anblick des Ortes, an dem so viele ihrer Freunde gestorben waren, weckte die Erinnerung an das Gemetzel erneut. Die Elben hatten ihre Toten mit sich genommen, aber die erschlagenen Tzuul und Trolle lagen noch immer dort. Manche der Leichen waren von Tieren angefressen worden.

»Ich habe es doch gesagt, diese Kreaturen sind wilde Bestien, schlimmer als Tiere«, stieß Molakan hervor. »Nicht einmal um ihre Toten kümmern sie sich.«

Dem konnte auch Thalinuel nur zustimmen. Wie konnte man von jemandem, dem die eigenen toten Gefährten so gleichgültig waren, irgendwelchen Respekt vor dem Leben anderer erwarten? Diese Ungeheuer waren nur auf Raub und Mord aus. Wenn sie ihnen das Handwerk legten, so war das kein Verstoß gegen elbische Prinzipien, sondern eine gute Tat, die vielen anderen das Leben retten würde.

»Wir können sie nicht zu Pferd verfolgen«, sagte Molakan. »Aber ich möchte die Tiere auch nicht schutzlos hier zurücklassen. Einer von uns wird bei ihnen bleiben und sie bewachen müssen.«

Nachdem sie bis hierher mitgekommen waren, wollte keiner von ihrem Trupp freiwillig zurückbleiben. Auch wollte Molakan niemanden einfach bestimmen, sodass sie schließlich losten. Thalinuel atmete erleichtert auf, als es nicht sie, sondern einen der anderen Krieger traf.

Der Weg der Flüchtenden war leicht zu erkennen, gerade die Trolle waren blindlings durch das Unterholz gestürmt und hatten dabei eine Schneise der Verwüstung geschlagen, der sie mühelos folgen konnten. Leichtfüßig eilten sie dahin, wenngleich nicht ganz so schnell, wie es ihnen eigentlich möglich gewesen wäre. Schließlich waren sie nicht nur darauf aus, die Trolle zu finden, die nichts weiter als tumbe Kampfmaschinen ohne viel Verstand waren. Geplant hatten den Überfall ohne Zweifel die Tzuul, und nur von denen würden sie Informationen über die Drahtzieher erhalten können. Aus diesem Grund betrachteten sie auch das Unterholz beiderseits der Schneise genau, um zu entdecken, ob die Tzuul irgendwo von dem Trampelpfad abgewichen waren.

Gut eine Meile weit zog sich die Schneise dahin, dann erreichten sie eine kleine Lichtung, auf der die Flüchtenden offenbar kurz gerastet und erkannt hatten, dass sie nicht verfolgt wurden.

Von dort aus waren sie nicht mehr so ungestüm vorwärtsgestürmt und über alles hinweggewalzt, was ihnen im Weg gestand hatte, sondern waren wesentlich vorsichtiger gegangen, offensichtlich darum bemüht, keine allzu deutlichen Spuren mehr zu hinterlassen.

Gelungen war es ihnen nicht. Wahrscheinlich war es für Trolle generell unmöglich, sich *vorsichtig* zu bewegen. Überall entlang ihres Weges fanden sich geknickte Zweige. Zudem hatte es in den vergangenen Tagen mehrfach geregnet, und der Boden war so aufgeweicht, dass ihre Fußspuren deutlich zu erkennen waren.

Nach einiger Zeit begann das Gelände anzusteigen und wurde zugleich unebener und felsiger. Immer häufiger stießen sie auf Bodenfalten, die sie hinab- und auf der anderen Seite wieder hinaufklettern mussten. Tannen, Kiefern und andere Nadelgewächse mischten sich in den Laubwald und lösten diesen allmählich ab.

Nicht nur das Laufen wurde beschwerlicher, auf dem felsigen Untergrund waren auch die Spuren längst nicht mehr so leicht zu erkennen wie zuvor.

»Was ist los?«, wandte Thalinuel sich an Verilon. Sie folgten der Fährte nun bereits seit fast zwei Stunden, und ihr fiel auf, dass er sich immer wieder umblickte und zum jenseits des Blätterdaches verborgenen Himmel hinaufsah.

»Mir gefällt das nicht«, brummte er. »Wir sind schon zu lange unterwegs. Ich hätte nicht gedacht, dass diese Ungeheuer ihren Unterschlupf so weit vom Ort des Überfalls entfernt haben. Lange können wir die Verfolgung nicht mehr fortsetzen, wenn wir bis zum Morgen zurück im Lager sein wollen.«

Diese Bedenken waren auch Thalinuel schon gekommen, doch machte sie sich deswegen keine allzu großen Sorgen.

»Je weiter ihr Unterschlupf entfernt ist, desto sicherer können wir immerhin sein, dass sie den Überfall im Auftrag von jemand anderem durchgeführt haben. Wenn wir herausfinden und beweisen können, wer die Drahtzieher sind, wird König Lotharon es uns sicherlich auch nachsehen, falls wir ein wenig verspätet zurückkehren.«

Verilon schüttelte den Kopf, und ein verärgerter Ausdruck glitt über sein Gesicht.

»Du begreifst es immer noch nicht, wie?«

»Was begreife ich nicht?« Auch Thalinuel spürte nun Ärger in sich aufsteigen. Sie hasste es, wenn er sie so herablassend behandelte, als wäre sie so etwas wie seine kleine Schwester. »Und hör endlich auf, mit mir wie mit einem Kind zu sprechen! So viel älter bist du nun auch nicht.«

»Dann benimm dich auch nicht so und fang an, die Welt wie eine Erwachsene zu sehen! In diesem Fall ist es mehr als offensichtlich. Lotharon wird bei unserer Rückkehr ohnehin vor Wut schäumen, ob wir pünktlich sind oder nicht, denn er hat nicht das geringste Interesse daran, die Schuldigen zu ermitteln oder gar zu bestrafen.«

»Aber … warum sollte er das nicht wollen?«

»Weil er die Spannungen nicht noch vergrößern will! Weil er wohl immer noch darauf hofft, dass sich die jüngeren Völker eines Besseren besinnen. Wenn er die Drahtzieher des Überfalls wirklich ermitteln wollte, hätten wir nicht auf eigene Faust handeln müssen. Dann hätte er heute Abend selbst einen Erkundungstrupp losgeschickt, um die Tzuul aufzuspüren. Aber er will es nicht. Lieber lässt er alles auf sich beruhen. Wenn wir ihm jedoch berichten, welches Volk hinter dem Anschlag steckt, wird ihm gar nichts anderes übrig bleiben, als zu handeln, wenn er sein Gesicht nicht verlieren will. Niemand würde es verstehen, wenn er dann noch untätig bliebe. Wir wollen ihn zwingen, tätig zu werden und die Schuldigen zu bestrafen.«

Thalinuel ballte die Fäuste. Von diesem Standpunkt aus hatte sie ihr Tun noch nicht betrachtet. Bislang hatte sie den Vorstoß als ein Abenteuer gesehen, eine uneigennützige, vielleicht sogar heldenhafte Tat, die sie alle ihren gefallenen Kameraden schuldig waren. Allerdings hatte sie damit niemandem schaden und vor allem nicht den König in eine schwierige Lage bringen wollen. Zwar handelten sie eigenmächtig, doch immerhin wurde ihr Trupp vom Hüter der Türme von Saltinan befehligt, einem der mächtigsten und angesehensten Fürsten ihres Volkes.

Wären ihr diese Hintergründe vorher schon bewusst gewesen, wäre sie vermutlich nicht so einfach mitgeritten, zumindest hätte sie sich ihre Entscheidung gründlicher überlegt. So jedoch war aus der vermeintlichen Heldentat unvermutet etwas geworden, das schon Züge eines Komplotts gegen das Königspaar besaß.

»Schockiert?«, fragte Verilon. »Dann hör endlich auf, in einer Traumwelt zu leben. Das Leben ist nun mal keine friedliche Blumenwiese, obwohl ich es mir auch wünschen würde. Aber die Wirklichkeit sieht anders aus. Und jetzt noch mehr als früher. Wir sind Krieger, vergiss das nicht.«

»Schon«, murmelte Thalinuel. Vielleicht hatte er Recht, und sie war manchmal zu idealistisch, überdachte die Folgen ihrer Handlungen nicht ausreichend genug, so wie in diesem Fall, weil ihr dafür das nötige Maß an Hinterlist fehlte. Verilon war in dieser Hinsicht härter und abgebrühter.

»Nun, unter diesen Umständen dürfte es wohl unser geringstes Problem sein, ob wir pünktlich wieder zurückkehren«, sagte sie.

»Nicht ganz. Wenn wir zu spät kommen, verzögert sich der Aufbruch, und dadurch besteht auch die Gefahr eines neuen Angriffs. Damit liefern wir dem König ein Argument gegen uns. Er wird uns Verantwortungslosigkeit vorwerfen.« Verilons Stimme klang wieder verbitterter, als er fortfuhr: »Warum bloß musste es überhaupt so weit kommen? Wer hätte noch vor wenigen Jahren auch nur im Traum daran gedacht, dass ein Elb nicht mehr gefahrlos frei umherwandern kann, dass sogar unsere Kriegertrupps einen Angriff fürchten müssen? Lotharon hat die Zeichen der Zeit einfach nicht erkannt. Oder sie nicht erkennen *wollen*. Jedenfalls blieb er untätig. Diese Untätigkeit werfe ich ihm noch viel mehr vor, als dass er den Überfall offenbar einfach so hinnehmen will.«

»Aber was hätte er denn deiner Meinung nach unternehmen sollen?«

»Es ist schon seit geraumer Zeit unverkennbar, dass die jüngeren Völker danach streben, ihren eigenen Weg zu gehen. Ich habe es vorhin schon gesagt, wir hätten sie anleiten müssen, damit dieser Weg auch weiterhin der bleibt, den wir sie gelehrt haben. Dann hätten wir uns ohne Verbitterung zurückziehen können und wären mit ihnen befreundet geblieben.«

»Was aber auch keine Garantie gewesen wäre, dass sie sich nicht dennoch von uns abgewandt und den Weg der Finsternis eingeschlagen hätten«, mischte sich Molakan ein, der ein Stück hinter ihnen ging und zu ihnen aufgeschlossen hatte. »Und wenn ihr noch lauter sprecht, können wir gleich einen Boten vorausschicken, der den Tzuul unser Kommen ankündigt.«

»Habt Ihr eine bessere Lösung? Seit dem frühen Abend betont Ihr immer wieder, was alles falsch gelaufen ist, und macht alles schlecht, was stattdessen vorgeschlagen wird, aber … Verzeiht, es steht mir nicht zu, so mit Euch zu reden«, unterbrach Verilon sich in wesentlich leiserem Tonfall und berührte zum Zeichen der Demut mit den Fingerspitzen der linken Hand die Stirn.

»Schon gut, wir sollten offen reden können, und ich schätze ein ehrliches Wort. Ich will im Gegenzug genauso ehrlich sein. In meinen Augen sind die jüngeren Völker wie Kinder. Und wir hätten uns meiner Überzeugung nach ihnen gegenüber auch so verhalten sollen – wie bei Kindern, die zu nah am Feuer spielen und sich zu verbrennen drohen: es ihnen verbieten! Die Macht dazu haben wir, und es geschähe nicht nur in unserem Interesse, sondern in dem aller Völker, selbst wenn sie es vielleicht nicht einsehen wollen.«

»Aber das widerspräche all unseren Prinzipien!«, protestierte Thalinuel, die nur mühsam ihre Stimme dämpfen konnte. »Sollen wir die anderen Völker unterdrücken und ihnen mit Gewalt unseren Willen aufzwingen? Es ist nicht unsere Art, andere zu versklaven!«

»Es geht nicht um Sklaverei«, widersprach Molakan. »Sie sollten doch nicht für uns schuften und könnten sich innerhalb sehr großzügig gesetzter Grenzen so frei verhalten, wie es ihnen beliebt. Im Grunde würden sie unsere Herrschaft kaum bemerken. Wir würden nur eingreifen, wenn sie diese Grenzen übertreten. Wir können nicht dulden, wenn sie Kriege anzetteln, andere Völker unterdrücken, den alten Dämonengöttern huldigen oder sie gar in diese Welt zurückzuholen versuchen, nachdem unser Volk sie unter so schrecklichen Opfern vertrieben und besiegt hat. Denn genau dieses Schicksal droht nun, wenn wir den anderen Völkern in ihrem Tun völlig freie Hand lassen und nur tatenlos zusehen. Zumindest die Nocturnen werden mit Sicherheit nicht zögern, wieder ihren alten, grausamen Kulten zu frönen.« Er seufzte. »Unser Volk ist nicht mehr so stark, wie es einmal war. Wenn die Finsternis zurückkehrt, werden auch wir nicht mehr die Kraft haben, sie ein weiteres Mal zu bezwingen. So weit dürfen wir es gar nicht erst kommen lassen. Wir müssen *jetzt* Stärke zeigen.«

»Und wenn die jüngeren Völker sich gegen unsere Herrschaft auflehnen, wollt Ihr sie alle bekämpfen?« Thalinuel konnte sich nur mühsam beherrschen, sich ihr Entsetzen über Molakans Ansichten nicht allzu deutlich anmerken zu lassen. Sie war nur eine einfache Kriegerin, und er einer der Weisen und Mächtigen ihres Volkes, doch sein Vorschlag widersprach allen elbischen Idealen. Ausgerechnet ihn über die Unterdrückung Schwächerer reden zu hören, schockierte sie.

»Nicht, wenn es um Kleinigkeiten geht. Sie können ruhig größere Freiheiten haben. Aber wir dürfen nicht zulassen, dass sie sich für uns zu einer Gefahr … Psst!«

Er verstummte und blieb ruckartig stehen. Erst jetzt bemerkte Thalinuel, dass auch die Elbenkrieger vor ihnen stehen geblieben waren. Ihre Haltung drückte höchste Anspannung aus.

Während sie dastand und lauschte, konnte nun auch Thalinuel aus nächster Nähe Stimmen herandringen hören. Eine der Kriegerinnen kam lautlos auf Molakan zugehuscht.

»Wir haben das Lager der Tzuul entdeckt«, berichtete sie. »Es liegt dicht vor uns, gut getarnt und mit einer Palisade befestigt. Außerdem gibt es zwei Wachposten, doch sind sie nicht besonders aufmerksam. Sie scheinen nicht mehr mit einer Gefahr zu rechnen. Von den Trollen ist nichts zu entdecken. Wir können nicht sagen, ob sie sich ebenfalls im Lager aufhalten.«

»Gut.« Molakan nickte. »Ich verstehe nicht viel vom Kriegshandwerk. Aus diesem Grund werdet Ihr den Angriff leiten«, wandte er sich an Verilon. »Wir werden versuchen, so wenig Blut wie möglich zu vergießen, allerdings bezweifle ich, dass sich die Tzuul ergeben werden. Denkt daran, dass wir mindestens einen von ihnen lebend brauchen, am besten ihren Anführer. Ich werde versuchen, ihn mit einem Bann zu belegen. Und wenn sich auch die Trolle in dem Lager befinden – tötet sie!«

Vorsichtig drang Verilon weiter vor. Thalinuel folgte ihm. Das Lager der Tzuul war direkt an einen Steilhang gebaut. Mehr als mannshohe, oben zugespitzte und mit Seilen zusammengebundene Baumstämme umgaben es in einem Halbkreis, während es auf der anderen Seite durch die aufragende Felswand geschützt wurde. Innerhalb der Palisade gab es ein Tor, das jedoch geschlossen war.

Die Stimmen waren jetzt deutlicher zu hören. Sie klangen rau und dumpf, wie es für Tzuul charakteristisch war. Sie stammten von den beiden Wachen, von denen die Kriegerin gesprochen hatte. Diese saßen auf einer kleinen Plattform, die in wenigen Metern Höhe in der Astgabel eines Baumes nahe am Tor verankert war. Von dort aus konnten die Wächter jeden frühzeitig entdecken, der sich dem Lager näherte und nicht so perfekt wie ein Elb mit dem Unterholz zu verschmelzen vermochte, ohne selbst gesehen zu werden. Vielleicht hätten nicht einmal die Elbenspäher sie rechtzeitig entdeckt, wenn sie sich nicht so unbekümmert unterhalten hätten. Jetzt, kurz vor dem Ende der Nacht, schienen sie offenbar tatsächlich mit keinerlei Gefahr mehr zu rechnen.

Aus dem Lager selbst war nichts zu hören.

»Mit ein bisschen Glück können wir die Tzuul im Schlaf überraschen und ohne Widerstand gefangen nehmen. Aber zuerst müssen wir die Wachen ausschalten, um unbemerkt über die Palisade klettern zu können«, raunte Verilon. »Wahrscheinlich haben sie eine Strickleiter auf der Plattform, an der sie hinauf- und herabsteigen. Der Stamm ist ziemlich glatt, aber es könnte gelingen, daran emporzuklettern, auch wenn es schwer wird, dabei unbemerkt zu bleiben.«

»Warum erschießen wir sie nicht einfach?«, fragte einer der Krieger. »Zwei gut gezielte Pfeile, und die beiden werden niemanden mehr warnen.«

»Wir haben kein freies Schussfeld, sondern müssten durch das Geäst schießen. Die Gefahr ist zu groß, dass die Pfeile von einem Zweig abgelenkt werden und sie nur verwunden, statt sie sofort zu töten«, widersprach Verilon. »Nein, das ist zu unsicher. Zwei von uns müssen auf die Plattform hinaufklettern und die beiden erledigen. Hanusil, du wirst das übernehmen, zusammen mit …«

»Zusammen mit mir«, fiel Thalinuel ihm ins Wort. »Ich bin die geschickteste Kletterin von uns und habe die größten Chancen, es zu schaffen.«

Verilon zögerte. Der Gedanke behagte ihm sichtlich nicht. Thalinuel fragte sich, ob er ihr diese Aufgabe nicht zutraute oder ob es ihm widerstrebte, sie in solche Gefahr zu bringen, doch schließlich nickte er.

»Seid vorsichtig. Und ihr anderen haltet eure Bögen schussbereit. Falls etwas schiefgeht, können wir nur hoffen, dass es uns gelingt, die beiden zu töten, bevor sie Alarm geben können.«

Thalinuel versuchte sich ein Lächeln abzuringen, spürte aber selbst, dass nur eine Grimasse daraus wurde, und verschwand ohne ein weiteres Wort im Dickicht. Hanusil folgte ihr, ein nicht besonders großer, dafür aber äußerst flinker Krieger. Lautlos huschten sie durch das Unterholz, umgingen den Wachbaum in einem Bogen und näherten sich ihm von hinten.

Als sie ihn erreichten, verschnauften sie einen Moment, durch die Plattform vor einer zufälligen Entdeckung von oben geschützt. Um sie zu sehen, hätten die Wachen sich schon über ihren Rand beugen und in die Tiefe blicken müssen, allerdings lachten und scherzten sie noch immer völlig arglos, um sich die Langeweile zu vertreiben.

Thalinuel betrachtete den Baum genauer. Bis hinauf zur Plattform waren alle Äste abgeschlagen worden, doch war die Rinde borkig und uneben. Ihr Unterfangen war nicht aussichtslos, ein geschickter Kletterer konnte daran genügend Halt finden.

»Bereit?«, fragte sie.

»Bereit.«

»Dann los.«

Sie zog ein Messer aus dem Gürtel und steckte es sich zwischen die Zähne. Mit der linken Hand klammerte sie sich an einen winzigen Vorsprung ein Stück über ihrem Kopf. Die Finger ihrer Rechten schob sie in eine Vertiefung und zog sich hinauf. Vorsichtig, um kein Geräusch zu verursachen, glitt sie mit den Füßen über den Stamm, um Halt zu finden. Ihre Elbenstiefel waren so weich und nachgiebig, dass sie selbst durch das Leder hindurch mit den Zehen jede Unebenheit ertasten konnte.

Dennoch wurde es eine ungeheuer mühsame Kletterei. Immer wieder hing ihr gesamtes Gewicht nur an den Spitzen von zwei, drei Fingern, und die ganze Zeit über musste sie aufpassen, dass sie kein verräterisches Geräusch verursachte. Dabei hatte sie das Gefühl, nur in quälender Langsamkeit voranzukommen. Die Muskeln ihrer Arme, Schultern und Hände begannen bereits von der Belastung zu schmerzen, und immer noch hatte sie kaum die Hälfte der Strecke geschafft.

Thalinuel fragte sich, warum sie sich überhaupt freiwillig gemeldet hatte. Sie hatte es ohne zu überlegen getan, wahrscheinlich nur aus dem Wunsch heraus, Verilon zu beeindrucken und ihm ihren Wert zu beweisen. Es stimmte, sie war eine bessere Kletterin als die meisten anderen, aber es war töricht gewesen, sich eine solche Tortur aufzuhalsen, da sie dem gesamten Unternehmen mittlerweile wesentlich skeptischer als zu Beginn gegenüberstand. Vielleicht war es sogar das Beste, wenn die Wachen sie entdeckten und Alarm schlagen konnten. In diesem Fall wäre ihr Plan gescheitert, doch selbst dann war sie sich keineswegs sicher, ob Molakan den Angriff auf das Lager aufgeben würde. Er schien fest entschlossen, die Hintergründe des Überfalls aufzudecken, auch wenn dies einen offenen Kampf und voraussichtlich noch mehr Tote bedeuten würde.

Dicht neben ihr kletterte Hanusil. Er hatte mit den gleichen Schwierigkeiten zu kämpfen. Immerhin konnten sie sich mit Gesten auf Vorsprünge oder Vertiefungen hinweisen, die sie selbst zuvor genutzt hatten.

Ein weiteres Mal musste Thalinuel ihr gesamtes Gewicht auf den Fingerspitzen ruhen lassen und suchte mit den Füßen nach einem Halt. Sie ertastete einen winzigen Vorsprung, kaum mehr als eine Verdickung der Rinde. Vorsichtig prüfte sie seine Festigkeit und belastete ihn dann stärker mit dem Fuß. Gerade als sie ihr Gewicht ganz darauf verlagern wollte, brach das Stück Rinde mit einem leisen Knacken ab.

Fast hätte sie geschrien, als sie mit einem Ruck ein kleines Stück absackte und ihr Gewicht plötzlich wieder nur an den Fingerspitzen hing. Sie rutschten bereits ab, und ihr blieb nichts anderes übrig, als die linke Hand noch mehr zu belasten, um mit der Rechten nachfassen zu können. Anschließend verharrte sie genau wie Hanusil regungslos, wagte kaum noch zu atmen.

Über ihr brach das Geplauder ab.

»Was war das?«, fragte einer der Tzuul misstrauisch.

Einige Sekunden herrschte Schweigen, als die beiden lauschten, dann knarrte das Holz der Plattform, als einer der beiden aufstand, um in die Tiefe zu blicken. Glücklicherweise beugte er sich nicht allzu weit vor.

»Ach, wohl nur ein Tier«, sagte der andere gleichgültig.

Noch einmal verstrichen einige Sekunden, dann knarrte die Plattform erneut, als der Tzuul sich wieder setzte.

»Nichts zu sehen. Wahrscheinlich wirklich nur irgendein Vieh. Ich hasse es, Wache zu schieben! Die Nächte scheinen dann immer dreimal so lang zu sein und kein Ende zu nehmen. Warum müssen diese hirnlosen Trolle auch so furchtbar dämlich sein? Wenn sie nicht dauernd ihre Wache vergessen und sich zum Schlafen hinlegen würden, wäre das die ideale Aufgabe für sie. Nur rumstarren und dumm in die Gegend glotzen.«

Sein Kumpan lachte leise.

»Ja, außer Kämpfen können sie das am besten. Na ja, kann nicht mehr lange dauern, bis es hell wird und wir abgelöst werden. Noch eine, höchstens zwei Stunden, dann können auch wir uns hinlegen. Normalerweise wäre ich heute gar nicht dran mit Wacheschieben, aber ich musste für Nutoxar einspringen, den die verdammten Elben gestern erschlagen haben. Überhaupt – keine Beute, aber eine Menge Tote, und allzu üppig war die Belohnung auch nicht. Das Geld hätten wir uns leichter verdienen können.«

»Da hast du verdammt Recht. Trotzdem hättest du dabei sein sollen. Mir jedenfalls hat es gut getan, diesem arroganten Gesindel, das sich für die Herren der Welt hält, ordentlich eins überzubraten. Einen habe ich mit einem Pfeil erwischt und einen mit meinem Schwert immerhin verwundet. Mehr war leider nicht drin. Als sie sich von ihrem Schrecken erholt hatten, blieb uns nur noch die Flucht, dabei hätte ich gerne noch ein paar von ihnen in die Unterwelt geschickt.«

Hass loderte in Thalinuel auf, als sie den Tzuul so vom Mord an ihren Gefährten sprechen hörte, und er verdrängte zumindest kurzzeitig den immer unerträglicher werdenden Schmerz in ihren Fingern. Sie lauschte angespannt, doch ihre Hoffnung, noch mehr zu erfahren, erfüllte sich nicht. Die beiden Tzuul wandten sich rasch wieder anderen Themen zu.

Immerhin wusste sie nun, dass sich nicht alle Tzuul, die zu der Bande gehörten, an dem Überfall auf ihre Vorhut beteiligt hatten, dass sie es also mit mehr als nur den wenigen zu tun bekommen würden, denen die Flucht gelungen war. Das war alles andere als eine gute Nachricht. Nachdem sie einen Krieger bei den Pferden zurückgelassen hatten, waren sie selbst nur noch zu zehnt und würden vermutlich eine Übermacht gegen sich haben.

Umso wichtiger war es, dass es ihr und ihrem Begleiter gelang, die Wachposten lautlos zu überwältigen.

Sie verständigte sich mit einem Nicken mit Hanusil,

und sie kletterten weiter. Nur etwas mehr als eine halbe Körperlänge trennte sie noch von der Plattform. Zu ihrer Erleichterung wurde das Klettern nun etwas einfacher, da man die Äste hier oben nicht mehr ganz so gründlich vom Stamm entfernt hatte, sondern kleine Reststücke verblieben waren, die ihr das Vorankommen erheblich erleichterten.

Zeitgleich mit Hanusil erreichte sie das mit dem Stamm abschließende hintere Ende der Plattform und zog sich im Rücken der beiden Wachen lautlos hinauf, als neben ihr ein Splittern ertönte. Eine der Holzplanken war am Rand offenbar etwas morsch geworden, und ihr Ende brach ab, als Hanusil sich darauf stützte. Das raubte nicht nur seiner Bewegung den Schwung und ließ ihn ein Stück zurückrutschen, sondern alarmierte auch die beiden Wachen. Sie sprangen auf und fuhren herum.

Thalinuel hatte vorgehabt, ihren Gegner von hinten niederzuschlagen und so lautlos auszuschalten, doch das war nun unmöglich geworden. Sie konnte nur versuchen, zu retten, was zu retten war. Blitzartig schwang sie sich ganz auf die Plattform hinauf und sprang aus der gleichen Bewegung heraus auf einen der Tzuul zu, während sie den zwischen die Zähne geklemmten Dolch ergriff. Mit dem linken Arm schlug sie seine schützend emporgerissenen Hände beiseite und rammte ihm die Klinge bis zum Heft in die Kehle, als er den Mund zu einem Schrei öffnete.

Diesen stieß stattdessen sein Kumpan neben ihm aus, einen kurzen Moment, ehe mit leisem Rascheln mehrere Pfeile durch das Geäst und Blattwerk herangezischt kamen. Die meisten trafen, vermochten den massigen Tzuul aber wie befürchtet nicht auf der Stelle zu töten.

Thalinuel sprang vor, um ihn zu packen und zum Schweigen zu bringen, doch wurde sie dabei von Hanusil behindert, dem es mit Verzögerung nun auch gelungen war, auf die Plattform zu klettern. Keiner von ihnen konnte den Tzuul mehr erreichen, ehe dieser noch immer schreiend in die Tiefe stürzte. Erst beim Aufprall auf den Boden verstummte er.

Fluchend schätzte Thalinuel die Entfernung zu einem weit vorragenden Ast eines anderen Baumes ab, der etwa auf halber Höhe zum Erdboden hing, dann stieß sie sich ab. Ihre Hände bekamen den Ast zu packen, und wie erhofft bog er sich unter ihrem Gewicht ein gutes Stück nach unten. Bevor er wieder hochschnellte, ließ sie ihn los und kam federnd auf dem Waldboden auf.

Ihre Befürchtung bewahrheitete sich. Auch nachdem ihr Kommen durch den Schrei des Wachpostens verraten worden und ihre Hoffnung somit dahin war, die Tzuul kampflos überrumpeln zu können, ließ Molakan den Angriff fortsetzen. Die ersten Krieger erklommen bereits die Palisade und sprangen auf der anderen Seite wieder hinab. Thalinuel schloss sich ihnen an. Die Seile, mit denen die im Boden verankerten Pfosten verbunden waren, boten ihr genug Halt – es war wesentlich schwerer gewesen, den Baumstamm hinaufzuklettern. Ohne große Mühe erreichte sie das obere Ende der Palisade, und auch die Spitzen bildeten kein Hindernis. Hastig blickte sie sich um.

Das Lager bestand aus etwa einem Dutzend einfacher

Holzhütten und einer großen Feuerstelle. In der Felswand klafften zwei bogenförmige Öffnungen, anscheinend Eingänge zu Höhlen.

Aus den Hütten kamen Tzuul herausgestürmt. Obwohl sie noch schlaftrunken waren, trugen sie Waffen und stürzten sich unverzüglich auf die bereits eingedrungenen Elben. Stahl klirrte auf Stahl.

Auch Thalinuel sprang nun von der Palisade hinab und zog ihr Schwert. Sie sah, dass Verilon, der als einer der Ersten ins Lager gelangt war, von gleich vier Feinden bedrängt wurde. Ohne zu zögern eilte sie ihm zur Hilfe. Sie stieß einen Tzuul zur Seite, der gerade mit einer gewaltigen Axt ausholte, um Verilon den Kopf zu spalten, und fing ein niedersausendes Schwert mit ihrer eigenen Klinge ab. Noch bevor der Tzuul die neue Gefahr erkannte, stieß sie ihm ihren Dolch zwischen die Rippen.

»Treibt sie zurück! Tötet sie!«, brüllte ein besonders großer Tzuul, der im Eingang einer der Hütten stand. Um die Schultern trug er einen schwarzen Umhang, offenbar das Zeichen seiner Führerschaft.

Ein weiterer der Glatzköpfe stürzte sich auf Thalinuel. Sie parierte seinen Hieb, doch sofort setzte er nach. In unglaublicher Schnelligkeit prasselten seine Schläge auf sie herab. Sein Schwert war erheblich länger, wuchtiger und schwerer als ihres, dennoch schwang er es mit einer Leichtigkeit, als würde es überhaupt nichts wiegen. An Stärke konnte sie es bei weitem nicht mit ihm aufnehmen; nur dank ihrer Geschicklichkeit gelang es ihr, ihm zu trotzen.

Dennoch zeigten die ungestümen Hiebe Wirkung. Schon

die Kletterei auf den Baum hatte sie viel Kraft gekostet. Thalinuels Muskeln schmerzten, und ihre Arme begannen zu erlahmen. Ihre Bewegungen verloren an Schnelligkeit. Sie ließ ihren Dolch fallen, um das Schwert mit beiden Händen zu packen, aber selbst so konnte sie es kaum noch festhalten. Jedes Aufeinanderprallen der Klingen schickte grelle Schmerzwellen durch ihre Arme bis hinauf in die Schultern.

Immer weiter wurde sie zurückgedrängt. Sie hatte ihrem Gegner kaum noch etwas entgegenzusetzen, wehrte nur noch mit knapper Not seine Hiebe ab.

Und auch das würde ihr nicht mehr lange gelingen.

Ein triumphierendes Grinsen glitt über das hässliche Gesicht des Tzuul, als er erkannte, dass ihre Kraft und Schnelligkeit nachließen. Als Reaktion darauf verzichtete er nun auf jegliche Taktik, sondern drosch einfach nur noch blindlings auf sie ein. Noch wuchtiger als bisher führte er seine Schläge, um sie mit purer Kraft auf die Knie zu zwingen und dem Kampf ein Ende zu setzen, allerdings musste er dafür um eine Winzigkeit weiter ausholen.

Thalinuel erkannte ihre Chance. Bei jedem Streich entblößte er für den Bruchteil einer Sekunde seine linke Seite. Eine Schwäche, die sie unter normalen Umständen augenblicklich ausgenutzt hätte. Jetzt jedoch war sie nicht sicher, ob es ihr noch gelingen konnte. Das Schwert in ihren Händen schien Tonnen zu wiegen.

Dennoch musste sie es riskieren, es war ihre einzige Chance.

Schwerfällig täuschte sie einen Angriff auf seinen Kopf

vor. Ohne die geringste Mühe wehrte der Tzuul ihn ab, doch damit hatte sie gerechnet. Sie ließ ihr Schwert um seines herumwirbeln. Funken sprühend glitten die Klingen aneinander entlang.

Thalinuel unterdrückte einen Schrei, als seine Schneide wie ein glühender Draht über ihren linken Handrücken fuhr und ihr einen langen, heftig blutenden Schnitt über den gesamten Unterarm zufügte. Gleichzeitig bohrte sich ihr Schwert tief in seine linke Seite.

Das triumphierende Grinsen verschwand von seinem Gesicht, verwandelte sich in einen Ausdruck von Verwunderung und gleich darauf Schrecken. Ein Zittern lief durch seinen massigen Körper.

Mit letzter Kraft drehte Thalinuel das Schwert einmal herum und riss es nach oben, um die Wunde zu vergrößern. Der Tzuul öffnete den Mund, doch nur Blut quoll heraus. Sie versetzte ihm einen Tritt, der ihn zurücktaumeln und zu Boden stürzen ließ, wobei die Klinge wieder aus seinem Körper glitt.

Keuchend ließ Thalinuel die Waffe sinken und blickte sich um. Trotz der Übermacht der Wegelagerer hatte sich die Waagschale inzwischen zu deren Ungunsten geneigt. Mehr als zwanzig von ihnen lagen erschlagen oder schwer verletzt auf dem Boden, allerdings auch drei Elben. Nur wenige Tzuul setzten den aussichtslosen Kampf noch fort, doch war ihr Ende bereits abzusehen. Knapp ein halbes Dutzend von ihnen hatten ihre Waffen weggeworfen und sich ergeben.

Der große Tzuul mit dem schwarzen Umhang stand noch immer im Eingang einer der Hütten, doch schien er mitten in der Bewegung erstarrt zu sein. Molakan in der Nähe des Tores starrte ihn unverwandt an, hielt ihn erfolgreich unter einem magischen Bann.

Thalinuel taumelte, und das Schwert entglitt ihren Fingern. Sie konnte sich vor Schwäche kaum noch auf den Beinen halten. Erst jetzt erinnerte sie sich wieder ihrer Wunde, die noch immer stark blutete.

Verilon kam auf sie zugelaufen.

»Du bist verletzt!«, stieß er hervor und half ihr, sich auf den Boden zu setzen. Er betrachtete kurz die Wunde. Der Schnitt war tiefer, als Thalinuel gedacht hatte, reichte fast bis auf den Knochen. Rasch bückte er sich und riss einen breiten Stoffstreifen aus der Kleidung des Tzuul, den sie gerade getötet hatte. Mit geschickten Fingern band er ihn um ihren Arm und verknotete ihn. »Das wird die Blutung zumindest eindämmen, bis Molakan Zeit findet, sich darum zu kümmern.«

Thalinuel lächelte ihn dankbar an. Selbst zum Sprechen fühlte sie sich zu schwach.

Auch die letzten Tzuul, die sich nicht ergeben hatten, waren mittlerweile niedergemacht worden. Der Hüter der Türme ging auf ihren Anführer zu.

»Packt ihn und haltet ihn gut fest«, wies er mehrere Krieger an. »Ich werde den Erstarrungszauber nun von ihm nehmen.«

Kaum hatten die Krieger den Tzuul ergriffen, begann dieser sich wieder zu bewegen. Mit aller Kraft stemmte er sich gegen sie und brüllte dabei laute Flüche, ohne sich befreien zu können. Molakan presste die Fingerspitzen auf die Schläfen des Banditen. Entsetzen glitt über dessen Gesicht, und er verstummte abrupt, als der Elb in seine Gedanken eindrang.

Nach wenigen Sekunden trat Molakan wieder zurück.

»Hollan«, stieß er hervor. »Der Anführer der nördlichen Menschenstämme. Er hat den Tzuul Gold für den Überfall auf uns bezahlt. Eigentlich sollten sie unsere gesamte Delegation töten, aber unsere Eskorte war größer als erwartet, und die Tzuul haben nur mit einem Teil ihrer Leute angegriffen und sich lieber ein paar in der Nähe hausende Trolle zur Verstärkung geholt. Nur deshalb …«

Seine letzten Worte hörte Thalinuel kaum noch. Die Erschöpfung griff wie eine große, schwarze Hand nach ihr. Alles drehte sich vor ihren Augen, dann senkte sich Dunkelheit über sie, und sie verlor das Bewusstsein.

8

DIE STIMME

Juni 9430 neuer Zeitrechnung der Elben

»Euer Verhalten ist unentschuldbar«, stieß Illurien scharf hervor. Ihre Stimme bebte vor mühsam unterdrücktem Zorn. »Was habt Ihr Euch bloß dabei gedacht? Ich will gar nicht groß von dem Vertrauensmissbrauch uns und unseren Gastgebern gegenüber sprechen, und von der Schande, die Ihr damit über uns gebracht habt. Aber Ihr hättet um Haaresbreite eine Katastrophe unvorstellbaren Ausmaßes ausgelöst. Warum das alles? Warum habt Ihr es getan? Ich verlange zumindest eine Erklärung von Euch!«

»Getan?«, echote Lhiuvan. »Was getan? Was ist passiert?«

Unsicher versuchte er sich zu erinnern, wie er in diese Lage geraten war und wo er sich befand. Zumindest die letzte Frage ließ sich leicht beantworten. Im ersten Moment glaubte er, es wäre nur eine Folge seiner Benommenheit, dass er sich einbildete, der Boden unter ihm würde leicht hin und her schwanken. Dann jedoch sah er das große Segel, das sich über ihm im Wind blähte. Er befand sich auf der *Schwanenkönig*, dem Schiff, mit dem er und die anderen zum Schattengebirge gesegelt waren.

An diese Überfahrt erinnerte er sich genau, auch an die langweilige Zwergenhochzeit und die noch langweiligere Feier danach. An alles, was dann passiert war, besaß er jedoch nur noch extrem unscharfe Erinnerungen. Zusammen mit den anderen Gesandten seines Volkes und einer Gruppe von Zwergen war er in die Tiefen unter dem Kalathun hinabgestiegen, und von da an schwirrten nur noch wenige zusammenhanglose Bilder und Erinnerungsfetzen ungeordnet in seinem Gedächtnis herum.

Da war ein Meer unter der Erde gewesen, und ein Gewitter mit unzähligen Blitzen hatte in der Tiefe getobt. Beides Unmöglichkeiten, dessen war er sich bewusst, und doch erinnerte er sich an beides. Zumindest glaubte er es. Vielleicht waren es aber auch nur Einbildungen. Er war anscheinend bewusstlos gewesen, hatte womöglich einen Schlag auf den Kopf bekommen. Auch daran konnte er sich nicht erinnern, aber es musste einen Grund für seine Ohnmacht und seine Benommenheit geben. Es fiel ihm schwer, klar zu denken.

»Für wie dumm haltet Ihr uns?« Zornig funkelte Illurien ihn an. »Wollt Ihr uns weismachen, dass Ihr Euer Gedächtnis verloren habt? Bei den Bäumen des Lebens, Ihr glaubt nicht ernsthaft, dass jemand Euch das abnimmt! Ihr verschlimmert Eure Situation nur, wenn Ihr uns hinzuhalten versucht.«

Lhiuvan blickte sich um. Er lag auf einer Trage aus Metall und Fellen auf dem Deck des Schiffes. Die Herrin, Gelinian und einige der Magierinnen und Magier standen um ihn herum und sahen mit einer Mischung aus Verwirrung, Verständnislosigkeit und Zorn auf ihn herab.

Was um alles in der Welt hatte er getan, dass sie so reagierten?

»Ich … ich erinnere mich wirklich nicht«, behauptete er. »Wir sind mit den Zwergen in die Tiefe gegangen, das ist das Letzte, was mir noch im Gedächtnis geblieben ist.«

Er versuchte sich aufzurichten, und erst jetzt bemerkte er, dass seine Beine ihm nicht mehr gehorchten. Er hatte keinerlei Gefühl darin, als wären sie überhaupt nicht vorhanden.

Panik loderte in ihm auf.

»Meine Beine«, keuchte er. »Was ist mit meinen Beinen?«

Er schlug die Decke zurück, mit der sein Unterkörper zugedeckt war. Seine Beine waren noch da, allerdings waren sie mit dicken Verbänden umwickelt. Der Anblick weckte weitere Erinnerungen in ihm. Eine riesige, dunkle Halle … Trümmerstücke, die von Blitzen erleuchtet von oben herabstürzten … Ein Gesteinsbrocken, der seine Beine unter sich begrub …

»Meine Beine … Ich erinnere mich – sie wurden von einem Fels getroffen. Ich kann sie nicht mehr spüren! Bitte, Ihr müsst es mir sagen – was ist mit meinen Beinen? Werde ich sie verlieren?«

Gelinian schnaubte.

»Nein«, sagte sie nach einigen Sekunden. »Obwohl Ihr es verdient hättet. Aber Ihr hattet Glück im Unglück. Eure Beine wurden nicht zerquetscht, weil sich die Gesteinsplatte auf einem anderen Brocken verkantet hat. Wir haben Eure Beine behandelt, Ihr werdet schon bald wieder gehen können. Bedankt Euch dafür bei meiner Mutter.

Am liebsten hätte Euch keiner von uns geholfen. Wir haben es nur getan, weil sie es von uns verlangte.«

Lhiuvans Verwirrung stieg immer mehr. Was war bloß vorgefallen? Was hatte er getan oder zumindest ihrer Ansicht nach angestellt, so dass man ihn wie einen Schwerverbrecher oder gar Massenmörder behandelte? Wenn er sich doch wenigstens erinnern könnte …

Mit aller Kraft strengte er sich an, um seinem Gedächtnis weitere Erinnerungen zu entlocken, doch es war, als pralle er gegen eine Wand, als würde jemand seine tastenden Finger immer wieder zur Seite schlagen. Er mühte sich ab, bis sein Kopf zu schmerzen begann, aber ohne Erfolg.

Mitleidlos blickten Illurien und die anderen auf ihn herab.

»Wie Ihr meint«, sagte die Herrin. »Es reicht jetzt. Ihr seid von höchst vornehmer Abstammung und habt unserem Volk bislang treu gedient. Nun jedoch habt Ihr Euch eines der abscheulichsten Verbrechen schuldig gemacht. Dafür werdet Ihr Euch vor einem Tribunal verantworten müssen, daran führt kein Weg vorbei.« Sie beugte sich etwas zu ihm herab. »Solange ich auch darüber nachdenke, ich kann einfach nicht begreifen, warum Ihr es getan habt. Wollt Ihr mir nicht Eure Gründe nennen, damit ich sie wenigstens verstehe? Warum wolltet Ihr das Tor erneut öffnen?«

Ihre Worte trafen Lhiuvan wie Schläge. Er riss die Augen auf und starrte sie entsetzt an. Dabei meinte er zu spüren, wie alles Blut aus seinem Gesicht wich.

»Das Tor öffnen?«, keuchte er. »Ich bin doch nicht wahnsinnig. Warum sollte ich etwas so Verrücktes tun?«

»Genau das frage ich Euch, weil ich mir einfach keinen Grund dafür vorstellen kann. Aber Ihr *habt* es getan, zumindest habt Ihr es versucht. Wir konnten das Schlimmste im letzten Moment verhindern, und nachdem die ganze Halle eingestürzt ist, liegt das Tor nun unter hunderten Tonnen von Gestein verschüttet. So besteht wenigstens keinerlei Gefahr mehr, dass noch einmal jemand etwas Derartiges versucht.«

»Ich habe es nicht getan«, stieß er hervor und richtete seinen Oberkörper auf. So unsinnig die Geschichte auch klang, warum sollte Illurien ihm so etwas erzählen, wenn es nicht der Wahrheit entsprach? Die Halle, an die er sich erinnerte – es konnte durchaus die Halle der Königinnen gewesen sein, und dann die Blitze, gewaltige Entladungen, wie nur eine ungeheuer mächtige Magie sie erzeugen konnte. Etwa die Magie eines magischen Tores zwischen den Daseinsebenen …

Aber was hatte er in der Halle der Königinnen gewollt? Freiwillig wäre er niemals dorthin gegangen, und vor allem hätte er sich niemals an dem Tor zu schaffen gemacht. Was also war geschehen, und was hatte das alles zu bedeuten?

»Bitte, Ihr müsst mir glauben. Ich weiß nicht, was dort unter der Erde geschehen ist. Es ist für mich alles hinter einem dichten Schleier verborgen. Wenn ich beim Tor war … dann hat mich irgendetwas dazu getrieben. Das ist es! Irgendetwas hat mich beeinflusst, deshalb … deshalb kann ich mich auch nicht mehr daran erinnern. So muss es gewesen sein! Bitte, das ist die Wahrheit!«

Er verachtete sich selbst dafür, dass er sich auf diese

Weise demütigte und die Herrin regelrecht anflehte, aber er war so verwirrt, dass in seinem Kopf alles durcheinanderging und es ihm kaum gelang, einen klaren Gedanken zu fassen. Manches, was er in letzter Zeit getan hatte, kam ihm mit einem Mal seltsam vor, aber darüber konnte er jetzt nicht auch noch nachdenken.

Lhiuvan wusste nicht, was schrecklicher für ihn war – dass er offenbar Taten begangen hatte, die seinem Naturell überhaupt nicht entsprachen, oder dass eine fremde Macht die Kontrolle über ihn gewonnen und ihn dazu getrieben hatte.

Illurien seufzte kopfschüttelnd.

»Ich weiß nicht, was das für eine Geschichte ist. Ich wünschte fast, ich könnte Euch glauben, dass Ihr für Euer Tun nicht verantwortlich wart, aber es gibt nichts, was für Eure Behauptungen spricht.« Sie seufzte erneut und straffte sich. »Nun, wir werden die Wahrheit herausfinden, so oder so. Ich zweifle nicht daran, dass das Tribunal anordnen wird, die Wahrheit notfalls in Euren Gedanken zu lesen, wenn sie anders nicht ermittelt werden kann. Spätestens dann wird sich herausstellen, was wirklich geschehen ist und ob Ihr schuldig seid.«

DAS DARF NICHT GESCHEHEN!

Lhiuvan zuckte zusammen. Die Stimme erklang urplötzlich geradewegs in seinem Geist, kalt und grausam und so machtvoll, dass es keinerlei Widerspruch, keinerlei Auflehnung dagegen gab. Erneut enthüllte sich ihm ein kleiner Teil seines Gedächtnisses, er erinnerte sich wieder, die Stimme bereits in der Halle der Königinnen gehört zu haben, kurz bevor er das Bewusstsein verloren hatte.

SEI UNBESORGT, DIR WIRD NICHTS GESCHEHEN. ICH WERDE ES NICHT ZULASSEN. ICH HABE GROSSE PLÄNE MIT DIR. UND DIE WERDE ICH NICHT VON EINFÄLTIGEN ELBEN VEREITELN LASSEN.

Lhiuvan verspürte den Drang zu schreien. Er wollte Illurien und den anderen von der Stimme erzählen, aber kein Laut kam über seine Lippen. Stattdessen ließ er sich wieder auf die Trage zurücksinken und schloss die Augen.

Ein lautes, böses Lachen erfüllte seinen Geist.

Äußerlich lag Lhiuvan scheinbar entspannt da, doch in seinem Inneren tobte ein verbissener Kampf, während er tausend Schrecken durchlebte.

Wer bist du? Was willst du von mir?

Immer wieder stellte er diese Fragen, aber die fremde Stimme antwortete nicht. Nur ihr Lachen erfüllte noch immer seinen Geist. Dennoch kontrollierte sie zugleich alle seine Handlungen. Es war ihm unmöglich, eine Warnung hervorzustoßen oder den anderen auf sonst irgendeine Art mitzuteilen, dass etwas nicht stimmte.

Er war nicht völlig hilflos, sondern besaß nach wie vor die Kontrolle über seinen Körper. Einfache Bewegungen konnte er völlig selbstständig ausüben, war in der Lage, die Augen zu öffnen und zu schließen, den Kopf zu drehen und die Arme zu bewegen. Lediglich reden konnte er nicht, und jeder sonstige Versuch, irgendwie auf seine Lage aufmerksam zu machen, wurde sofort unterdrückt.

Mit aller Kraft kämpfte er dagegen an, aber der fremde Verstand, der sich in seinem Körper eingenistet hatte, erwies sich als zu stark. Lhiuvan schaffte es nicht, sich dagegen durchzusetzen, und gab seine nutzlosen Bemühungen schließlich auf.

Stattdessen versuchte er, mehr über seinen Widersacher herauszufinden, doch dieser hüllte sich auch weiterhin in Schweigen. In der Halle der Königinnen hatte er die Stimme zum ersten Mal in seinem Verstand gehört, aber ihm war nun bewusst geworden, dass sie sein Handeln schon wesentlich länger bestimmt haben musste.

Allerdings gab es einen grundlegenden Unterschied: Zuvor hatte sie unbemerkt sein Denken beeinflusst – er hatte ihre Einflüsterungen für seine eigenen Gedanken gehalten. Jetzt hingegen war sein Verstand wieder frei, dafür jedoch besaß die fremde Wesenheit die Kontrolle über seinen Körper. Sie war um ein Vielfaches stärker geworden.

SO IST ES, vernahm er sie. UND DU SOLLTEST GAR NICHT ERST VERSUCHEN, DICH GEGEN MICH ZU STELLEN, WEIL DAS EIN KAMPF IST, DEN DU NICHT GEWINNEN KANNST.

Panik überflutete Lhiuvan. Erst allmählich erkannte er die Konsequenzen der Tatsache, dass ein fremdes Bewusstsein, eine fremde Wesenheit, über die er überhaupt nichts wusste, sich in seinem Körper eingenistet hatte. Umgekehrt hingegen schien diese üble Präsenz jeden seiner Gedanken lesen und jede seiner Handlungen kontrollieren zu können. Selbst jetzt verhinderte sie, dass etwas von dem Entsetzen, das er bei diesem Gedanken verspürte, äußerlich sichtbar wurde, da sie ihn dazu zwang, völlig ruhig liegen zu bleiben.

ICH KÖNNTE DICH MÜHELOS VERNICHTEN, behauptete die Stimme. ABER ES IST EINFACHER FÜR MICH, DEIN BEWUSSTSEIN WEITEREXISTIEREN ZU LASSEN. DU WIRST DIE MEISTE ZEIT ÜBER SOGAR WEITERHIN DIE KONTROLLE ÜBER DEINEN KÖRPER BEHALTEN, ABER DU SOLLTEST NICHT VERSUCHEN, MIR WIDERSTAND ZU LEISTEN ODER MICH IN IRGENDEINER FORM ZU HINTERGEHEN. JEDER ENTSPRECHENDE VERSUCH WÄRE ZUM SCHEITERN VERURTEILT. FÜGST DU DICH HINGEGEN, WERDE ICH DICH IRGENDWANN WIEDER FREIGEBEN, SOBALD ICH MEIN ZIEL ERREICHT HABE.

Und was ist dein Ziel?, fragte Lhiuvan, doch wie er nicht anders erwartet hatte, erhielt er keine Antwort.

DIENE MIR TREU UND GEHORCHE MEINEN BEFEHLEN, DANN WIRST DU NICHT NUR DEINE FREIHEIT ZURÜCKERLANGEN, SONDERN AUCH REICH BELOHNT WERDEN!, versprach die Stimme. DEIN KÖRPER IST FÜR MICH NICHT MEHR ALS EIN WERKZEUG, DAS ICH FÜR EINE GEWISSE ZEIT BENÖTIGE. WEIGERST DU DICH HINGEGEN, SO STIRBST DU, UND ICH BENUTZE DEINEN KÖRPER DENNOCH. WEIGERST DU DICH?

Lhiuvan kämpfte gegen die Panik an, zwang sich zu klarem Denken. Vielleicht sagte die Stimme ja tatsächlich die Wahrheit und würde ihn wieder freigeben, auch wenn es ihm schwer fiel, daran zu glauben. Aber wenigstens blieb ihm ein kleiner Rest Hoffnung.

Selbst wenn ich gehorche, so wird man schnell herausfinden, dass ich nicht aus freiem Willen gehandelt habe, sagte er. *Du hast mich dazu gebracht, gegen eines der grundlegends-*

ten Tabus zu verstoßen, die mein Volk kennt, als ich versucht habe, das Tor wieder zu öffnen. Die Herrin wird ihre Drohung wahrmachen. Man wird mich vor ein Tribunal stellen und dort wird man meine Gedanken erforschen. Dann wird man entdecken, dass ich nicht aus freiem Willen gehandelt habe.

SO WEIT WIRD ES NICHT KOMMEN. DU WIRST NICHT MEHR ZUM GOLDENEN TAL ZURÜCKKEHREN. HALTE DICH BEREIT!

Nach diesen Worten schwieg die Stimme, reagierte nicht mehr auf seine zahllosen Fragen. Wofür und wie sollte er sich bereit halten, wenn er nicht einmal aufstehen konnte?

In scheinbar endloser Langsamkeit verstrichen die Minuten, ohne dass etwas geschah. Dann stieß ein Stück von ihm entfernt einer der Elben plötzlich einen Schrei aus, taumelte ein paar Schritte zurück und stürzte zu Boden. Ein Pfeil ragte aus seiner Schulter.

Alarmrufe gellten, während weitere Pfeile herangeflogen kamen, ohne jedoch Opfer zu finden. Mit der seinem Volk eigenen Schnelligkeit gingen die Elben hinter der Bordwand in Deckung, ergriffen ihre eigenen Bögen und erwiderten den Beschuss.

JETZT, vernahm Lhiuvan erneut die Stimme. NUTZE DIE GELEGENHEIT. FLIEH!

Noch bevor er fragen konnte, wie er das in seinem verletzten und halb gelähmten Zustand bewerkstelligen oder wohin er überhaupt fliehen sollte, merkte er, wie sich sein Körper bereits bewegte. Ohne dass er selbst Einfluss darauf nehmen konnte, wälzte er sich auf die Seite und anschließend auf den Bauch. Nur auf seine Arme gestützt kroch er vorwärts, seine tauben Beine wie ein totes Anhängsel hinter sich herziehend.

Der Überfall war vom rechten Ufer aus erfolgt, von Steuerbord, und dort waren die Elbenkrieger auch in Deckung gegangen. Niemand achtete auf ihn, als er auf die gegenüberliegende Bordwand zukroch. Pfeile prasselten auf das Deck des Schiffes hernieder, viele davon brennend, und setzten auch das Holz in Brand. Elben hasteten geduckt umher, um die winzigen Feuer zu löschen, ehe sie sich ausbreiten konnten.

Auch das große Segel war mehrfach von Brandpfeilen getroffen worden und hatte bereits Feuer gefangen, doch erstickten die Flammen fast sofort wieder unter der Zauberkraft der Magier.

Ungeachtet der Warnung kämpfte Lhiuvan gegen den fremden Einfluss an und versuchte, die Kontrolle über seinen Körper zurückzugewinnen. Eine Flucht würde ihm nichts nutzen. Nur wenn Illurien oder die Magier herausfanden, dass tatsächlich etwas mit ihm nicht stimmte und er nicht aus eigenem Willen handelte, bestand Hoffnung, dass es ihnen gelang, ihn zu befreien.

Wenn er wenigstens einen Ruf hätte ausstoßen können …

Aber seine Bemühungen blieben auch jetzt erfolglos. Es gelang ihm weder, sein Kriechen zu verlangsamen, noch, einen einzigen Laut über die Lippen zu bringen, um jemanden auf seine Flucht aufmerksam zu machen. Unbemerkt erreichte er die Reling und zog sich daran hinauf.

Die *Schwanenkönig* segelte bei schwachem Wind auf

dem Oronin dahin. Der Breite des Flusses zufolge befand sie sich bereits in der Nähe der Meeresmündung, aber das hatte er aufgrund des Überfalls ohnehin schon vermutet. Sie durchquerten das von den Barbaren kontrollierte Gebiet.

Verzweifelt verfluchte Lhiuvan ihren selbstmörderischen Wagemut. Selbst die primitivsten Wilden mussten mittlerweile erkannt haben, dass sie gegen die Elbenschiffe nichts ausrichten konnten und für jeden Überfall mit einem hohen Blutzoll bezahlten. Tatsächlich hatte es in den letzten Jahren nur noch ganz vereinzelte Angriffe gegeben, doch einige der Barbaren hatten die Hoffnung auf einen Überraschungserfolg offenbar immer noch nicht aufgegeben.

Mit scharfen Blicken suchte er das linke Flussufer ab, aber nirgendwo konnte er Feinde entdecken. Ohne etwas dagegen tun zu können, wuchtete er seinen Körper über die Reling und stürzte in den Fluss.

Trotz der Jahreszeit war das Wasser eisig. Es schlug über ihm zusammen, raubte ihm für einen Moment den Atem und drohte ihn zu lähmen. Fast wünschte er schon, dass genau dies geschehen würde. Es war besser, tot zu sein, als mit den Zwängen zu leben, die ihn gegenwärtig beherrschten. Mochte er untergehen und ertrinken oder von der Strömung ins Meer hinausgetragen werden, es würde eine Erlösung sein.

Aber auch dieser Wunsch wurde ihm nicht gewährt.

Befehlen gehorchend, die nicht von ihm kamen, begannen seine Arme nach wenigen Sekunden Schwimmbewegungen zu machen, die ihn wieder nach oben trieben, bis sein Kopf die Wasseroberfläche durchstieß. Gierig schnappte er nach Luft, schluckte Wasser und hustete keuchend.

Als er sich umblickte, hatte sich die *Schwanenkönig* bereits ein gutes Stück von ihm entfernt. Entweder hatte man seine Flucht noch nicht bemerkt, oder Illurien hielt das Risiko für zu groß, seinetwegen umzukehren und sich erneut dem feindlichen Beschuss auszusetzen. Vielleicht glaubte sie auch, dass er in seinem Zustand nicht überleben würde und sich lieber selbst gerichtet hatte, statt sich dem Tribunal und der zu erwartenden Bestrafung für sein Tun auszuliefern.

Jedenfalls segelte das Schiff weiter und würde wohl auch nicht zurückkehren.

Erneut begann Lhiuvan mit Schwimmbewegungen. Er war ein guter Schwimmer, doch mit gefühllosen Beinen fiel es auch ihm schwer, sich über Wasser zu halten. Immer wieder geriet er mit dem Kopf unter die Oberfläche und musste Wasser schlucken. Nur mit äußerster Anstrengung kämpfte er sich Meter um Meter auf das Ufer zu. Als das Wasser schließlich seicht genug wurde, dass er kriechen konnte, war er so erschöpft, dass es ihm kaum noch gelang, sich über die flache, mit Gras bewachsene Böschung auf festes Land zu ziehen.

Aber die fremde Wesenheit nahm keinerlei Rücksicht auf seine Schwäche und den grausamen Schmerz in seinen blutenden Armen. Vielleicht spürte sie ihn nicht einmal, dabei hatte er sich die Haut längst schon von den Handgelenken bis zu den Ellbogen aufgeschürft. Unerbittlich trieb sie ihn weiter voran, bis er in einer kleinen Mulde eine Gruppe von Büschen erreichte, unter die er kroch, um vor einer zufälligen Entdeckung durch unfreundliche Blicke geschützt zu sein.

Erst dann verlor Lhiuvan das Bewusstsein.

9

IM HAUS DER GENESUNG

Thalinuels Geschichte, Juni 11657
alter Zeitrechnung der Elben

Thalinuel erwachte mit hämmernden Kopfschmerzen. Gedanken und Bilder schwirrten wild durch ihren Kopf, ohne dass sie auf Anhieb zu sagen wusste, was davon Erinnerungen waren und was nur Albtraumgespinste, die sie ein Stück weit in die Realität begleitet und noch nicht erkannt hatten, dass sie hier nicht hergehörten. Und Albträume hatte sie gehabt, auch wenn keine Einzelheiten daraus mehr in ihrem Gedächtnis haften geblieben waren. Mühsam versuchte sie, ihren Geist zu ordnen.

Sie hatte einer Eskorte angehört, die das Königspaar und den Hüter der Türme von Saltinan zum Treffen der Völker nach Tal'Orin begleitet hatte. Der Überfall aus dem Hinterhalt… die gescheiterten Beratungen… der Angriff auf das Lager der Banditen… ihr Kampf mit dem Tzuul…

Ihr Verstand begann sich zu klären, und erst jetzt wurde sie sich ihrer Umgebung bewusst. Es war mittlerweile Tag geworden, Sonnenlicht und Vogelgezwitscher drangen durch ein Fenster zu ihr herein. Sie befand sich nicht mehr im Lager der Tzuul, sondern lag in einem weichen Bett. Dem reich verzierten Mobiliar und den kunstvollen Schnitzereien an Decke und Wänden zufolge sogar eindeutig in einem elbischen Haus. Jedenfalls konnte sie sich nicht vorstellen, dass die Tzuul einen solchen Sinn für Schönheit besaßen. Damit schied ihr erster Gedanke, sie wäre in eine der Hütten im Lager gebracht worden, aus.

Verilon saß auf einem Stuhl neben ihrem Bett und lächelte ihr zu.

»Endlich«, stieß er hervor. »Ich habe schon geglaubt, du würdest gar nicht mehr aufwachen. Wie fühlst du dich?«

»Es … geht«, murmelte Thalinuel, was eine himmelweite Übertreibung war. Obwohl sie offenbar eine ganze Weile geschlafen hatte, fühlte sie sich noch immer schwach, von einer Mattigkeit und Erschöpfung erfüllt, wie sie sie noch nie zuvor erlebt hatte, nicht nur körperlich, sondern auch geistig. Selbst das Sprechen fiel ihr schwer. Ihr Mund war trocken, und ihre Zunge fühlte sich wie ein Stück Pelz an. Dazu kamen noch die entsetzlichen Kopfschmerzen, als ob ihr jemand in regelmäßigen Abständen mit einem Hammer gegen die Stirn schlagen würde.

Dennoch war ihre Neugier stärker als ihr Verlangen, sofort wieder einzuschlafen.

»Wo bin ich hier? Und wie bin ich hier hergekommen?«, erkundigte sie sich. »Ich wusste gar nicht, dass es in der Nähe von Tal'Orin Elbensiedlungen gibt.«

»Die gibt es dort auch nicht. Du bist in Saltinan, im Haus der Genesung. Wir …«

»Saltinan? Aber … das ist doch unmöglich!« Trotz ihrer

Schwäche und der Schmerzen richtete sie sich ruckartig im Bett auf. »Wir sind doch gerade erst …«

»Du warst mehr als zwei Wochen bewusstlos und kannst von Glück sagen, dass du überhaupt noch am Leben bist«, fiel Verilon ihr ins Wort. »Das verdankst du allein Molakan. Hätte er nicht so schnell und unter Aufbietung all seiner Kräfte gehandelt, als du zusammengebrochen bist, wärst du mit Sicherheit gestorben. Und selbst so war es mehr als knapp, und wir hatten die Hoffnung ein paarmal schon fast aufgegeben.«

»Aber …« Thalinuel blickte auf ihren linken Arm. Er war dick bandagiert und fühlte sich taub an. Nur mit Mühe konnte sie die Finger bewegen. »Aber die Wunde war doch gar nicht so schlimm! Sie hat zwar stark geblutet, aber es war nur ein glatter Schnitt und hätte gut verheilen müssen.«

»Die Klinge war vergiftet«, erklärte Verilon. »Wir haben es gerade noch rechtzeitig bemerkt, nachdem wir zunächst nicht begriffen hatten, was mit dir los war. Ich weiß, das ist ungewöhnlich bei Tzuul. Sie verstehen nicht viel von Pflanzen und beherrschen keine komplizierten Rezepturen, um Gifte zu mischen. In dieser Hinsicht sind sie ebenso einfältig wie ihre Troll-Vorfahren. Deshalb vermute ich, dass der Tzuul das Schwert selbst erst vor kurzem von einem Opfer erbeutet hat. Womöglich wusste er nicht einmal etwas von dem Gift, sonst hätte er wahrscheinlich anders gekämpft.«

»Erzähl mir alles, was passiert ist«, verlangte Thalinuel. Was sie hörte, erschreckte sie, aber nun wollte sie die ganze Wahrheit wissen.

»Das kommt nicht in Frage«, ertönte eine Stimme aus Richtung der Tür, ehe Verilon antworten konnte. Ein älterer Elb in der Kleidung der Heiler trat ein. »Jedenfalls jetzt noch nicht. Du brauchst Ruhe und Erholung, um wieder zu Kräften zu kommen. Zwar ist das Schlimmste überstanden, aber jede Aufregung würde deine Heilung gefährden.«

»Das ist Nasiluan, der Oberste der Heilergilde. Ihm untersteht dieses Haus. Er hat dich in den letzten Tagen gepflegt, und ihm verdankst du beinahe ebenso viel wie Molakan und einigen anderen, die sich seit deiner Verletzung um dich gekümmert haben.«

»Dafür danke ich Euch«, sagte Thalinuel. Der Name des Obersten Heilers war ihr bekannt, doch hatte sie bislang nicht mit ihm zu tun gehabt. Glücklicherweise war sie zuvor noch nie so krank gewesen, dass er sich persönlich um sie hätte kümmern müssen. »Aber ich bin jetzt viel zu aufgewühlt, um zu ruhen oder gar wieder zu schlafen. Das kann ich erst, wenn ich weiß, was alles geschehen ist, während ich bewusstlos war.«

Nasiluan zögerte und betrachtete sie einige Sekunden lang skeptisch.

»Also gut«, sagte er schließlich. »Du hast dich gut erholt und scheinst stark und entschlossen genug für ein solches Gespräch zu sein. Allerdings nicht länger als ein paar Minuten. Und zuvor werde ich mir deine Wunde noch einmal ansehen.«

Er trat an ihr Bett und wickelte den Verband ab. Thalinuel erschrak selbst bei dem Anblick, der sich ihr bot. Das Fleisch unter den Binden war grau und aufgequollen wie das einer Wasserleiche, doch hatte die klaffende Wunde sich wieder geschlossen und war gut verschorft. Nasiluan bestrich den Arm mit einer Salbe und umwickelte ihn mit einem frischen Verband.

»Ich werde später noch einmal nach dir sehen«, sagte er und fügte an Verilon gewandt hinzu: »Denkt daran, was ich gesagt habe. Nur ein paar Minuten, und sorgt dafür, dass sie sich nicht aufregt.«

Thalinuel wartete, bis er gegangen war, dann blickte sie Verilon fragend an.

»Also dann, erzähl schon. Das Letzte, woran ich mich vor meiner Ohnmacht erinnere, ist, wie Molakan herausfand, dass die nördlichen Stämme hinter dem Überfall auf uns stecken. Was geschah danach?«

»Nun, ich war erschrocken und habe sofort nach Molakan gerufen, als du so plötzlich zusammengebrochen bist. Aufgrund seiner Magie versteht er auch viel von der Heilkunst. Er hat dich behandelt, aber dein Zustand verschlechterte sich trotzdem immer mehr, bis wir uns schließlich die Waffe genauer angesehen haben, mit der du verwundet wurdest. Da entdeckten wir dann das Gift. Wir fanden auch noch eine zweite vergiftete Klinge, die jedoch glücklicherweise niemanden von uns verletzt hatte. Anschließend konnte Molakan dich besser behandeln, deinen Zustand zumindest stabilisieren, und nach unserer Rückkehr zum Rastplatz hat sich auch die Königin um dich gekümmert. Du warst im Delirium und hast vor Fieber fast geglüht. Aber erst in der Obhut der Heiler hier in Saltinan trat eine echte Besserung ein. Das ist kurz gefasst das, was passiert ist. Dein Schicksal hing wirklich an einem seidenen Faden, doch nun scheint die Gefahr glücklicherweise überwunden zu sein. Ich habe mir ungeheure Sorgen um dich gemacht.«

Und warum?, dachte Thalinuel. Hatte er nur befürchtet, eine Kampfgefährtin und Freundin zu verlieren, oder gingen seine Gefühle für sie doch tiefer? Immerhin hatte er an ihrem Bett gewacht, und das nicht nur heute, wie sie vermutete. Aber sie sprach nichts davon aus.

»Und was ist ansonsten geschehen?«, fragte sie stattdessen. »Welche Schritte hat König Lotharon unternommen? Immerhin haben wir ja herausgefunden, wer hinter dem Überfall steckte.«

Ein Schatten glitt über Verilons Gesicht.

»Ich fürchte, das fällt genau in die Bereiche, von denen Nasiluan nicht möchte, dass wir jetzt darüber sprechen, weil es dich nur unnötig aufregen würde. Das ist kein Thema, um es am Krankenbett zu diskutieren.«

»Aber genau das ist es, was mich am meisten interessiert«, beharrte Thalinuel. »Ich bin schließlich überhaupt erst verwundet worden, um diese Dinge in Erfahrung zu bringen.«

Er seufzte.

»Wie du meinst. Du wirst es ja doch spätestens in ein paar Tagen hören und keine Ruhe geben, bis ich dir alles erzählt habe. Bei unserer Rückkehr hat der König wegen unseres eigenmächtigen Handelns vor Wut geschäumt, aber ansonsten nichts unternommen, um unser Verhältnis zu den anderen Völkern nicht noch mehr zu belasten. Er ging sogar so weit, uns zu verbieten, über das zu sprechen, was wir in Erfahrung gebracht haben, aber irgendwie sind die Informationen dennoch durchgesickert. Seither ist die Empörung in unserem Volk groß. Viele fordern ein hartes Vorgehen gegen die Menschen. Nicht nur aus Rache, sondern zur Abschreckung, damit so etwas nicht noch einmal geschieht.«

»Völlig zu Recht«, empörte sich Thalinuel. »Wenn wir untätig bleiben, fühlen sich andere nur noch ermutigt. Ich begreife nicht, wie Lotharon es einfach so hinnehmen kann, nachdem wir ihm unter Einsatz unseres Lebens alle nötigen Informationen beschafft haben!«

»Nur leider keine Beweise, das ist das Problem. Während Molakan sich um deine Verletzung gekümmert hat, ist es dem Anführer der Tzuul gelungen, sich loszureißen. Ehe wir ihn daran hindern konnten, hat er sich selbst die Kehle durchgeschnitten. So konnte er nicht weiter befragt werden, und es existiert nur Molakans Aussage über das, was er in seinem Geist gelesen hat. Die übrigen Tzuul und erst recht die Trolle, die wir anschließend noch in einer Höhle in der Nähe des Lagers aufgespürt haben, waren in die Hintergründe des Komplotts nicht eingeweiht. Sie konnten nur von einem verhüllten Boten berichten, der in ihr Lager gekommen war, um mit dem Anführer zu sprechen, und der ihm Gold für den Angriff auf uns geboten hat.«

»Aber die Aussage eines Edlen wie Molakan dürfte doch wohl ausreichen, und da er sein Wissen direkt aus den Erinnerungen des Tzuul geholt hat, konnte dieser auch nicht lügen!«

»Natürlich, und niemand zweifelt daran. Aber Lotharon nimmt diese Umstände als Vorwand, um nichts unternehmen zu müssen. Seither ist das Verhältnis zwischen den beiden stark belastet, wie du dir denken kannst. Und nicht nur zwischen ihnen. Wir sitzen auf einem Pulverfass. Es ist etwas eingetreten, das es noch nie gegeben hat. Diese Frage droht unser Volk zu spalten. Überall wird darüber gesprochen, wie wir uns den anderen Völkern gegenüber verhalten sollen, nachdem sie uns zurückgewiesen haben. Der Überfall auf uns ist ja nur der schreckliche Höhepunkt dessen, was geschehen ist.« Er seufzte erneut und stand auf. »Wenn ich vorausgesehen hätte, dass unser Vorstoß solch extreme Reaktionen hervorrufen würde, ich weiß nicht, ob es nicht besser gewesen wäre, wenn wir die Tzuul gar nicht erst aufgespürt hätten. Aber nun brauchst du Ruhe. Ich sehe schon, dass dich das alles viel mehr aufregt, als gut für dich ist. Versuch, ein bisschen zu schlafen, damit du möglichst schnell wieder ganz gesund wirst.«

»Schlafen! Wie soll ich denn unter diesen Umständen schlafen können?«, schnaubte Thalinuel, doch Verilon lächelte sie nur an und verließ ohne ein weiteres Wort das Zimmer.

Aufgebracht starrte sie zur Zimmerdecke empor und versuchte zu verarbeiten, was sie gerade gehört hatte, doch es dauerte nur wenige Minuten, bis die Müdigkeit sie überwältigte und sie tatsächlich wieder einschlief.

»Ich fasse es einfach nicht«, murmelte Thalinuel. »Was haben wir für einen König? Sollen wir uns denn alles gefallen lassen?«

Eine Woche war verstrichen, seit sie erstmals nach ihrer Verletzung wieder erwacht war. In dieser Zeit hatte ihre Genesung so gute Fortschritte gemacht, dass sie bereits in den nächsten Tagen aus der Obhut der Heiler entlassen werden sollte, ein Ereignis, das sie sehnlichst herbeiwünschte. Das Leben war in ihren Arm zurückgekehrt. Sie konnte ihn fast schon wieder normal bewegen, und dank der elbischen Heilkunst würde auch nur eine dünne, kaum sichtbare Narbe zurückbleiben, wie Nasiluan ihr versichert hatte.

An diesem Tag durfte sie das Haus der Genesung erstmals für eine Weile verlassen, und sie nutzte die Zeit, um zusammen mit Verilon einen Spaziergang durch die Stadt zu unternehmen.

Nach typischer Elbenart waren in Saltinan Natur und Baukunst eine perfekte Symbiose eingegangen; es war keine Stadt *im* Wald, sondern ein Teil des Waldes selbst. Plattformen verschiedenster Größe, manche nur klein, manche hingegen gewaltig, erstreckten sich in unterschiedlicher Höhe zwischen den Bäumen und um sie herum, wobei die Stämme als natürliche Pfeiler dienten. Auf diesen Plattformen waren Häuser errichtet, auch sie in unterschiedlichster Größe und Bauweise, dem Wuchs der Bäume angepasst, denn vielfach bildeten lebende, belaubte Zweige und Ranken Teile der Wände und des Daches. Verbunden waren all die Plattformen durch unzählige Treppen, Rampen und breite Stege.

Im Mittelpunkt Saltinans wuchs eine gigantische Kastanie mit einer Vielzahl von Plattformen in ihren Astgabelungen, auf denen der Palast des Königspaars stand. An den Rändern der Stadt hüllten einige Gebäude besonders hohe Bäume bis in ihre Kronen ein – die unvergleichlichen und weithin berühmten Türme von Saltinan, von deren Spitze aus man einen unglaublichen Ausblick auf die umliegenden Ländereien und das nicht weit entfernte Ufer des Westmeeres mit seinen prachtvollen Hafenanlagen hatte.

Nur auf der untersten Ebene, dem Erdboden, standen massivere Häuser aus Stein und Holz, errichtet nach der Bauweise, die auch die meisten anderen Völker bevorzugten, hauptsächlich Speicher für Nahrungsmittel und andere Waren, die zur Versorgung der rund dreißigtausend Bewohner von Saltinan nötig waren. Doch auch dabei handelte es sich nicht einfach um klobige Gebilde, sondern ihr Baustil war der Vielfalt der übrigen Stadt angepasst, und dazwischen erstreckten sich parkähnliche Gärten mit zahlreichen Brunnen und blühenden Hecken.

Viele der Häuser und Pflanzen hatten einen goldenen Schimmer angenommen, eine Nebenwirkung der Elbenmagie, die vor allem in letzter Zeit mit verschieden intensiven Tönungen gezielt zur Verschönerung der Stadt eingesetzt wurde. Gerade die Türme schimmerten, als bestünden sie aus purem Gold.

Noch immer fühlte sich Thalinuel erschöpft, und nach der langen Zeit des Liegens mussten ihre Muskeln sich erst wieder an die ungewohnte Anstrengung anpassen. Sie konnte nur langsam und mit kleinen, fast trippelnden Schritten gehen und musste immer wieder verharren und sich kurz ausruhen. Dennoch genoss sie das Gefühl der Freiheit, nachdem sie sich während der letzten Woche in ihrem Krankenzimmer regelrecht eingesperrt gefühlt hatte. Am liebsten wäre sie gar nicht mehr dorthin zurückgekehrt, doch die wenigen Tage, die sie noch vor sich hatte, bis Nasiluan sie als völlig geheilt betrachten würde, wollte sie noch durchhalten. Auch Verilon bestand darauf.

»Lotharon möchte um jeden Preis den Frieden bewahren«, antwortete er. »Er ist selbst für einen Elben alt und hat niemals andere Zeiten erlebt. Nun möchte er nicht als der König in die Geschichte eingehen, unter dessen Regentschaft unser Volk in einen Krieg gegen die zieht, die wir bislang als unsere Freunde betrachtet haben. Aus seiner Sicht hat er vielleicht sogar recht. Er hofft darauf, dass die jüngeren Völker wieder zur Vernunft kommen, wenn sie erst einmal feststellen, dass ihr Leben ohne unsere Hilfe weitaus härter und auch gefährlicher werden wird. Das möchte er nicht durch eine Strafexpedition gegen Hollan und die von ihm befehligten Stämme gefährden. Aber ich glaube, er gibt sich einer Illusion hin. Wir stehen an einem Scheideweg, und welche Richtung auch immer wir einschlagen, wird für mehr als nur unser eigenes Schicksal bestimmend sein. Die Welt wandelt sich, all unsere Bündnisse zerfallen. Die jüngeren Völker denken, dass unsere Zeit abgelaufen und die ihre gekommen wäre, und im Freudentaumel über ihre vermeintliche Freiheit verlieren sie jedes Augenmaß. Denk nur an die Spannungen in Riell. Die dortigen Geschehnisse und der Überfall auf uns werden keine Einzelfälle bleiben, fürchte ich. Selbst wenn einige Völker sich vielleicht schon bald nach den alten Zeiten zurücksehnen werden, wird ihr Stolz es ihnen verbieten, sich mit der Bitte um Beistand an uns zu wenden.«

»Gibt es aus Riell schon irgendwelche Neuigkeiten?«

»Nein, aber die Situation ist äußerst angespannt. Die

Menschen in den umliegenden Dörfern haben alle Wege gesperrt und die Stadt vom Hinterland abgeschnitten.«

»Eine Belagerung also«, fasste Thalinuel bitter zusammen. »Jetzt kommt es schon so weit, dass diese Halbwilden uns von unserem eigenen Land vertreiben wollen. Ich habe den Menschen noch nie richtig getraut. Von allen Völkern sind sie das kriegerischste und überheblichste.«

Riell war eine kleine Elbensiedlung etwa hundert Meilen weiter nördlich die Küste hinauf. In den vergangenen Tagen war es mehrfach zu Feindseligkeiten gegen die dort lebenden Elben gekommen, vor allem hatte man ihnen zu verstehen gegeben, dass ihre Besuche in den benachbarten Dörfern nicht mehr erwünscht waren.

»Von einer Belagerung zu sprechen, wäre übertrieben. Die Versorgung erfolgt derzeit nur über das Meer, doch hat es wenigstens keine Übergriffe mehr gegeben. Wir können nur hoffen, dass sich die Lage bald wieder beruhigt.«

»Ja, hoffen wir es. Ich weiß auch nicht mehr, was noch richtig und was falsch ist. Mein Verstand sagt mir, dass wir auf die Herausforderungen reagieren und Stärke zeigen sollten, aber mein Herz sehnt sich danach, dass wir weiterhin in Frieden mit den anderen Völkern zusammenleben, wie es bislang der Fall war.« Thalinuel zuckte die Achseln. »Aber was nutzt es, wenn wir uns den Kopf deswegen zerbrechen? Was geschehen soll, wird geschehen. Wir haben ohnehin nicht darüber zu entscheiden.«

»Du hast recht, der Tag ist viel zu schön, als dass wir ihn uns durch solche Sorgen verderben sollten. Lass uns lieber über Angenehmeres sprechen. Was hältst du von einem Besuch bei deiner Familie? Sie hat sich ebenfalls große Sorgen um dich gemacht.«

Das habe ich gemerkt, dachte Thalinuel. So etwas bezeichnete er als etwas Angenehmeres? Ihre Sippe besaß eine lange Tradition in der Ausübung der magischen Künste und hatte mit Unverständnis und Verärgerung auf ihren Wunsch reagiert, Kriegerin zu werden, statt diese Tradition fortzusetzen. Seither war ihr Verhältnis zueinander angespannt und beschränkte sich auf nur wenige Kontakte im Jahr. Selbst während ihrer Krankheit hatte lediglich ihre jüngere Schwester sie nur einmal kurz besucht. So viel zu den Sorgen, die ihre Familie sich angeblich um sie gemacht hatte.

»Lieber nicht«, sagte sie. Sie hatten einen der Hochgärten erreicht, und sie deutete auf eine Bank unter einem Laubbogen. »Setzen wir uns einen Moment, das Gehen ist doch noch sehr anstrengend für mich.«

Schweigend saßen sie eine Weile nebeneinander und lauschten dem Zwitschern der Vögel in den Bäumen.

»Es gibt so viel Schönheit in der Welt«, seufzte Thalinuel und griff impulsiv nach seiner Hand. Einen Moment lang schien es, als ob Verilon sie zurückziehen wollte, doch dann erwiderte er stattdessen ihren sanften Druck. »Warum können wir sie nicht einfach alle gemeinsam genießen, statt uns das Leben gegenseitig so schwer zu machen?«

Wie zur Antwort auf ihre Worte hallten plötzlich dumpfe Gongschläge durch die Stadt.

»Das Alarmsignal«, stieß Verilon hervor und sprang auf. »Man ruft die Krieger. Wir müssen … *ich* muss sofort los«, verbesserte er sich. »Aber vorher werde ich dich noch zum Haus der Genesung zurückbringen.«

»Nicht nötig. Geh ruhig, das Stück schaffe ich auch allein.«

»Also gut, wie du meinst.« Mit raschen Schritten eilte er davon.

Thalinuel blieb noch einige Minuten sitzen, dann konnte sie ihre Neugier nicht länger zügeln und machte sich auf den Rückweg. Mehrfach wandte sie sich unterwegs an andere Krieger, denen sie begegnete, doch keiner konnte ihr sagen, was der Grund für den Alarm war. Erst als sie das Haus der Genesung erreichte, erhielt sie endlich eine Antwort auf ihre Fragen, allerdings nicht von Nasiluan, sondern von einer Helferin.

»Ein Schwerverletzter hat Saltinan mit letzter Kraft erreicht«, teilte sie ihr mit. »Nasiluan versorgt ihn gerade, doch es steht nicht gut um ihn. Er kam aus Riell. Unsere Siedlung wird angegriffen.«

10

WALDHAIN

Juni 9430 neuer Zeitrechnung der Elben

Die Berührung einer Hand weckte Lhiuvan. Mochte er auch noch so tief schlafen, seine Elbensinne arbeiteten mit der gewohnten Präzision. Obwohl die Berührung kaum mehr als ein Lufthauch gewesen war, bemerkte er sie sofort und war von einem Moment auf den anderen hellwach. Er schlug die Augen auf, erkannte eine gegen das Licht der Sonne nur als dunkler Umriss sichtbare Gestalt vor sich und reagierte mit unglaublicher Schnelligkeit. Seine rechte Hand zuckte vor und schloss sich um das Gelenk der nach ihm ausgestreckten Hand, während er mit der anderen an seinen Gürtel griff, um den Dolch zu ziehen, den er stets dort trug, doch sie fasste ins Leere. Die Waffe war nicht da, genauso wenig wie sein Schwert, das er gleich darauf zu packen versuchte.

Ein heller Schmerzensschrei ertönte. Die Gestalt vor ihm bewegte sich, sodass ihr Kopf die Sonne verdeckte, und plötzlich konnte er sehen, dass es sich um eine junge Frau, fast noch ein Mädchen handelte. Sie war in ärmliche Fetzen gekleidet und schien unbewaffnet zu sein, zumindest hielt sie keine Waffe in den Händen.

Aber wo waren seine eigenen Klingen? Irgendjemand musste sie ihm entwendet haben, und das bedeutete Gefahr, auch wenn das Mädchen einen noch so harmlosen Eindruck machte.

»Bitte, Herr, Ihr tut mir weh«, jammerte sie, doch statt sie loszulassen, verstärkte er seinen Griff sogar noch und zog sie mit einem Ruck näher zu sich heran.

»Wer bist du?«

»Sila. Mein Name … ist Sila. Bitte, Herr, Ihr …«

»Mein Schwert. Wo sind meine Waffen?«

»Ihr … Ihr hattet keine bei Euch. Wir haben Euch gerade erst entdeckt und … wollten nachsehen, was mit Euch ist. Wir haben nichts Böses im Sinn.«

Mit großen, ängstlichen Augen starrte sie ihn an. Lhiuvan korrigierte seine Schätzung, was ihr Alter betraf, noch ein wenig nach unten. Sie mochte höchstens sechzehn Jahre alt sein, vielleicht sogar noch jünger. Gelocktes schwarzes Haar fiel ihr ins Gesicht.

Erst nach Sekunden registrierte er, dass sie *wir* gesagt hatte, also nicht allein war. Er wollte aufspringen, doch seine Beine versagten ihm den Dienst.

»Bitte, Herr, Ihr müsst ihr glauben. Wir sind einfache Menschen und wollen nichts Böses«, vernahm er eine andere Stimme, und eine weitere Gestalt trat in sein Blickfeld, ein älterer Mann mit faltigem Gesicht und grauem Haar, auch er in zerlumpte Kleidung gehüllt. In der Hand hielt er einen primitiven Speer, der lediglich aus einem an die Spitze eines Stocks gebundenen Messer bestand, senkte ihn jedoch hastig, als er bemerkte, wie Lhiuvans Blick zu der Waffe wanderte. »Bitte, tut meiner Enkelin nichts.«

Lhiuvan zögerte noch einen Moment, dann ließ er das Mädchen los. Hastig wich es vor ihm zurück und massierte sich das schmerzende Handgelenk. Er beachtete für den Moment weder Sila noch ihren Großvater, sondern versuchte herauszufinden, was geschehen und wie er in diese Lage geraten war. Das Letzte, woran er sich erinnerte, war, dass er mit einer Delegation seines Volkes zur Hochzeit von Zwergenkönigin Tharlia nach Elan-Dhor gereist war. Alles Weitere lag im Dunkeln.

Er stemmte sich auf die Ellbogen auf und blickte an sich herab. Seine Hose war abgeschnitten worden, seine Beine dick bandagiert und offenbar gebrochen, denn eiserne Stangen, mit denen man sie geschient hatte, ragten ein kleines Stück weit aus den Verbänden heraus.

»Was ist geschehen?«, murmelte er. »Ich erinnere mich nicht. Wo bin ich?«

»Am Ufer des Oronin«, berichtete der alte Mann. »In den Abendstunden, wenn die Barbaren nur noch selten unterwegs sind, komme ich manchmal mit meiner Enkelin zum Fischen hierher. Dabei entdeckten wir Euch hier. Ihr … seid ein Elb, nicht wahr?«

Lhiuvan nickte.

»Ich habe noch nie einen Elben gesehen, aber jemand aus unserem Dorf hat beobachtet, dass die Barbaren heute ein Schiff angegriffen haben. Ihr müsst während des Kampfes über Bord gefallen sein. Ihr seid verletzt.«

Ein weiterer Fetzen seiner Erinnerung kehrte zurück. Er befand sich an Bord eines Schiffes. Pfeile schlugen ins Deck ein. Er war über die Bordwand gestürzt … Die Bilder wurden nicht klarer, und es wurden auch nicht mehr. Die

Tür zu seinem Gedächtnis, die sich ein winziges Stück geöffnet hatte, war wieder zugefallen.

»Habt Ihr meine Beine verbunden?«

»Nein, Herr, wie ich schon sagte, wir haben Euch gerade erst entdeckt.«

Das bedeutete, dass er bereits vor dem Angriff auf das Schiff verletzt gewesen war. Wie aber hatte er mit gebrochenen Beinen ins Wasser stürzen können?

Lhiuvan verschob die Lösung dieses Rätsels auf später. Von den beiden Menschen würde er keine Antworten auf seine drängenden Fragen erhalten, aber er zweifelte nicht daran, dass seine Erinnerungen bald zurückkehren würden. Dann würde sich alles klären. Im Moment war einzig und allein von Belang, dass er aus dieser misslichen Lage herauskam. Er war verletzt, waffenlos, hatte einen Teil seines Gedächtnisses verloren und befand sich allein – zumindest abgeschnitten von anderen Angehörigen seines Volkes – in einem ihm unbekannten Landstrich, der durch die umherstreifenden Barbaren äußerst gefährlich wurde.

Es gab wahrlich angenehmere Situationen.

»Wir sollten nicht zu lange hier bleiben«, sagte der alte Mann wie zur Bestätigung seiner Gedanken. Immer wieder blickte er sich furchtsam um, schaute vor allem zum anderen Flussufer hinüber. »Auch wenn die Barbaren abends nur noch selten unterwegs sind, kommt es doch vor, und hier können sie uns leicht entdecken. Könnt Ihr aufstehen? Ihr solltet mit in unser Dorf kommen, nach Waldhain. Es wird bald dunkel werden.«

Noch einmal versuchte Lhiuvan, seine Beine zu bewegen. Diesmal gelang es ihm, zumindest mit den Zehen zu wackeln und seine Füße ein klein wenig hin und her zu drehen. Mühsam wälzte er sich zur Seite, unter dem Busch hervor, unter dem er lag.

»Nicht aus eigener Kraft. Aber vielleicht, wenn Ihr mir helft. Ich heiße übrigens Lhiuvan.«

»Nilas«, stellte der alte Mann sich vor. »Meine Enkelin kennt Ihr ja bereits. Hilf mir, Sila.«

Sie ergriffen Lhiuvan unter den Armen und hoben ihn auf. Sofort erkannte er, dass er sich keinesfalls allein auf den Füßen halten, geschweige denn mit seinen geschienten Beinen würde gehen können. Er verspürte keine Schmerzen, hatte aber auch nach wie vor so gut wie kein Gefühl in ihnen. Vorsichtig und auf die beiden Menschen gestützt schob er einen Fuß vor. Es gelang, aber es war eine äußerst mühsame und langsame Art der Fortbewegung. Obwohl er nicht viel wog, bezweifelte er darüber hinaus, dass das Mädchen sein Gewicht lange tragen konnte.

»Wie weit ist es bis zu Eurem Dorf?«

»Ungefähr eine Meile, eher etwas mehr. Glaubt Ihr, dass Ihr es bis dorthin schafft?«

Lhiuvan schüttelte den Kopf und ließ sich wieder zu Boden sinken.

»Nein, völlig unmöglich.«

»Dann werden wir Hilfe holen. Ein paar Männer aus Waldhain, die Euch tragen.«

Misstrauen flammte in Lhiuvan auf. Er hielt von Menschen nicht mehr als von Zwergen, eher noch weniger, da sie schwächer und oftmals verschlagener waren; nur selten konnte man Heldenmut und wahre Ehre bei ihnen finden. Warum zeigten sich der alte Mann und das Mädchen ihm gegenüber, einem völlig Fremden, der nicht einmal ihrem Volk angehörte, so hilfsbereit? Spielten sie ihm nur etwas vor, um Verstärkung zu holen?

Gleich darauf erkannte er selbst, wie unsinnig dieser Gedanke war. Hätten sie ihm etwas antun wollen, so hätten sie längst Gelegenheit dazu gehabt. Statt ihn zu wecken, hätte Nilas ihm nur seinen improvisierten Speer in die Brust zu stoßen brauchen. Auch jetzt, in wachem Zustand, war Lhiuvan ihnen nahezu hilflos ausgeliefert, selbst der alte Mann hätte ihn töten können, wenn er es gewollt hätte.

Zu erbeuten gab es bei ihm auch nichts. Aber vielleicht wollten sie ihn nur lebend in ihr Dorf schaffen, um Lösegeld für ihn zu erpressen?

Auch das war ein dummer Gedanke. Diese einfachen Bauern besaßen ja nicht einmal die Möglichkeit, zu seinem weit entfernt im Norden lebenden Volk Verbindung aufzunehmen, wie also sollten sie dann Lösegeld fordern? Obwohl es ihm nicht leicht fiel, daran zu glauben, wollten sie ihm offenbar tatsächlich völlig uneigennützig helfen.

»Ich werde gehen, dann kannst du bei ihm warten«, bot sich Sila an, doch ihr Großvater schüttelte entschieden den Kopf.

»Kommt nicht in Frage, das ist viel zu gefährlich, Kind.«

»Nicht gefährlicher, als wenn ich mit dir unterwegs bin. Allein kann ich viel schneller rennen und mich notfalls auch leichter verstecken. Außerdem bin ich kein Kind mehr und mag es nicht, wenn du mich so nennst!« Ohne eine Antwort abzuwarten, begann sie zu laufen. Als sie sich bereits ein Stück entfernt hatte, blieb sie noch einmal stehen und drehte sich um. »Wartet hier, ich bin bald zurück«, rief sie, dann war sie verschwunden.

»Kinder!«, brummte Nilas. »Nie tun sie, was man ihnen sagt.«

OH DOCH, DAS TUN SIE, JEDENFALLS WENN SIE SO LEICHT ZU BEEINFLUSSEN SIND UND ICH IHNEN ETWAS BEFEHLE, erklang eine eisige Stimme in Lhiuvans Gedanken. Entsetzen loderte wie eine grelle Stichflamme in ihm auf. Für einen kurzen Moment kehrte sein Erinnerungsvermögen vollständig zurück, doch gleich darauf hatte er die Stimme und alles, was mit ihr zusammenhing, bereits wieder vergessen.

Nur das ihm völlig unerklärliche Gefühl des Entsetzens verspürte er noch einige Augenblicke lang, ehe auch dieses sich verflüchtigte.

Die Schatten der Abenddämmerung senkten sich bereits über das Land, als das Mädchen zurückkehrte. Bis dahin hatte Lhiuvan fast alles erfahren, was es über diese Gegend und das Leben in Waldhain zu wissen gab. Bereitwillig plauderte Nilas mit ihm und beantwortete alle seine Fragen.

Es war ein hartes Leben in ständiger Angst vor den Barbaren. Diese lebten auf der anderen Seite des Flusses, auf lartronischem Hoheitsgebiet, überquerten ihn jedoch immer wieder und fielen in Radon ein. Es gab nur wenige kleine Ortschaften in diesem Gebiet, und die Menschen dort waren hauptsächlich einfache Bauern wie Nilas, die ihr Stück Land bestellten. Das Wenige, was sie besaßen, wurde ihnen von den Barbaren geraubt, und der Rest reichte oftmals kaum zum Überleben, aber irgendwie schlugen sie sich durch.

Jeder Widerstand war gefährlich und wurde von den zahlreicheren, besser bewaffneten und kampferfahreneren Barbaren brutal gebrochen. Ansonsten jedoch verzichteten sie weitgehend auf Grausamkeiten und beschränkten sich darauf, zu rauben, was ihnen in die Finger fiel.

Von Zeit zu Zeit wurden radonische Truppen entsandt, um die Dörfer zu schützen, doch konnten sie wenig ausrichten und zogen nach kurzer Zeit wieder ab. Dennoch käme ein Fortgehen nur für Wenige in Frage, wie Nilas erklärte. Die Menschen hier wären mit ihrem Land verwurzelt und hätten die Hoffnung auf Besserung noch nicht aufgegeben. Selbst das ärmliche Leben hier zogen sie der unbekannten Fremde vor.

Für Lhiuvan war das alles schwer begreiflich. Zwar mochte er nicht repräsentativ für sein lange Zeit nur antriebslos dahindämmerndes Volk sein, doch würde er lieber im Kampf sterben, statt sich in ein solches Schicksal zu ergeben.

Als Sila schließlich zurückkehrte, befanden sich vier junge Männer bei ihr. Mit sich führten sie eine provisorisch aus zwei Holzstangen und einem Stück Tuch zusammengebastelte Trage, auf die sie ihn vorsichtig hoben und bis nach Waldhain trugen. Die Nacht war bereits hereingebrochen, als sie das Dorf erreichten, eine Ansammlung von nur wenigen Dutzend strohgedeckten Hütten.

Die Nachricht von dem verletzten Elb hatte sich längst im Ort herumgesprochen, denn eine große Schar Menschen aller Altersgruppen erwartete den Neuankömmling bereits, um ihn zu begaffen. Offenbar waren Sila und Nilas nicht die einzigen Menschen hier, die noch niemals zuvor einen Elben gesehen hatten. Mit einem leichten Gefühl der Bitterkeit erinnerte sich Lhiuvan, dass die Menschen vielfach nicht einmal mehr an die Existenz seines Volkes glaubten und es für eine bloße Legende hielten.

Man brachte Lhiuvan in eine der Hütten. Nilas wohnte dort zusammen mit seiner Enkeltochter, nachdem ihr Vater schon vor mehr als zehn Jahren von den Barbaren getötet worden und ihre Mutter wenige Jahre später an einer Krankheit gestorben war. Es gab nur zwei Zimmer im Inneren, einen größeren Wohnraum und einen wesentlich kleineren, in dem ein frisches Lager für ihn bereitet worden war. Auf einem kleinen Regal standen einige mit mehr gutem Willen als handwerklichem Können aus Holz geschnitzte Tiere und anderes selbstgemachtes Spielzeug, woraus er folgerte, dass Sila normalerweise in diesem Raum lebte.

Nilas bedankte sich bei den Männern, die Lhiuvan getragen hatten, wimmelte sie dann jedoch freundlich, aber bestimmt ab und schloss die Tür hinter ihnen. Das war das Letzte, was Lhiuvan von diesem Abend mitbekam, ehe er erneut einschlief.

Die nächsten Tage verstrichen für ihn in großer Langeweile. Seine Hoffnung, dass sein Gedächtnis rasch zurückkehren würde, erfüllte sich nicht. Die meiste Zeit verbrachte er allein auf seinem Lager und nutzte sein schwaches magisches Talent, um die Selbstheilungskräfte seines Körpers anzuregen und die Knochen seiner Beine zum schnelleren Zusammenwachsen zu zwingen.

Nilas und sogar Sila verbrachten fast den ganzen Tag mit der Arbeit auf den Feldern, fanden lediglich abends Gelegenheit, sich eine Weile mit ihm zusammenzusetzen. Dabei erwies sich vor allem Sila als ein Quell schier unerschöpflicher Neugier. Sie interessierte sich für alles, was außerhalb ihrer eigenen kleinen Welt vorging, lauschte seinen Erzählungen über das Volk und die Geschichte der Elben, bis ihr vor Müdigkeit die Augen zufielen, und stellte immer neue Fragen.

Dabei geschah etwas Seltsames. Hatte er anfangs erwartet, dass ihre kindliche Neugier ihn bald belästigen würde, begann er stattdessen die Zeit mit ihr zu genießen. Ihre Naivität und ihr Wissensdurst auf fremde Länder und Völker rührten ihn, und er ertappte sich dabei, dass er sich tagsüber auf die abendlichen Stunden mit ihr und ihrem Großvater zu freuen begann.

»Warum tut Ihr das alles für mich?«, erkundigte er sich eines Tages. Sie boten ihm nicht nur Unterkunft, sondern teilten auch ihre wenigen Nahrungsmittel mit ihm. Obwohl es sich um karge Kost handelte, mussten sie sich doch alles, was sie ihm gaben, selbst vom Mund absparen. Mit größter Wahrscheinlichkeit hatten sie ihm sogar das Leben gerettet. Allein hätte er in der Wildnis kaum überlebt, hätte sich nicht einmal mit Essen versorgen können.

»Ihr wart in Not und brauchtet Hilfe«, erwiderte Nilas schlicht und zuckte die Achseln. »In einer Notlage hilft man sich eben. Das ist unsere Lebensweise, wir kennen es nicht anders.«

Lhiuvan erwiderte nichts darauf, aber diese Worte hallten noch lange in seinen Gedanken nach. Wenn es ihm irgendwie möglich sein würde, würde auch er umgekehrt diesen Menschen helfen, sobald er wieder völlig genesen war, nahm er sich vor.

Sein Heilungsprozess schritt rasch voran. Bereits nach einer Woche konnte er die Schienen entfernen. Das Gefühl war in seine Beine zurückgekehrt, und er konnte bereits aus eigener Kraft kleine Schritte machen. Obwohl es sicherlich für Sila ein großes Opfer gewesen war, auf ihr eigenes kleines Reich zu verzichten, begannen die Wände des Zimmers ihn einzuengen, und er war froh, als er es verlassen konnte. Zwei Tage lang verbrachte er den größten Teil der Zeit damit, auf einem Holzschemel vor dem Haus zu sitzen, und lernte während dieser Zeit auch zahlreiche andere Einwohner Waldhains kennen.

Ihre Lebensweise und seine trennten Welten, dennoch änderten sich manche seiner Einstellungen und Ansichten über die Menschen während dieser Zeit. Die Bauern hier unterschieden sich in vielfacher Weise von den eingebildeten Würdenträgern an den Königshöfen, die er bislang kennengelernt hatte. Zum ersten Mal wurde ihm bewusst, dass man dieses Volk nicht über einen Kamm scheren konnte. Es war in sich wesentlich vielfältiger als sein eigenes.

Bald begann er damit, kleine Spaziergänge durch das Dorf und später auch die nähere Umgebung zu unternehmen, bis er schließlich das Gefühl hatte, wieder vollkommen gesund zu sein.

Damit rückte für ihn immer stärker die Frage in den Mittelpunkt, wie er ins goldene Tal zurückkehren sollte.

Ein kleiner Teil von ihm bedauerte fast schon, dass für ihn die Stunde des Abschieds von Waldhain nahte, aber er wusste, dass er nicht länger als nötig hierbleiben konnte. Er gehörte nicht hierher.

Pferde gab es weder in Waldhain noch einem der benachbarten Dörfer. Die wenigen Tiere, die die Einwohner einst besessen hatten, waren ihnen schon vor langer Zeit von den Barbaren geraubt worden. Zu Fuß konnte Lhiuvan sich unmöglich auf den Weg in die Einöden des Nordens machen – er würde Monate brauchen, bis er das goldene Tal erreichte.

Seine einzige Möglichkeit bestand darin, zum Schattengebirge zurückzukehren, um entweder bei den Zwergen oder in einem der nahe gelegenen Menschendörfer darauf zu warten, dass ein Elbenschiff eintraf, was aber ebenfalls Monate dauern konnte. Vielleicht konnte er sich jedoch auch einer Karawane anschließen, oder er fand jemanden, der bereit war, ihm das Geld für ein Pferd vorzustrecken.

Diese Fragen beschäftigten ihn, während er an einem sonnigen Nachmittag an einen Baum nahe des Ortsrandes gelehnt saß, als seine Welt ein weiteres Mal von einem Moment auf den anderen zersplitterte.

DU WIRST NICHTS DERGLEICHEN TUN, vernahm er zum ersten Mal seit Wochen wieder die vergessene fremde Stimme in seinem Geist, und seine Erinnerungen kehrten zurück. ICH HABE ANDERE PLÄNE MIT DIR. GROSSE PLÄNE, UND NUN ENDLICH IST DIE ZEIT GEKOMMEN, SIE IN DIE TAT UMZUSETZEN. DIESE WELT WIRD IN BLUT ERTRINKEN UND TOSEND

UNTERGEHEN. MIT DEINER HILFE WERDE ICH EINEN BRAND ENTFACHEN, WIE SIE IHN SEIT DEN TAGEN DES FINSTEREN ZEITALTERS NICHT MEHR GESEHEN HAT!

11

DER HÜTER DER TÜRME

Thalinuels Geschichte, Juni 11657
alter Zeitrechnung der Elben

»Eine Einladung ins Haus der Türme?«, hakte Thalinuel verblüfft nach. »Ich? Bist du ganz sicher?«

»Molakan, der Hüter der Türme von Saltinan, erwartet dich heute Nachmittag beim vierten Glockenschlag«, bestätigte der Bote, der sie im Haus der Genesung aufgesucht hatte, und bedachte sie mit einem Blick, als hielte er ihr bloßes Nachfragen schon für so etwas wie einen Frevel. Oder eher eine Beleidigung, dass sie es wagte, seine Worte anzuzweifeln. »Er hat mir persönlich den Auftrag erteilt, dir seine Einladung zu überbringen.«

»Dann wird es wohl seine Richtigkeit haben. Bitte entschuldige meine Skepsis. Ich frage mich nur, warum ein so edler und sicherlich vielbeschäftigter Mann ausgerechnet mich zu sehen wünscht.«

»Darüber weiß ich nichts, und es geht mich auch nichts an. Das mag er dir selbst sagen.«

Mit einer angedeuteten Verbeugung verabschiedete sich der Bote und ließ Thalinuel mit wachsender Verwirrung zurück. Sie konnte sich nicht vorstellen, dass Molakan sich nur nach ihrem Befinden erkundigen wollte, obwohl der gewählte Zeitpunkt für die Einladung darauf hindeutete. An diesem Tag sollte sie aus dem Haus der Genesung entlassen werden. Nasiluan hatte angekündigt, um die Mittagsstunde noch einmal nach ihr zu sehen und ihren Arm ein letztes Mal zu untersuchen, ehe er eine endgültige Entscheidung traf, doch gab es praktisch keinen Zweifel daran, wie diese ausfallen würde. Ihre Wunde war dank seiner Heilkunst so gut verheilt, dass sie nicht einmal mehr einen Verband tragen musste.

Und nun lud Molakan sie zu sich ein, obwohl er gerade zum jetzigen Zeitpunkt vermutlich noch mehr Arbeit als sonst zu erledigen hatte.

Zwei Tage waren seit der Nachricht vergangen, dass Riell angegriffen worden war. Diesen Hilferuf einer Elbensiedlung konnte selbst König Lotharon nicht einfach ignorieren. Zusammen mit vierhundert Kriegern war er persönlich nach Riell gesegelt, vierhundert weitere Reiter unter dem Kommando von Verilon hatten sich auf dem Landweg dorthin aufgemacht.

Achthundert Elbenkrieger, eine beeindruckende Streitmacht, die ausreichen sollte, jeden noch so großen Pöbelhaufen aufgebrachter Bauern, Fischer und Handwerker in die Flucht zu schlagen, denn mehr als das waren die Menschen dort nicht. Zumindest bislang unterhielten sie kein festes Heer, da dies gegen die nun aufgegebenen Vereinbarungen mit den Elben verstoßen hätte, und eines auszubilden, würde geraume Zeit dauern. Mindestens einige Jahre, und sofern sie nicht in gewaltiger zahlenmäßiger Überlegenheit antraten, würden menschliche Soldaten selbst dann noch keine Gefahr für Elbenkrieger darstellen, die von Kindheit an Disziplin und den Umgang mit den verschiedensten Waffen erlernt hatten.

Sie wünschte, sie hätte mit nach Riell reiten können, aber aufgrund ihrer Verletzung war daran freilich nicht einmal zu denken gewesen. So blieb ihr nichts anderes übrig, als auf Nachrichten zu warten, doch seit dem Aufbruch des Heeres waren noch keine eingetroffen.

Es war unglaublich, wie viel sich in der kurzen Zeit seit dem gescheiterten Treffen verändert hatte. Nicht einmal sie hatte erwartet, dass sich so schnell so gravierende Folgen ergeben würden. Eher hatte sie mit einem langsamen, schleichenden Prozess über mehrere Jahre gerechnet, während deren sich der elbische Einfluss bei den jüngeren Völkern mehr und mehr schmälern und diese zu immer größerer Eigenständigkeit finden würden. So viel Geduld brachten sie aber anscheinend nicht auf – eine weitere Tugend, die sie abgelegt hatten.

Nahezu alle Völker hatten den bei ihnen lebenden elbischen Beratern – *Aufpassern*, wie sie selbst sie bezeichneten – inzwischen zu verstehen gegeben, dass ihre weitere Gegenwart unerwünscht war. Sie hatten wahrlich keinen Tag länger als nötig gewartet, um die Trennung zu vollziehen und so viele Bande wie nur möglich zu Thalinuels Volk zu zerschneiden.

Das allein wäre schon schlimm gewesen, doch manchen, vor allem den aggressiven Menschen, reichte noch nicht einmal das, wie der Angriff auf Riell und zahlreiche andere Vorfälle zeigten, von dem Überfall durch die Tzuul und Trolle gar nicht erst zu sprechen.

Zwar machte Thalinuel sich Sorgen um Verilon, aber angesichts all dieser Ereignisse, die den König bislang nicht zu Taten getrieben hatten, hoffte sie dennoch, dass es bei Riell zu einem großen Entscheidungskampf kommen würde. Einem Exempel, um den Menschen zu demonstrieren, mit wem sie sich anlegten und was sie erwartete, wenn sie diesen Weg weiter beschritten, und das zugleich allen anderen Völkern als Warnung dienen mochte, sich gar nicht erst in diese Richtung zu entwickeln.

Ungeduldig wartete sie, bis Nasiluan zu ihr kam. Wie angekündigt untersuchte er ihren Arm noch ein letztes Mal gründlich, schmierte eine Salbe auf die Narbe und schenkte ihr das Töpfchen mit der restlichen Salbe, damit sie die Behandlung allein fortsetzen konnte. Abschließend stellte er einige Fragen zu ihrem Gesamtwohl, ehe er sie mit der dringenden Ermahnung, den Arm in den kommenden Wochen noch zu schonen, sowie einigen weiteren gut gemeinten Ratschlägen aus seiner Obhut entließ.

Thalinuel atmete ein paarmal tief die klare Luft ein, als sie das Haus der Genesung verlassen hatte. Man hatte versucht, ihr den Aufenthalt so angenehm wie möglich zu machen, und zumindest in den letzten Tagen hatte sie sich fast nach Gutdünken in der Stadt bewegen dürfen. Dennoch hatte sie sich die ganze Zeit des Gefühls nicht erwehren können, gefangen zu sein. Erst jetzt fühlte sie sich wieder richtig frei.

Die Zeit bis zu ihrem Treffen mit Molakan verbrachte sie mit Spaziergängen und einigen Erledigungen und machte sich am Nachmittag überpünktlich zum Haus der Türme auf. Dabei handelte es sich um den unteren Teil des höchsten Turms, des Ostturms. Ein vielstöckiges Gebäude, das um den Baum herum errichtet war und schließlich in den eigentlichen Turm überging. Ein erheblicher Teil der Verwaltung Saltinans war darin untergebracht, denn Molakans Amt, das schon seit zahlreichen Generationen vom Vater auf den Sohn vererbt wurde, umfasste alle organisatorischen Belange der Stadt. Insofern war er am ehesten mit einer Art Bürgermeister zu vergleichen, doch gingen seine Aufgaben weit über eine reine Verwaltungstätigkeit hinaus. Schließlich war Saltinan nicht nur irgendeine Stadt, sondern die größte und bedeutendste des Elbenreiches, und ihr Einfluss erstreckte sich auch weit jenseits ihrer Stadthecken.

Thalinuel wurde bereits erwartet und unverzüglich zu Molakan gebracht. Es war ihr erster Besuch im Haus der Türme, und während sie durch die Hallen und über zahlreiche Treppen geführt wurde, bedauerte sie, dass sie es nicht längst schon einmal besucht hatte, auch ohne dass konkrete Angelegenheiten sie hergeführt hätten, sondern einfach, um es sich anzusehen. Ein paarmal hatte sie es bereits vorgehabt, weil sie von seiner Schönheit gehört hatte, doch stets war etwas dazwischengekommen, und sie hatte diesen Vorsatz bis zum heutigen Tag nie in die Tat umgesetzt. Ein großes Versäumnis, wie sie sich nun eingestand.

Denn es gab eine ganze Menge anzusehen und zu bewundern.

Es begann mit der unvergleichlichen Konstruktion des Gebäudes, der Kombination von toten und zahlreichen lebenden Elementen wie Zweigen und Hecken, die sich im Inneren sogar bis in höhere Etagen hinaufzogen. Die einzelnen Stockwerke waren durch zum Teil so kühn geschwungene Treppen zu erreichen, dass diese der Schwerkraft zu trotzen und frei in der Luft zu hängen schienen. Durch die teils aus Zweigen und Blättern bestehenden Außenwände fiel Licht herein und schuf beeindruckende Farb- und Schattenreflexe.

Darüber hinaus war das Haus auch fast ein Museum. Es gab zahlreiche Ausstellungsstücke, darunter einige, die bis in das Zeitalter der Finsternis zurückreichten. Elbische Waffen und Ausrüstung, aber auch Kriegswerkzeug des Feindes, das selbst jetzt noch einen eisigen Hauch des Bösen verbreitete.

Auf großen, prachtvollen Gemälden waren Szenen aus Schlachten jener Zeit abgebildet, andere stellten Errungenschaften aus der Zeit danach und erste Begegnungen mit den jüngeren Völkern dar. Wieder andere zeigten, wie sich Saltinan im Laufe der Jahrtausende verändert hatte. Es war keine statische Stadt, sondern eine, die einem langsamen, aber stetigen Wandel unterworfen war. Trotz aller Pflege durch Magie und Gärtnerskunst währte das Leben auch der ältesten Bäume nicht ewig, und wenn sie abstarben, waren auch die in ihrem Astwerk errichteten Häuser verloren.

Gerne hätte sich Thalinuel alles ausgiebig angesehen, aber dazu war jetzt keine Gelegenheit. Sie würde es aber so bald wie möglich nachholen – allzu beeindruckend war das, was sie flüchtig gesehen hatte.

Gerade angesichts dieser Pracht war sie im ersten Moment ein wenig enttäuscht, als sie schließlich in das Arbeitszimmer von Molakan geführt wurde. Im Gegensatz zu dem bisherigen Prunk war es klein und geradezu ärmlich eingerichtet. Bis auf ein einziges Bild, das den Fall und die Vertreibung von Khraátan darstellte, dem Höchsten der Schattenmahre und der schrecklichsten Geißel des finsteren Zeitalters, war es kahl, und selbst den wenigen Möbeln mangelte es an Verzierungen.

»Enttäuscht?«, fragte Molakan lächelnd, als hätte er ihre Gedanken gelesen, erhob sich von seinem Stuhl und kam um den Tisch herum, an dem er gesessen hatte, auf sie zu. »Gib es ruhig zu, so ergeht es jedem, der zum ersten Mal herkommt.«

»Warum ...«

»Du fragst dich, warum ausgerechnet der Hüter der Türme in einem solchen Verschlag haust? Auch diese Frage stellt mir jeder, wenn auch mit etwas anderen Worten.« Er machte eine weit ausholende Geste, die den ganzen Raum umfasste. »Ich brauche diese Schlichtheit, um mich völlig auf das konzentrieren zu können, was wirklich wichtig ist. Hier ist das in diesem Fall meine Arbeit. Alles andere würde mich davon nur ablenken. Ich weiß, das entspricht nicht gerade elbischer Denkweise, weil wir uns gern mit schönen Dingen umgeben und versuchen, uns unsere Umgebung stets so angenehm wie nur möglich zu machen. Aber je karger und trostloser meine Umgebung ist, desto intensiver widme ich mich meiner Arbeit.«

»Und das Bild?« Thalinuel deutete auf das Gemälde an der Wand. Es schauderte sie beim bloßen Anblick der titanischen, geflügelten Scheußlichkeit, obwohl es den Sieg über den Dämon aus der alten Welt darstellte.

»Das ist die einzige Ausnahme, eine kleine Schwäche

von mir, da ich es oft betrachte.« Molakan lächelte entschuldigend. »Aber auch das hat eine positive Wirkung. Es erinnert mich daran, welche gewaltigen Leistungen unser Volk zu vollbringen vermag, aber auch daran, welch ein schrecklicher Ort diese Welt einst war und jederzeit wieder werden kann. Insofern ist es für mich zugleich Ansporn für meine eigene Arbeit, wie auch eine ständige Mahnung, niemals in meinen Bemühungen nachzulassen, einen solchen Rückfall zu verhindern. Wie geht es dir? Was macht dein Arm?«

Einen kurzen Moment lang war Thalinuel verwirrt von dem abrupten Themenwechsel und musste sich erst darauf einstellen.

»Gut«, antwortete sie dann. »Es wird etwas dauern, bis ich den Arm wieder wie gewohnt benutzen kann, aber das ist nur eine Frage von Wochen. Ich wurde vorhin als geheilt aus dem Haus der Genesung entlassen, doch das wisst Ihr sicherlich bereits.« Sie zögerte verlegen. »Verilon hat mir berichtet, was im Lager der Tzuul geschah, und dass ich wohl nur durch Euer schnelles Handeln und Euer Können noch am Leben bin. Dafür möchte ich Euch danken. Ich weiß nicht, wie ich diese Schuld jemals begleichen soll.«

»Sprechen wir nicht mehr davon.« Er machte eine gleichgültige Geste. »Jeder hätte an meiner Stelle so gehandelt.«

»Aber nicht jeder hätte auch die entsprechenden Fähigkeiten besessen, mir wirklich helfen zu können. Ich wäre tot, wenn Ihr nicht bei dem Vorstoß dabei gewesen wärt.«

»Man kann es auch anders herum betrachten. Es hätte

diesen Vorstoß erst gar nicht gegeben, wenn du und die anderen meinen Vorschlag nicht aufgegriffen und Euch mir angeschlossen hättet. Dafür habe ich dir zu danken, auch für deine Tapferkeit im Kampf. Das ist einer der Gründe, weshalb ich dich sprechen möchte. Du fragst dich sicherlich schon die ganze Zeit, warum ich dich herbestellt habe.«

Thalinuel nickte.

»Aber wir brauchen nicht hier zu stehen, um das zu besprechen. Würdest du gerne mit mir auf den Turm hinaufsteigen?«

»Natürlich, gern.« Nur mit Mühe gelang es ihr, ihre Vorfreude nicht allzu deutlich zu zeigen. Erst zweimal war sie so weit hinaufgestiegen, davon einmal als Kind, und noch nie auf den höchsten Turm.

»Dann komm.« Sie verließen sein Zimmer, durchquerten eine große Halle und näherten sich einer Treppe, die gerade breit genug war, dass man zu zweit nebeneinander darauf gehen konnte.

»Gibt es schon irgendwelche Neuigkeiten aus Riell?«, fragte sie, während sie die Stufen hinaufzusteigen begannen.

Molakans Gesicht verdüsterte sich.

»Ja, und leider keine guten. Das heißt, es kommt ganz darauf an, von welchem Standpunkt aus man es betrachtet. Die Berichte über den Angriff auf die Siedlung klangen dramatischer, als es tatsächlich war. Wie du bestimmt weißt, gab es eine Art Belagerung, um uns von den umliegenden Ortschaften der Menschen fernzuhalten und uns vielleicht ganz aus dieser Gegend zu vertreiben. Schon da hätten wir reagieren und Krieger hinschicken sollen, das denke nicht nur ich, sondern auch viele andere. Aber wir haben es nicht getan, und so haben unsere Brüder und Schwestern in Riell versucht, die Blockade aus eigener Kraft zu durchbrechen. Die Menschen waren jedoch zu zahlreich und haben sie zurückgeschlagen. Es gab einige Kämpfe, allerdings keinen direkten Angriff auf die Stadt, und deshalb hat König Lotharon auch diesmal auf berechtigte Vergeltung verzichtet und sich damit begnügt, nur die Handelswege nach Riell wieder zu öffnen. Vor seinem Heer flohen die Menschen und wagten keinerlei Widerstand mehr zu leisten. Das scheint ihm bereits zu reichen. Alles, was er für die Verräter übrig hatte, waren ein paar ermahnende Worte, mit denen er sie in ihre Dörfer zurückgeschickt hat.«

»Und sobald unsere Krieger abziehen, geht alles vermutlich wieder von vorne los«, stieß Thalinuel hervor. »Ich begreife es nicht. Wir können uns doch nicht alles bieten lassen, ohne uns zu wehren!«

»Du nimmst mir die Worte aus dem Mund. Ich habe mir gedacht, dass du so denkst. Genau deshalb habe ich dich eingeladen.«

Thalinuel blieb abrupt stehen. »Darf ich ganz offen sprechen?«

»Sicher, deshalb sind wir hier.«

Sie atmete tief durch, hoffte, dass es ihr gelingen würde, die richtigen Worte zu finden, um ihren Standpunkt darzulegen, Molakan aber gleichzeitig nicht zu verärgern.

»Ich teile Eure Ansichten, dass wir der Feindseligkeit, die uns nun von den jüngeren Völkern entgegenschlägt, mit Härte begegnen sollten. Aber weder Ihr noch ich haben darüber zu entscheiden. Das ist Angelegenheit des Königs. Ihm gilt mein Treueeid, und an diesen fühle ich mich gebunden, auch wenn ich in manchen Fragen anderer Ansicht bin als er.«

»Natürlich«, entgegnete Molakan rasch. »Ich würde niemals etwas anderes erwarten, oder gar von dir verlangen, gegen seine Befehle zu verstoßen, damit wir uns nicht falsch verstehen. Unfreiwillig bin ich zu einer Art Fürsprecher für die geworden, die sich ein entschlosseneres Vorgehen wünschen. Unter ihnen sind auch einige, die bereit wären, auf eigene Faust zu handeln und selbst klare Befehle zu missachten. Sie vertrauen mir, und zumindest bislang habe ich sie wenigstens einigermaßen unter Kontrolle und kann beruhigend auf sie einwirken. Aber wenn es weitere Übergriffe gegen uns gibt, kann ich auch dafür nicht mehr garantieren.«

Seine Worte erschreckten Thalinuel. Sie hätte nicht gedacht, dass die Entwicklung bereits so weit fortgeschritten war, dass Teile ihres Volkes sogar vor einer offenen Auflehnung gegen den König nicht mehr zurückscheuten. Wenn dies sich fortsetzte, drohte die Frage, wie man sich den jüngeren Völkern gegenüber verhalten und auf ihre Provokationen reagieren sollte, zu einer Zerreißprobe für ihr Volk zu werden und es womöglich gar zu spalten.

Etwas, das es in der langen Geschichte der Elben noch nie zuvor gegeben hatte.

»Und was wollt Ihr, dass ich tue?«, fragte sie beklommen.

»Tun? Gar nichts. Ich möchte nur herausfinden, wo du stehst. In der letzten Zeit habe ich mit allen gesprochen, die an dem Angriff auf die Tzuul beteiligt waren. Gerade sie sind über das Verhalten des Königs besonders enttäuscht. Ich möchte sichergehen, dass keiner von ihnen etwas Unüberlegtes tut.«

»Da braucht Ihr bei mir keine Bedenken zu haben. Wie ich schon sagte, ich habe dem König einen Treueeid geleistet und bin keine Verräterin, auch wenn mir seine Zurückhaltung missfällt.«

»Ich bin froh, das zu hören. Auch was deine Ansichten betrifft. Ich spreche häufig mit König Lotharon, und wenn ich weiß, dass ich für meine Argumente großen Rückhalt im Volk und vor allem bei den Kriegerinnen und Kriegern habe, verleiht ihnen das mehr Nachdruck.«

Einige Minuten lang stiegen sie schweigend nebeneinander weiter hinauf. Thalinuel genoss den Ausblick über die Stadt, der sich ihr bot, obwohl sie noch längst nicht die Spitze des Turms erreicht hatten.

»Der König war nicht besonders glücklich darüber, dass wir das Lager der Tzuul gefunden und ihnen entlockt haben, wer sie für den Angriff auf unsere Vorhut bezahlt hat«, sprach Molakan nach einer Weile weiter.

»Das war ich zunächst auch nicht, als ich begriff, dass unser Unternehmen ihn in eine schwierige Lage bringen würde, denn das war nicht meine Absicht. Mir ging es nur darum, die Mörder meiner Gefährten aufzuspüren und sie ihrer gerechten Strafe zuzuführen.«

»Dann bedauerst du es, dass du dich daran beteiligt hast?«

»Nein, ich bedauere nur, dass der König die wahren Verantwortlichen nicht zur Rechenschaft gezogen hat.

Und dass ich im Kampf gegen den Tzuul nicht vorsichtiger war.« Thalinuel schnitt eine Grimasse und entlockte Molakan ein flüchtiges Lächeln. »Aber ich denke, wir haben trotz allem das Richtige getan. Wenigstens wissen wir jetzt, was wir wirklich von den Menschen zu halten haben, auch wenn wir dieser Erkenntnis noch keine Taten haben folgen lassen.«

»Es ist wichtig, zu erfahren, wer unser Feind ist«, stimmte Molakan zu. »Und noch wichtiger ist es, diesen dann auch zu kennen. Deshalb halte ich es für unabdingbar, mehr über ihn herauszufinden.«

»Ich weiß nicht, ob wir die Menschen wirklich als Feinde betrachten sollten«, erwiderte Thalinuel zögernd.

»Als was würdest du denn jemanden bezeichnen, der andere für einen Überfall auf unsere Delegation bezahlt, noch bevor die Verhandlungen über ein weiteres friedliches Miteinander unserer Völker gescheitert sind? Und nicht nur einfach irgendeine Gesandtschaft, sondern eine, der immerhin auch das Königspaar angehörte. Von mir will ich gar nicht sprechen, obwohl ich auch nicht das geringste Amt ausübe. Vergiss nicht, wenn es nach Hollan gegangen wäre, hätten die Tzuul und Trolle nicht nur unsere Vorhut angegriffen, sondern sie sollten unsere gesamte Delegation feige aus dem Hinterhalt ermorden. Einschließlich des Königspaars. Wahrscheinlich sogar gerade Larisal und Lotharon.«

Er ballte zornig die Fäuste. Erst seine Worte riefen Thalinuel wieder ins Gedächtnis, dass der Anführer der Tzuul ausgesagt hatte, sie hätten die gesamte Gesandtschaft töten sollen. Dass dies auch das Königspaar sowie den Hüter der Türme einschloss, war ihr noch gar nicht richtig zu Bewusstsein gekommen.

»Dazu kommen noch die Geschehnisse in Riell sowie Vorfälle in verschiedenen anderen Gegenden, vermutlich viel mehr als nur jene, von denen wir bislang Kunde erhalten haben. Wie willst du diejenigen, die das zu verantworten haben, anders nennen als Feinde? So wenig uns allen das wohl gefällt, aber das sind Tatsachen, die wir akzeptieren müssen. Wir …« Er unterbrach sich, denn in diesem Moment endete die Treppe auf einer umrandeten und von einem dichten Blätterdach gekrönten Plattform. Sie hatten die Spitze des Turms erreicht. »Verderben wir den Moment nicht durch solch zornige Worte und deprimierende Gedanken. Sieh!«

Ein kühler, frischer Wind wehte Thalinuel entgegen und spielte mit ihrem Haar, kaum dass sie die Plattform betreten hatten. Molakan ergriff sie an den Schultern und drehte sie so, dass ihr Blick nach Westen gerichtet war. Da der Turm am östlichen Rand Saltinans stand, hatte sie von hier aus einen unvergleichlichen Blick über die gesamte Stadt, die sich vor ihr ausbreitete, wo ihre Sicht nicht durch die Blätterkronen anderer, niedrigerer Bäume eingeschränkt wurde. Dahinter erstreckten sich im Westen und Süden scheinbar endlos die Wälder. Das Licht der tief stehenden Sonne blendete Thalinuel, und sie hob eine Hand, um die Augen zu beschatten.

Langsam wandte sie nach einer Weile den Kopf nach Norden. Dort endete der Wald in wenigen hundert Metern Entfernung. Große Felder mit Getreide, Früchten und Gemüse lagen dahinter, ebenso wie im Osten. Sie ging um den hier nur noch dünnen Stamm des Baumes herum, um eine freie Aussicht zu haben. Das bewirtschaftete Land fiel sanft bis fast zur Küste ab, und dahinter – das Meer. Eine gewaltige blaue Fläche, die irgendwo am Horizont mit dem noch intensiveren Blau des Himmels verschmolz. Wellen brachen sich schäumend an den der Küste vorgelagerten Felsen und schleuderten Gischt meterhoch in die Luft. Ein Teil der Felsen war durch Mauern miteinander verbunden und bildete so das geschützte Hafenbecken, in dem mehrere Schiffe vor Anker lagen. Möwen kreisten darüber.

»Das ist… wunderschön«, entfuhr es Thalinuel, nachdem sie minutenlang nur dagestanden und sich in alle Richtungen umgeschaut hatte.

»Ja«, bestätigte Molakan. »Das ist es. Und ich bin stolz auf mein Amt als Hüter der Türme, denn mir obliegt es, diese Schönheit zu bewahren und noch zu steigern, falls das überhaupt möglich ist. Ich würde alles dafür tun, sie vor jeder nur denkbaren Bedrohung zu schützen.«

»Aus dem gleichen Grund bin ich Kriegerin geworden. Ich möchte mithelfen, unser Volk vor allen Gefahren zu schützen.«

»Immer wieder kommen wir auf dieses Thema zurück«, sagte Molakan und seufzte. »Gefahren entstehen durch Feinde, und wir sprachen zuletzt darüber, wie wichtig es in meinen Augen ist, Bedrohungen frühzeitig zu erkennen und möglichst viel über unsere Feinde zu wissen. Aus diesem Grund habe ich begonnen, regelmäßige Patrouillen auszuschicken, die die Umgebung überwachen und mir alles berichten, was irgendwie verdächtig erscheint. Mein

Amt gibt mir die Befugnis dazu, wenn ich dies für die Sicherheit Saltinans als nötig erachte, und das tue ich. Dafür suche ich noch vertrauenswürdige Krieger. Wie steht es mit dir? Ich bin überzeugt, dass ich mich auf dich verlassen kann, und hätte dich gerne bei diesen Patrouillen dabei.«

»Ich fühle mich durch Euer Vertrauen geehrt und würde Euer Angebot gerne annehmen«, erwiderte Thalinuel. »Aber die Heiler haben mir noch Schonung verordnet. Das war Bedingung für meine Entlassung aus dem Haus der Genesung. Ich fürchte, zumindest in den nächsten Wochen werde ich Euch nicht zur Verfügung stehen, und danach werde ich erst langsam das Waffentraining wieder aufnehmen können.«

»Ich spreche nicht von einer kurzzeitigen Aktion. Im Gegenteil, ich fürchte, je mehr Zeit verstreicht, desto dringender werden diese Erkundungsritte werden. Teile mir einfach mit, wenn du wieder ganz gesund bist und dich bereit dazu fühlst.«

»Es wird mir eine Ehre sein«, erklärte Thalinuel.

»Kriegerin Thalinuel vom fließenden Wasser?«

Erschrocken blickte Thalinuel auf, als sie unvermittelt angesprochen wurde. Seit sie den Turm wieder verlassen hatte, schlenderte sie ziellos durch Saltinan, ohne auf ihre Umgebung zu achten. Was sie über die Lage in Riell gehört hatte, machte sie zwar zornig, hatte ihr aber zumindest ihre Sorgen um Verilon genommen. Das änderte jedoch nichts daran, dass sie ihn vermisste und ihn gerade jetzt gerne in ihrer Nähe gehabt hätte.

In den letzten Wochen war so viel auf sie eingestürmt wie vorher in vielen Jahren nicht. Ihre Krankheit hatte ihr die Gelegenheit verschafft, viel zu grübeln und ihre Gedanken zu ordnen. Kaum aus dem Haus der Genesung entlassen, wurde sie nun schon wieder mit neuen Konflikten und Herausforderungen konfrontiert.

Molakan hatte seine Worte sehr sorgfältig gewählt, aber Thalinuel hatte sich zu Herzen genommen, was Verilon vor dem Angriff auf die Tzuul zu ihr gesagt hatte. Sie vertraute nicht mehr nur dem vordergründigen Schein, mochte dieser auch noch so verlockend sein, sondern hatte sich angewöhnt, alles zu hinterfragen, um auch die tiefere Bedeutung von Worten und die Folgen von Taten zu erkennen, die auf den ersten Blick nicht offensichtlich waren.

Insofern durchschaute sie mühelos, dass Molakan auch jetzt Absichten verfolgte, die er nicht offen ausgesprochen hatte. Seine Patrouillen dienten nicht nur dazu, eventuelle Gefahren frühzeitig zu erkennen. Selbst die fanatischsten Führer der Menschen würden sich hüten, offen gegen Saltinan vorzugehen. Was immer sie an Streitkräften aufstellen und gegen die Stadt ins Feld führen könnten, wäre nicht mehr als Fallobst unter den Schwertern der Elbenkrieger.

Nein, der Hüter der Türme war nicht um die Sicherheit Saltinans besorgt. Die Patrouillen dienten allein dazu, Informationen zu sammeln und feindselige Aktionen aufzudecken, von denen sonst vielleicht niemand erfahren würde – oder höchstens König Lotharon, dem daran gelegen war, sie geheim zu halten. Molakan hingegen würde dafür sorgen, dass das ganze Volk davon erfuhr, in der Hoffnung, den König so zum Handeln zu zwingen.

Damit konnte Thalinuel leben, wenn Lotharon anders nicht dazu zu bewegen war, endlich etwas zu unternehmen. Es gefiel ihr nicht, den König in dieser Form unter Druck zu setzen, aber das Sammeln von Informationen im Zusammenhang mit Übergriffen anderer Völker verstieß nicht gegen ihren Treueeid. Im Gegenteil. Lotharons Art von Heimlichtuerei widersprach elbischen Traditionen. Ihrer Meinung nach hatte das Volk ein Recht darauf zu erfahren, was draußen im Land vorging, und sie sah nichts Verwerfliches darin, diese Informationen zu beschaffen.

Trotzdem blieb bei dem Gedanken daran ein ungutes Gefühl in ihr zurück …

Die unbekannte Stimme riss sie aus ihren Grübeleien. Als Thalinuel aufblickte, war ein ihr fremder Krieger zu ihr getreten und ging neben ihr her, in einer Haltung und mit einem Gesichtsausdruck, als wäre er ein alter Bekannter, der sich freute, sie wiederzutreffen.

»Ja, ich bin Thalinuel«, beantwortete sie verwundert seine Frage.

»Ich habe den Auftrag, dich zu jemandem zu bringen, der dich sprechen möchte.«

»Ach ja? Und wer soll das sein?«

»Die betreffende Person wünscht nicht, dass ihr Name genannt wird. Bitte folge mir.«

Das war keine Bitte, sondern ein Befehl, begriff Thalinuel. Als sie sich umdrehte, ging kaum zwei Schritte hinter ihr ein weiterer Krieger und versuchte so bemüht zwanglos auszusehen, als wäre er nur zufällig hier, dass es fast schon komisch wirkte.

Aber diese Wirkung hatte der Anblick auf Thalinuel

ganz und gar nicht. Es begann bereits zu dämmern, und außer den beiden Kriegern hielten sich nur wenige Elben in ihrer Nähe auf. Für einen kurzen Moment loderte Angst in ihr hoch, aber dann begriff sie, wie albern das war. Sie befand sich mitten in Saltinan. Niemand würde ihr etwas antun. Offenbar legte wirklich jemand einfach nur großen Wert darauf, sie unverzüglich zu sprechen. Eine offenkundig einflussreiche, hochgestellte Persönlichkeit, wenn sie Krieger ausschicken konnte, um Thalinuel zu sich zu holen.

Thalinuel fragte sich, was das alles zu bedeuten hatte. In was war sie da bloß hineingeraten? Was wollte man von ihr?

Ohne Widerspruch ließ sie sich von dem Krieger führen, während der zweite ein Stück hinter ihnen ging, immer noch erfolglos darum bemüht, den Eindruck zu vermitteln, dass er nicht zu ihnen gehörte.

Schließlich erreichten sie einen alten, nur selten besuchten Park. Zum größten Teil bestand er aus einem etwas mehr als mannshohen Heckenlabyrinth voller kleiner, verschwiegener Nischen, in denen Bänke standen. Der Krieger führte sie ein Stück durch den Irrgarten und blieb dann stehen.

»Folge diesem Weg noch ein Stück, bis du zu einem Brunnen kommst«, sagte er. »Dort wirst du erwartet.«

Thalinuel warf ihm einen unsicheren Blick zu, dann zuckte sie die Achseln. Von ihm würde sie nichts erfahren. Wenn sie Antworten auf die zahlreichen Fragen finden wollte, die sie bedrängten, blieb ihr nichts anderes übrig, als zu tun, was er ihr aufgetragen hatte.

Sie ging ein paar Schritte, und als sie sich dann umdrehte, waren die beiden Krieger verschwunden. Dennoch hatte sie das Gefühl, nicht allein zu sein und beobachtet zu werden, obwohl dies angesichts der dichten, hohen Hecken zu beiden Seiten des Wegs unmöglich war.

Nach gut fünfzig Schritten wichen die Hecken zurück und umschlossen ein kleines Areal, in dessen Zentrum wie angekündigt ein Springbrunnen plätscherte. Darum herum waren mehrere Bänke und runde Tische gruppiert, die aus den Stümpfen abgestorbener Bäume bestanden. An einem davon saß eine Gestalt, die in einen dunkelgrauen Umhang mit hochgeschlagener Kapuze gekleidet war, unter der sie ihr Gesicht verbarg.

Beklommen ging Thalinuel auf sie zu und blieb vor ihr stehen. Auch jetzt konnte sie das Gesicht des Unbekannten noch nicht erkennen.

»Ich weiß nicht, wer du bist und was du von mir willst«, stieß sie hervor und ärgerte sich, weil sie selbst merkte, dass ihre Stimme bei weitem nicht so selbstsicher klang, wie sie es gern gehabt hätte. »Aber ich schätze es gar nicht, auf eine solche Art zu einem Treffen geschleppt zu werden. Wenn du mich sprechen willst, hättest du …«

Sie verstummte, als die Gestalt die Hände – schlanke, weibliche Hände, also hatte Thalinuel es wohl mit einer Frau zu tun – zur Kapuze hob und diese zurückstreifte. Fassungslos starrte sie auf das feine, alterslose Gesicht, das darunter zum Vorschein kam.

»Meine Königin … Königin Larisal … Herrin …«, stammelte sie und verbeugte sich rasch. »Verzeiht, ich konnte ja nicht ahnen …«

»Schweig!«, befahl die Herrscherin und zog die Kapuze wieder über den Kopf. »Ich habe etwas mit dir zu besprechen und möchte nicht, dass man uns zusammen sieht. Selbst im Palast kann ich nicht jedem trauen, deshalb musste ich zu solch ungewöhnlichen Maßnahmen greifen. Setz dich!«

Verwirrt ließ sich Thalinuel auf der Bank ihr gegenüber am Tisch nieder.

»Du warst bei dem eigenmächtigen Angriff auf das Lager der Tzuul dabei«, sprach die Königin weiter. »Heute nun hat der Hüter der Türme dich zu sich bestellt, wie ich gehört habe, und du hast dich mit ihm getroffen. Was wollte Molakan von dir?«

»Er ... er hat mich auf den Ostturm geführt«, berichtete Thalinuel. »Dabei hat er sich erkundigt, wie es mir geht und ob ich meinen Dienst bald wieder aufnehmen kann.«

»Und das war alles? Ich glaube kaum, dass Molakan dich eigens zu sich kommen ließ, nur um dich das zu fragen. Was wollte er noch von dir? Dass du dich seinen Patrouillen anschließt?«

»Ja«, bestätigte Thalinuel. Sie kam sich vor wie bei einem Verhör. »Eine gute Sache, wie ich finde. Nach allem, was geschehen ist, ist er um die Sicherheit der Stadt sehr besorgt.«

»Die Sicherheit der Stadt, pah.« Larisal schnaubte abfällig. »Er und die Narren, die sich um ihn geschart haben, wollen nur mich und meinen Gemahl bloßstellen, indem sie Intrigen schmieden und das Volk gegen uns aufwiegeln. Und die meisten merken nicht einmal, dass sie nur ausgenutzt werden. Aber dem werde ich nicht länger tatenlos zusehen. Wenn du seine Patrouillen für eine gute Sache hältst, dann hast du vermutlich zugestimmt, künftig daran teilzunehmen?«

Erst als Larisal nicht weitersprach, begriff Thalinuel, dass es sich um eine Frage handelte, und nickte.

»Das habe ich«, erwiderte sie. Es war sinnlos, es abzustreiten, und sie sah auch keinen Grund, ihre Ansichten in diesem Punkt zu verleugnen. Allerdings erwähnte sie nicht die Gedanken, die sie selbst sich schon über die wahren Hintergründe dieser Erkundungsritte gemacht hatte.

Die Art, wie Larisal mit ihr sprach, gefiel ihr nicht, genauso wie die Umstände dieses Treffens. Nichts war mehr von der huldvollen Sanftmut zu spüren, die die Königin bei öffentlichen Auftritten stets an den Tag legte, und die sie im Volk so beliebt gemacht hatte. Jetzt wirkte sie vielmehr kalt und herablassend.

»Molakan versteht es sehr gut, jemanden mit Worten um den Finger zu wickeln. Aber glaube mir, die Sicherheit der Stadt ist in keiner Form gefährdet, auch nicht ohne diese Patrouillen.«

»Ich weiß nicht, ob sie notwendig sind, aber mir ist es lieber, wir sind übervorsichtig als zu nachlässig«, sagte Thalinuel. »Welchem Zweck sollten sie wohl sonst dienen, wenn nicht der Erhöhung unserer Sicherheit?«

»Glaub mir, Kind, der Hüter der Türme hat eigenmächtige Pläne, doch es würde zu weit führen, dir alles zu erklären«, behauptete Larisal. »Wobei es andere gibt, die noch weitaus schlimmer sind, beispielsweise Olvarian, seinen Stellvertreter. Er schürt Angst und Misstrauen, wo er nur kann, ein Aufwiegler und Hetzer, der schon seit langem für eine harte Gangart den anderen Völkern gegenüber eintritt. Manchmal bin ich sogar froh, dass Molakan ihn immer wieder bremst. Aber das bedeutet nicht, dass der Hüter der Türme deshalb weniger gefährlich ist.«

»Ich … verstehe das alles nicht. Vertreten wir denn nicht alle dieselben Interessen?«, murmelte Thalinuel mit möglichst kläglicher Stimme. Sollte die Königin sie ruhig für einfältig halten, was sie offenbar ohnehin tat, sonst hätte sie nicht wie mit einem Kind mit ihr gesprochen. In Wahrheit jedoch brodelte es in ihr. Es würde *zu weit führen*, ihr mehr über die Absichten Molakans zu erzählen? Im Klartext bedeutete das wohl nichts anderes, als dass Larisal sie für zu dumm hielt, diese Hintergründe zu verstehen.

»Du hast dem König einen Treueeid geschworen und damit auch mir«, wechselte Larisal das Thema, ohne auf ihre Frage einzugehen. »Nun hast du die Gelegenheit, zu beweisen, wie groß deine Treue wirklich ist. Du scheinst Molakans Vertrauen errungen zu haben. Ich möchte, dass du dich seinen Patrouillen anschließt, wie er es wünscht. Versuche, sein Vertrauen in dich zu festigen. Es mag sein, dass du auf diese Art manches über seine Pläne erfährst, das für mich und den König von großem Interesse sein könnte.«

Thalinuel glaubte im ersten Moment, sich verhört zu haben. Das also war der wahre Grund für dieses Treffen! Empört sprang sie auf.

»Ihr verlangt von mir, dass ich für Euch spioniere? Und das beim Hüter der Türme, dem obersten Edlen Saltinans?«

»Ich verlange, dass du deinen Eid dem König und der

Königin *aller* Elben gegenüber erfüllst«, sagte Larisal mit schneidender Schärfe. »Es mag der Tag kommen, an dem du dich zwischen der Treue zu deiner Herrin und den Ketzereien eines Aufwieglers entscheiden musst. Ich kann nur hoffen, dass du die richtige Entscheidung triffst.«

Zornig, ungläubig und verwirrt starrte Thalinuel die Frau an, die sie lange Zeit bewundert und mehr als ihre eigene Mutter geliebt hatte. Jetzt war von diesen Gefühlen nichts mehr übrig.

»Ich werde mich meines Eides stets erinnern und nichts tun, das dagegen verstößt«, keuchte sie. »Aber ich werde mir niemandes Vertrauen erschleichen, nur um es zu missbrauchen. Ich bin keine Verräterin.«

Ohne ein weiteres Wort fuhr sie herum und stürmte davon. Alles in ihrem Inneren befand sich in Aufruhr. Wenn Larisal gehofft hatte, mit ihren Andeutungen Zweifel über die Absichten des Hüters der Türme in ihr zu säen, so war ihr dies gründlich misslungen. Stattdessen hatte sie nur ihre Zweifel dem Königshaus gegenüber verstärkt.

Thalinuel hatte Molakan gesagt, dass sie wohl noch Wochen brauchen würde, bis sie ihm für seine Patrouillen zur Verfügung stünde. Jetzt aber war sie entschlossen, der Anweisung Nasiluans, sich noch zu schonen, keine Folge zu leisten.

Nach einer nahezu schlaflosen Nacht nahm sie bereits in aller Frühe am nächsten Morgen ihr Waffentraining wieder auf.

12

DER BARBAR

Juni 9430 neuer Zeitrechnung der Elben

Lhiuvan hätte nicht gedacht, dass es eine Steigerung zu dem seelischen Leid geben könnte, das er beim Tod Aliriels in den Stollen von Zarkhadul erlitten hatte. Nun wusste er es besser. Es war eine andere Form von Leid, aber so grausam, dass er sich manchmal wunderte, dass sein Geist unter dem Druck nicht einfach zusammenbrach.

Ein Gefangener in seinem eigenen Körper zu sein, war schon schrecklich genug, aber es zu wissen und nichts dagegen tun zu können, dass er als Werkzeug benutzt wurde, um seinem eigenen Volk den Untergang zu bereiten und alle Länder der Welt in eine zweite Finsternis zu stürzen, war noch ungleich schlimmer. Denn genau das war das Ziel der Wesenheit, die Besitz von ihm ergriffen hatte. Er wusste es nicht nur, weil sie es ihm gesagt hatte, sondern weil sie ihn einen Blick auf ihre Pläne hatte werfen lassen.

Gegen diese Gefahr, die er selbst mit heraufbeschwor, nahm sich die Bedrohung durch die Thir-Ailith geradezu harmlos aus. Auch sie waren nicht mehr als Werkzeuge gewesen, allerdings Werkzeuge, die sich zwar willig schmieden und zu großer Stärke hatten formen lassen, sich letztlich aber geweigert hatten, der Hand zu gehorchen, die sie führen wollte. Sie hatten das Tor zwischen den Welten nur gerade so weit geöffnet, dass sie die benötigte Kraft daraus beziehen konnten, es aber niemals ganz aufgestoßen.

Erst er selbst hatte das getan, zweimal sogar, wenn auch nur für unglaublich kurze Zeitspannen, wie Lhiuvan nun wusste. Das erste Mal unbewusst und ungewollt, als er versucht hatte, Barlok vor dem Sturz in das Tor zu bewahren. Dabei war er selbst für einen Moment mit den Händen hineingeraten, und schon dieser winzige Kontakt hatte ausgereicht, dass sich ein zunächst nur kleiner Teil des fremden Wesens in ihm eingenistet hatte. Über Jahre hinweg hatte es in ihm gelebt, hatte ihn studiert und nach und nach unbemerkt immer mehr Einfluss auf sein Denken genommen. Viele seiner Gedanken und Taten in dieser Zeit waren nicht aus eigenem Antrieb erfolgt, aber noch hatte die Kreatur ihn nicht versklaven können.

Die ganze Zeit über war es ihr Ziel gewesen, ihn das Tor gänzlich öffnen zu lassen. Dafür hatte sie ihm falsche Bilder von Macht vorgegaukelt, ihn glauben lassen, er würde zum Besten seines Volkes handeln, und beinahe wäre es ihr gelungen. Er *hatte* das Tor geöffnet, allerdings wieder nur für den Bruchteil einer Sekunde. Zu kurz, als dass die unaussprechlichen Ungeheuer, die jenseits der Barriere zwischen den Welten lauerten, hätten körperlich in seine Welt eindringen können, aber lange genug, dass die Kreatur völlig Besitz von ihm ergreifen konnte.

Alles weitere war jetzt nur noch eine Frage der Zeit, wenn es ihr gelang, mit seiner unfreiwilligen Hilfe ihre Pläne in die Tat umzusetzen.

Er wusste nun, in welche Daseinsebene das Tor führte, welche furchtbaren Kreaturen auf der anderen Seite hausten und nur darauf warteten, über diese Welt herzufallen.

Erneut über sie herzufallen, denn das hatten sie schon einmal getan und alles Leben unterjocht oder auf ihren Altären dahingeschlachtet.

Die Schattenmahre …

Sendboten ewiger Verdammnis. Finstere, unsterbliche Dämonenlords, die jegliches Leben hassten. Die Personifizierung des Chaos, des Leides, für die die Schmerzensschreie gepeinigter Kreaturen Musik darstellten, deren Herzen aus Bosheit bestanden, und deren Atem Pestilenz über ganze Landstriche brachte.

Die Schattenmahre, für die Güte einen Fluch, Liebe ein Verbrechen und Licht eine Blasphemie darstellten. Kreaturen, deren Lebenselixier der Hass war, und Mordlust die geringste ihrer schwarzen Begierden.

Einst hatten sie diese Welt beherrscht, die schrecklichsten Diener der Chaosgötter, ehe sie unter unsäglichen Opfern von den Elben mit lichtem Stahl und Feuer besiegt worden waren. Doch diese Niederlage und die Zeit ihrer Verbannung hatten ihren Hass nur noch gesteigert, wenn dies überhaupt möglich war. Und so hatten sie jenseits des magischen Tores auf den Tag ihrer Rückkehr gewartet, der nach Äonen nun zum Greifen nahe war …

Im Moment jedoch ahnte Lhiuvan nichts davon. Die Methoden, mit der die Kreatur ihn zur Zusammenarbeit zwang, beschränkten sich nicht nur darauf, seinen Körper zu kontrollieren. Dies bedeutete für sie einen ständigen Kampf gegen sein eigenes Bewusstsein, und obwohl sie stärker war als er, schien es sie doch anzustrengen. Es gab einfachere Wege.

Sie hatte rasch herausgefunden, dass es in bestimmten Situationen sogar günstiger war, ihm die Kontrolle zu überlassen, wenn er in ihrem Sinn handelte und glaubte, es aus freiem Willen zu tun. Zu diesem Zweck beeinflusste sie jeweils sein Gedächtnis. Es lag nicht in ihrer Macht, es zu verändern und ihm falsche Erinnerungen vorzugaukeln, aber meistens genügte es schon, wenn sie ihm einfach den Zugriff auf bestimmte Teile seines Gedächtnisses verwehrte.

So wie in Waldhain.

Die ganze Zeit über hatte er nichts von dem Parasiten in sich geahnt und an eine Rückkehr zu seinem Volk geglaubt. Die Kreatur hatte ihm völlig freie Hand lassen können, da sie wusste, dass er sich nicht gegen etwas auflehnen würde, an das er sich nicht einmal erinnerte.

So geschah es auch jetzt. Lhiuvan erinnerte sich daran, dass er Waldhain verlassen und den Fluss überquert hatte, aber nicht, dass die Stimme es ihm befohlen hatte. Und er hielt es auch für seinen eigenen Einfall, den Weg bis nach Zarkhadul nicht mühsam zu Fuß zurückzulegen, sondern sich ein Pferd zu besorgen.

Es war nicht schwer gewesen, einen herumstreifenden Trupp Barbaren vom Fluss zu ihrem Lager in den Wäldern Lartronias zu verfolgen. Stundenlang hatte er es beobachtet. Der Stamm, mit dem er es hier zu tun hatte, besaß einige Rösser, allerdings nur wenige, und sie wurden genau wie das übrige Lager gut bewacht. So gründlich Lhiuvan auch nach einer Schwachstelle gesucht hatte, er hatte keine finden können. Es war unmöglich, in das Lager einzudringen, um eines der Pferde zu stehlen – jeder derartige Versuch wäre zum Scheitern verurteilt.

Wenn er ein Reittier an sich bringen wollte, musste es ihm auf andere Weise gelingen, und er hatte bereits einen Plan, wie er es schaffen könnte. Auch dieses Vorhaben würde gefährlich sein, aber ein gewisses Risiko musste er eben eingehen.

Von Zeit zu Zeit schickten die Barbaren berittene Patrouillen los, wie er beobachtet hatte, wohl gleichermaßen auf der Suche nach Beute, wie um zu erkunden, ob sich ihnen irgendeine Gefahr näherte. Eine dieser Patrouillen wollte Lhiuvan überfallen.

Dazu war er auf einen Baum geklettert, der seine breiten Äste über den einzigen zum Lager führenden Pfad ausstreckte. Inzwischen war es später Nachmittag. Seit Stunden wartete er nun schon hier. Selbst ein Elb kannte Ungeduld, doch er bekämpfte sie mit Meditationstechniken. Sollte an diesem Tag keine Patrouille mehr ausrücken, würde er notfalls bis zum nächsten Tag hier warten, aber er hoffte, dass dies nicht nötig sein würde.

Tatsächlich brach im Lager schließlich Unruhe aus, und das Schnauben von Pferden war zu hören. Beobachten konnte er nicht, was dort vorging, dafür war er zu weit entfernt. Es wäre Wahnsinn gewesen, die Reiter in Sichtweite des Lagers anzugreifen, auch wenn er sich dafür nun allein auf sein scharfes Gehör verlassen musste. Gebannt lauschte er, bis nach einigen Minuten Hufschlag zu vernehmen war.

Von einer Sekunde auf die andere verdrängte Lhiuvan

alle anderen Gedanken, konzentrierte sich nur noch auf den vor ihm liegenden Kampf. Alle seine Muskeln waren angespannt, als die Barbaren sich in schnellem Tempo hintereinander auf dem Pfad näherten und unter dem Baum hindurchritten, auf dem er Posten bezogen hatte.

Sie waren zu fünft, und als sich der letzte Reiter fast unter ihm befand, stieß er sich ab. Alles hing davon ab, dass sein Sprung perfekt gelang, sonst war er verloren.

Mit den Füßen traf Lhiuvan Kopf und Schultern des Barbaren, und wie er gehofft hatte, war die Wucht des Aufpralls groß genug, den völlig überraschten Mann aus dem Sattel zu schleudern. Noch während sie gemeinsam zu Boden stürzten, griff er mit seinen magischen Kräften nach dem Geist des Pferdes und verankerte den Befehl darin, stehen zu bleiben. Dies war der unsicherste Teil seines Plans. Ihm blieben nur Bruchteile von Sekunden, und es war mehr als fraglich, ob es ihm in dieser kurzen Zeit gelingen würde, das Tier ausreichend stark zu beeinflussen.

Im nächsten Moment prallten sie auf dem Boden auf. Der Körper seines Gegners dämpfte Lhiuvans Sturz, aber wenn er gehofft hatte, dass der Barbar wenigstens für ein paar Sekunden benommen sein würde, so sah er sich getäuscht. Der bullige Mann sprang augenblicklich wieder auf und schüttelte ihn dabei wie ein Kind ab. Gleichzeitig riss er sein Schwert aus der Scheide.

»Ein Elb«, stieß er verblüfft hervor, als er seinen Widersacher zum ersten Mal richtig erblickte. Die anderen Reiter hatten von dem Vorfall nichts bemerkt und waren weitergeritten, und mit ihnen auch das nun herrenlose Pferd.

Aber damit hatte Lhiuvan gerechnet. Selbst wenn sein geistiger Befehl es erreicht hatte, würde es nicht sofort darauf reagieren.

Anders als erhofft verschaffte die Verblüffung seines Gegenübers ihm keinerlei Vorteil. Der Barbar war kampferfahren genug, dass er sich durch das Überraschungsmoment nicht beirren ließ und fast instinktiv reagierte. Die Spitze seines Schwertes zuckte wie der Kopf einer angreifenden Schlange auf Lhiuvan zu. Nur seine ungeheuer schnellen Reflexe retteten ihn.

Er knickte in der Hüfte ein und wich durch eine halbe Drehung zur Seite aus. Die Klinge zischte an ihm vorbei, stieß jedoch nicht so weit vor, dass er eine Chance gehabt hätte, den Arm seines Feindes zu packen.

Einen Moment lang taxierten sie sich gegenseitig lauernd. Lhiuvan musste sich eingestehen, dass er seinen Gegner unterschätzt hatte. Dessen vierschrötiges Aussehen und seine gewaltigen Muskelpakete hatten ihn einen tumben Schlagetot erwarten lassen, der nur mit purer Stärke kämpfte, ohne die Kraft seines Verstandes. In diesem Fall hätte er auch waffenlos eine gute Chance gegen ihn gehabt.

Schon das erste kurze Kräftemessen hatte ihn jedoch eines Besseren belehrt. Der Barbar verstand sein Handwerk nicht nur ausgezeichnet, er war darüber hinaus auch weitaus schneller, als sein Äußeres vermuten ließ. Und er beging nicht den Fehler, Lhiuvan zu unterschätzen, nur weil er mit bloßen Händen kämpfte. Die Tatsache, dass er es mit einem Elben zu tun hatte, machte ihn vorsichtig, das zeigte sein Zögern. Obwohl Lhiuvan bezweifelte, dass der Barbar schon einmal gegen einen Angehörigen seines Volkes mit dem Schwert gekämpft hatte, schien er doch von der Schnelligkeit der Elben zu wissen.

Es würde nicht leicht werden, ihn zu besiegen, und das auch noch rasch.

Denn auf Schnelligkeit kam es an. Jede Sekunde war kostbar. Es würde bestimmt nicht lange dauern, bis die anderen merkten, dass ihr Kumpan fehlte, und dann würden sie zurückkommen. Bis dahin musste er nicht nur den Barbaren besiegt, sondern auch das Pferd eingefangen haben, wenn nicht alles umsonst gewesen sein sollte.

Erneut griff der Hüne an. Blitzartig ließ er sein Schwert durch die Luft wirbeln, trieb Lhiuvan mit einer komplizierten Kombination von Finten, Schlägen und Stichen zurück. Sie erfolgten so schnell und so präzise, dass es selbst einem Elben schwerfiel, ihnen auszuweichen. Immer wieder bog Lhiuvan seinen Oberkörper zurück und zur Seite, dennoch verfehlte ihn die Klinge manchmal nur um Haaresbreite.

Wenn er den Kampf beenden wollte, musste er etwas Unerwartetes tun, auf das sein Gegner nicht vorbereitet war.

Die Gelegenheit dazu bot sich ihm wenige Sekunden später. Ein weiterer auf seine Brust gezielter Stich trieb ihn zurück, auf einen stämmigen, alten Baum zu. Bereits während er zurücksprang, fuhr Lhiuvan herum. Als besäße die Schwerkraft keine Macht über ihn, rannte er zwei, drei Schritte am Baumstamm hinauf, stieß sich dann ab und vollführte in der Luft einen Salto, der ihn über seinen Gegner hinwegbeförderte und hinter ihm wieder auf den Füßen landen ließ.

Hastig wirbelte der Barbar herum, aber diesmal war er zu langsam. Ein harter Tritt in die Kniekehlen ließ ihn zu Boden stürzen, und im nächsten Moment war Lhiuvan über ihm. Mit der rechten Hand umklammerte er seinen Schwertarm und drückte ihn zur Seite, während er ihm mit dem linken Unterarm einen Schlag gegen den Kehlkopf versetzte.

Der Barbar keuchte, und seine Augen quollen hervor. Dennoch schaffte er es, seine Knie anzuziehen und Lhiuvan über sich hinwegzuschleudern. Womit er nicht gerechnet hatte, war, dass der Elb seinen Schwertarm nicht losließ. Ein gellender Schrei kam über seine Lippen, als der Arm aus dem Schultergelenk gerissen wurde.

Lhiuvan hämmerte ihm im Liegen seinen Ellbogen gegen die Schläfe und erlöste ihn von seinen Schmerzen. Der Barbar verstummte, sein Körper erschlaffte, als eine gnädige Ohnmacht ihn umfing.

Sofort sprang der Elb auf. Der Kampf hatte insgesamt nicht einmal eine Minute gedauert und dennoch viel zu lang. Fluchend packte er das Schwert des Barbaren, zog ihm außerdem noch einen Dolch aus dem Gürtel und begann zu laufen.

Er folgte dem Pfad gut hundert Meter weit, bis er eine kleine, mit Gras bewachsene Lichtung erreichte. Dort fand er das Pferd friedlich grasend vor. Es blickte auf und begann unruhig zu tänzeln, als Lhiuvan sich ihm näherte. Ein schönes Tier, stellte er fest, ein braun-weiß gescheckter Hengst, dessen Bewegungen Kraft und Ausdauer verrieten.

Lhiuvan sprach beruhigend auf ihn ein und nahm sich

ein paar Augenblicke Zeit, ihm den Hals zu tätscheln, ehe er sich in den Sattel schwang. Bewaffnet und auf dem Rücken eines Pferdes fühlte er sich schon sehr viel wohler als zuvor.

Wenn er die Nacht durchritt, konnte er Zarkhadul bereits am frühen Vormittag erreichen und …

Es war immer noch entsetzlich, wenn sein Gedächtnis plötzlich vollständig zurückkehrte und Lhiuvan erkannte, dass er ein weiteres Mal betrogen und als Werkzeug missbraucht worden war. Mittlerweile stellte es jedoch keinen Schock mehr für ihn dar, der ihn zu zerbrechen drohte, obwohl er selbst dies als eine Form der Erlösung begrüßt hätte.

Aber Erlösung war ein Fremdwort für einen Schattenmahr, und Hoffnung nur ein Folterinstrument.

WIR REITEN NICHT NACH ZARKHADUL, verkündete die Stimme in seinem Geist. UNSER ZIEL IST EIN ANDERES. DER ORT, AN DEM WIR UNSERE AUFGABE ERFÜLLEN WERDEN!

13

DIE BLUTTAUFE

Thalinuels Geschichte, Juli 11657
alter Zeitrechnung der Elben

Am ersten Tag hielt Thalinuel sich mit dem Training noch zurück, um den Arm und ihre übrige Muskulatur, die durch das viele Liegen der letzten Wochen stark gelitten hatte, nicht sofort zu überfordern. Sie beschränkte sich auf ein Lauftraining, Wurfübungen mit dem Dolch, leichte Schwertkämpfe und dergleichen mehr. Trotzdem hatte sie am nächsten Tag einen höllischen Muskelkater, ließ sich davon jedoch nicht beirren, sondern steigerte ihr Training sogar noch ein wenig. Eisern machte sie fast den ganzen Tag über ihre Übungen. Am dritten Tag ließ der Muskelkater nach, und erneut verstärkte sie ihre Anstrengungen.

Ansonsten tat sie während dieser Tage fast gar nichts. Abends schienen Bleigewichte an ihren Gliedern zu hängen, und sie war so müde, dass sie fast augenblicklich einschlief, wenn sie sich hinlegte.

Am vierten Tag nach ihren Gesprächen mit Molakan und Königin Larisal kehrten zusammen mit König Lotharon vierhundert der nach Riell entsandten Krieger nach Saltinan zurück, unter ihnen auch Verilon. Thalinuel freute sich über das Wiedersehen, doch als er begann, ihr Vorhaltungen wegen ihres unvernünftigen Verhaltens zu machen, weil sie damit ihre Gesundheit gefährdete, kam es beinahe zu einem heftigen Streit zwischen ihnen. Sie wusste, dass er nur ihr Wohl im Auge hatte, doch war sie es leid, sich ständig von anderen vorschreiben zu lassen, was sie tun und lassen solle. Ihre Verärgerung war so groß, dass sie ihm nicht einmal von den Gesprächen erzählte.

Nach einer Woche des Übens hatten ihre Stärke und Ausdauer wieder fast den Stand wie vor der Verletzung erreicht. Auch in ihren Arm kehrte die Kraft allmählich zurück, und vier Tage später fühlte sie sich stark genug, ihren Dienst wieder anzutreten. Wie sie es versprochen hatte, unterrichtete sie unverzüglich den Hüter der Türme davon und meldete sich freiwillig zu den Patrouillen.

Gleich am nächsten Tag unternahm sie zusammen mit fünf anderen Kriegern den ersten Erkundungsritt. Er führte sie nicht besonders weit, lediglich in das rund fünfzehn Meilen entfernte Norburg, die Saltinan am nächsten gelegene menschliche Siedlung, und wieder zurück. Früher hatte es ein freundliches, fast herzliches Verhältnis und rege Handelsbeziehungen gegeben. Dies hatte sich geändert. Mittlerweile musste man schon froh sein, dass es mit den Menschen von Norburg zumindest noch zu keinen Zwischenfälle gekommen war, und dass sie ihnen noch den Zutritt zu ihrer Stadt gewährten.

Während sie langsam durch Norburg ritten, blickte Thalinuel sich aufmerksam um. Die frühere Herzlichkeit war verschwunden, aber sie gewann den Eindruck, dass die Menschen ihnen nicht feindselig gegenüberstanden. Dafür entdeckte sie in vielen Gesichtern Angst.

Auch in den kommenden Tagen nahm sie immer wieder an Patrouillen teil, manchmal zusammen mit Verilon. Ihr Verhältnis zueinander hatte sich wieder gebessert. Er vertrat immer noch den Standpunkt, dass sie leichtfertig gewesen war und sich länger hätte schonen sollen, doch sah er ein, dass sie sich trotzdem gut erholt hatte und ihren Aufgaben mittlerweile wieder in vollem Umfang nachkommen konnte.

Auch Olvarian, Molakans Stellvertreter, den die Königin ihr gegenüber erwähnt hatte, lernte sie kennen und wurde manchmal einem von ihm befehligten Spähtrupp zugeteilt. Im Gegensatz zum Hüter der Türme war er Krieger und hatte eine entsprechende Ausbildung durchlaufen, auch wenn er das Kriegshandwerk aufgrund seines Amtes in den letzten Jahren weitgehend hatte ruhen lassen.

Er war kaum älter als Molakan selbst und erwies sich als ein freundlicher und charmanter Plauderer. Allerdings merkte Thalinuel rasch, dass er in seinen Ansichten tatsächlich ausgesprochen radikal war. Er blickte voller Verachtung auf die jüngeren Völker hinab und hatte keinerlei Nachsicht mit ihnen, betrachtete ihr Tun als verabscheuungswürdigen Verrat.

»Ginge es allein nach mir, dann wäre es gar nicht erst so weit gekommen«, vertraute er Thalinuel bei einer Rast während einer ihrer gemeinsamen Patrouillen an. »Wir haben ihnen zu viele Freiheiten gelassen, sodass es unausweichlich war, dass sie sich irgendwann von uns abwenden würden. Sie sind noch nicht so weit, verantwortungsbewusst mit dieser Freiheit umzugehen. Sie sind wie Kinder, und Kinder müssen mit fester Hand geleitet werden. Aber statt dieser Verpflichtung nachzukommen, sind wir ihr ausgewichen und haben die Zügel zu locker gelassen. Und nun bekommen wir die Rechnung dafür präsentiert.«

Solche Worte hatte Thalinuel schon einmal gehört, wie sie sich erinnerte. Am Abend nach dem gescheiterten Völkertreffen hatte Molakan etwas ganz Ähnliches gesagt, wenngleich nicht ganz so deutlich.

Dennoch hatten seine Worte sie damals weitaus mehr entsetzt als Olvarians Ausführungen es jetzt taten. Da war der Schock über das Scheitern des Treffens und den vorausgegangenen Hinterhalt noch frisch gewesen, und niemand hatte sich vorstellen können, welche Folgen dies binnen kürzester Zeit zeigen würde. Mittlerweile hingegen stand auch Thalinuel der Vorstellung nicht mehr ganz so ablehnend gegenüber, dass sie stärkeren Druck auf die Völker hätten ausüben sollen. Dann wäre das inzwischen herrschende Chaos und die mancherorts sogar ausgebrochene Gewalt womöglich vermieden worden.

»Vielleicht«, murmelte sie. »Aber das sind Fehler der Vergangenheit. Nun ist es zu spät, daran noch etwas zu ändern.«

»Da bin ich anderer Meinung.« Olvarian lächelte, doch seine graublauen Augen blieben davon unberührt und glitzerten wie Eiskristalle. »Es ist auch jetzt noch nicht zu spät, eine härtere Gangart einzuschlagen und den Aufruhr im Keim zu ersticken. Man muss es nur wollen.«

»Aber wie können wir die Völker den Weg des Friedens und des Lichts lehren, wenn wir sie selbst mit Gewalt unterdrücken?« Das war die Zwickmühle, für die Thalinuel bislang noch keine Lösung gefunden hatte.

»Frieden ist ein Idealzustand, den wir anstreben und lange Zeit auch aufrechterhalten konnten. Aber wenn man uns mit Gewalt entgegentritt, müssen wir bereit sein, auch ebenso zu antworten. Denk nur an die Schrecken des Finsteren Zeitalters zurück. Glaubst du, die Schattenmahre und die anderen Dämonenkreaturen hätten ihr Unrecht eingesehen und ihre Terrorherrschaft über diese Welt aufgegeben, wenn wir nur freundlich mit ihnen gesprochen hätten?« Er ballte die Fäuste. »Nein, manchmal muss man für das Gute auch kämpfen, selbst wenn man diesen Weg nur schweren Herzens geht. Das ist wie bei einer vergifteten Wunde. Man muss sie ausbrennen, wenn man verhindern will, dass sich das Gift ausbreitet und den ganzen Körper … Entschuldige, das Beispiel ist wohl unpassend angesichts dessen, was du gerade erst durchgemacht hast.«

Olvarian war niemand, der etwas sagte, ohne sich seine Worte vorher ganz genau zurechtgelegt zu haben, das hatte Thalinuel bereits herausgefunden. Insofern hatte er auch dieses Beispiel nicht unbedacht, sondern mit voller Absicht gewählt, doch das machte ihr nichts aus. Viel stärker beschäftigte sie sein Vergleich mit dem Finsteren Zeitalter. Ihr Volk wäre damals wie so viele andere untergegangen, wenn es nicht in den schrecklichsten Krieg gezogen wäre, den diese Welt jemals erlebt hatte. Der Sieg war allein mit Waffengewalt errungen worden und hatte die Zeit des Wiederaufbaus und der Geburt neuer Völker, die sich dank der leitenden Hand der Elben bislang in Frieden entfaltet hatten, überhaupt erst ermöglicht.

Auch wenn die Lage heute mit der damaligen nicht zu vergleichen war, zeigte dies doch, dass auch aus Zwang und Gewalt manchmal etwas Gutes entspringen konnte.

Allerdings durfte dies stets erst der letzte noch zur Verfügung stehende Weg sein, wenn alle anderen Möglichkeiten ausgeschöpft waren. Genau in diesem Punkt unterschied sie sich von Olvarian: Sie glaubte nicht, dass in der gegenwärtigen Situation bereits alle anderen Möglichkeiten versagt hatten.

Aber selbst dessen war sie sich nicht mehr sicher.

Am Ende der zweiten Woche, in der sie an den Patrouillen teilnahm, war Thalinuel erneut einem achtköpfigen Trupp zugeteilt worden, der von Olvarian befehligt wurde. Diesmal hatten sie die Aufgabe, die Lage weiter im Süden zu erkunden.

»Ich denke, das wird ein gemütlicher Spazierritt«, sagte Olvarian, der neben Thalinuel an der Spitze ritt. »Bislang wurden aus dem Süden kaum Zwischenfälle gemeldet. Es gibt nur wenige Dörfer dort, und diese Menschen lieben uns zwar nicht unbedingt, jedenfalls jetzt nicht mehr. Aber sie verhalten sich auch nicht feindselig. Offenbar sind sie vernünftiger als die Menschen im Norden.«

»Die Stämme im Norden wurden von Hollan aufgehetzt«, entgegnete Thalinuel. »Ich glaube, auch dort sind die meisten Menschen eigentlich nicht unsere Feinde. Das Problem sind ihre Anführer. Sie wiegeln sie auf.«

»Das denke ich auch, obwohl ich auch den einfachen Menschen nicht traue. Ohne Hollan und einige andere wären unsere Probleme allerdings wesentlich kleiner.«

»Wenn König Lotharon wenigstens gegen sie vorgehen würde! Dass Hollan den Angriff auf unsere Delegation angestiftet und bezahlt hat, können wir ihm leider nicht nachweisen, da der Anführer der Tzuul sich dummerweise selbst getötet hat. Aber dafür könnten wir ihn für viele andere Übergriffe der von ihm beherrschten Dörfer und Stämme zur Rechenschaft ziehen. Bei anderen wäre es ebenso.«

»Der König zieht es eben vor, untätig zu bleiben. Viel würde es wahrscheinlich auch nicht nutzen, Hollan und ein paar andere vor ein Gericht zu stellen. Wir würden sie zu Märtyrern machen, und andere würden rasch an ihre Stelle treten.« Er seufzte. »Und es sind ja nicht nur die Menschen, die bereits wieder beginnen, Chaos zu verbreiten, obwohl wir davon am unmittelbarsten betroffen sind. Die Zwerge und Goblins haben zwar derzeit wenig mit uns zu tun, doch uns haben Berichte aus den Graubergen erreicht. Dort ist es zwischen ihnen zu Kämpfen gekommen. Und im Westen leben die Menschen in Angst. Es heißt, immer wieder würden einige von ihnen in der Nähe von Nocturnen-Niederlassungen spurlos verschwinden.«

»Ihr denkt, die Nocturnen hätten etwas damit zu tun?«

»Wie sollte es anders sein? Sie haben ihren finsteren Dämonengöttern schon immer Opfer dargebracht, und nun, da wir sie nicht mehr daran hindern, tun sie es offenbar erneut.«

Die Vorstellung entsetzte Thalinuel und ließ sie schaudern. Zwar wusste sie von den grausamen Ritualen, denen die Nocturnen einstmals gefrönt hatten, doch hätte sie nicht erwartet, dass sie nach der langen Zeit wieder darauf verfallen und alles, was man sie gelehrt hatte, ablegen würden.

»Woher wisst Ihr davon?«

»Als Stellvertreter des Hüters der Türme erfahre ich eine Menge, wovon selbst Molakan nicht möchte, dass es öffentlich bekannt wird. Deshalb weiß ich, wie schlimm die Lage wirklich ist. Würde er alle Informationen, die er erhält, an die Öffentlichkeit bringen, würde es einen Sturm der Entrüstung gegen ein Königspaar geben, das alles nur hinnimmt. Selbst Unruhen ließen sich nicht mehr ausschließen, und so weit darf es nicht kommen. Die anderen Völker würden sich ins Fäustchen lachen und unsere Schwäche gnadenlos ausnutzen.«

Menschenopfer …

Wie wohl alle Angehörigen ihres Volkes empfand Thalinuel ein tief verwurzeltes Misstrauen gegen die Nocturnen, einfach schon deshalb, weil sie aus einem anderen Zeitalter stammten und einst so grauenvolle Dinge getan hatten. Ihre Denk- und Lebensweise widersprach der elbischen stärker als die jedes anderen Volkes. Aber sie hatten schon vor langer Zeit ihren alten Göttern und damit auch den blutigen Ritualen zu deren Verehrung abgeschworen, und es gab keinen einzigen bestätigten Fall, in dem sie dagegen verstoßen hatten. Aus diesem Grund hatte sich Thalinuel stets bemüht, ihr Misstrauen zu unterdrücken, hatte wegen ihrer Vorurteile zeitweise sogar ein schlechtes Gewissen gehabt.

Aber wenn die Nocturnen die Gnade, die die Elben ihnen erwiesen hatten, damit dankten, dass sie nun wieder in ihre Barbarei zurückfielen …

»Wäre dergleichen früher passiert, hätten wir längst eingegriffen«, sprach Olvarian weiter. »Aber die Menschen weisen uns schließlich zurück. Nun müssen sie auch sehen, wie sie mit dieser Bedrohung selbst …«

Er verstummte, als gedämpft und aus weiter Ferne der Klang eines Horns zu ihnen herüberschallte.

»Das ist ein elbisches Horn«, entfuhr es Thalinuel. Fragend blickte sie Olvarian an.

»Das ist es. Und es ist ein Alarmsignal. Dort sind Elben in Gefahr.« Er trieb sein Pferd an. »Wir reiten hin! Vielleicht können wir helfen.«

Das Signal erklang aus südwestlicher Richtung. Mehrfach wurde das Horn noch geblasen, dann verstummte es. Thalinuels Besorgnis wuchs. Sie musste wieder an Olvarians Worte denken, dass dies ein gemütlicher Spazierritt zu werden versprach – diese Hoffnung war nun wohl dahin.

Sie galoppierten mehrere Meilen über die Ebene, bis sie nach einiger Zeit einen großen Eichenwald erreichten. Dahinter erstreckte sich eine lang gezogene Hügelkette. Nach geraumer Zeit erscholl plötzlich ein weiteres Mal das Elbenhorn und trieb sie zu noch größerer Eile an.

Von der Kuppe eines Hügels aus eröffnete sich ihnen der Blick auf ein kleines Dorf, umgeben von Getreide-, Mais- und Kartoffelfeldern sowie eingezäunten Weiden, auf denen Kühe, Schafe und Ziegen grasten. Ein kleiner Fluss schlängelte sich an dem Dorf vorbei durch die Felder.

Es hätte ein idyllischer Anblick sein können, wenn nicht zwischen den Feldern am Ufer des Flüsschens ein erbitterter Kampf getobt hätte. Ein Grüppchen von fünf Elben setzte sich dort gegen eine gut zehnfache Überzahl von Menschen zur Wehr. Schreie und das Klirren von Waffen erfüllten die Luft. Die Elben waren zu Fuß und hatten mit den Rücken zueinander einen kleinen Ring gebildet, um sich besser gegen die Angreifer verteidigen zu können, die sie umzingelt hatten. Bei diesen handelte es sich offenkundig um Einwohner des Dorfes, dessen Namen Thalinuel nicht einmal kannte. Ein Teil von ihnen trug Schwerter, manche aber auch nur Knüppel, Heugabeln oder Sensen.

So schlecht ausgerüstet und vermutlich ungeschult im Kampf wären sie normalerweise keine ernstzunehmenden Gegner gewesen. Ihre Übermacht jedoch machte auch sie gefährlich, und so befand sich unter den auf dem Boden liegenden Toten auch mindestens ein Elb, das war selbst aus der Ferne zu erkennen.

»Wir sind noch nicht zu spät gekommen. Das ist eine Patrouille aus Talarien!«, stieß Olvarian hervor. Talarien war eine mittelgroße, im Südwesten gelegene Elbenstadt. »Vorwärts, wir müssen ihnen beistehen.«

Sie preschten den Hügel hinab auf die Kämpfenden zu. Entsetzt wandten sich viele der gerade noch so ungestüm angreifenden Menschen um und flohen in Richtung ihres Dorfes. Die Ankunft ihrer Patrouille hatte das Bild völlig gewandelt. Nur ein Teil der Menschen harrte aus und kämpfte mit dem Mut der Verzweiflung weiter. Die meisten von ihnen wurden von den Elbenrössern schlichtweg niedergetrampelt. Die wenigen, die auf den Beinen blieben, erwartete sogar ein noch schlimmeres Schicksal, denn sie wurden ein Opfer des rasenden Zorns der Elben.

Thalinuel sah, wie Olvarian einen von ihnen mit dem

Schwert niederschlug. Sie selbst hieb mit dem Schwert den Stil einer Heugabel mit langen, spitzen Zinken auseinander, die einer der Menschen nach ihr stieß, und versetzte dem Mann einen Fußtritt, der ihn zurückschleuderte.

Auch die Elben aus Talarien fassten noch einmal neuen Mut. Die meisten von ihnen hatten zumindest leichte Verletzungen davongetragen, aber jetzt gelang es ihnen, mehrere ihrer Widersacher niederzustrecken. Nur Sekunden nach dem Eingreifen der Patrouille aus Saltinan war der Kampf entschieden. Sämtliche Menschen, die bis zuletzt Widerstand geleistet hatten, lagen verletzt oder tot am Boden.

»Was ist hier passiert?«, fragte Olvarian und zügelte sein Pferd vor den Kriegern aus Talarien. Es handelte sich um vier Männer und eine Frau.

»Das war ein Hinterhalt. Sie haben sich unser Vertrauen erschlichen und uns dann feige angegriffen«, berichtete die Frau keuchend. Sie hatte ein herbes, fast männliches Gesicht, was durch ihr vorspringendes Kinn und die Narbe, die sich über ihre linke Wange zog, noch unterstrichen wurde. »Wenn Ihr nicht gekommen wärt …«

Zwei der Krieger kümmerten sich um ihren gefallenen Gefährten, doch nach einer flüchtigen Untersuchung konnten sie nur noch den Kopf schütteln.

»Erzähl mir alles«, verlangte Olvarian, nachdem er sich vergewissert hatte, dass keine unmittelbare Gefahr mehr drohte, und steckte sein Schwert in die Scheide zurück. »Ihr hattet Glück, dass wir zufällig in der Nähe waren. Wir patrouillieren nur selten so weit südlich. Ich bin Olvarian, Stellvertreter des Hüters der Türme von Saltinan.«

»Ich weiß, wer Ihr seid, Herr«, sagte die Kriegerin. »Mein Name ist Harliana. Ich befehlige diese Patrouille. Mein Vater ist der Verwalter von Talarien, und wir haben den Auftrag, die Umgebung nach Gefahren abzusuchen. Die Menschen von Karn, so heißt dieses Dorf, waren uns stets wohlgesinnt, und auch jetzt begrüßten sie uns freundlich. Wir beschlossen, hier eine Rast einzulegen und etwas zu essen, aber kaum hatten wir uns zu ihnen gesetzt, fielen sie plötzlich über uns her. Darauf waren wir nicht vorbereitet, deshalb konnten sie uns mühelos überrumpeln. Sie hatten es wohl hauptsächlich auf unsere Pferde abgesehen. Die haben sie uns bereits geraubt und in ihr Dorf gebracht.«

Olvarian knirschte mit den Zähnen.

»Jetzt ist das Maß endgültig voll. Es ist mir egal, was König Lotharon dazu sagen wird, er ist im Augenblick nicht hier, und ich muss die Entscheidungen treffen, die ich für richtig halte. Und ich sage, dass diese Verräter nun zu weit gegangen sind.«

»Was wollt Ihr tun?«, erkundigte sich Thalinuel gleichermaßen erschrocken wie auch aufgeregt, dass wenigstens dieser feige Überfall nicht ohne Folgen bleiben sollte.

»Wir werden auf jeden Fall die Pferde zurückholen, und das bedeutet, dass wir nach Karn müssen. Diese Narren scheinen entschlossen zu sein, uns Widerstand zu leisten.« Er warf einen Blick zu dem Dorf hinüber, dessen Tore inzwischen geschlossen worden waren. »Wenn sie es wollen, gut. Wir werden ihnen etwas von der Gewalt zurückgeben, mit der sie uns überziehen, und ihnen zeigen, was es bedeutet, sich mit uns anzulegen. Ihr werdet mit uns reiten.«

Harliana stieg bei Thalinuel mit aufs Pferd, ihre vier Begleiter bei anderen Mitgliedern der Patrouille.

»Was ist mit den Verwundeten?«, fragte sie und deutete auf das halbe Dutzend Männer, die verletzt am Ufer des Flusses lagen.

»Sie tragen selbst die Schuld an ihrem Schicksal«, sagte Olvarian hart. »Wir können uns jetzt nicht um sie kümmern. Das mögen die Frauen aus ihrem Dorf später selbst machen. Auf, folgt mir!«

Sie preschten auf das Dorf zu. Es war von einem Schutzwall umgeben, der jedoch nicht viel mehr als ein Bretterzaun war. An allen vier Seiten standen Wachtürme, und über dem Tor gab es einen Wehrgang. Darauf hatten sich die noch kampffähigen Männer Karns versammelt und schickten ihnen einen Pfeilhagel entgegen. Doch waren die Geschosse schlecht gezielt und richteten keinerlei Schaden an. Nicht nur besaßen die Menschen wenig Übung im Umgang damit, die Bögen waren auch mit wenig Geschick gefertigt. Ihre Reichweite war gering, ihre Treffgenauigkeit miserabel, und die Pfeile flogen mit wenig Kraft und viel zu langsam. Nicht einer der Elben wurde durch sie verletzt. Den wenigen, die ihnen hätten gefährlich werden können, konnten sie mühelos ausweichen.

»Reite so dicht es geht am rechten Turm vorbei«, verlangte Harliana. »Ich werde versuchen, hinaufzugelangen.«

Thalinuel tat, worum sie gebeten wurde. Sie spürte, wie sich die Elbin hinter ihr aufrichtete, und als sie unmittelbar unter dem Turm vorbeiritten, packte sie einen schrägen

Stützbalken und klammerte sich daran fest. Einen Moment lang hing sie frei in der Luft, dann kletterte sie wieselflink weiter hinauf und schwang sich über die Brüstung auf den Turm.

Mit Fußtritten schleuderte sie zwei Männer zurück, während sie ihr Schwert zog. Die Verteidiger hielten immer noch ihre Bögen in den Händen. Bis sie nach ihren eigenen Schwertern greifen konnten, war die Elbin bereits an ihnen vorbei, sprang auf die Innenseite des Turms und verschwand aus Thalinuels Blickfeld.

Zwei Krieger hatten inzwischen auch den zweiten Turm erobert und drangen ins Innere des Dorfes vor. Nur Sekunden später hatten sie den Riegel auf der Innenseite des Tors entfernt und stießen es auf. Zusammen mit den übrigen Kriegern ritt Thalinuel hindurch.

Sie hatten kaum mehr als eine Minute gebraucht, um die Verteidigung zu überwinden. Zwar war Karn nur ein kleines Dorf, in dem nicht mehr als zweihundert, höchstens dreihundert Einwohner lebten, und der Bretterwall war ein lächerliches Hindernis, das sie höchstens vor wilden Tieren schützen mochte, nicht aber vor entschlossenen Angreifern. Die Leichtigkeit, mit der sie ihn überwunden hatten, musste die Menschen dennoch erschüttern.

Wer waren sie und wofür hielten sie sich, dass sie sich einbildeten, es mit elbischen Kriegern aufnehmen zu können? Heimtücke und Verrat waren ihre einzigen wirksamen Waffen. Auf diese hatten sie sich Harlianas Bericht zufolge auch diesmal verlassen, aber selbst das hatte ihnen nichts genutzt.

Warum überhaupt diese Feindseligkeit, diese ständigen Übergriffe und Zwischenfälle? Sie hatten doch bekommen, was sie wollten – König Lotharon war bereit, sie ihren eigenen Weg gehen zu lassen. Waren die Menschen von Natur aus wirklich so bösartig, aggressiv und feindselig, dass diese Eigenschaften nun sofort wider jede Vernunft ihr Handeln zu diktieren begannen?

Thalinuel wusste es nicht; sie verspürte jedoch neben ihrem Zorn auch tiefe Trauer darüber, wie sich alles entwickelte. Trotz allem, was in der letzten Zeit geschehen war, gelang es ihr noch immer nicht, die Menschen zu hassen. Sie verstand sie nur einfach nicht – ihr Verhalten war so völlig unlogisch und selbstzerstörerisch.

Sie verdrängte diese Gedanken und konzentrierte sich wieder auf das, was um sie herum geschah. Es waren nur wenige Menschen zu sehen. Frauen, Kinder und alte Leute verkrochen sich wohl in den Häusern, nur diejenigen, die Widerstand leisteten, hielten sich im Freien auf. Einige der Menschen hatten ihre Waffen weggeworfen und die Arme erhoben, zum Zeichen, dass sie sich ergaben. In ihren Gesichtern las Thalinuel nur Hoffnungslosigkeit und Schicksalsergebenheit.

Auf dem Wehrgang hingegen wurde noch gekämpft, und auch vor einem der Gebäude hatte sich ein Grüppchen von etwa zwanzig Menschen zusammengeschart und leistete ebenso aussichtslosen wie erbitterten Widerstand. Warum gaben auch sie nicht einfach auf? Waren sie so fanatisiert und von Hass zerfressen, dass sie sich lieber im Kampf töten ließen, statt sich zu ergeben? Oder trieb sie die nackte Angst vor Bestrafung dazu?

Sie mussten doch wissen, dass ihnen weder Folter noch

Tod oder etwas anderes Schreckliches drohte. Elbenkrieger waren keine Mörder. So etwas entsprach in keiner Weise elbischer Art, und selbst Olvarian würde nicht so weit gehen. Er würde sicherlich eine Bestrafung fordern, aber eher eine Wiedergutmachung in Form von Geldzahlungen und Getreidelieferungen, vielleicht würde er auch zumindest die Rädelsführer vor ein Tribunal stellen, doch selbst dann drohte ihnen höchstens eine Haftstrafe.

Thalinuel wehrte einen Schwerthieb ab und sprang aus dem Sattel. Ihr Gegner war ein schmächtiger Mann und kaum geübt im Umgang mit dem Schwert. Sie drang auf ihn ein. Drei, vier wuchtige Streiche genügten, dann traf sie seine Waffe in einem solchen Winkel, dass er sie nicht mehr halten konnte. Sie wurde ihm aus der Hand geprellt und wirbelte durch die Luft. Mit einem Faustschlag streckte Thalinuel ihn nieder.

Mit Erleichterung sah sie, dass auch ihre Gefährten nach Möglichkeit versuchten, ihre Gegner nur zu entwaffnen und niederzuschlagen oder höchstens leicht zu verletzen.

»Ergebt euch endlich!«, brüllte Olvarian. »Oder wollt ihr, dass wir euch alle töten?«

»Ihr bringt uns doch sowieso um!«, keuchte einer der Männer, und ein anderer brüllte: »Mörder!«

Ihre Vorwürfe schnitten Thalinuel ins Herz. Dachten die Menschen mittlerweile wirklich so über ihr Volk? Wenn dem so war, dann mussten sie mit Lügen und Verleumdungen in einem Maß verblendet und aufgehetzt worden sein, wie sie es nicht für möglich gehalten hätte.

»Niemand, der sich ergibt, wird getötet«, versprach Olvarian. »Wenn wir euch umbringen wollten, hätten wir es schon längst tun können.«

Einige wenige Männer senkten tatsächlich die Waffen, aber erst, als die übrigen sahen, dass diese nicht direkt erschlagen wurden, ergaben auch sie sich schließlich.

»Warum lasst ihr uns nicht einfach in Frieden?«, stieß einer der Männer hervor, während er Olvarian sein Schwert vor die Füße schleuderte. »Wir wollen euch nicht länger. Könnt ihr euch nicht damit abfinden, dass eure Herrschaft über uns vorbei ist? Verschwindet von hier, ihr habt hier nichts verloren.«

»Ein Elb hat hier sein Leben gelassen«, erwiderte Olvarian in eisigem Ton. »Wir werden uns diese ständigen Übergriffe nicht mehr gefallen lassen, sondern hart durchgreifen.«

»Indem ihr harmlose Bauern attackiert?«

»Harmlos, allerdings. Wenn ihr es schon selbst einseht, warum handelt ihr nicht auch entsprechend? Im offenen Kampf habt ihr gegen Elbenkrieger keine Chance. Ihr könnt nur feige aus dem Hinterhalt angreifen.« Als sein Gegenüber erneut etwas sagen wollte, schnitt Olvarian ihm mit einer entschiedenen Handbewegung das Wort ab. »Ich habe keine Lust, darüber zu diskutieren. Um zu verhindern, dass sich solche Vorfälle wiederholen, steht dieses Dorf bis auf weiteres unter unserem Befehl. Gehorcht ihr, habt ihr nichts zu befürchten. Jeder Widerstand gegen unsere Anordnungen hingegen wird mit aller Härte gebrochen. Jetzt versorgt zunächst eure Verwundeten!«

Protestierendes Gemurmel erklang, aber niemand wagte es, offen zu widersprechen. Die Blicke der Menschen waren beinahe noch feindseliger als zuvor, doch zumindest dem Befehl, sich um ihre Verletzten zu kümmern, kamen sie bereitwillig nach.

Die Auseinandersetzung hatte insgesamt elf Tote gefordert, die meisten davon bereits während des Kampfes am Fluss. Und was hatte es gebracht? Dieser Wahnsinn erfüllte Thalinuel mit hilflosem Zorn. Sie selbst war unverletzt geblieben, doch einige der anderen Elben, vor allem von der Patrouille aus Talarien, hatten Verletzungen davongetragen, die zum Glück nur leicht waren, aber dennoch versorgt werden mussten.

Unter den Menschen hingegen gab es eine Reihe von Schwerverletzten. Jede Hilfe, die die Elben bei der Versorgung ihrer Wunden anboten, wurde jedoch rüde zurückgewiesen. Stattdessen brachte man die Verletzten in ein großes Gebäude, wo Frauen sich um sie kümmerten, die einiges Wissen im Umgang mit Heilkräutern besaßen, wie Thalinuel feststellte, auch wenn sie sich in dieser Hinsicht bei weitem nicht mit den Fertigkeiten ihres Volkes messen konnten.

»Wie soll es nun weitergehen?«, wandte sie sich an Olvarian. »Wir können das Dorf nicht auf Dauer besetzt halten.«

»Ach, und warum nicht? Ich möchte es weder ausplündern noch die Menschen hier gewaltsam unterdrücken. Wir sind keine Despoten, sondern werden nur dafür sorgen, dass niemand sie mehr aufhetzen kann und alles hier in den von uns gewünschten Bahnen läuft, wie es bislang der Fall war. Dazu bedarf es keiner großen Streitmacht. Es reicht schon, wenn sie wissen, dass wir im Notfall mit einer solchen anrücken werden. Sie werden uns wohl nicht lieben, aber nach dem heutigen Tag werden sie auch so schnell nicht noch einmal einen offenen Kampf gegen uns wagen. Und es dürfte auch anderen zur Abschreckung dienen.«

»König Lotharon wird die dauerhafte Besetzung dieses Dorfes nicht zulassen. Ihr kennt seine Einstellung.«

»Die kenne ich, aber er ist auch kein Dummkopf und weiß, dass es ein verheerendes Signal wäre, wenn er einfach so einen Rückzug befehlen würde. Er wird zumindest Bedingungen daran knüpfen, und das wäre schon einmal ein erheblicher Fortschritt. Wir werden sehen.«

Er winkte Harliana zu sich. Zusammen mit einem anderen Krieger hatte sie die geraubten Pferde aus einem Stall geholt.

»Dieses Dorf liegt wesentlich näher an Talarien als an Saltinan«, erklärte er. »Wir kommen gewöhnlich nicht so weit in den Süden. Deshalb stelle ich es unter die Verwaltung Talariens und die Herrschaft deines Vaters. Ich empfehle, einen kleinen Kriegertrupp hier zu stationieren und in regelmäßigen Abständen Patrouillen durchzuführen, um sicherzustellen, dass es keine Probleme gibt. Ob dein Vater für den Tod des Kriegers eine Wiedergutmachung fordert oder irgendwelche Steuern oder sonstigen Abgaben erhebt, bleibt ihm überlassen.«

»Das ist eine verantwortungsvolle Aufgabe, die Ihr Talarien übertragt«, antwortete Harliana. »Noch nie zuvor hat unser Volk direkte Kontrolle über ein Dorf der Menschen ausgeübt. Aber wir werden uns bemühen, dieser Herausforderung bestmöglich gerecht zu werden.«

Thalinuel war nicht sicher, was sie von alldem halten sollte. Noch nie hatten Elben über andere geherrscht. Nun jedoch schien es nicht mehr anders zu gehen. Bei der Verbitterung, mit der die Einwohner bis zuletzt gekämpft hatten, war zu befürchten, dass sie bei der nächsten sich bietenden Gelegenheit erneut gewalttätig werden würden, wenn man sie nicht daran hinderte. Und das schien nur auf diese Art möglich zu sein.

Molakan und vor allem Olvarian hatten schon früher gesagt, dass dies in ihren Augen der einzige Weg wäre, die Aggressivität der jüngeren Völker, vor allem aber der Menschen, zu zügeln. Zumindest auf kleiner Ebene hatte Olvarian dies nun durchgesetzt und Fakten geschaffen, die möglicherweise eine Fanalwirkung haben würden.

14

DER DURCHBRUCH

Juni 9430 neuer Zeitrechnung der Elben

»Ist wirklich alles bereit? Befindet sich niemand mehr in den tieferen Stollen?«, erkundigte sich Caron ein letztes Mal. Der Reihe nach blickte der trotz seines hohen Alters stark und bullig wirkende Schürfmeister die vier anwesenden Erzmeister an und wartete, bis auch der Letzte von ihnen zugestimmt hatte. »Also gut, dann gebt das Signal!«

Zeitgleich schlugen zwei Zwergenarbeiter mit gewaltigen Hämmern gegen die Felswand, so dass der Boden unter ihren Füßen zu vibrieren begann. Die Erschütterungen pflanzten sich durch das Gestein fort.

Gleichzeitig streckte Warlon dem Schürfmeister die Fackel entgegen, die er in der Hand hielt. Caron gehörte dem Hohen Rat von Zarkhadul als Vertreter der Arbeiterkaste an, und niemand machte ihm die Ehre streitig, die Explosion auszulösen. Er entzündete das Ende der Zündschnur an der Fackel und ließ sie fallen, als sie Funken sprühend Feuer fing.

Die Nervosität, die sie alle gepackt hatte, war allgegenwärtig. Auch Warlon konnte sich davon nicht freimachen. Es war ja auch ein überaus bedeutsamer Moment. Wenn ihr Vorhaben gelang, würde dies eine neue Ära in den Beziehungen zwischen Elan-Dhor und Zarkhadul einläuten. Nur aus diesem Grund war er jetzt hier, nicht so sehr als Krieger, sondern genau wie Caron als Mitglied des Hohen Rates.

Vor mehr als tausend Jahren hatten die damaligen Bewohner Zarkhaduls beim Graben immer tieferer Stollen einen Durchbruch ins unterirdische Reich der Thir-Ailith geschaffen und waren daraufhin von den Dunkelelben überrannt worden. In einer Verzweiflungstat war es ihnen gelungen, die Zugänge zu sprengen und so gründlich zu verschließen, dass die Thir-Ailith sie nicht wieder hatten öffnen können.

Nun sollte genau das versucht werden. Die durch die Dunkelelben drohende Gefahr existierte nicht mehr, und ihre gewaltigen Katakomben, die sich tief unter dem gesamten Schattengebirge erstreckten, waren frei begehbar. Wenn es ihnen gelang, den Zugang nach Zarkhadul wieder zu öffnen, würde es eine direkte unterirdische Verbindung zwischen den Minen geben und nicht mehr nötig sein, an die Oberfläche zu gehen und dort zu reisen, um von Elan-Dhor nach Zarkhadul zu gelangen.

Einige Vertreter der Arbeiterkaste malten sogar noch phantastischere Bilder von den neuen Möglichkeiten. Ihren Visionen zufolge würde es irgendwann vielleicht sogar gewaltige, von Wasserrädern angetriebene Förderbänder geben, die die Minen miteinander verbanden und benötigte Waren viel schneller als jetzt von einer Mine zur anderen transportieren konnten. Aber das war noch Zukunftsmusik. Wenn es überhaupt möglich war, dann würde es viele Jahre dauern, solche Förderbänder über eine so enorme Entfernung zu errichten.

Jetzt kam es nur darauf an, überhaupt erst einmal eine Verbindung zu schaffen.

Die Sekunden schienen mit quälender Langsamkeit zu verstreichen. Obwohl extrem schnell brennende Zündschnüre eingesetzt wurden, würde es mehrere Minuten dauern, bis sie komplett abgebrannt waren. Es würde eine ungeheuer heftige Explosion werden, und entsprechend weit hatten sie sich zurückziehen müssen.

Während sie sonst nur kleine Beutel mit Sprengpulver verwendeten, kamen diesmal ganze Fässer zum Einsatz, und das von beiden Seiten. Warlon befand sich in den Stollen von Zarkhadul, aber auch von der anderen Seite der Einsturzstelle aus würde eine Sprengung erfolgen. Beide sollten so zeitgleich wie möglich stattfinden, deshalb die Hammerschläge als Signal. Die Länge der Zündschnüre war entsprechend aufeinander abgestimmt.

Es hatte Jahre gedauert, das Katakomben-Labyrinth von Elan-Dhor aus so weit zu erforschen, dass sie die Einsturzstelle überhaupt entdeckt hatten. Anschließend hatten sie von beiden Seiten aus monatelang so viel Geröll wie nur möglich weggeräumt. Auch dabei waren schon zahlreiche kleinere Sprengungen nötig gewesen. Einen Teil der verschütteten Stollen von Zarkhadul hatten sie auf diese Art wieder freilegen und abstützen können, doch schließlich waren sie an ihre Grenzen gestoßen.

Die einzige Hoffnung bot nun eine wirklich große Sprengung. Eine Garantie auf Erfolg gab es nicht, im Gegenteil, sie bot zahlreiche Risiken, obwohl die bedeutendsten Schürf- und Erzmeister beider Minen nach den besten Stellen für die Platzierung des Sprengpulvers geforscht und gründliche Berechnungen über die benötigte Menge angestellt hatten.

Warlon konnte nur hoffen, dass ihre Berechnungen stimmten. Ansonsten würden sie im schlimmsten Fall durch die Sprengung eine Katastrophe heraufbeschwören, und wenn es nach ihm ging, dann hatten sie für mindestens die nächsten tausend Jahre genügend Katastrophen oder Beinahe-Katastrophen erlebt.

Wenn er allein nur an das Unheil dachte, das Lhiuvan im Anschluss an die königliche Hochzeit vor gut einer Woche beinahe heraufbeschworen hätte …

Ganz hatte er immer noch nicht begriffen, was den Elben zu seinem Tun bewogen hatte und was er damit hatte erreichen wollen. Erst von den anderen Elben hatte er erfahren, dass das Öffnen des Tors erneut eine vermutlich tödliche Gefahr für ganz Elan-Dhor bedeutet hätte, auch wenn sie sich darüber ausgeschwiegen hatten, welcher Art diese Gefahr gewesen wäre.

Nun, es war verhindert worden, nur das zählte. Lhiuvan befand sich in sicherem Gewahrsam, und das Tor würde nie wieder zu einer Gefahr werden.

Hätten sie Anlass für irgendwelchen Argwohn gegen Lhiuvan gehabt, wäre er erst gar nicht in die unterirdischen Höhlen gelangt. Es war ihm nur gelungen, weil er ihr Vertrauen missbraucht hatte. Vielleicht war es sogar eine heilsame Lektion gewesen. Zwar war die gesamte Halle der Königinnen eingestürzt und hatte das Tor unter Tonnen von Gestein begraben, doch die Elben hatten ihnen eingeschärft, in Zukunft noch wachsamer zu sein und unter allen Umständen zu verhindern, dass noch einmal irgendjemand dorthin gelangte. Aus diesem Grund war der Zugang zur Stadt der Thir-Ailith wieder zugemauert worden und wurde zusätzlich genau wie sämtliche anderen früheren Zugänge bewacht.

Ein urgewaltiges Donnern erklang aus dem Stollen vor Warlon, nur wenige Sekunden später von einem weiteren gefolgt. Die Erde bebte selbst hier noch so stark, dass sie fast von den Füßen gerissen worden wären. Staub rieselte von der Decke, und einige kleine Steinchen lösten sich. Warlon warf einen besorgten Blick nach oben, doch die Decke hielt stand. Langsam beruhigte die Erde sich wieder.

Jubel erklang um ihn herum. Wie erhofft waren die Explosionen nahezu zeitgleich erfolgt, aber ob sie wirklich erfolgreich gewesen waren, würde sich erst noch zeigen müssen.

Genau wie die anderen wäre Warlon am liebsten sofort losgestürmt, um es zu überprüfen, doch er wusste, dass das nichts bringen würde, auch wenn Geduld nicht gerade zu den größten Tugenden seines Volkes zählte. Das von der Explosion zertrümmerte Gestein hatte sich nicht einfach in Nichts aufgelöst. Es würde Wochen, vielleicht sogar Monate dauern, es aus dem Weg zu räumen.

Außerdem quoll nun eine Staubwolke aus dem Stollen bis hier herauf. In den tieferen Ebenen würde es nahezu unmöglich sein, überhaupt zu atmen.

Aber Staub war nicht das Einzige, das aus dem Stollen drang. Während die Jubelschreie um ihn herum verstummten, beobachtete er entsetzt, wie etwas Dunkles von dort hereinkroch und immer größere Teile des Bodens schwarz zu färben begann.

Wie jeder Zwerg hasste Warlon Wasser. Wenn Wein und Bier nicht zur Hand waren, war es ein miserabler, nach nichts schmeckender Ersatz. Andere Völker waren sogar so abartig veranlagt, ihren Körper damit abzureiben oder gar darin unterzutauchen. Sofern man nicht gerade am Verdursten war, stellte Wasser schon in kleinen Mengen generell ein Ärgernis dar.

In größeren jedoch wurde es zur Gefahr, und dann hasste Warlon es erst recht. Immer rascher breitete es sich auf dem Boden aus. Es war nicht länger nur eine größer werdende Pfütze, sondern plätscherte bereits in kleinen Wellen herein und umfloss ihre Füße. Die Sprengung musste einen unterirdischen Wasserlauf freigelegt haben.

»Zurück!«, brüllte Warlon.

Er packte den wie erstarrt dastehenden Caron am Arm und zerrte ihn mit sich. Die übrigen Angehörigen der Arbeiterkaste hasteten bereits den Stollen entlang. Das Wasser stieg rasch, aber zu Warlons Erleichterung nicht so schnell, dass es sie beim Laufen behinderte oder sie gar einzuschließen drohte. Bislang reichte es ihnen kaum bis zu den Knöcheln.

Nur wenige hundert Meter entfernt gab es einen Treppenaufgang. Vermutlich würde es schon reichen, wenn sie nur eine Ebene nach oben liefen. Das Wasser würde wohl nicht allzu hoch steigen, sondern sich hier verteilen und bald wieder abfließen, sobald es irgendwo einen in die Tiefe führenden Weg fand.

Kaum hatte er das gedacht, traf eine Welle von hinten seine Beine, die ihm bis über die Kniekehlen reichte und ihn ins Stolpern brachte. Das Wasser drang immer schneller und mit größerer Kraft herein.

Aber auch die Treppe war nun nahe. Eine Biegung des Ganges noch und dann …

Warlon blieb so abrupt stehen, als wäre er gegen eine Wand gelaufen, und rund ein Dutzend Meter weiter wäre ihm auch genau das passiert. Nach einem Jahrtausend ohne Wartung waren viele der Höhlen und Gänge in der Tiefe unter Zarkhadul einsturzgefährdet. Die vergangenen Jahre hatten längst nicht ausgereicht, alles abzustützen, vor allem nicht so tief unten, wo bislang noch keine Schürfarbeiten stattfanden. Den Stollen, in dem sie die Explosion abgewartet hatten, hatten sie zuvor gründlich untersucht, und er war unversehrt geblieben.

Direkt hinter dem Torbogen zum Treppenabsatz jedoch war ein gut doppelt mannshoher Felsbrocken herabgestürzt und versperrte ihnen den Weg in voller Breite. Auch war es unmöglich, darüber hinwegzuklettern.

»Li'thil, steh uns bei«, keuchte Caron.

Statt die Göttin um Beistand zu bitten, stieß Warlon einen erbitterten Fluch aus. Er warf sich gegen den Fels, konnte ihn jedoch nicht einmal erschüttern.

»Los, helft alle mit!«, befahl er. Gemeinsam stemmten sie sich gegen den Brocken. Es gelang ihnen, ihn ein wenig ins Wanken zu bringen, aber nicht annähernd genug, um ihn aus dem Weg zu räumen oder wenigstens umzustürzen.

»Versucht, ihn zu zerstören!«, rief Caron.

Die beiden Arbeiter hakten genau wie die vier Erzmeister ihre Spitzhacken vom Gürtel los und begannen, auf den Brocken einzuschlagen. Splitter sausten durch die Luft, doch ansonsten erwies sich der Fels als ausgesprochen massiv. Die Hacken lösten lediglich kleine Bruchstücke daraus. Es würde Stunden dauern, ihn auf diese Art zu zertrümmern. Zeit, die ihnen nicht mehr blieb.

Besorgt beobachtete Warlon, wie das Wasser höher und höher stieg. Ein wenig floss an den Seiten des Felsbrockens ab, aber bei weitem nicht so viel, wie in den Stollen nachströmte. Es reichte ihm jetzt schon bis zu den Oberschenkeln und sandte Wellen eisiger Kälte durch seinen Körper.

»Das hat keinen Sinn«, stieß er hervor. »Ist noch etwas von dem Sprengpulver übrig?«

Caron schüttelte den Kopf.

»Nein, alles war genau abgemessen.«

Immer wilder und blindwütiger schlugen die Arbeiter mit ihren Hacken auf den Brocken ein. Nackte Todesangst trieb sie an, doch erzielten sie auch weiterhin mit ihren Bemühungen so gut wie kein Ergebnis.

Warlon lehnte sich gegen die Wand und strich sich mit der Hand über das Gesicht und den Bart. Er war bereits in zahlreichen gefährlichen Situationen gewesen, hatte aber jedes Mal einen Ausweg gefunden. Und jetzt sollte er in diesem Stollen jämmerlich ertrinken? Ausgerechnet ertrinken, eine der schlimmsten Todesarten, die er sich vorstellen konnte. Das Wasser war ihm über den Bauch inzwischen bis zur Brust gestiegen, und er hatte das Gefühl, es würde ihm mit seinem Druck die Luft abschnüren.

Plötzlich jedoch zuckte er zusammen. Ihm war ein Gedanke gekommen. Der Druck des Wassers …

Zwar ergoss es sich gurgelnd und schäumend durch die Spalten seitlich des herabgestürzten Gesteinsbrockens, doch da es trotzdem immer höher stieg, musste es gleichzeitig einen enormen Druck auf den Fels ausüben.

»Hört auf!«, rief er. »Weg mit den Hacken, das bringt sowieso nichts. Versuchen wir noch einmal, den Fels zu bewegen. Zusammen mit dem Wasser gelingt es uns diesmal vielleicht.«

Erneut stemmten sie sich gegen den Felsbrocken. Tatsächlich schafften sie es diesmal, ihn um ein paar Fingerbreit zu verschieben. Das Wasser floss etwas stärker durch die nun breiter gewordenen Spalten ab. Vor allem aber lag der Brocken nicht mehr ganz so stabil wie zuvor auf der Erde auf, sondern wankte ein bisschen, wenn sie dagegen drückten.

»Wir müssen ihn weiter nach links bewegen«, keuchte Warlon. »Dort führt die Treppe nach unten. Ich glaube, der Fels liegt bereits auf der obersten Stufe auf. Wir müssen versuchen, ihn hinunterzustoßen.«

Noch einmal verstärkten sie ihre Anstrengungen, warfen sich mit aller Kraft gegen den Felsbrocken. Jedes Mal glitt er um eine Winzigkeit zurück. Die Spalten an den Seiten verbreiterten sich weiter, und immer mehr Wasser floss durch sie ab. Es reichte nicht aus, dass der Pegel sank, aber zumindest stieg er auch nicht mehr merklich an. Wenn sie die Öffnungen noch ein wenig mehr vergrößerten, bestand zumindest keine Gefahr mehr, dass sie hier ertrinken würden. Selbst wenn es ihnen nicht gelang, den Weg ganz freizulegen, konnten sie dann schlimmstenfalls einfach abwarten, bis Hilfe eintraf.

»Weiter!«, feuerte er die Männer an. »Noch einmal!«

Wieder stemmten sie sich gegen den Felsbrocken und schafften es, ihn ein wenig vorwärts zu bewegen. Er begann stärker zu wanken, doch noch immer gelang es ihnen trotz größter Anstrengungen nicht, ihn umzustürzen.

Ein lautes Rauschen ließ sie in ihren Bemühungen innehalten. Erschrocken wandte Warlon den Kopf. Eine mit Schaum gekrönte, bis fast zur Decke des Stollens reichende Flutwelle kam um die Biegung des Ganges auf sie zugebraust. Er kam nicht einmal mehr dazu, einen Schrei auszustoßen, ehe die Welle ihn mit der Wucht eines Hammerschlages traf. Sie riss ihn von den Beinen, schleuderte ihn gegen den Felsbrocken. Er bekam keine Luft mehr, überall um ihn herum war das verhasste Wasser. Warlon wurde herumgewirbelt und verlor jedes Gefühl für oben und unten, prallte gegen andere Körper und gegen Fels.

Dann war es plötzlich vorbei. Ein Sog erfasste ihn und riss ihn mit sich. Er schrammte über etwas Hartes, bekam eine Kante zu packen und klammerte sich instinktiv fest. Wasser rauschte über ihn hinweg. Ein Körper traf ihn. Warlon unterdrückte einen Schmerzensschrei, bei dem ohnehin nur Wasser in seinen Mund gedrungen wäre. Stattdessen griff er zu, bekam etwas Weiches zu fassen und hielt es mit einer Hand eisern fest.

Mit einem Mal war statt Wasser endlich wieder Luft um ihn herum, und er konnte wieder atmen. Gierig sog er die Luft ein.

»Bei Li'thil, seid Ihr wahnsinnig geworden? Lasst mich endlich los!«, polterte eine ebenfalls nach Luft japsende Stimme. Erst jetzt erkannte er, dass es Caron war, den er gepackt hielt, und zwar ausgerechnet am Bart. Der Sog des Wassers war verschwunden, und er ließ rasch los. Dann erst blickte er sich um.

Das Licht war schwach, die Fackeln im Stollen erloschen. Die Öffnung, durch die das Wasser eindrang, musste sich immer mehr vergrößert haben, bis die trennende Wand schließlich wohl ganz eingestürzt war. Was ihnen mit Muskelkraft nicht gelungen war, das hatte die Flutwelle geschafft. Sie hatte den Felsbrocken zum Umkippen gebracht und war darüber hinweggebraust. Ein Stück über ihnen brannte im Treppenschacht eine Laterne. In ihrem schwachen Schein konnte Warlon erkennen, dass sie auf dem nicht einmal einen Meter durchmessenden Brocken lagen. Seitlich davon strömte noch immer Wasser vorbei und ergoss sich die Treppe hinab, hatte aber nun genügend Platz und war längst nicht mehr so reißend wie zuvor.

Die meisten Zwerge hatten sich irgendwo festklammern können, doch nicht alle hatten dieses Glück gehabt. Undeutlich sah er die Gestalten von zwei Zwergen am Fuß der mehr als fünfzig Stufen langen Treppe liegen. Sie mussten von der Welle über den Stein hinweggespült und mit in die Tiefe gerissen worden sein.

»Was fällt Euch ein, Euch einfach an meinem Bart festzuhalten?«, empörte sich Caron. »Ich erwarte …«

»Ich habe Euch vor einem Sturz in die Tiefe bewahrt«, unterbrach Warlon ihn ruhig. »Wenn ich Euch nicht festgehalten hätte, würdet Ihr jetzt ebenfalls dort unten liegen.«

»Bei den Dämonen! Ich … ich stehe tief in Eurer Schuld, Kriegsmeister.«

Caron rutschte bis zur Kante des Felsens und machte Anstalten, auf die Treppe hinunterzuklettern, doch Warlon hielt ihn zurück. Noch immer strömte Wasser wie ein Sturzbach die Stufen hinunter.

»Wartet. Es ist zu gefährlich. Ich werde nach ihnen sehen.«

Vorsichtig ließ er sich von dem Felsen auf die Treppe hinab. Die Stufen waren glatt und rutschig geworden. Das Wasser reichte ihm bis zu den Knöcheln und schien wie mit unsichtbaren Fingern an seinen Füßen zu zerren. Warlon hielt sich ganz am Rand der Treppe und ging seitwärts die Stufen hinunter, den Rücken an die Wand gepresst, wobei er versuchte, sich wann immer möglich an irgendwelchen Vorsprüngen festzuhalten.

Unbeschadet erreichte er den Fuß der Treppe. Auch hier handelte es sich um einen Absatz, von dem aus die Treppe nach einer Kehre weiter in die Tiefe führte. Außerdem zweigten mehrere Stollen von hier ab, sodass das Wasser sich verteilte und einen großen Teil seiner Kraft verlor, sonst hätte es die Leichen wahrscheinlich noch weiter fortgetragen.

Denn tot waren die beiden Männer, daran gab es keinen Zweifel. Ihr Genick war gebrochen. Die Flutwelle musste sie mitgerissen und mit ungeheurer Wucht gegen die Wand geschmettert haben. Warlon konnte nichts mehr für sie tun.

Ihr Unterfangen hatte nicht in einer Katastrophe geendet, aber es hatte Todesopfer gefordert.

Wie fast alle offiziellen Bauwerke – und auch viele der Wohnhäuser – war der Königspalast von Zarkhadul wesentlich größer und prächtiger als der von Elan-Dhor, obwohl die Mine zumindest derzeit nicht einmal einen eigenen König hatte. Es gab Bestrebungen, das zu ändern, doch gingen sie hauptsächlich von einigen mächtigen Häusern aus, die sich Hoffnungen machten, jemanden aus ihrer Familie in diese machtvolle Position zu bringen. Bislang hatte der Hohe Rat ihrem Drängen widerstanden.

Zum Glück, wie Warlon fand. Gerade er und Ailin kämpften besonders entschieden gegen die entsprechenden Bestrebungen an, und er war froh, dass der Rest des Rates ihre Ansicht teilte. Die Zeit war seines Erachtens für Zarkhadul einfach noch nicht gekommen, den Großteil aller Macht in die Hände einer einzelnen Person zu legen.

Darüber hinaus würde es äußerst schwierig werden, sich auf einen Kandidaten zu einigen. Die Abkömmlinge der reichen Häuser, die sich Hoffnungen auf den Thron machten, besaßen nur wenig Rückhalt im Volk. Gerade den befreiten Sklaven bedeuteten die Namen selbst der mächtigsten Häuser kaum etwas. Wenn sie frei über einen König entscheiden könnten, würde ihre Wahl vermutlich eindeutig ausfallen, so wenig Warlon dies auch gefiel, denn diese Wahl würde ohne jeden Zweifel ihn treffen.

Innerhalb der Kriegerkaste genoss er ohnehin höchste Wertschätzung, aber auch beim übrigen Volk war er überaus beliebt. Man hatte nicht vergessen, welche bedeutsame

Rolle er während des Krieges gegen die Thir-Ailith und der Befreiung der Sklaven gespielt hatte. Man vertraute ihm, und aus diesem Grund würde das Volk so leicht keinen anderen als König akzeptieren.

Damit befand er sich in einer ähnlichen Situation wie vor Jahren sein Mentor Barlok, den man wesentlich lieber auf dem Thron gesehen hätte als Tharlia. Barlok hingegen hatte nicht die geringsten derartigen Ambitionen gehegt, so wenig wie Warlon jetzt. Bevor es zu Machtkämpfen oder gar Unruhen kam, erschien es ihm besser, alles so zu belassen, wie es war.

Tharlia erfüllte ihre Aufgabe hervorragend und genoss bei der Bevölkerung beider Minen hohes Ansehen. Obwohl es trotz der gut ausgebauten Straße, die die Minen an der Oberfläche inzwischen miteinander verband, auch mit einer Kutsche eine beschwerliche Reise war, die einen Tag und fast eine ganze Nacht dauerte, besuchte sie Zarkhadul, so oft es ihr möglich war, um auch hier Präsenz zu zeigen, doch überließ sie die Regierung der Stadt weitgehend dem Hohen Rat, der die lokalen Probleme viel besser kannte.

An diesem Vormittag war sie völlig überraschend mit ihrer Kutsche zu einem Besuch in Zarkhadul erschienen und hatte verlangt, den Hohen Rat einzuberufen.

Die Nachricht hatte Warlon durch einen Boten erreicht, als er sich zusammen mit Sokan, dem zweiten Vertreter der Kriegerkaste im Rat, in den Kasernen befand und eine Gruppe junger Zwergenkrieger nach erfolgreicher Ausbildung auf den Dienst für Zarkhadul vereidigte. Sie konnten die Zeremonie nicht einfach abbrechen, weshalb sie im Palast erst mit einiger Verspätung eintrafen.

Die übrigen Ratsmitglieder hatten sich bereits versammelt: Caron und Mirkol für die Arbeiterkaste, sowie Ailin und Selon. Der greise Schriftgelehrte war von Elan-Dhor nach Zarkhadul umgesiedelt, um in den letzten Jahren seines Lebens den ungeheuren Schatz an Wissen zu erforschen, der in den Archiven von Carem Thain lagerte, der großen Bibliothek von Zarkhadul.

»Mich haben schlimme Nachrichten erreicht. Deshalb bin ich unverzüglich hergeeilt, um den Rat zu unterrichten«, kam Tharlia ohne Umschweife auf den Grund ihrer Anwesenheit zu sprechen, als sich auch die beiden Krieger gesetzt hatten. »Ein elbischer Bote brachte die Nachricht, dass Lhiuvan geflohen ist, und das bereits am ersten Tag der Rückreise. Es geschah während eines Barbarenangriffs, als sich das Elbenschiff noch auf dem Oronin befand, also in direkter Nähe.«

»Das ist bedauerlich, da er unser Vertrauen missbraucht hat«, ergriff Selon das Wort. »Aber letztlich eine Angelegenheit der Elben untereinander. Inwiefern betrifft das uns? Nach seinem unerklärlichen Verrat wird er wohl kaum zu uns zurückkehren.«

»In genau diesem Punkt ist die Herrin Illurien sich nicht sicher. Auch sie kann sich nicht erklären, was Lhiuvan dazu bewogen hat, das Tor zu manipulieren. Er behauptete, sich an nichts erinnern zu können. Anfangs haben alle das für eine Ausrede gehalten, doch hat Illurien etwas Fremdes an ihm gespürt. Es war gut verborgen, und sie hat zunächst angenommen, es hätte etwas mit der Magie des Tores zu tun gehabt, aber rückblickend hält sie es in der Tat für möglich, dass Lhiuvan unter einem fremden

Einfluss gestanden hat. Das würde erklären, warum er eine so unglaubliche Tat begangen hat.«

»Ein fremder Einfluss … das klingt alles sehr seltsam«, sagte Warlon nachdenklich. »Aber gut, wir werden wachsam sein, obwohl ich ebenfalls bezweifle, dass er noch einmal nach Zarkhadul oder Elan-Dhor zurückkehren wird. Er müsste damit rechnen, dass wir ihn sofort festnehmen und an sein Volk übergeben.«

»Genau darum bittet Illurien uns. Wenn etwas Fremdes ihn zu dem Versuch getrieben hat, das Tor zu öffnen, dann könnte das wieder geschehen, selbst wenn es jetzt unter den Trümmern der eingestürzten Halle begraben liegt. Lhiuvan ist nicht nur Krieger, sondern verfügt auch über starke magische Kräfte. Sie warnt uns eindringlich davor, einen zu allem entschlossenen Elben zu unterschätzen.«

15

DIE ZWERGENMINE

Thalinuels Geschichte, September 11657 alter Zeitrechnung der Elben

Wie Thalinuel gehofft – oder befürchtet – hatte, entwickelte die Besetzung von Karn eine Fanalwirkung, die sich innerhalb kürzester Zeit über weite Landstriche ausweitete. Viele Elben waren nicht länger bereit, sich die immer dreister werdenden Übergriffe der Menschen gefallen zu lassen. Vor allem kleinere Siedlungen hatten darunter zu leiden. Immer wieder hatte es Berichte über in Brand gesteckte Felder und ähnliche Vorfälle gegeben. Für einen einzelnen Elben war es mit größter Gefahr verbunden, den Schutz der Siedlungen zu verlassen, um in den Wäldern zu wandern oder andere Ortschaften aufzusuchen. Kein Weg war mehr sicher. Sogar größere Reisegruppen wurden immer häufiger aus dem Hinterhalt überfallen.

Selbst Thalinuel hatte sich nicht vorstellen können, wie groß der Groll über all diese Vorfälle innerhalb ihres Volkes mittlerweile geworden war. Dabei spielte es eine besondere Rolle, dass die Elben ungleich stärker als die Menschen waren und deshalb jederzeit die Möglichkeit gehabt hätten, gegen die Anfeindungen vorzugehen. Auch herrschte immer noch große Empörung darüber, dass die Übergriffe nicht etwa von Feinden, sondern von Völkern verübt wurden, die man bis vor kurzer Zeit noch als Freunde betrachtet und gefördert hatte. Inzwischen hingegen nahmen viele sie als Feinde wahr.

Was in Karn geschehen war, hatte schnell Schule gemacht. Jetzt, knapp zweieinhalb Monate später, standen zahlreiche Ortschaften der Menschen, von denen aus Feindseligkeiten verübt worden waren, unter elbischer Kontrolle. Dies hatte sich als die wirksamste Methode erwiesen, weitere Übergriffe zu verhindern. Natürlich rührte sich auch weiterhin vielerorts Widerstand, doch war es einfacher, diesen direkt innerhalb der Dörfer im Keim zu ersticken, als den Menschen die Gelegenheit zu geben, Ort und Zeitpunkt ihrer Anschläge frei zu wählen.

»Ich fand es zwar unerträglich, dass wir uns alles haben gefallen lassen, und ich habe mir gewünscht, dass wir den Menschen eine Lektion erteilen, aber was jetzt geschieht, ist nicht das, was ich mir vorgestellt habe«, sagte Thalinuel. »Wir beherrschen inzwischen zahlreiche Dörfer und Städte. Wie soll das auf Dauer weitergehen? Wir sind doch keine Besatzer und Unterdrücker!«

»Aber ich sehe keinen anderen Weg, unsere Sicherheit zu gewährleisten«, erwiderte Verilon, der neben ihr ritt. »Wir haben vergeblich versucht, dic Licbc und Achtung der anderen Völker zu erringen, aber ihre Gefühle sind in Hass umgeschlagen. Solange das anhält, ist es besser, wenn sie uns fürchten, als dass sie uns für schwach und unentschlossen halten.«

Eine goldene Septembersonne schien von einem azurblauen, nur mit wenigen Wölkchen gesprenkelten Himmel herab. Es war warm, aber nicht heiß, da ein sanfter Ostwind für etwas Abkühlung sorgte. Ein herrlicher Tag, um am Meer zu wandern oder einen Ausritt durch die Wälder zu unternehmen, doch stattdessen befanden sie sich auf einem Kriegszug.

»Furcht«, wiederholte Thalinuel bitter. »Ist es das, was wir in der Welt verbreiten wollen? So schüren wir nur noch immer mehr Hass. Es heißt, dass die Menschen im Norden ein Heer aufstellen, um gegen uns zu ziehen, obwohl sie wissen müssen, dass sie uns im offenen Kampf himmelweit unterlegen sind. Das ist doch alles Wahnsinn! Wohin soll das noch führen?«

»Zu einer friedlicheren Welt, in der ein Elb wieder frei dorthin gehen kann, wohin er möchte«, entgegnete Verilon hart. »Wir wurden einst in diese Welt entsandt, um das Chaos zu bekämpfen, und an dieser Aufgabe sollten wir unser Tun weiterhin ausrichten. Schon gegen die Diener der Chaosgötter haben wir zum Schwert greifen müssen, und nun ist dies offenbar wieder nötig.«

»Aber die jüngeren Völker sind keine Diener der Chaosgötter.«

»Und doch verrichten sie ihr Werk, auch wenn sie sich dessen vielleicht selbst nicht einmal bewusst sind. Unsere Bemühungen, ihnen friedlich unsere Werte zu vermitteln und sie auf den richtigen Weg zu führen, sind gescheitert. Wenn wir verhindern wollen, dass sie sich zu einer Gefahr für alles, was wir geschaffen haben, und sogar für uns selbst entwickeln, müssen wir sie eben zwingen. Die Zeit ist noch nicht gekommen, sie eigene Wege gehen zu lassen, das zeigt sich deutlich. Bis es so weit ist, müssen wir sie wie unartige Kinder mit harter Hand erziehen und vor ihrer eigenen Bösartigkeit schützen.«

»Bei den Menschen sehe ich es ja ein. Sie sind aggressiv und verhalten sich uns gegenüber feindselig. Aber kein Zwerg hat bislang die Hand gegen einen Elben erhoben. Sie sitzen in ihren unterirdischen Höhlen und graben nach Schätzen. Warum lassen wir nicht wenigstens sie in Ruhe? Wenn ich vorher gewusst hätte, dass wir uns mit diesem Ritt gegen sie wenden, hätte ich nicht daran teilgenommen.«

»Dann hättest du es lassen sollen. Du hörst dich schon fast wie einer der königstreuen Verweigerer an.« Verilons Stimme klang gereizt und ärgerlich. »Würden die Zwerge nur nach Schätzen graben, könnten sie das machen, bis sie schwarz werden. Aber leider begnügen sie sich nicht damit, sondern fertigen in ihren Schmieden auch Waffen, die den unseren fast ebenbürtig sind, und liefern sie an die Menschen. Das können wir nicht zulassen. Du musst dich allmählich entscheiden, auf welcher Seite du stehst.«

Gekränkt durch seine barschen Worte schwieg Thalinuel. Als *Verweigerer* wurden verächtlich diejenigen Elben bezeichnet, die wie König Lotharon darauf hofften, dass die jüngeren Völker bald von selbst zur Einsicht kommen würden, und ein gewalttätiges Vorgehen gegen sie deshalb ablehnten. Hätte der König eine Möglichkeit gehabt, die Besetzung der Städte zu verhindern, hätte er sie vermutlich längst ergriffen, aber die gab es nicht.

Das Volk der Elben hatte nie einen Herrscher gebraucht, deshalb beschränkte sich das Amt des Königs weitgehend auf repräsentative Aufgaben. Er vertrat die Elben nach außen, und im Falle eines Krieges war er oberster Heerführer, doch in Friedenszeiten war seine Befehlsgewalt nicht besonders groß. Die Regenten jeder Stadt konnten eigenmächtig entscheiden, was sie als das Beste für ihre Siedlung und sogar deren Verteidigung erachteten. Deshalb war es ihm auch nicht möglich gewesen, die Patrouillen zu untersagen, mit denen der Widerstand begonnen hatte, und Thalinuel betrachtete es nicht als Treuebruch ihm gegenüber, wenn sie sich daran beteiligte.

Dennoch gab es viele der sogenannten Verweigerer, die ihren Eid enger auslegten und treu zum Königshaus und seinen Ansichten standen. Es war ein Riss, der sich mittlerweile quer durch das ganze Volk zog, und das war vielleicht schlimmer als alles, was die jüngeren Völker ihnen antun konnten.

Verilons Worte verdeutlichten das mehr als alles andere. *Du musst dich allmählich entscheiden, auf welcher Seite du stehst.*

»Seit wann gibt es Seiten innerhalb unseres Volkes, zwischen denen man sich entscheiden muss?«, fragte sie scharf. »Wir haben alle dasselbe Ziel, nur unterschiedliche Ansichten, wie wir es erreichen können. Macht das uns und diejenigen, die der Meinung des Königs sind, jetzt schon zu Feinden? Elben gegen Elben?«

»Natürlich nicht«, erwiderte Verilon fast erschrocken. »Es tut mir leid, anscheinend war ich ein wenig zu heftig. Aber du hast selbst erwähnt, dass Hollan im Norden ein Heer aufstellt. Das wäre nicht möglich, wenn die Zwerge es nicht bewaffnen würden. Ich weiß nicht, ob sie uns damit gezielt schaden wollen, oder ob sie nur aus Gier so handeln, weil Hollan sie gut dafür bezahlt. Aber das spielt keine Rolle; es ist genauso schlimm, als würden sie selbst uns angreifen. Wir müssen die Rüstungsschmieden zerstören, und genau das werden wir tun.« Er lächelte ihr zu. »Und ich bin froh, dass du dabei bist.«

Sie waren mit einem Trupp von nur zwanzig Kriegern unter dem Kommando von Olvarian von Saltinan aufgebrochen, nicht viel größer als eine normale Patrouille. Es war ein Dreitageritt bis zu den Weißbergen, in denen die Zwergenmine lag, die ihr Ziel war, und unterwegs hatten sich ihnen ständig weitere Trupps aus anderen Siedlungen angeschlossen, die meisten davon größer als ihr eigener. Inzwischen war ihre Zahl auf fast vierhundert angewachsen, ein regelrechtes Heer, und immer noch stießen weitere Verbände zu ihnen. Dies zeigte Thalinuel, dass es sich keineswegs um eine spontane Aktion handelte, wie es zunächst den Anschein gehabt hatte, sondern um einen bereits von langer Hand geplanten Feldzug.

Ihr Unbehagen steigerte sich dadurch nur noch mehr. Sicherlich hatte Verilon Recht – sie konnten nicht zulassen, dass die Zwerge die Menschen mit Waffen versorgten, die für den Kampf gegen ihr Volk gedacht waren. Dem musste Einhalt geboten werden.

Aber was sich jetzt abzeichnete, das war höchstens noch eine Winzigkeit von einem richtigen Krieg entfernt, ein regelrechter Feldzug. Es ging nicht darum, die Zwerge nur einzuschüchtern, damit sie von ihrem Tun abließen, das zeigte schon die enorme Zahl an beteiligten Kriegern.

Olvarian hatte vor, die Mine anzugreifen, daran bestand für sie keinerlei Zweifel.

Das konnte sie nicht gutheißen, selbst wenn die Zwerge zuvor ein paarmal erfolglos aufgefordert worden waren, ihre Waffenlieferungen zu unterlassen, wie Olvarian ihr versichert hatte. Es musste noch andere Möglichkeiten geben. Kleine Dörfer und Siedlungen der Menschen zu besetzen, von denen Feindseligkeiten und Gewalttaten ausgingen, war eine Sache. Die Bauern und Handwerker hatten ihnen meist nicht viel entgegenzusetzen, und die Besatzung beschränkte sich weitgehend darauf, die Einwohner zu überwachen, um weitere Gewalttätigkeiten zu verhindern.

Die Zwerge jedoch würden wohl kaum so einfach zu bezwingen sein. Verglichen mit den Menschen waren sie nur ein kleines Volk, aber stolz und ausgesprochen stark. Darüber hinaus besaßen sie unvergleichliche Fähigkeiten bei der Bearbeitung von Stein, Erz und Metall, was sie nicht zuletzt zu begnadeten Waffenschmieden machte. Und sie würden in ihrer Mine vermutlich gut geschützt sein, was einen Angriff selbst für Elbenkrieger verlustreich machen würde.

War es das wirklich wert?

Thalinuel wusste nicht, wie viele Zwerge in den Weißbergen lebten. Es mochten wenige hundert sein, vielleicht aber auch Tausende. Sie waren in verschiedenen Gebirgen unter die Erde gegangen, und manche ihrer Minen waren niemandem bekannt. Insgeheim hatten sie wahrscheinlich schon seit langer Zeit auf diesen Tag hingearbeitet, hatten die Berge und ihre Höhlen erforscht und nach den ertragreichsten Stätten zum Abbau von Erzen, Edelmetallen und Edelsteinen gesucht. Vielleicht hatten sie sogar schon viele Jahre im Voraus damit begonnen, die Höhlen auszubauen und neue Stollen zu graben. Kein Elb hatte ihre Minen bislang betreten, daher besaßen sie auch keinerlei Informationen darüber, wie diese aussahen und was dort vorging.

Wahrscheinlich bereitete genau das Molakan und Olvarian Unbehagen, sonst hätten sie andere Maßnahmen ergriffen, um die Waffenlieferungen zu stoppen. Sie fürchteten, dass auch dort eine Verschwörung gegen ihr Volk vorbereitet werden könnte. Auf welcher Seite die Zwerge standen, zeigten sie ja allein schon durch ihre Unterstützung der aufständischen Menschen.

Thalinuel glaubte selbst nicht an solch eine Verschwörungstheorie, doch konnte sie gerade in Zeiten wie diesen das Misstrauen gut verstehen. Auch ihr waren die Zwerge reichlich suspekt. Sie konnte einfach nicht begreifen, dass Völker es vorzogen, in finsteren Höhlen unter der Erde zu hausen, und eine solche Gier nach materiellen Dingen entwickelten. Darüber hinaus verehrten sie noch Götter, die ebenfalls in irgendwelchen unterirdischen Hallen leben sollten.

Diesen Humbug teilten sie immerhin mit den Menschen, sah man einmal davon ab, dass diese den Sitz der von ihnen angebeteten Götter an anderen Orten vermuteten. Götter verehren! Allein dieser Aberwitz zeigte schon, wie unreif die jüngeren Völker noch waren. Für die Götter waren Rassen und Völker nur Werkzeuge, die sie erschufen und in die verschiedenen Daseinsebenen schickten, damit diese für sie und ihre Ideale kämpften: Ordnung gegen Chaos, Gut gegen Böse. Verehrten ein Hammer oder ein Schwert vielleicht ihren Schöpfer? Ihr Wert begründete sich allein dadurch, wie gut sie ihre Aufgabe erfüllten.

Die Götter des Lichts waren über solche unsinnige Anbetung erhaben, lediglich die Chaosgötter verlangten sie von ihren Untertanen. Selbst ihnen ging es jedoch nicht um die Verehrung als solche, sondern um die blutigen Rituale, in denen diese ihren Ausdruck fand, da sie sich am Leid gequälter Kreaturen weideten.

Aber den jüngeren Völkern das begreiflich zu machen, war den Elben nie gelungen. Vor allem die Menschen neigten zu Aberglauben in allen möglichen Spielarten und bildeten sich ein, die Götter würden ihnen sogar aktiv Hilfe leisten, wenn sie ihren Beistand nur inbrünstig genug erflehten. Aber sollten sie doch an irgendwelchen Unsinn glauben, das war nicht Thalinuels Problem, und sie verdrängte die Gedanken daran. Genau wie die meisten anderen Elben verstand sie solche Einfalt einfach nicht, und das wieder war etwas, was ihre Völker einander entfremdete.

Die Weißberge schienen bereits zum Greifen nahe vor ihnen zu liegen, doch das war nur Einbildung. Sie würden noch Stunden brauchen, um den Fuß des Gebirges zu erreichen. Noch niemals zuvor hatte Thalinuel so hohe Berge gesehen. Ihre mit Schnee bedeckten Gipfel schienen aus dieser Perspektive bis zum Himmel zu reichen. Sie richtete ihren Blick auf den östlichsten der hohen Berge, den Sinokol. Unter ihm befand sich die erst vor wenigen Monaten erschlossene Zwergenmine.

Weit westlich konnte sie mit ihren scharfen Elbenaugen die Überreste einer anscheinend alten und verfallenen Siedlung entdecken. Sie ritt etwas schneller, bis sie zu Olvarian aufgeschlossen hatte, der sich an der Spitze des Heeres befand, und fragte ihn danach.

»Das sind die Überreste der Zwergenstadt, in der sie bis vor kurzem noch gewohnt haben«, erklärte er. »Ob sie ihrer Mine bereits einen Namen gegeben haben, entzieht sich unserer Kenntnis, aber das dort hinten ist Dal-Zurk. In dieser Stadt haben wir sie viele Jahrhunderte lang unterrichtet und freundschaftlich mit ihnen zusammengelebt.«

»Sie sieht aus, als wäre sie schon lange verlassen und verfallen.«

»Die Zwerge haben sie niedergebrannt, um alle Brücken hinter sich abzureißen, als sie unter die Erde gegangen sind.«

»Oh.« Thalinuels Augen funkelten. »Das war wohl ein wenig voreilig. Ich nehme an, Ihr habt vor, sie aus ihrer Mine zu vertreiben und zu zwingen, wieder an der Oberfläche zu leben, habe ich recht?«

»Allmählich entwickelst du die richtige Art zu denken«, entgegnete Olvarian lächelnd. »Der Hüter der Türme hat von Anfang an ein großes Potential in dir erkannt. Ja, ich fürchte, wir werden sie wieder an die Oberfläche umsiedeln müssen. Sie beliefern unsere Feinde mit Waffen. Damit haben sie die Freiheit verwirkt, die wir ihnen bereit waren zuzugestehen.«

»Sie werden uns dafür nur noch mehr hassen. Gibt es denn keine andere Möglichkeit?«

Olvarian seufzte.

»Ich wünschte, die gäbe es, aber ich sehe sie nicht. Wir können nicht umgekehrt zu ihnen in ihre dunklen Höhlen und Stollen gehen, um zu überprüfen, dass sie keine Waffen mehr schmieden und an die Menschen liefern. Würden die Dreckwühler nur nach Schätzen graben oder nur nützliche Werkzeuge schmieden, könnten sie das tun, bis sie schwarz werden. Aber darauf beschränken sie sich ja nicht, wenn wir ihnen nicht auf die Finger sehen. Und wer würde das schon tun? Oder wärst du vielleicht bereit, dort unten bei ihnen zu hausen?«

»Nein, natürlich nicht.« Es schüttelte Thalinuel bei dieser Vorstellung. »Aber wir könnten doch einen Posten vor ihrem Tor errichten und alle Ladungen kontrollieren, die ihre Mine verlassen.«

»Daran hat Molakan zunächst auch gedacht, aber das würde nicht ausreichen. Wahrscheinlich besitzen die Zwerge noch weitere Ausgänge, die sie vor uns geheim halten würden, oder sie könnten sich rasch welche schaffen. Wir können nicht das ganze Gebirge bewachen, nur um sicherzugehen, dass es nicht doch irgendwo ein Schlupfloch gibt, durch das sie ihre Waffen schmuggeln.«

Von dieser Seite hatte Thalinuel es noch nicht betrachtet und musste zugeben, dass dies wirklich ein Problem darstellte.

»Wie wollt Ihr bei der Erstürmung der Mine vorgehen?«, fragte sie.

»Das hängt ganz von den Zwergen ab. Späher haben berichtet, dass sie den Zugang durch ein mächtiges Tor gesichert haben. Sollten sie es nicht freiwillig öffnen und sich ergeben, werden wir es zerstören. Weiter können wir jetzt noch nicht planen, da wir das Innere der Mine nicht kennen. Wir werden spontan handeln müssen.«

»Die Zwerge werden sich nicht ergeben, dafür sind sie zu stolz. Sie sind zwar nur klein, aber sie sind harte Kämpfer, und das erst recht auf ihrem eigenen Territorium. Wir besitzen keine Erfahrung mit Kämpfen unter der Erde.«

»Du glaubst nicht, dass wir sie besiegen werden?«

»Doch, doch, daran zweifle ich nicht«, versicherte Thalinuel hastig. »Es ist nur … Darf ich ganz offen sprechen?«

»Aber natürlich.«

»Ich bin eine Kriegerin und habe keine Angst um mein Leben. Aber ich fürchte, dass es ein verlustreicher Kampf werden wird, und ich frage mich, ob es das wirklich wert ist. Die Zwerge haben viele Minen gegründet. Manche davon sind uns völlig unbekannt. Selbst wenn wir verhindern, dass von dieser hier weiter Waffen an die Menschen geliefert werden, werden andere Minen vermutlich sofort an ihre Stelle treten.«

»Dieses Problems bin ich mir bewusst, aber auch wir schlafen nicht. Über kurz oder lang werden wir auch die anderen Minen finden. Jetzt beschäftigen wir uns erst einmal mit dieser. Ich möchte, dass alle Zwerge wissen, dass wir keine Waffenlieferungen an Aufständische dulden. Dann wird sich zeigen, ob die Gier dieser Dreckwühler tatsächlich so viel größer ist als ihre Vernunft.«

Der Zugang zur Mine lag in einem Einschnitt des Berges, einer zwei, drei Dutzend Schritte tiefen Schlucht mit glatten, hoch ansteigenden Felswänden auf drei Seiten. In den Felswänden gähnten zahlreiche kleine Öffnungen wie eine

Vielzahl toter Augenhöhlen, die Thalinuel das Gefühl vermittelten, angestarrt zu werden.

Mit größter Wahrscheinlichkeit war das auch der Fall. Sie war sicher, dass im Dunkel hinter vielen der Öffnungen Zwerge lauerten und jede Bewegung des elbischen Heeres aufmerksam beobachteten. Das jedoch beunruhigte sie weniger als die Tatsache, dass jeder Angreifer, noch bevor er das Tor erreichte, unter Beschuss genommen werden konnte. Glücklicherweise besaßen die Zwerge kein Talent zum Bogenschießen, aber sie konnten aus den Öffnungen im Gestein Felsbrocken, Speere und andere Wurfgeschosse auf jeden schleudern, der sich dem Eingang näherte.

Das Tor selbst war groß und äußerst massiv, aus Stahl und dicken Holzbohlen gefertigt. Obwohl sie einige Magier bei sich hatten, fragte Thalinuel sich, wie Olvarian es zu durchbrechen plante. Sicherlich verfügten die Magier über mancherlei Möglichkeit dazu, doch alle setzten voraus, dass sie nahe herankamen und es berührten. Genau das aber würde nur unter größter Gefahr möglich sein. Die Zwerge würden alles daransetzen, um das zu verhindern.

»Warum tut sich da nichts?«, murmelte Thalinuel leise zu sich selbst. Die Anspannung war grauenhaft.

Seit Minuten verharrten sie nun schon vor der Schlucht, ohne dass etwas geschah. Das große, zweiflügelige Tor blieb geschlossen, und kein Zwerg zeigte sich.

»Es scheint nicht so, als ob ein Empfangskomitee zu unserer Begrüßung kommt. Dann werden wir wohl anklopfen müssen.« Olvarian deutete auf fünf Krieger in seiner Nähe, darunter auch Thalinuel. Einer der Krieger, Hialdon, trug ein Bündel bei sich. »Ihr begleitet mich als meine Eskorte.«

Beklommen ließ Thalinuel ihren Blick über die Öffnungen gleiten, als sie zusammen mit den anderen langsam in die Schlucht ritt. Sie hatten sich jedoch kaum in Bewegung gesetzt, als ein Horn geblasen wurde, dessen Klang schmetternd von den Felswänden widerhallte.

»Halt!«, befahl eine laute Stimme. In einer der Öffnungen direkt über dem Tor war das bärtige Gesicht eines Zwergs erschienen. »Kommt keinen Schritt näher, wenn euch euer Leben lieb ist! Mehrere Dutzend Speere sind in diesem Moment auf euch gerichtet.«

»Die Gastfreundschaft des Zwergenvolkes hat in letzter Zeit erheblich nachgelassen!«, rief Olvarian, zügelte jedoch sein Pferd. »Noch vor wenigen Monaten habt Ihr uns freundlich begrüßt, und Eure Tore standen uns offen, König Voltan.«

»Die Zeiten haben sich geändert! Früher sind die Elben auch nicht wie eine Horde Strauchdiebe mit einer kampfbereiten Streitmacht bei uns erschienen. Also wundert euch nicht, wenn wir euch wie solche behandeln. Besucher, die unsere Gastfreundschaft wünschen, pflegen sich im Allgemeinen auch vorzustellen.«

»Ich bin Olvarian, zweiter Hüter der Türme von Saltinan.« Thalinuel konnte sehen, dass er angesichts der Beleidigungen vor Zorn bebte, doch er beherrschte sich und blieb ruhig. »Ich bin gekommen, um mit Euch zu reden, König Voltan. Wenn Ihr uns schon nicht zu Euch hereinbitten wollt, so kommt wenigstens herunter, damit wir von Angesicht zu Angesicht miteinander sprechen können.«

Der Zwergenkönig lachte grimmig.

»Man hat uns vor Euch gewarnt, Olvarian, zweiter Hüter der Türme von Saltinan. Wir sind nicht so einfältig, wie Ihr zu denken scheint. Töricht wäre es, unser Tor im Angesicht eines nur einen halben Steinwurf entfernt lauernden Heeres zu öffnen. Gebt Euren Kriegern den Befehl, sich zumindest fünfhundert Schritte zurückzuziehen, dann komme ich herunter und werde mit Euch reden, wie Ihr es wünscht.«

Noch immer vor Zorn bebend ballte Olvarian seine Fäuste so fest um die Zügel, als wolle er sie zerquetschen.

»Dieser Mistkerl!«, zischte er leise. »Man sollte ihn an seinem eigenen Bart aufhängen!« Er wandte sich im Sattel um. »Tut, was er gesagt hat!«, rief er laut.

Murrend zogen sich die Krieger zurück. Als sie die vorgeschriebene Entfernung erreicht hatten, schwang mit leisem Knarren ein Flügel des Tores auf. An der Spitze einer Schutzmannschaft von fünf Zwergen mit Streitäxten in den Händen trat König Voltan heraus.

Seine Abordnung und die der Elben trafen sich in der Mitte der Schlucht.

Da Olvarian und seine Begleiter nach wie vor auf ihren Pferden saßen, reichte Voltan ihnen gerade einmal bis zu den Knien und musste den Kopf in den Nacken legen, um zu ihnen aufzublicken. Er war überaus stämmig. Gelocktes, graues Haar fiel ihm bis über die Schultern und rahmte ein von tiefen Falten durchzogenes Gesicht mit einer knolligen Nase ein. Auch sein sorgsam gegabelter Bart, der ihm bis zum Bauch reichte, war grau.

Thalinuel kam der Gedanke, dass sie eine Chance hatten, das Tor zu erreichen, wenn sie und die anderen Krieger der Eskorte einfach lospreschten, und es zumindest in der kurzen Zeit zu halten, bis der Rest des Heeres heran war. Gleich darauf schämte sie sich für diese Idee. War sie schon so tief gesunken, dass sie ernsthaft darüber nachdachte, durch so feigen Verrat einen Vorteil im Kampf zu erlangen?

Ganz davon abgesehen, dass ein solcher Angriff einen extremen Verstoß gegen das Verhandlungsrecht bedeutete und ihr Volk dadurch jedes noch verbliebene Vertrauen verlieren würde, wäre er in der Praxis wohl auch gar nicht durchführbar gewesen. Sie sah nun, dass sich eine große Anzahl Zwergenkrieger unmittelbar hinter dem Tor versammelt hatte, und wahrscheinlich lauerten die Speerwerfer weiterhin hinter vielen Öffnungen, um jeden zu töten, der einen derartigen Angriff versuchen sollte.

»Ich grüße Euch, Olvarian, zweiter Hüter der Türme von Saltinan. Ihr habt gewünscht, mit mir zu reden. Nun, hier bin ich. Sprecht und erklärt, warum Ihr mit einem Heer vor unserem Tor erscheint. Wollt Ihr zusätzlich zum Volk der Menschen nun auch das Volk der Zwerge unrechtmäßig mit Krieg überziehen?«

»Auch ich grüße Euch ein weiteres Mal. Es ist niemals unser Wille gewesen, gegen das Zwergenvolk in den Krieg zu ziehen, so wenig wie gegen die Menschen. Sie haben uns durch ständige Übergriffe und Feindseligkeiten dazu gezwungen, Maßnahmen zu unserem Schutz zu ergreifen.«

»Indem die Elben ihre Ländereien und Städte erobern und zinspflichtig unter ihrer Herrschaft besetzt halten, mit dem ausdrücklichen Verbot an alle, Waffen zu tragen? Bereitet es Eurem Volk Freude, Menschen gewaltsam als Untergebene und Leibeigene zu halten, nachdem sie es nicht länger freiwillig sein wollten? Wie verträgt sich das mit den Idealen von Frieden und Verständigung, die Ihr uns zu lehren versucht habt? Auch habe ich andere Darstellungen vernommen, nach denen die Zwischenfälle von Elben provoziert wurden, die sich überheblich wie die Herren der Welt aufführten. Aber es ist nicht meine Aufgabe, für die Menschen zu sprechen oder ihre Kampfhandlungen zu bewerten. Wir Zwerge haben seit Monaten nichts mehr mit Elben zu schaffen und wünschen dies auch nicht. Uns könnt Ihr keine Übergriffe vorwerfen. Und dennoch steht Ihr mit einem Heer vor unserem Tor.«

»Und ich denke, Ihr wisst sehr gut, weshalb«, entgegnete Olvarian ruhig. »Es stimmt, von Seiten der Zwerge hat es keine Übergriffe gegeben. Eure Taktik ist perfider. Ihr verübt sie nicht selbst, sondern lasst lieber andere kämpfen und rüstet sie dafür auf.«

»Wovon redet Ihr? Erklärt Eure Worte!«

»Ihr wisst genau, wovon ich spreche. Die Menschen sind keine schlechten Schmiede, doch können sie es auf diesem Gebiet nicht annähernd mit der Kunstfertigkeit Eures Volkes aufnehmen. Wir wissen, dass sie von den Zwergen Waffen für den Kampf gegen uns erhalten.«

»Das ist eine unglaubliche Unterstellung«, empörte sich Voltan und legte die Hand auf den Griff seiner am Gürtel festgehakten Axt. »Zwar hat es entsprechende Anfragen gegeben, aber wir haben sie abgelehnt. Was wir an Stahl erzeugen, benötigen wir selbst zum Ausbau unserer Mine.

Schon deshalb wären wir gar nicht in der Lage, andere Völker mit Waffen zu beliefern.«

Olvarian seufzte.

»Ich würde eine solche Anklage nicht erheben, wenn ich keine Beweise dafür hätte«, sagte er. Er ließ sich von Hialdon das Bündel geben und schlug den Stoff zurück. Waffen kamen darunter zum Vorschein. Er ergriff ein Schwert, betrachtete es kurz und schleuderte es dem Zwergenkönig dann vor die Füße. »Wollt Ihr behaupten, dass dies keine Zwergenarbeit ist?«

Einer der Krieger bückte sich, hob das Schwert auf und reichte es Voltan. Der musterte es gründlich von allen Seiten, dann nickte er.

»Woher habt Ihr das?«

»Es wurde bei einem missglückten Überfall der Menschen auf einen Trupp Elbenkrieger verwendet. So gut gearbeitet es auch ist, es hat seinen Träger nicht retten können. So fiel es uns in die Hände.« Er ergriff die anderen Waffen, zwei weitere Schwerter, einige Dolche und die stählerne, abgebrochene Spitze eines Speers und schleuderte sie ebenfalls vor den Zwergen zu Boden, wo sie klirrend liegen blieben. »Wollt Ihr immer noch behaupten, dass Ihr keine Waffen an die Menschen liefert?«

»Ja, das will ich«, sagte Voltan mit fester Stimme. »Unsere Mine ist nicht die einzige unseres Volkes. Zwar haben wir Absprachen getroffen, damit angesichts der angespannten Lage niemand Waffen für andere Völker fertigt, aber möglicherweise hält sich eine der anderen Minen nicht daran. Wir jedenfalls tun es.«

»Ach ja? Dann solltet Ihr Euch die Waffen noch einmal

genauer ansehen, vor allem den Dolch dort vorne rechts. Er trägt am Knauf eine Gravur, zwei gekreuzte Spitzhacken. Das sind die Insignien Eures Clans, wenn ich mich nicht irre. Aber die hat wahrscheinlich auch eine andere Mine in die Waffe graviert.«

Ehe einer seiner Begleiter reagieren konnte, hatte sich der Zwergenkönig bereits selbst gebückt und den Dolch aufgehoben. Zum ersten Mal wirkte seine Selbstsicherheit erschüttert. Zu überwältigend waren die Beweise gegen ihn, die seine Lügen entlarvten.

In Thalinuels Augen war es ein entwürdigendes Schauspiel. Natürlich stand viel auf dem Spiel, nicht nur für Voltan, sondern auch für alle seine Untergebenen. Aber das hatte er sich durch sein Handeln schließlich selbst zuzuschreiben. Nun herumzudrucksen und immer neue Lügen aufzutischen, war in höchstem Maße peinlich. Und dieses Volk sollte so viel Wert auf Stolz, Würde und Ehre legen? Jetzt jedenfalls war nicht viel davon zu merken. Hatte Thalinuel zuvor noch zwiespältige Gefühle wegen des geplanten Angriffs gehegt, so wünschte sie ihn sich jetzt allein schon wegen dieses unwürdigen Verhaltens herbei.

Olvarian hingegen schien es regelrecht zu genießen, den Zwergenkönig immer mehr zu demütigen.

»Nun?«, drängte er.

»Ich … kann mir das nicht erklären«, stieß Voltan hervor. »Unser Umzug unter die Erde hat mehrere Tage gedauert. Während dieser Zeit wurden wir zweimal von Tzuul angegriffen. Sie haben unter anderem einige Waffen erbeutet. Vielleicht sind diese dann später in die Hände der Menschen gefallen.«

Olvarian starrte ihn einige Sekunden lang stumm an, dann begann er schallend zu lachen.

»Das ist die wohl dreisteste Ausrede, die ich jemals gehört habe«, erklärte er. »Gebt Euch keine Mühe. Späher haben beobachtet, wie Menschen mit mehreren vollbeladenen Wagen die Mine verlassen haben. Leider war der Wagenzug zu gut bewacht, als dass sie ihn hätten stoppen können. Und jetzt behauptet nicht, es wären nur Werkzeuge oder Schmuckstücke gewesen!«

»Ihr glaubt mir ja ohnehin nicht. Was erwartet Ihr von uns? Wollt Ihr die Mine kontrollieren? Wir sind bereit, Euch herumzuführen, damit Ihr Euch überzeugen könnt, dass unsere Schmiede mit anderen Aufgaben als der Herstellung von Waffen ausgelastet sind.«

»Welche Beweiskraft soll es haben, dass im Moment andere Güter gefertigt werden? Damit ist es nicht mehr getan.« Olvarian schüttelte den Kopf. »Wir haben Euer Volk unter die Erde ziehen lassen, doch Ihr habt unser Vertrauen missbraucht, und wir werden nicht hinnehmen, dass Ihr unsere Feinde mit Waffen ausstattet. Da es uns zuwider ist, in die Tiefe zu gehen, um Euer Tun dort zu überwachen, muss Euer Volk an die Oberfläche zurückkehren.«

»Eure Forderung ist ungeheuerlich!«, keuchte Voltan fassungslos. »Niemals werden wir uns ihr beugen!«

»Dann gibt es nichts mehr zu besprechen«, sagte Olvarian hart. »Ihr habt eine Stunde Bedenkzeit, um unnötiges Blutvergießen zu vermeiden. Weigert Ihr Euch dann immer noch, werden wir die Mine stürmen und Euer Volk gewaltsam von dort vertreiben!«

Die Bedenkzeit, die Olvarian den Zwergen eingeräumt hatte, verstrich ohne Ergebnis. Nach Ablauf der Frist zeigte sich König Voltan nicht einmal mehr, um seine Entscheidung zu verkünden, aber das war auch nicht nötig. Das Tor der Mine wurde nicht geöffnet, und kein Zwerg kam an die Oberfläche, wie Thalinuel bis zuletzt gehofft hatte.

Olvarian hatte seine Kriegspläne bereits geschmiedet, und wenige Minuten nachdem die Stunde vorbei war, ließ er einen ersten, noch sehr vorsichtigen Angriff ausführen, um die Stärke des Feindes auf die Probe zu stellen. Der Vorstoß galt nicht direkt dem Tor, sondern einigen der größeren Öffnungen, die breit und hoch genug waren, dass sich ein Elb hindurchzwängen konnte.

Im Schutz von Felsbrocken näherten sich knapp ein Dutzend Krieger der Schlucht. Die Felswände an beiden Seiten waren glatt und steil, aber für Elben durchaus zu bewältigen. Kaum hatten sie diese erreicht, schwärmten sie aus und begannen, am Stein nach oben zu klettern. Bogenschützen gaben ihnen aus sicherer Entfernung Deckung, indem sie die Öffnungen unter Beschuss nahmen.

Obwohl sie auf alles schossen, was sich dahinter bewegte oder gar den Kopf herauszustrecken wagte, setzte dennoch sofort ein wütender Hagel von Speeren, Dolchen und Wurfsternen auf die Angreifer ein. Sie konnten nicht allzu schnell klettern und boten an der Felswand fast ideale Ziele für die Werfer auf der Gegenseite.

Viele der Wurfgeschosse verfehlten ihr Ziel, weil die Zwerge wegen der heranzischenden Pfeile fast blind werfen mussten, aber schon ein leichter Treffer machte ein

Weiterklettern unmöglich. Nach nicht einmal einer Minute musste der Stoßtrupp sich zurückziehen. Drei Tote blieben zurück, und fast jeder der Krieger hatte zumindest leichte Verletzungen erlitten – zwei mussten von ihren Gefährten gestützt werden, weil sie nicht mehr aus eigener Kraft laufen konnten.

Die Verluste der Zwerge waren vermutlich deutlich höher. Wie viele von ihnen hinter den Felsöffnungen von Pfeilen getroffen worden waren, war ungewiss.

»Verdammt!«, fluchte Thalinuel. »Die Öffnungen erstürmen wir nie, und ans Tor kommen wir so auch nicht heran.«

»Es war nur ein erster Vorstoß, um die Stärke unserer Feinde zu testen«, sagte Verilon.

»Ja, und jetzt wissen wir, dass sie *sehr* stark sind. Ich möchte wissen, was Olvarian als nächstes vorhat.« Sie blickte zu Molakans Stellvertreter hinüber, der mit den zehn Magiern, die ihren Trupp begleiteten, zusammenstand und heftig mit ihnen diskutierte. »Über was mögen sie wohl streiten?«

»Vermutlich über den besten Weg, wie sie doch bis zum Tor gelangen. Aber das ist Wahnsinn! Diese Mine ist die reinste Festung. Die Zwerge haben den Platz gut gewählt. Bestimmt könnten wir sie erstürmen, aber das würde uns ungeheure Opfer kosten, und das wäre es nicht wert. Ich glaube nicht, dass wir hier mit Gewalt weiterkommen. Hier ist List gefragt.«

»Und wie stellst du dir das vor?«

»Wenn mir etwas eingefallen wäre, hätte ich es Olvarian bereits vorgeschlagen. Auf jeden Fall können wir nicht einfach unverrichteter Dinge wieder abziehen. Die Zwerge würden sich in ihrem Tun noch bestärkt sehen und erst recht damit fortfahren, wenn sie sich für unangreifbar halten. Und wenn sich herumspricht, dass sie uns besiegt haben, wäre das ein verheerendes Signal für die anderen Völker.«

Ein Horn wurde geblasen und beendete ihre Diskussion. Es rief alle auf, sich in den Kampftrupps zusammenzufinden, in die sie zuvor eingeteilt worden waren. Mit einem beklommenen Gefühl reihten auch Thalinuel und Verilon sich in ihre Einheit ein. Würde Olvarian nach dem ersten selbstmörderischen Versuch nun einen weiteren Angriff nach dem gleichen Muster befehlen?

Vorläufig zumindest geschah noch nichts dergleichen.

Stattdessen unternahmen die Magier etwas. Sie hatten sich bei den Händen ergriffen und in Trance versetzt. Thalinuel konnte die Magie spüren, die von ihnen ausging und sich auf die Schlucht konzentrierte. Selbst ihr Pferd reagierte nervös, genau wie die Tiere der meisten anderen.

Minutenlang geschah gar nichts, dann zogen am Horizont dunkle Wolken auf. Obwohl sich kein Lüftchen regte, wurden sie wie von einem heftigen Sturm herangetrieben und verharrten genau über dem Sinokol. Brodelnd und wie ganze Horden formloser Schatten wild durcheinanderwirbelnd sanken sie tiefer.

»Das … das kann doch nicht sein!«, keuchte Thalinuel. »Das … ist finstere Magie. Die Magier wenden verbotene Zauber an!«

Sie war nicht die Einzige, die dies erkannte. Erschrockene Rufe erklangen, und Unruhe breitete sich unter den Kriegerinnen und Kriegern aus.

»Ruhe!«, befahl Olvarian. Er ritt ein kleines Stück vor, sodass er sich vor den in Kampfordnung angetretenen Trupps befand, und wandte sich zu ihnen um. »Ihr habt es bereits bemerkt, dass die Magier finstere Magie heraufbeschworen haben, obwohl dies verboten ist. Allzu leicht kann sie sich gegen den wenden, der sie einsetzt, wenn man nicht im Dienste der Chaosgötter steht. Dennoch haben wir uns nach intensiver Beratung entschlossen, in diesem Fall gegen das Verbot zu verstoßen, wie es auch schon vor langer Zeit im Kampf gegen die Horden der Finsternis notgedrungen manchmal der Fall war. Wir haben uns diese Entscheidung nicht leicht gemacht. Die Magier waren zunächst strikt dagegen, aber sie haben eingesehen, dass es viele tapfere Krieger das Leben kosten würde, wenn sie uns nicht helfen. Es ist ein einfacher und ungefährlicher Zauber. Die Dunkelwolke wird uns bei unserem nächsten Angriff Schutz vor den Blicken der Zwerge bieten.«

»Aber es wird auch für uns gefährlich werden, in sie einzudringen«, rief eine Kriegerin.

»Das wird es nicht. Ihr werdet sie nicht einmal spüren; sie bietet euch nur Sichtschutz. Ihr werdet blind klettern müssen, aber das dürfte euer Vordringen nur wenig verlangsamen.«

Mittlerweile hatte sich die Wolke bis direkt über die Schlucht gesenkt und hing wie ein schwarzer Schatten darüber. Auch auf Thalinuel wirkte sie Furcht einflößend, wie ein finsteres, hierhin und dorthin waberndes Lebewesen aus Gestalt gewordenem Bösen. Zähflüssigem, schwarzem Sirup gleich schien sie an den Felswänden herabzurinnen und sie wie eine Schicht zu bedecken, bis sie den Boden erreichte. Auch dort verteilte sie sich und stieg dampfartig wieder auf, bis die ganze Schlucht von der Schwärze erfüllt war.

Olvarian bestimmte zwei der Kampftrupps für den nächsten Angriff, darunter auch den, dem Thalinuel und Verilon zugeteilt waren.

»Eure Aufgabe ist es nur, die Wehrgänge hinter den Öffnungen zu besetzen und zu halten«, ermahnte er sie, während sie von ihren Pferden abstiegen, die ihnen bei diesem Vorstoß keine Hilfe sein würden. »Dringt nicht tiefer in die Mine vor, sondern versucht, das Tor zu öffnen. Wenn sie ungefährdet bis dorthin vordringen können, werden sich die Magier um alles weitere kümmern.«

Er gab das Zeichen zum Angriff. Zusammen mit den anderen stürmte Thalinuel vor. Sie erreichte die ersten Ausläufer der Dunkelwolke und verlangsamte ihren Schritt instinktiv. Olvarian hatte behauptet, sie würde ihnen nur Sichtschutz gewähren und wäre nicht zu spüren, aber das stimmte nicht. Sie war kühl, als würde man im hellen Sonnenlicht unter einen Schatten treten, oder eher noch, als würde man in einen klammen Nebel geraten. Thalinuels Haut begann leicht zu prickeln, und die feinen Härchen darauf richteten sich auf. Es war ein Gefühl, als ob sie durch ein riesiges, feines Spinnennetz gegangen wäre.

Es schauderte Thalinuel dabei, die Dunkelheit einzuatmen, aber nachdem sie sich nun einmal im Inneren befand, blieb ihr nichts anderes übrig, wollte sie nicht ersticken. Wenigstens war kein Unterschied festzustellen, die Luft der Dunkelwolke roch und schmeckte nicht anders als sonst.

Sie konnte fast nichts mehr sehen, nur ganz vage Bewegungen um sich herum, gerade genug, um nicht mit anderen Kriegern zusammenzuprallen. Aber das stellte kaum ein Problem dar. Der Anblick der Steilwand mitsamt den Öffnungen hatte sich ihr wie ein Bild eingeprägt, und sie erreichte sie unbeschadet. Die Zwerge sahen wohl ein, dass es keinen Sinn hatte, Speere blindlings zu schleudern und somit zu vergeuden.

Unebenheiten im Fels konnte Thalinuel freilich auch nicht erkennen, sondern musste sie beim Klettern mit Händen und Füßen ertasten. Trotzdem kam sie rasch voran. Die Metallreifen um ihre Oberarme drückten in ihre Haut, so stark spannten sich ihre Muskeln an.

Schon nach kurzer Zeit erreichte sie die knapp einen halben Meter durchmessende Öffnung, die sie ausgewählt hatte – und um ein Haar wäre es die letzte Bewegung ihres Lebens gewesen!

Eine Speerspitze, die sie erst im letzten Moment in der Dunkelheit heransausen sah, verfehlte ihren Kopf nur um eine Winzigkeit.

Auch die Zwerge in ihrer Deckung hinter den Öffnungen waren nahezu blind, aber eben nicht völlig. Sie schleuderten ihre Speere nicht mehr, aber selbst die noch so vage Andeutung einer Bewegung reichte ihnen, um damit zuzustechen. Schreie von Verletzten und Sterbenden drangen heran, doch schienen sie gedämpft und merkwürdig weit entfernt. Thalinuel wusste, dass es nur Einbildung war, doch sie hatte den Eindruck, als ob sie von der brodelnden Schwärze begierig in sich aufgesogen würden.

Sie war über den plötzlichen Angriff zu Tode erschrocken, dennoch reagierte sie mit äußerster Kaltblütigkeit. Mit der Rechten hatte sie einen festen Halt, weshalb sie die linke Hand aus der winzigen Vertiefung lösen konnte, in die sie ihre Finger gekrallt hatte. Sie packte den Schaft des Speers und zerrte mit aller Kraft daran. Es gab ein schepperndes Geräusch, als der Zwerg, der damit nicht gerechnet hatte, nach vorne gerissen wurde und mit seinem Helm hart gegen die Kante der Öffnung prallte.

Sofort stieß Thalinuel den Speer wieder zurück. Der völlig überraschte Zwerg wurde nach hinten geschleudert, die Waffe entglitt seinen Händen. Rasch drehte sie den Speer in der Hand um und stieß blindlings damit zu. Ein gurgelnder Aufschrei verriet ihr, dass sie ihren Gegner getroffen hatte.

Sie packte mit beiden Händen die Felskante und zog sich hinauf, schwang sich geschmeidig durch die Öffnung und sprang dahinter zu Boden.

Die Wirkung der Dunkelwolke endete genau an der Felswand, der Stollen dahinter war davon nicht mehr betroffen. Einige Fackeln brannten darin, und selbst ihr trübes Licht reichte aus, Thalinuel nach der Finsternis in der Dunkelwolke zu blenden, sodass sie kaum etwas erkannte.

Nur undeutlich sah sie einen Zwerg, der mit einem Schwert in der Hand auf sie zugestürmt kam. Sie blinzelte und schleuderte den Speer, um sich einen Moment Luft zu verschaffen und ihr Schwert zu ziehen. Obwohl sie nach wie vor nur Schatten wahrnehmen konnte, traf sie ihn dicht neben seinem Nasenschutz im Gesicht und tötete ihn auf der Stelle.

Ihr Blick klärte sich allmählich. Nur zwei Elben war es außer ihr bislang gelungen, bis in den Stollen vorzudringen, doch hielten sich zahlreiche Zwerge hier auf und bedrängten sie schwer. Mit dem Mut der Verzweiflung wehrten sie sich gegen die Übermacht, doch es war auf den ersten Blick zu erkennen, dass sie kaum Chancen hatten, wenn nicht rasch Verstärkung eintraf. Danach sah es jedoch nicht aus. Äußerst erfolgreich wehrten die Zwerge jeden Elben ab, der durch eine der Öffnungen einzudringen versuchte.

Gleich drei weitere Zwergenkrieger stürzten sich auf Thalinuel. Dahinter lauerten weitere, die nur deshalb nicht ebenfalls angriffen, weil sie sich in dem engen Stollen sonst gegenseitig behindert hätten. Zwei von ihnen waren mit Schwertern bewaffnet. Der dritte schwang eine schwere Streitaxt, und sie musste all ihre Geschicklichkeit aufbringen, um nicht schon vom ersten Angriff überrannt zu werden. Wie wild ließ sie ihre Klinge wirbeln, um die Hiebe der beiden Schwerter zu parieren. Gegen die Axt hingegen nutzte ihr die Waffe nicht viel, solange sie sich nicht allein darauf konzentrieren konnte. Sie sprang zur Seite, um einem wuchtigen Schlag auszuweichen. Bewegung und Schnelligkeit waren ihre beste Verteidigung gegen die schwere Waffe, wenn sie gleichzeitig die Schwerter abwehren musste.

Sie versuchte, sich nicht abdrängen zu lassen, sondern die Öffnung im Rücken zu behalten, um sie zu sichern, in der Hoffnung, dass ein weiterer Elb heraufklettern und eindringen würde, eine willkommene Verstärkung. Ohne die Unterstützung weiterer Krieger stand sie auf verlorenem Posten. Trotz ihrer Geschicklichkeit mit dem Schwert würde sie sich gegen die Übermacht nicht lange halten können.

Sie wich einem weiteren Axthieb aus. Mit einer angedeuteten Finte trieb sie einen der Schwertkämpfer zurück und parierte einen Stoß des zweiten. Sie ließ ihre Klinge um seine herumwirbeln und riss sie dann nach unten, womit sie ihm einen tiefen Schnitt im Bein zufügte. Mit einem Schmerzensschrei taumelte der Zwerg zurück, doch ein anderer nahm sofort seinen Platz ein.

Gedämpft drang der Klang eines Horns an ihre Ohren und zerstörte jede Hoffnung auf nachrückende Verstärkung. Olvarian ließ zum Rückzug blasen. Auch dieser Angriff war gescheitert.

Schrecken erfasste Thalinuel, als sie begriff, dass sie sich auf sich allein gestellt inmitten der feindlichen Stellungen befand. Mit dem Mut der Verzweiflung hieb sie um sich. Ihre Klinge zuckte hin und her, verwandelte sich in einen flirrenden Schemen, zu schnell, als dass Blicke ihr noch zu folgen vermochten. Es gelang ihr, die drei Zwerge ein Stück zurückzudrängen.

Haarscharf neben ihr sauste die Axt durch die Luft. Sie versetzte einem der Zwerge einen Tritt gegen die Brust und ließ ihr Schwert herumsausen. Es durchbohrte den Unterarm des Axtkämpfers.

Sie entschloss sich, alles auf eine Karte zu setzen. Statt die Waffe zurückzureißen, ließ sie das Schwert los und nutzte die winzige Atempause, die sie gewonnen hatte, zur

Flucht. Mit einem Schritt war sie an der Öffnung. Ihr blieb keine Möglichkeit, sich erst herumzudrehen, hindurchzusteigen und nach Halt zu suchen, um an der Felswand hinabzuklettern. Jeder derartige Versuch hätte ihren sicheren Tod bedeutet.

Stattdessen flankte sie mit den Beinen voran über die knapp halbmeterhohe Brüstung und durch das Loch im Fels in die Tiefe. Sofort verschlang die Dunkelheit sie wieder.

Der Abstand zum Boden betrug gut vier, fünf Meter, aber blind, wie sie war, schien der Sturz ewig zu dauern, als würde sie inmitten der Schwärze schweben.

Dann erfolgte der Aufprall.

Thalinuel versuchte sich darauf vorzubereiten, aber da sie den Boden nicht sehen und den richtigen Moment nicht exakt abpassen konnte, arbeiteten ihre Reflexe um eine Winzigkeit verzögert. Ein stechender Schmerz zuckte durch ihren rechten Fuß, obwohl sie sich sofort nach vorne fallen ließ, um dem Aufprall die schlimmste Wucht zu nehmen, und sich über die Schulter abrollte.

Während des Abrollens prallte sie gegen ein weiches Hindernis und kam darauf zum Liegen. Erst verspätet begriff sie entsetzt, dass es sich um einen Leichnam handelte. Sie versuchte aufzustehen, doch sofort begann der Schmerz wieder in ihrem Knöchel zu wüten. Sie biss die Zähne zusammen. Wie sie es gelernt hatte, zwang sie sich, alle störenden Gedanken aus ihrem Geist zu verbannen, sich nur auf den Knöchel zu konzentrieren und den Schmerz zu bekämpfen.

Es fiel ihr schwerer als gewöhnlich, da sich zusätzliche

Panik in ihr Denken mischte, als sie merkte, dass sich die Dunkelheit um sie herum zu lichten begann. Wenn sich die Dunkelwolke auflöste, würde sie hilflos hier sitzend ein leichtes Ziel für die Speere der Zwerge werden.

Es gelang ihr nicht, den Schmerz völlig zu verbannen, dennoch stemmte sie sich nach einigen Sekunden erneut auf die Beine und machte ein paar taumelnde Schritte. Es war bereits so hell geworden, dass sie die Leichen derer, die von den Zwergen abgewehrt worden und in die Tiefe gestürzt waren, mit verrenkten Gliedern auf dem Boden liegen sehen konnte. Mühsam und mit schmerzverzerrtem Gesicht humpelte sie an ihnen vorbei. Auch das Stöhnen von Verwundeten drang an ihre Ohren.

Eine Gestalt löste sich aus den Schatten vor ihr und kam auf sie zu. Es war Hialdon.

»Thalinuel!«, stieß er hervor und griff nach ihr. Schwer stützte sie sich auf seine Schulter und entlastete ihren Fuß. Weitere Elben kamen ihnen entgegen, um nach Verletzten zu suchen, während er ihr half, die Schlucht zu verlassen.

16

SARN UND GHOULE

Juli 9430 neuer Zeitrechnung der Elben

Ein Reisender kam nach Tal'Orin …

Die Schatten zwischen den Bäumen schienen dichter zu werden, als sie seine Annäherung bemerkten. Selbst der Wind schien abzuflauen, und das Rascheln der Blätter und Zweige verstummte, als lauschten sie und beobachteten dieses ungewöhnliche Ereignis.

Es gab keine Wege, die nach Tal'Orin führten. Jahrhunderte, vermutlich sogar Jahrtausende waren vergangen, seit zuletzt jemand diesen von der Welt vergessenen Ort aufgesucht hatte. Ursprünglich hatte er nahe des südöstlichen Randes von Elem-Laan gelegen, dem Finsterwald, wie er von den Menschen genannt wurde. Im Laufe der Zeit hatte sich der Wald jedoch ausgebreitet und die einstige Kultstätte verschlungen, sodass sie nun viele Meilen tief in seinem Inneren lag.

Lhiuvan kannte Elem-Laan nur aus Erzählungen. Einst hatten Elben ihn gepflegt. Dann jedoch hatten sie sich zurückgezogen, hatten den Wald sich selbst überlassen, und die Bäume waren unfreundlich geworden, vor allem, seit die Menschen versucht hatten, ihn zu zähmen – seine weitere Ausbreitung zu verhindern und Straßen hindurchzuschlagen. Ihre Bemühungen waren vergeblich gewesen, doch seit dieser Zeit war es noch gefährlicher geworden, den Wald zu durchqueren.

Den Schilderungen zufolge, die bis ins goldene Tal gedrungen waren – vor allem Warlons Bericht –, duldeten die Bäume nicht einmal andere Pflanzen, und nur wenige Tiere lebten in Elem-Laan. Zumindest für die südöstlichen Ausläufer des Waldes galt dies jedoch nicht. Das Blätterdach war licht genug, dass genügend Sonnenschein hereindrang, und das Unterholz wucherte so dicht, dass es die reinste Wildnis bildete. Vielerorts wirkte es wie eine schier undurchdringliche grüne Wand, und Lhiuvan blieb nichts anderes übrig, als sich seinen Weg mit dem Schwert zu bahnen, wobei er aufpassen musste, nicht auch die Bäume zu verletzen. Nach allem, was er gehört hatte, wollte er sie nicht gegen sich aufbringen.

Warum gerade dieser Ort?, wollte er wissen. Er hatte noch nie zuvor von Tal'Orin gehört.

WEIL ES EIN ORT GROSSER MACHT IST, antwortete die Stimme in seinen Gedanken. VIELE MAGISCHE LINIEN TREFFEN SICH DORT, UND DIE TRENNWÄNDE ZWISCHEN DEN DASEINSEBENEN SIND BESONDERS DÜNN. EINST WAR ES EIN HEILIGTUM EINES KLEINEN, LÄNGST UNTERGEGANGENEN VOLKES, DAS DORT SEINE TEMPEL ERRICHTETE, OHNE DIE WAHRE BEDEUTUNG DIESES PLATZES JEMALS ZU BEGREIFEN. SPÄTER WURDE ER VON DEN THIR-AILITH GENUTZT, DEN ABTRÜNNIGEN DEINES VOLKES. SCHON HIER VERSUCHTEN

SIE EIN MAGISCHES TOR ZU ÖFFNEN, WIE SIE ES NACH IHRER VERBANNUNG SPÄTER AUCH UNTER DEM SCHATTENGEBIRGE TATEN. DA JENES JETZT FÜR UNS UNERREICHBAR GEWORDEN IST, MUSS UNS DAS TOR IN TAL'ORIN FÜR UNSERE ZWECKE GENÜGEN. ICH WERDE ES ERNEUT ÖFFNEN, DIESMAL VOLLSTÄNDIG.

Unsere Zwecke, dachte Lhiuvan bitter. Sein Zweck war es bestimmt nicht, die Welt dem Untergang preiszugeben.

Der Schattenmahr in seinem Geist lachte so laut, dass Lhiuvan das Gefühl hatte, sein Schädel würde zerspringen.

O DOCH, KLEINER ELB, GANZ GENAU DAS IST DEIN ZWECK, UND NICHTS ANDERES. DAFÜR HABE ICH DICH AUSGEWÄHLT, UND NUR DAFÜR BIST DU NOCH AM LEBEN.

Ohne dass er etwas dagegen tun konnte, hieb Lhiuvan weiter mit seinem Schwert auf die grüne Mauer ein, die ihm das Vorankommen erschwerte, dabei hätte er sich lieber selbst in seine Klinge gestürzt, um diesen Schrecken zu beenden. Es kam ihm fast so vor, als würde das Unterholz eine regelrechte Barriere bilden, die nur dem Zweck diente, ihn davon abhalten, sein Ziel zu erreichen.

Wenn es doch nur so wäre und es damit Erfolg gehabt hätte, dachte er. Aber natürlich konnte etwas Pflanzendickicht, und wenn es noch so verwildert war und noch so dicht wucherte, einen bewaffneten Elben nicht aufhalten.

Unermüdlich schlug er mit seinem Schwert auf das Unterholz ein, obwohl seine Muskeln längst zu knotigen Strängen angeschwollen waren. Aber der Parasit in ihm gönnte ihm keine Pause. Immerhin nahm er ihm die Schmerzen, sodass Lhiuvan zwar die Erschöpfung spürte, aber seine Muskeln ihm nicht wehtaten. Das würde später kommen, wenn sie am Ziel angelangt waren und der Schattenmahr keine Veranlassung mehr hatte, ihn zu schonen. Er behandelte sein Werkzeug nur gerade gut genug, dass es seinen Zwecken am besten dienen konnte und keinen irreparablen Schaden dabei nahm.

ES IST NICHT MEHR WEIT. TAL'ORIN LIEGT BEREITS IN DER NÄHE. NUR NOCH WENIGE MEILEN.

Woher weißt du das alles?

Eigentlich rechnete er nicht damit, eine Antwort auf seine Frage zu bekommen, aber er wurde überrascht.

WARUM SOLLTE ICH ES DIR NICHT SAGEN? ES IST KEIN GEHEIMNIS, DAS NOCH IRGENDEINE BEDEUTUNG HAT. WIR HABEN DEN THIR-AILITH GEHOLFEN, KÖNIGINNEN HERVORZUBRINGEN, UM IN DER TIEFE ÜBERLEBEN ZU KÖNNEN, DAS IST BEKANNT. SIE GLAUBTEN, SOLANGE SIE DAS TOR NUR EINEN SPALTBREIT ÖFFNETEN, WÄRE ES EINE EINSEITIGE ANGELEGENHEIT, SIE WÜRDEN UNS NUR KRAFT ABZAPFEN. IN WAHRHEIT JEDOCH NAHMEN WIR AUF DIESE ART AN JEDEM IHRER GEDANKEN TEIL, ERLANGTEN ALL IHR WISSEN.

Und warum das alles? Warum habt ihr sie über einen so langen Zeitraum unterstützt, obwohl sie eingekerkert waren und euch nicht von Nutzen sein konnten?

WIR DENKEN NICHT IN SO KURZFRISTIGEN ZEITMASSSTÄBEN, WIE ES SELBST IHR ELBEN TUT. EINIGE JAHRTAUSENDE ODER AUCH JAHR-

ZEHNTAUSENDE SPIELEN FÜR UNS KEINE GROSSE ROLLE. WIR HABEN DIE THIR-AILITH UNTERSTÜTZT UND AM LEBEN ERHALTEN, WEIL SIE FÜR UNS EINEN BRÜCKENKOPF IN EURE WELT BILDETEN. ES WAR UNABDINGBAR, IRGENDWANN MUSSTEN SIE WIEDER FREIKOMMEN, GLEICHGÜLTIG, WIE LANGE ES DAUERN WÜRDE.

Aber auch dann wäre das Tor noch immer für euch verschlossen gewesen.

IRGENDWANN HÄTTE SICH SCHON EINE GELEGENHEIT ERGEBEN, DAS ZU ÄNDERN, SO WIE ES JETZT AUCH TATSÄCHLICH PASSIERT IST. UND SELBST WENN NICHT, WÄRE ES KEINE VERGEUDETE ZEIT GEWESEN. DIE THIR-AILITH GLAUBTEN, SIE HÄTTEN UNS AUSGENUTZT, DOCH HABEN SIE UNS DURCH IHRE QUALEN WÄHREND IHRER LANGEN EINKERKERUNG UND IHRE ANGST DAVOR, DASS DIE HOCHELBEN EINES TAGES ZURÜCKKEHREN UND IHR VERNICHTUNGSWERK AN IHNEN VOLLENDEN WÜRDEN, UNERSETZLICH KÖSTLICHE WONNEN BEREITET, FÜR DIE DAS BISSCHEN MAGISCHE KRAFT, DIE WIR IHNEN GEGEBEN HABEN, NUR EIN GERINGER PREIS WAR.

Wieder vernahm Lhiuvan in seinem Geist ein abgrundtief bösartiges Gelächter.

Er wusste wenig mehr über die Schattenmahre, als dass es sie gab, die treuesten, stärksten und grausamsten Diener der Chaosgötter. Einst hatten sie diese Welt wie auch viele andere beherrscht und ein unvorstellbares Schreckensregime geführt.

SCHÖNE ZEITEN WAREN DAS, ALS DIE KONTINENTE NOCH IN MEEREN VON BLUT ERTRANKEN.

Dann jedoch waren die Elben von den Göttern des Lichts in diese Welt gesandt worden und erstarkt, bis es ihnen gelungen war, die Schattenmahre und die anderen Kreaturen der Finsternis zu vernichten oder zumindest von dieser Welt zu vertreiben. Damit erschöpfte sich sein Wissen über sie bereits nahezu.

VERGISS NICHT DAS NEUSTE KAPITEL UNSERER GESCHICHTE, höhnte die Stimme. DASS ES AUSGERECHNET EIN ELB IST, DER UNS DIE RÜCKKEHR IN DIESE WELT ERMÖGLICHEN WIRD. DEIN VOLK IST IM LAUFE DER ZEIT SCHWACH GEWORDEN UND STELLT KEINE GEFAHR MEHR FÜR UNS DAR, WÄHREND WIR SOGAR NOCH STÄRKER …

Erst im letzten Moment nahm Lhiuvan die plötzliche Bewegung dicht vor sich im Unterholz wahr. Verblüfft und ungläubig starrte er auf das bizarre Wesen, das vor ihm aufgetaucht war. Es war nicht viel mehr als einen halben Meter groß und reichte ihm nur bis dicht über die Knie. Es erinnerte an einen winzigen Goblin, doch war sein schmächtiger Körper mit langem Fell in so kunterbunten, ineinander verlaufenden Farben bedeckt, dass sie fast in den Augen wehtaten.

Ohne diese grellen Farben hätte Lhiuvan es im dichten Unterholz vermutlich nicht einmal wahrgenommen, doch so verharrte sein bereits zu einem weiteren Schlag mit dem Schwert erhobener Arm in der Luft. Selbst der Schattenmahr zögerte, seinem Körper den Befehl zum Zuschlagen zu erteilen.

Das Wesen war nicht einfach nur ein unbekanntes, exotisches Tier, sondern es war fraglos intelligent. Um den Kopf hatte es ein nach hinten verknotetes Tuch geschlungen, das vermutlich verwegen wirken sollte, angesichts seiner schmächtigen Gestalt und seines ebenfalls knallbunten, jedoch geradezu putzigen Gesichts, das an eine Mischung aus einem Äffchen und einer Katze erinnerte, nur lächerlich aussah.

Nicht weniger lächerlich wirkte das drohend auf Lhiuvan gerichtete Schwert in seiner Hand, das nicht nur in der Größe, sondern auch sonst eine verdächtige Ähnlichkeit mit einem Brotmesser besaß.

»Halt!«, stieß es mit heller, piepsiger Stimme hervor. »Du darfst hier nicht gehen. Der Weg ist versperrt.«

»Ach ja?«, entgegnete Lhiuvan und senkte sein Schwert. »Und wer will mich daran hindern? Du? Wie heißt du überhaupt?«

Er wunderte sich, dass der Schattenmahr ihn gewähren ließ, statt ihm einfach zu befehlen, das Wesen zu töten. Aber anscheinend war er selbst überrascht und deshalb unentschlossen.

»Natürlich ich, oder siehst du hier sonst noch jemanden? Und meinen Namen werde ich dir bestimmt nicht auf die Nase binden, da könnte ja jeder kommen. Ich meine es nur gut mit dir. Der Tod erwartet dich, wenn du weitergehst. Du solltest auf mich hören.«

»Und wenn ich mich weigere?« Angesichts der Trostlosigkeit und des Schreckens, in dem sein Geist gefangen war, betrachtete Lhiuvan das Geplänkel als eine willkommene Abwechslung, auch wenn er jeden Moment damit rechnete, dass der Schattenmahr dessen überdrüssig werden würde.

»Bist du schwerhörig oder einfach nur zu blöd, mich zu verstehen? Ich sagte doch schon, dass dich dann der Tod erwartet.«

»Willst du mich etwa umbringen? Wie wäre es, wenn du erst einmal dein Messerchen wegsteckst, bevor du dir noch daran wehtust.«

»Warum sollte ich dich wohl töten? Das werden schon die Ghoule und Sarn erledigen, wenn du weitergehst. Ich will dich nur warnen, obwohl ich dich ebenfalls mühelos töten könnte, wenn ich nur wollte. Du weißt wohl nicht, dass ich von den besten Meistern der Kampfkunst unterrichtet wurde? Für dich reicht mir auch ein *Messerchen*, wie du mein Schwert nennst.«

Blitzartig sprang das Wesen vor, und noch ehe Lhiuvan reagieren konnte, fügte es ihm einen nicht besonders tiefen, dafür aber schmerzhaften Schnitt am rechten Oberschenkel zu. Bis er sich von seiner Überraschung erholt hatte, war es bereits wieder zurückgesprungen.

Der Angriff war zu viel für den Schattenmahr, er verlor die Geduld. Ohne dass Lhiuvan etwas dagegen unternehmen konnte, schlug er mit dem Schwert nach dem fremden Wesen, doch obwohl er sich dabei der unglaublichen Schnelligkeit eines Elbenkriegers bedienen konnte, war er nicht schnell genug. Wieselflink wich das Pelzwesen der Klinge aus und sprang zurück.

»Das ist nun der Dank dafür, dass ich dich warnen will!«, zeterte es mit seiner Piepsstimme und wich scheinbar mühelos einem weiteren Hieb aus. Im nächsten Moment huschte es so schnell, als wolle es alle Gesetze der Schwerkraft verspotten, einen völlig glatten Baumstamm hinauf und kauerte sich in mehreren Metern Höhe in einer Astgabel zusammen, so dass es wie ein buntes Fellknäuel mit Augen und einem Mund aussah. »Na, du wirst schon sehen, was du davon hast. Aber beschwer dich nicht bei mir, wenn die Ghoule und Sarn mit dir fertig sind. Ach nein, das wirst du dann wohl ohnehin nicht mehr können.«

Die Sonne war bereits tief gesunken, und erste Schatten der Abenddämmerung breiteten sich aus, als sich das Unterholz zu lichten begann. Eine gute halbe Stunde war seit der Begegnung mit dem seltsamen Wesen vergangen, doch immer noch dachte Lhiuvan daran zurück. Wäre er nicht hellwach gewesen, hätte er gedacht, er hätte sich das Zusammentreffen nur eingebildet. Es kam ihm eher wie ein Teil eines verrückten Traums vor, und nicht wie etwas, das in der Realität geschehen war.

Aber so verrückt das Erlebnis ihm auch erschien, die Warnungen des Wesens klangen äußerst realistisch in ihm nach. Von »Sarn« hatte er noch niemals gehört, aber die Behauptung, dass Ghoule in Tal'Orin hausten, war bereits bedrohlich genug.

Meist beschränkten die widerlichen Kreaturen sich darauf, totes Fleisch oder nur Knochen zu fressen, doch verschmähten sie auch einen saftigeren, lebenden Happen keineswegs, wenn sich ihnen die Gelegenheit bot, an frisches Fleisch zu gelangen. Dabei waren sie einzeln nicht übermäßig gefährlich, wenn es ihnen nicht gerade gelang, einen Gegner in die Tiefe zu zerren, aber meistens traten sie in ganzen Horden auf, und dann stellten sie schreckliche Gegner dar. Selbst ein Elb konnte es nicht mit einer entsprechenden Übermacht an Ghoulen aufnehmen.

Nach einigen Dutzend Schritten endete das Unterholz schließlich wie abgeschnitten entlang einer geraden Linie. Große, dicke Buchen ragten hier auf, zwischen denen es ohne das Dickicht geradezu kahl aussah. Nicht einmal ein Grashalm oder ein Farn wuchs hier mehr, geschweige denn größeres Gestrüpp.

Dafür entdeckte Lhiuvan mehrere leichte, trichterartige Einbuchtungen im Boden, zweifelsfrei die Überreste von Ghoulstollen, durch die sie sich an die Oberfläche gegraben hatten, und die anschließend wieder in sich zusammengesackt waren.

Um sich seinen Weg zu bahnen, brauchte Lhiuvan sein Schwert nun nicht mehr. Statt es in die Scheide zurückzustecken, behielt er es kampfbereit in der Hand, während er vorsichtig weiterging und den Trichtern dabei auswich. Bei jedem Schritt beobachtete er genau den Boden vor und neben sich, um frühzeitig zu erkennen, wenn sich ihm ein Ghoul von unten näherte.

Die Gefahr drohte jedoch aus einer ganz anderen Richtung.

Erst im letzten Moment warnte ihn ein Schatten, der über ihn fiel, und ließ ihn herumfahren. Eine riesige, geflügelte Kreatur, wie er sie noch nie zuvor gesehen hatte, kam pfeilschnell von einem der Bäume herabgeschossen, wo sie gelauert hatte.

Instinktiv warf Lhiuvan sich zur Seite und ließ sich fallen. Diese Bewegung rettete ihm vermutlich das Leben.

Ein Dutzend dünner, scharfer Krallen fuhren wie Dolche über seinen Rücken und drangen tief in sein Fleisch. Er schrie vor Schmerz, rollte sich herum und schlug blindlings mit seinem Schwert um sich. Zwar traf er nichts, aber die Klinge trieb das Ungeheuer zurück.

Lhiuvan ignorierte den Schmerz in seinem Rücken und sprang wieder auf die Beine. Die geflügelte Kreatur flog einen weit geschwungenen Bogen und kam erneut auf ihn zu. Erstmals konnte er sie genauer erkennen. Ihr Leib war grob elbenähnlich, allerdings so dürr, dass jeder Knochen zu sehen war, als besäße sie gar kein Fleisch, sondern nur dunkle, pergamentartige Haut, die sich direkt über das Skelett spannte. Auch ihr Schädel wirkte fast totenkopfartig, was durch die wenigen langen Haare, die daraus wuchsen, noch unterstrichen wurde. Ihre Zehen waren mit langen, dolchartigen Krallen bewehrt, von deren Schärfe Lhiuvan gerade bereits eine Kostprobe erhalten hatte.

Anstelle von Armen besaß die Kreatur schwarze, gezackte Flügel, die aussahen, als wären sie aus Leder. Sie spannten sich über einem dünnen Knochengerüst und besaßen ausgebreitet eine Länge von sicherlich vier bis fünf Metern. Wie Widerhaken saßen lange, gebogene Spitzen als weitere natürliche Waffen daran.

Offenbar waren es diese Kreaturen, die das bunte Fellwesen als Sarn bezeichnet hatte, und Lhiuvan war sicher, dass sie mehr als nur Tiere waren. In den kleinen Augen des Ungeheuers funkelte eine boshafte Intelligenz, die sicherlich ähnlich ausgeprägt wie bei Ghoulen war.

Diesmal war Lhiuvan vorbereitet, als der Sarn erneut auf ihn zuraste. Er duckte sich und sprang gleichzeitig zur Seite. Dicht neben seinem Kopf zischten die Krallen durch die Luft. Lhiuvan schlug mit dem Schwert zu. Die Klinge zeichnete einen flirrenden silbernen Halbkreis in die Luft, doch im gleichen Moment ließ der Sarn sich im Flug zur Seite kippen. Statt den Flügel abzuhacken, streifte das Schwert ihn nur mit der Spitze, durchtrennte einen der dünnen Knochen und riss ein Loch in die lederartige Haut.

Dennoch stürzte die Kreatur nicht ab, sondern schraubte sich mit einem schrillen Schrei wieder in die Luft. Obwohl ihr Flug unsicherer als zuvor war und die getroffene Schwinge etwas herunterhing, erreichte sie einen Baum und ließ sich auf einem Ast nieder.

Aber damit war die Gefahr noch nicht gebannt.

Ein widerwärtiges Schmatzen ließ Lhiuvan herumfahren. In einem der Trichter meinte er aus den Augenwinkeln eine Bewegung wahrzunehmen, gleich darauf tauchte aus einem anderen ein entfernt menschlicher Schädel mit leichenblasser, fast transparenter Haut auf. Der größte Teil des Gesichts bestand aus einem Maul mit fast fingerlangen, spitzen Reißzähnen, die Knochen sicherlich mühelos zermalmen konnten.

Langsam, zögernd noch angesichts eines bewaffneten Gegners, kroch der Ghoul an die Oberfläche, und er war nicht der einzige. Auch aus anderen Erdlöchern glotzten die widerwärtigen Kreaturen Lhiuvan an und begannen, ins Freie zu klettern.

Gehetzt blickte er sich um. Die Ghoule kamen von allen Seiten, und es wurden immer mehr. Selbst den Fluchtweg zurück ins Unterholz schnitten sie ihm bereits ab. Als wäre das noch nicht genug, lösten sich weitere Sarn aus den Baumwipfeln und rasten mit angelegten Schwingen pfeilschnell auf ihn herab.

Lhiuvan begriff, dass er verloren war, aber diese Erkenntnis weckte keinen Schrecken, sondern eher ein Gefühl der Erleichterung in ihm. Der Tod würde eine Erlösung aus dem Albtraum sein, in den sein Leben sich verwandelt hatte. Er wusste nicht, ob auch der Schattenmahr umkommen würde, wenn er starb, aber auf jeden Fall wären die Pläne des Ungeheuers aus den Abgründen jenseits von Zeit und Raum vereitelt, was neue Hoffnung für diese Welt bedeutete, die nicht einmal ahnte, in welcher Gefahr sie schwebte.

NEIN!

Brodelnder, kochender Zorn schwang in der geistigen Stimme mit. Bislang hatte Lhiuvan geglaubt, das Ungeheuer besäße nur durch ihn Kraft, könnte nur durch seinen Körper wirken und auf seine eigenen Kräfte zurückgreifen, doch nun zeigte sich, dass dem nicht so war. Mit einem Schlag entfesselte es seine verborgene wahre Macht.

Ohne Zutun hob Lhiuvan seine freie Hand in Richtung der heranschießenden Sarn. Winzige Fünkchen sprangen knisternd zwischen seinen Fingern hin und her, dann löste sich ein bläulicher Blitz aus seinen Fingerspitzen, raste auf den vordersten Sarn zu und ließ ihn wie eine Fackel auflodern.

Er verging in einer grellen Stichflamme, nur etwas herabrieselnde Asche blieb von ihm übrig. Gleich darauf teilte ein weiterer Sarn sein Schicksal. Die übrigen drehten mit schrillen Schreien ab, allerdings löste sich noch ein ganzer

Schwarm davon aus den Baumwipfeln. Ziellos flatterten die Ungeheuer durcheinander, doch zumindest im Moment wagte es keines von ihnen, sich Lhiuvan zu nähern.

Er wandte sich den Ghoulen zu. Erneut flammten Tod und Verderben aus seinen Fingerspitzen, und einer der Aasfresser verwandelte sich in eine lebende Fackel. Allerdings bemerkte Lhiuvan, dass der Blitz diesmal schon nicht mehr so grell und kräftig wie die vorigen gewesen war. Auch der nächste war wieder schwächer.

Solange sich nur sein Geist in Lhiuvans Körper eingenistet hatte, schienen die Kräfte des Schattenmahrs stark begrenzt zu sein. Selbst die jetzt entfesselten Gewalten würden auf keinen Fall ausreichen, die Ungeheuer alle zu vernichten.

Einer der Sarn sank tiefer. Sofort sandte der Schattenmahr einen Blitz in seine Richtung, doch diesmal verfehlte dieser das Ungeheuer. Nicht nur die Kraft, auch die Zielgenauigkeit des Schattenmahrs ließ nach.

Er tötete einen Ghoul, der seinen hässlichen Schädel aus einem Erdloch dicht neben Lhiuvan streckte und mit seinen rasiermesserscharfen Klauen nach ihm zu greifen versuchte, dann begann er zu laufen.

Flucht war der einzige Ausweg, der ihm noch blieb, um sein Leben zu retten. Im Laufen erschlug er mit dem Schwert einen weiteren Ghoul, erreichte das dicht wuchernde Unterholz und drang auf der Schneise, die er zuvor geschlagen hatte, tiefer ein. Weder die Sarn noch die Ghoule folgten ihm, wie er feststellte, als er sich nach einigen Dutzend Schritten umblickte.

Lhiuvan spürte den Hass und die Wut des Schattenmahrs, und auch einen Anflug von Verzweiflung, und triumphierte innerlich.

Nicht nur das Tor unter Elan-Dhor erwies sich als unerreichbar, auch der Vorstoß nach Tal'Orin war gescheitert.

17

DER BEFEHL

Thalinuels Geschichte, September 11657
alter Zeitrechnung der Elben

»Ich gebe noch nicht auf«, zischte Olvarian. »Es geht nicht nur um die Waffenlieferungen aus dieser verdammten Mine. Es wäre absolut verheerend für unsere Sache, wenn Voltan behaupten könnte, er hätte uns in die Flucht geschlagen. Diese Nachricht würde sich blitzartig überall verbreiten, und vermutlich wären zahlreiche Aufstände die Folge, auch von anderen Völkern.«

»Aber sie haben uns nun einmal geschlagen«, widersprach Hialdon. »Wir haben über dreißig Tote zu beklagen und zahlreiche Verletzte, und wir sind keinen Schritt weitergekommen. Ein weiterer Angriff wäre Wahnsinn. Wir können die Mine nicht einnehmen, höchstens mit schwerem Kriegsgerät. Das Tor ist stark. Wir würden gewaltige Rammböcke brauchen, um es niederzureißen, und mit Belagerungstürmen würde es uns vielleicht gelingen, durch die Öffnungen ins Innere vorzudringen. Aber wir haben keine, und es würde Tage erfordern, sie zu bauen.«

»Ganz davon abgesehen, dass hier auf viele Meilen im

Umkreis keine Bäume wachsen, die dafür geeignet wären«, ergänzte ein anderer Krieger.

Von den wenigen Elben, denen es gelungen war, durch die Felslöcher in die dahinterliegenden Stollen vorzudringen, war Thalinuel die Einzige, die es geschafft hatte, lebend wieder von dort zu entkommen und zu berichten, was geschehen war. Ein Heiler hatte sich währenddessen um ihren verstauchten Knöchel gekümmert. Die Schwellung ging bereits zurück, und er hatte ihr den Schmerz genommen, doch es würde noch ein, zwei Tage dauern, bis sie wieder normal laufen konnte.

Ihr Bericht war auch der Grund, weshalb sie bei dieser Beratung zugegen sein durfte, an der sonst nur die Befehlshaber der Kriegertrupps aus den verschiedenen an diesem Feldzug beteiligten Städten teilnahmen.

Die übrigen Verletzten und auch die Toten waren inzwischen ebenfalls geborgen worden. Noch immer hing die von den Magiern erzeugte Dunkelwolke in der Schlucht. Sie hatten sie nicht aufgelöst, aber mittlerweile gelernt, sie besser zu beherrschen und genauer zu steuern. So schwebte sie nun in einer Höhe von zwei bis drei Metern über dem Erdboden. Den Zwergen versperrte sie nach wie vor die Sicht und hinderte sie daran, ihre Speere zielsicher zu schleudern, wodurch es überhaupt erst möglich geworden war, die Verletzten in Sicherheit zu bringen.

Auch Verilon befand sich unter ihnen. Ein Speer hatte ihn in die Schulter getroffen, als er durch eine der Öffnungen einzudringen versucht hatte, und beim nachfolgenden Sturz hatte er sich einen Arm gebrochen. Damit war es ihm besser ergangen als vielen anderen.

»Ehe ich geschlagen von hier abziehe, würde ich notfalls auch darauf noch zurückgreifen, und wenn es eine Woche dauert, schweres Belagerungsgerät zu bauen und herzuschaffen«, sagte Olvarian. »Aber es gibt noch eine andere Möglichkeit. Die Magier schrecken davor zurück, noch stärkere zerstörerische Zauber einzusetzen. Aber sie wären dazu in der Lage, und damit hätten wir die Möglichkeit, das Tor aus der Ferne niederzureißen. Wenn ich es ihnen befehle, würden sie diese Macht heraufbeschwören. Ist das Tor zerstört, können uns die Zwerge nicht länger daran hindern, in die Mine einzudringen. Im offenen Kampf, ohne dass sie sich hinter ihren Verteidigungswerken verschanzen können, sind wir ihnen weit überlegen.«

»Ich bin entschieden dagegen!«, protestierte Hialdon und sprang von dem Fels auf, auf dem er gesessen hatte. »Diese finstere Magie ist ein Werkzeug der Chaosgötter. Es ist unsere Aufgabe, ihr Wirken überall zu bekämpfen, wo wir es antreffen. Wenn wir uns ihrer Magie bedienen, so verlockend diese auch erscheinen mag, werden wir selbst zu ihren Werkzeugen. Deshalb war ich schon gegen die Schaffung der Dunkelwolke, und ich lehne es strikt ab, noch stärkere Finsterzauber heraufzubeschwören. Wenn wir darauf zurückgreifen, demonstrieren wir den Völkern damit, dass die Kräfte des Chaos stärker sind als die des Lichts. Sie würden ebenfalls danach trachten. Gerade wenn sie sich nicht von selbst in diese verhängnisvolle Richtung entwickeln, würden wir sie den Chaosgöttern damit geradezu in die Arme treiben.«

»Nein, genau das werden wir verhindern«, widersprach Olvarian. »Manchmal muss man Feuer mit Feuer bekämpfen. Wenn wir sie in Ausnahmefällen mit finsterer Magie angreifen, dann mag dies bei einigen von ihnen zunächst das Verlangen auslösen, diese ebenfalls anzuwenden, doch bis dahin stehen sie unter unserer Aufsicht, und wir werden das nicht zulassen. Das Ziel und der Weg dorthin sind manchmal verschieden, scheinen sich sogar zu widersprechen. Manchmal muss man durch die Dunkelheit wandern, um zum Licht zu gelangen, und dies ist so ein Fall. Die Magie des Lichts ist schöpferisch und bewahrend, finstere Magie hingegen täuschend und zerstörend. Uns bleibt nichts anderes übrig, als das Tor zu *zerstören*, deshalb müssen wir in diesem Fall ausnahmsweise auf solche Zauber zurückgreifen. Die Alternative wäre, entweder besiegt abzuziehen und dem Chaos seinen Lauf zu lassen, oder das Leben zahlreicher Elben bei weiteren Angriffen mit ungewissem Erfolg zu opfern.«

»Es heißt, finstere Magie verdirbt denjenigen, der sie heraufbeschwört«, wandte ein anderer Elb aus einer der westlichen Städte ein, dessen Namen Thalinuel nicht kannte. »Insofern fürchte ich um das Seelenheil der Magier, wenn sie darauf zurückgreifen.«

»Gefahr besteht nur, wenn man sie oft und mit Überzeugung anwendet«, behauptete der zweite Hüter der Türme. »Durch Meditation kann man sich anschließend wieder läutern, sodass kein Schatten zurückbleibt. Ich habe ja schon erwähnt, dass sich auch unsere Vorfahren im Zeitalter des Feuers ihrer manchmal bedienen mussten, um den Feind niederzuwerfen, und auch sie haben keinen Schaden genommen.«

Thalinuel wusste nicht, was sie von alldem halten sollte.

Sie verstand zu wenig von Magie, um sich selbst ein Urteil zu bilden. Aus dem Blickwinkel einer Kriegerin jedoch erschien auch ihr der Gedanke, das Tor ohne die Gefahr weiterer Verluste niederreißen zu können, überaus verlockend. Auch wenn es ein dunkler Weg sein mochte, so war es vermutlich doch der einzige, der den Verlauf dieser Schlacht noch wenden konnte.

Olvarian blickte alle der Reihe nach an. Sein Gesicht war sehr ernst.

»Meine Entscheidung steht fest«, sagte er und legte noch einmal eine kurze Pause ein. »Ich werde den Magiern befehlen, das Tor zu zerstören, und sobald das geschehen ist, werden wir die Zwergenmine erobern.«

Die Atmosphäre, die sich im Vorfeld dessen, was kommen würde, des Elbenheers am Eingang der Schlucht bemächtigt hatte, war mindestens ebenso spannungsgeladen wie die vernichtenden Energien, die das Grüppchen von Magiern sammelte. Thalinuel hatte fast das Gefühl, als ob die Luft knistern würde.

Ein Stück abseits von den anderen standen die Magier. Sie hielten sich weiterhin an den Händen, doch anstelle eines Kreises bildeten sie nun einen in Richtung der Schlucht offenen Halbkreis. Ihre Augen waren geschlossen, noch befanden sie sich in der Vorbereitungsphase vor dem Angriff. Die Luft um sie herum flimmerte leicht, wie an einem heißen Tag in der Wüste.

Schließlich streckten die beiden Magier an den Außenseiten des Halbkreises ihre jeweils freie Hand in Richtung des Tores aus. Aus jeder von ihnen zuckte ein knisternder Blitz hervor, eine Lanze aus sengender, scharlachroter Energie. Die beiden Blitze fuhren in das Tor. Holz begann in verzehrender Glut zu lodern, eiserne Verstrebungen zerschmolzen zu rotglühender Schlacke.

Schreckensschreie drangen aus der Mine.

Wieder schlugen die Magier zu. Zwei weitere der unheimlichen Feuerstöße aus ihren Fäusten fraßen sich in das Tor. Die Berge selbst schienen unter der Wucht der verheerenden, tödlichen Energie zu stöhnen. Es war kaum vorstellbar, dass das Tor immer noch standhielt.

Neunmal insgesamt mussten die Magier die ungeheuren Kräfte entfesseln und gegen das Tor schleudern, bis es schließlich von den lodernden Energien zerrissen wurde und glühend in sich zusammenbrach. Thalinuel sah die Magier taumeln, doch trotz der Anstrengung, die der Angriff erfordert hatte, schafften sie es, sogar die Dunkelwolke weiterhin in Höhe der Wurfscharten aufrecht zu erhalten.

Der Eingang zur Mine stand offen, dennoch war ein Angriff noch nicht möglich. Selbst die Felswände daneben glühten noch, und bis hierher war das Knistern des nur allmählich abkühlenden Gesteins zu hören.

Dennoch bereitete Thalinuel sich genau wie die anderen Reiter bereits gedanklich auf den Angriff vor. Trotz ihres verstauchten Knöchels hatte sie darauf bestanden, daran teilzunehmen. Beim Kampf im Sattel würde sie ihren Fuß nicht brauchen, hatte sie argumentiert.

Plötzlich jedoch wurde ihre Aufmerksamkeit abgelenkt. Ein Horn, unzweifelhaft elbischer Herkunft, wurde in der Ferne geblasen. Als sie sich umwandte, sah sie eine

Gruppe Reiter näherkommen. Sie trugen die blauen Umhänge der königlichen Garde und das königliche Wappen auf ihren silbernen Brustpanzern, wie Thalinuel erkennen konnte, als sie dichter herangekommen waren.

Etwas Wichtiges musste geschehen sein, wenn König Lotharon eigens Boten aussandte. Sie ahnte, dass es Schwierigkeiten geben würde, und sie täuschte sich nicht.

»Im Namen des Königs, haltet unverzüglich ein!«, rief der vorderste Reiter und zügelte sein Pferd vor Olvarian. »Mein Name ist Natalion. Ich bringe wichtige Botschaften.«

»Dann sprecht, Natalion«, forderte Olvarian ihn auf. »Wie Ihr seht, sind wir gerade mitten in einer Schlacht.«

»Und ich bin offenbar gerade noch rechtzeitig gekommen. Nachdem nicht zuletzt Euretwegen zahlreiche Landstriche und Ortschaften der Menschen und anderer Völker besetzt wurden, rüsten sie zum Krieg gegen uns. Im Norden wird ein Heer zusammengezogen.«

»Damit berichtet Ihr nichts Neues. Wenn Ihr nur gekommen seid, um mir dies mitzuteilen, hättet Ihr Euch den Weg sparen können.«

»Angesichts dieser Bedrohung hat sich König Lotharon entschlossen, das Kriegsrecht auszurufen und selbst ein Heer aufzustellen.«

Lauter Jubel brach unter den Elbenkriegerinnen und -kriegern aus. Auch Thalinuel stimmte darin ein. Offenbar hatte selbst Lotharon endlich die Zeichen der Zeit erkannt und eingesehen, dass er nicht länger untätig bleiben konnte. Es war unglaublich, dass nicht der König auf die zahlreichen Übergriffe reagiert hatte, sondern nur die

Verwalter vieler Städte. Einem großen Heer der Menschen konnten sich die Städte jedoch nicht einzeln stellen. Dafür war ein eigenes Heer nötig, das vom König angeführt wurde. Wenn es zu einer großen Schlacht kam und ihr Volk gewann – woran es für Thalinuel keinen Zweifel gab –, würde das den Widerstand der anderen Völker vielleicht endgültig brechen, und die vielen kleineren Kämpfe würden endlich aufhören.

Aber noch in einer anderen Hinsicht war die gegenwärtige Situation schwer erträglich. Wie Natalion selbst gesagt hatte, standen zahlreiche Siedlungen der Menschen unter der lokalen Kontrolle verschiedener Elbenstädte, statt zentral dem König unterstellt zu sein.

Nun würde sich alles ändern. Wenn Lotharon endlich eigene Maßnahmen plante, würde die Frage, wie man der Bedrohung begegnen sollte, nicht mehr ihr Volk vor eine Zerreißprobe stellen – und das war wichtiger als alles andere.

»Als oberster Heerführer im Krieg befiehlt der König, dass sämtliche eigenmächtigen Kampfhandlungen und sonstigen Aktionen, die dazu führen, dass unsere Streitkräfte aufgesplittert und dadurch geschwächt werden, unverzüglich zu beenden sind«, fuhr Natalion fort, als der Jubel abgeebbt war. »Alle Krieger haben in ihre eigenen Städte zurückzukehren, um dort auf weitere Befehle zu warten.«

Auch der letzte Jubel verklang nun schlagartig. Es dauerte einige Sekunden, bis Thalinuel in voller Konsequenz begriff, was diese Worte zu bedeuten hatten, und dann weigerte sie sich im ersten Moment, sie zu glauben. Ihr war, als hätte ihr jemand ins Gesicht geschlagen.

Alle Kampfhandlungen unverzüglich beenden… Das allein klang schon keineswegs nach einem größeren Schlag gegen die Menschen, die sich inzwischen nicht mehr mit Übergriffen begnügten, sondern auf einen offenen Krieg vorbereiteten.

Noch erschreckender aber war der zweite, damit verknüpfte Befehl, denn auch durch die Stationierung von Truppen in den besetzten Dörfern und Städten der Menschen wurden die Streitkräfte verteilt. Auch sie mussten die Besetzungen aufgeben und in ihre Städte zurückkehren.

Lautes Murren und Schmährufe erklangen, als sich die Erkenntnis verbreitete, was sich wirklich hinter der zunächst für so positiv gehaltenen Nachricht verbarg.

Dass Lotharon das Kriegsrecht verhängt hatte, war nicht mehr als ein Trick, um seine zunehmend ins Wanken geratene Macht wiederzuerlangen. Dafür hatte er seine letzte Trumpfkarte ausgespielt. Indem er den Oberbefehl über alle Krieger übernahm, konnte er ihnen befehlen, sich zurückzuziehen und alles aufzugeben, was in den vergangenen Monaten von den Verwaltern der Städte erreicht worden war. Die Folgen würden katastrophal sein. Wahrscheinlich würde er wirklich ein Heer aufstellen, weil auch er die von König Hollan ausgehende Bedrohung nicht einfach ignorieren konnte, doch es war nicht sein Ziel, die Menschen ein für allemal in ihre Schranken zu weisen, sondern sie wieder schalten und walten zu lassen, wie es ihnen beliebte.

»Der Kampf, den wir hier gerade ausfechten, hat unmittelbar damit zu tun«, entgegnete Olvarian mit erzwungener Ruhe. »Es gibt Beweise, dass die Zwerge Waffen an die Menschen liefern, mit denen ihr Heer ausgerüstet wird. Wir werden dies unterbinden.«

»Ihr werdet nichts dergleichen tun. Ihr habt den Befehl des Königs vernommen. Wir können es uns nicht leisten, unsere Kräfte zu zerstreuen und an zahlreichen verschiedenen Fronten zu kämpfen.«

»Wir können es uns vor allem nicht leisten, dass die Menschen noch mehr Waffen von den Zwergen erhalten, die sie dann gegen uns einsetzen. Wir stehen unmittelbar vor dem entscheidenden Angriff. Auf ein paar Stunden wird es wohl nicht ankommen. Diese Zeit holen wir auf, wenn wir uns bei unserer Rückkehr ein wenig beeilen«, behauptete Olvarian. Natürlich hatte auch er längst durchschaut, was Lotharons wahre Absicht war – dass es ihm nicht um eine Zerstreuung der Kräfte, sondern um die Unterbindung weiterer Kampfhandlungen ging, doch blieb er seiner Rolle treu.

»Der Befehl des Königs ist eindeutig. Er befiehlt die *sofortige* Rückkehr und …«

»Der König weiß nichts von der Wichtigkeit unserer Mission«, fiel Olvarian ihm ins Wort. »Ansonsten würde er sie ohne Zweifel billigen. Wenn er sich nun endlich entschlossen hat, gegen unsere Feinde in den Kampf zu ziehen, kann er nicht wollen, dass sie Waffen und Ausrüstung erhalten.«

»Das habe ich nicht zu entscheiden. Ich habe Euch den unmissverständlichen Befehl des Königs übermittelt. Ihr werdet …«

Einer seiner Begleiter, der sich ein Stück von den anderen entfernt hatte, dirigierte sein Pferd zu Natalion und flüsterte ihm mit schreckensbleichem Gesicht etwas ins Ohr. Auch Natalion ritt ein Stück zur Seite und wurde ebenfalls blass, als er zu der Zwergenmine hinüberblickte.

Thalinuel begriff, dass er die Dunkelwolke zuvor noch gar nicht gesehen hatte, weil das Heer ihm die Sicht versperrt hatte. Er fuhr zu Olvarian herum.

»Was … was habt Ihr getan?«, keuchte er. »Das … ist finstere Magie. Beendet das, auf der Stelle!«

»Das werde ich nicht tun«, rief Olvarian. »Der Kampf um die Mine hat bereits viele Leben gekostet. Ich werde nicht zulassen, dass sie umsonst gestorben sind, nachdem es uns jetzt gelungen ist, das Tor niederzureißen. Und noch viele mehr werden durch die dort geschmiedeten Waffen sterben, wenn wir jetzt aufgeben.«

»Wollt Ihr etwa … gegen einen direkten Befehl des Königs verstoßen?«, fragte Natalion ungläubig. Die Augen schienen ihm aus den Höhlen zu quellen.

Olvarian erwiderte seinen Blick kalt.

»Allerdings«, sagte er. »Genau das habe ich vor.«

Die Erde bebte, und das Donnern der Pferdehufe hallte von den Felswänden wider, als fast zweihundertfünfzig Elbenkrieger in die Schlucht ritten, auf das zerstörte Eingangstor der Mine zu.

Und dennoch waren sie weniger als erhofft.

Bereits die vorhergehenden Angriffe hatten Opfer gefordert, und nachdem Natalion ihnen den Befehl des Königs überbracht hatte, hatte Olvarian sie vor die Wahl gestellt, dem Befehl zu gehorchen oder ihm zu folgen und den Angriff durchzuführen. Die meisten hatten sich für den Angriff entschieden, aber fast hundert Kriegerinnen und Krieger hatten zu Thalinuels Enttäuschung eine andere Wahl getroffen.

In gewisser Hinsicht konnte sie sie sogar gut verstehen. Auch ihr war die Entscheidung nicht leicht gefallen. Ordnung war ein hohes elbisches Ideal, und dazu gehörte auch die Anerkennung eines Lebens in geordneten Strukturen. Sie waren niemals ein rebellisches Volk gewesen, denn sie hatten niemals Gewaltherrscher zu erdulden gehabt, und deshalb war ihnen auch die Auflehnung gegen Befehlshierarchien fremd.

Nun trat eine solche Situation zum ersten Mal auf. Thalinuel hatte sich zwischen einem Befehl des Königs, dem sie als Kriegerin den Treueeid geleistet hatte, und dem, was sie für richtig hielt, entscheiden müssen, und in ihren Augen wäre es Wahnsinn gewesen, den Angriff jetzt, wo sie kurz vor einem Sieg standen, einfach abzubrechen. Eine solche Gelegenheit würden sie so schnell nicht wieder bekommen.

Welche persönlichen Konsequenzen sich daraus für sie ergeben mochten, würde sich später zeigen. Im Moment waren sie ihr gleichgültig.

Obwohl ihnen durch die Dunkelwolke die Sicht versperrt war, schleuderten die Zwerge ihre Speere blindlings in die Schlucht herab, doch trafen sie nur vereinzelt durch puren Zufall jemanden.

Auch Thalinuel erreichte nun die verkohlten Überreste des Tors und preschte darüber hinweg. Dahinter erstreckte sich ein breiter und hoher Stollen. Die Zwerge hatten den Aufschub, den ihnen das Eintreffen des königlichen Boten verschafft hatte, dazu genutzt, darin eine notdürftige Barriere hinter dem zerstörten Tor zu errichten. Sie war nicht richtig befestigt, dafür hatte die Zeit nicht gereicht, und bestand lediglich aus einigen übereinander gestapelten Felsbrocken, ein paar Fässern, Kisten und anderem Gerümpel, hinter dem die Zwerge Deckung gesucht hatten.

Allerdings nicht für lange. Schon die ersten Elbenkrieger hatten die Barriere überwunden und eine Bresche geschaffen, durch die die anderen reiten konnten. Zahlreiche tote Zwergenkrieger säumten ihren Weg. Sie waren mit Schwertern erschlagen oder von den Hufen der Pferde schlichtweg niedergetrampelt worden.

Der Stollen war mehrere Dutzend Meter lang und mündete in eine große Höhle, weitaus größer, als Thalinuel sich vorzustellen gewagt hatte. Sie ritt ein Stück zur Seite und sah sich um, um sich erst einmal einen Überblick zu verschaffen.

Die Höhle durchmaß gut vier-, an ihrer längsten Stelle sogar annähernd fünfhundert Meter. Mächtige Säulen stützten die Decke. Diese war von einer Art Flechten bedeckt, die ein unnatürliches, grünlich-graues Dämmerlicht verbreiteten. Weiterer Lichtschein kam von Fackeln und Laternen an den Deckensäulen und den Häusern.

Thalinuel hatte sich nicht getäuscht, inmitten der Höhle war ein komplettes Dorf errichtet worden. Es waren armselige, schlichte Steinhütten, und es fiel ihr wieder ein, dass das Zwergenvolk erst vor kurzer Zeit unter die Erde gezogen war. Mehrere Stollen zweigten von der Höhle ab, doch in der rückwärtigen Felswand entdeckte sie auch eine Reihe von Öffnungen, die keine Eingänge in Stollen, sondern offenbar die Zugänge zu weiteren Wohnquartieren waren, simplen kleinen Wohnhöhlen. In einigen bemerkte Thalinuel die Köpfe von Frauen oder Kindern, die ängstlich herausstarrten.

Alles kam ihr fast wie ein riesiger Kerker vor. Wie konnte ein Volk hier bloß freiwillig leben?

Und doch taten die Zwerge genau das, und sie waren offenbar sogar bereit, eher zu sterben, als sich von hier wieder vertreiben zu lassen. Ein großes Heer von ihnen hatte sich unmittelbar vor der unterirdischen Stadt versammelt, sicherlich mehr als tausend, und wehrte sich erbittert gegen die eindringenden Elben.

All das nahm Thalinuel mit wenigen raschen Blicken wahr. Zu mehr blieb ihr keine Zeit. Ein Speer zischte haarscharf an ihr vorbei, streifte noch ihre linke Schulter und riss ihr die Haut auf.

Erschrocken wandte sie den Kopf. In den Höhlenwänden gab es in unterschiedlicher Höhe zahlreiche Stollenenden, von denen aus Zwerge Speere und Dolche auf die Angreifer herabschleuderten. Thalinuel trug ihren Bogen über der Schulter auf dem Rücken. Blitzartig streifte sie ihn ab, zog einen Pfeil aus dem Köcher, spannte und schoss, fast ohne zu zielen. Aus dieser geringen Entfernung konnte sie ihr Ziel kaum verfehlen. Ein Zwerg, der gerade einen weiteren Speer schleudern wollte, stürzte mit durchbohrter Kehle von dem kleinen Felsabsatz herab, auf dem er gekauert hatte.

Sofort spannte Thalinuel ihren Bogen erneut. Genau

wie einige der anderen Elbenkrieger sandte sie Pfeil auf Pfeil zu den Stolleneingängen hinauf, doch die Zwerge dort waren nun besser auf der Hut. Sie beugten sich nur hastig vor, um eines ihrer Wurfgeschosse zu schleudern, und gingen dann sofort wieder in Deckung. Thalinuel schoss ihren gesamten Köcher leer, aber obwohl sie als hervorragende Bogenschützin galt, traf sie nur noch drei weitere Zwerge.

Nachdem sie den letzten Pfeil verschossen hatte, hängte sie sich den Bogen wieder um und zog stattdessen erneut ihr Schwert. Die Verteidigungslinien der Zwerge waren bereits auf weiter Front durchbrochen, und sie hatten sich auf eine neue Taktik verlegt. Überall hatten sie sich zu kleinen Grüppchen zusammengeschlossen, die mit den Rücken zueinander standen und mit ihren Schilden einen regelrechten Wall um sich errichteten.

Obwohl Streitäxte ihre bevorzugten Waffen waren, kämpften sie fast ausnahmslos mit ihren Schwertern, da diese gegen die blitzschnell heranrasenden Reiter wesentlich wirkungsvoller waren als die unhandlicheren Äxte.

Dennoch gab es keinen Zweifel daran, dass sie diesen Kampf verlieren würden. Mehr und mehr von ihnen wurden niedergestreckt. Genau wie die übrigen Elben konnte Thalinuel fast ungehindert zwischen den Zwergengrüppchen hin und her reiten. Viele ihrer Schwerthiebe wurden von den Schilden abgefangen, aber immer wieder gelang es ihr, eine Lücke zu finden und einen der Zwerge zu töten oder zumindest zu verwunden.

Dabei zeigte sich, dass es von Zwerg zu Zwerg große Unterschiede im Umgang mit Waffen gab. Manche beherrschten sie hervorragend und waren unzweifelhaft im Kampf ausgebildet. Andere hingegen schlugen mit den Schwertern nur mehr oder weniger ungeschickt zu. Sie waren keinesfalls Krieger, sondern gingen anderen Berufen nach. Sie mochten nach Erzen oder Edelsteinen schürfen, vielleicht waren sie Schmiede oder übten sonst eine handwerkliche Tätigkeit aus. Für Thalinuel und die anderen kampferprobten Elben stellten sie keine Gegner dar.

Und dann war es plötzlich vorbei.

Ein Hornsignal ertönte. Waffenlos trat König Voltan vor, die Arme vorgestreckt und die leeren Handflächen nach oben gekehrt.

»Beendet das Gemetzel!«, rief er mit laut hallender Stimme. »Wir ergeben uns.« Er verneigte sich vor Olvarian. »Wir sind Euch nicht gewachsen und unterwerfen uns Euch. Verlangt von uns, was Ihr wollt, aber hört auf, mein Volk abzuschlachten, ich bitte Euch.«

»Alter Narr!«, stieß der zweite Hüter der Türme hervor. »Das hättest du auch gleich haben können. Mussten dafür erst so viele sterben? Befiehl deinen Leute, ihre Waffen niederzulegen, dann werden auch unsere ruhen!«

Der Kampf um die Zwergenmine war vorbei. Ein vielhundertfaches Klirren, mit dem Schwerter auf dem Boden aufprallten, besiegelte das Ende der Schlacht.

18

IN GORMTAL

Juli 9430 neuer Zeitrechnung der Elben

Eine Menge Leute bezeichneten Gormtal als einen Schandfleck auf der Landkarte Lartronias; einen Hort des Verbrechens und zügelloser Ausschreitungen, wo das Leben eines Menschen – oder Angehörigen irgendeines anderen Volkes – kaum etwas galt. Für andere stellte es aus genau denselben Gründen so etwas wie das Paradies dar.

Beides traf zu.

Es gab eine Menge anständiger Menschen in Gormtal, die sich ihr Geld mit ehrlicher, harter Arbeit verdienten. Viele waren weggezogen, aber etliche waren auch geblieben. Das Gebiet zwischen Elem-Laan und dem Schattengebirge war nur dünn besiedelt. Gormtal war die einzige größere Stadt, ansonsten gab es nur kleine Dörfer. In ein solches überzusiedeln, erschien vielen nicht sonderlich verlockend.

Sie hätten sich dort eine ganz neue Existenz aufbauen müssen, und Fremde wurden in den kleinen Ortschaften nicht gerne gesehen und meist nicht sehr freundlich aufgenommen, vor allem, wenn sie den dort bereits beheimateten Handwerkern oder Krämern Konkurrenz zu machen versuchten. So mancher, der aus Gormtal geflohen war und in einem der Weiler ein Geschäft, eine Schmiede, Küferei oder irgendeinen anderen Betrieb eröffnet hatte, hatte diesen schon bald wieder schließen müssen, weil die Einheimischen sich weigerten, zu ihm zu kommen. Die meisten gingen deshalb erst gar nicht aus der Stadt weg, so schwer das Leben dort teilweise auch war.

Wer hingegen stark, entschlossen und skrupellos genug war, sich ohne irgendwelche Rücksicht zu nehmen, was er wollte, konnte es in Gormtal rasch zu großem Wohlstand bringen. Mord, Raub, Hurerei, Schmuggel, Hehlerei, Glücksspiel, Betrug – es gab unzählige Möglichkeiten, reich zu werden – falls man nicht vorher umgebracht wurde. Auch Gefahr lauerte hier an jeder Ecke.

Natürlich hatte es Versuche gegeben, das Verbrechen in den Griff zu bekommen, doch die meisten Statthalter hatten frühzeitig erkannt, dass es wesentlich gesünder und vor allem lukrativer für sie war, wenn sie sich ruhig verhielten. Diese Kette von Korruption setzte sich bis hinunter zu den meisten Angehörigen der Stadtwache fort, die sich erst gar nicht in bestimmte Stadtviertel hineintrauten.

Durch die Ereignisse um Elan-Dhor und die Thir-Ailith war die Aufmerksamkeit des Königs auf diese entlegene Provinz gerichtet worden. Er hatte einen neuen Statthalter eingesetzt, doch nach kaum zwei Monaten war dieser während eines tragischen, niemals vollständig aufgeklärten Jagdunfalls ums Leben gekommen. Sein Nachfolger war klüger gewesen, er hatte an keinerlei Jagdausritten oder anderen Vergnügungen außerhalb seines Palastes mehr teilgenommen und immerhin fast ein halbes Jahr überlebt.

Noch wesentlich erfolgreicher verhielt sich der neueste Nachfolger, der dieses Amt immer noch ausübte. An den König sandte er frei erfundene Berichte über seinen unnachgiebigen Kampf gegen das Verbrechen in Gormtal, und von denen, die er angeblich bekämpfte, kassierte er Schmiergeldsummen, sodass mittlerweile alles wieder seinen gewohnten Gang nahm.

Diese Stadt war Lhiuvans Ziel.

Der Schattenmahr hatte sich von der Niederlage nicht lange entmutigen lassen. Wenn es ihm nur aufgrund des Rings, den die Sarn und Ghoule um ganz Tal'Orin gezogen hatten, nicht möglich war, dorthin zu gelangen, dann brauchte er Mitstreiter, die ihm dabei halfen.

Die besten, die es gab.

Elbenkrieger.

In Lhiuvans Bewusstsein hatte er Hinweise darauf gefunden, dass seit einiger Zeit Elben in Gormtal lebten. Von allen bekannten Orten war diese Stadt derjenige, an dem das Chaos am mächtigsten war, wo es keine Regeln gab, sondern allein das Recht des Stärkeren galt.

Lange Zeit hatte sich das Volk der Elben völlig von allen weltlichen Dingen zurückgezogen und sich fast nur noch auf das Sterben vorbereitet. Den eigentlichen Sinn seines Daseins – dem Wirken der Chaosgötter entgegenzutreten, wo immer sie ihm begegneten – hatte es aus den Augen verloren.

In letzter Zeit jedoch änderte sich das. Viele Elben wurden sich wieder ihrer Berufung bewusst. Vor allem die befreiten Sklaven der Thir-Ailith suchten nach einer Bestimmung, einem Sinn in ihrem Leben, und sie fanden ihn im

Kampf gegen das Chaos. Manche von ihnen waren nach Gormtal gegangen, ein Engagement, dem Lhiuvan größte Hochachtung gezollt hatte. Nun jedoch drohte es sich ins Gegenteil zu verkehren.

Sie werden längst von meiner Flucht und dem Versuch, das Tor unter dem Schattengebirge zu öffnen, erfahren haben und sich niemals mit mir verbünden, ganz egal, was du mich zu ihnen sagen lässt, behauptete er.

DAS LASS NUR MEINE SORGE SEIN. GENAU WIE DU WERDEN SIE GAR NICHT ANDERS KÖNNEN, ALS MEINE BEFEHLE AUSZUFÜHREN.

Lhiuvan zweifelte nicht daran, dass das mehr als nur hohles Geschwätz war. Der Schattenmahr hatte es nicht nötig, ihm etwas vorzumachen.

Bereits lange bevor sie die Stadt erreicht hatten, hatten sie einen einsam wandernden Mönch überholt. Auf Befehl des Schattenmahrs hatte Lhiuvan ihn niedergeschlagen und ihm seine Kutte gestohlen. Eine ideale Verkleidung, um nicht sofort erkannt zu werden. In dieser Gegend wurden nach wie vor nur selten Elben gesehen, und er würde Aufsehen erregen, vor allem in Gormtal selbst. Wenn die dort lebenden Elben es sich zum Ziel gesetzt hatten, das Böse zu bekämpfen, würden sie sich womöglich Feinde geschaffen haben, und Lhiuvans Parasit hatte kein Interesse daran, sich in irgendetwas hineinziehen zu lassen.

Ein Mönch hingegen würde nicht weiter auffallen. In Gormtal gab es zahlreiche obskure Kulte und Priesterorden – selbst solche, die anderenorts verboten waren, konnten dort ungestört walten.

Tatsächlich ließ man Lhiuvan ungehindert eintreten, als er die Stadt am späten Nachmittag erreichte. Die beiden Wachen, die gelangweilt am Stadttor lehnten und sich unterhielten, warfen ihm nur einen flüchtigen Blick zu und stellten keinerlei Fragen.

Eine Zeitlang ließ er sich einfach mit dem Strom der Menschen auf den Straßen treiben. Auch eine Reihe Tzuul begegneten ihm, aber keine Elben.

Wie wollen wir sie hier finden?

DAS IST DEINE AUFGABE. DU KENNST DICH MIT DEN GEBRÄUCHEN IN DIESER WELT BESSER AUS ALS ICH. DU WIRST MICH ZU IHNEN BRINGEN. ALLES WEITERE WERDE ICH DANN ÜBERNEHMEN.

Und wenn ich mich weigere?

DENK NICHT EINMAL DARAN!

Schmerz von schier unerträglicher Heftigkeit pulsierte plötzlich von Kopf bis Fuß durch Lhiuvan. Glühende Lava schien durch seine Adern zu fließen und jeden einzelnen Nerv seines Körpers in Flammen zu setzen. Er brach zusammen und krümmte sich in Agonie. Sein Mund öffnete sich zu einem Schrei, doch nur ein ersticktes Keuchen drang über seine Lippen.

WIRST DU GEHORCHEN?

Lhiuvan konnte nicht antworten, nicht einmal in Gedanken. Zu groß war die Pein. Der Schattenmahr verringerte den Schmerz auf ein halbwegs erträgliches Maß und fragte noch einmal:

WIRST DU GEHORCHEN?

Hastig blickte Lhiuvan sich um. Niemand kümmerte sich um ihn. Offenbar gleichgültig gingen die Menschen an seinem verkrümmt daliegenden Körper vorbei. In Gormtal mischte man sich nicht in die Angelegenheiten anderer ein, kümmerte sich nicht darum, was mit ihnen geschah.

Niemals!

Erneut wütete der unerträgliche Schmerz in ihm. Er hatte das Gefühl, bei lebendigem Leib zu verbrennen.

GEHORCHE!, donnerte die Stimme des Schattenmahrs. ODER ICH WERDE DEINEN GEIST MARTERN, BIS ER ZERBRICHT. ICH HABE DIR SCHON EINMAL GESAGT, DASS DU MIR MEHR NUTZT, WENN DU DICH MIR UNTERWIRFST, ABER SELBST OHNE VERSTAND, WENN VON DEINEM GEHIRN NICHT MEHR ALS EIN SEELENLOSER KLUMPEN ZUCKENDE GALLERTE ÜBRIG BLEIBT, KANNST DU MIR NOCH ALS WERKZEUG DIENEN.

Ein weiteres Mal verringerte sich der Schmerz.

Dann töte mich doch, damit … wenigstens meine Seele endlich … Frieden findet. Es fiel Lhiuvan sogar schwer, noch klare Gedanken zu formulieren.

WO WÜRDEST DU MIT DEINER SUCHE ANFANGEN? WEN WÜRDEST DU ZUERST FRAGEN?

Mit aller Kraft versuchte Lhiuvan an nichts zu denken, oder wenigstens an etwas völlig anderes. Er bemühte sich, Erinnerungen an Aliriel heraufzubeschwören, sich an die Zeit mit ihr vor ihrem Tod zu erinnern, aber nichts davon reichte aus. Es war beinahe unmöglich, an etwas ganz Bestimmtes *nicht* zu denken, wenn man direkt danach gefragt wurde.

BEI DER STADTWACHE ALSO. LOS, STEH AUF!

Der Schmerz erlosch vollständig. Hass auf sich selbst und sein Versagen überwältigte Lhiuvan. Er nahm seine Umgebung wieder bewusst wahr und stellte fest, dass sein Schicksal doch nicht allen gleichgültig war. Eine alte Frau mit einem faltigen Gesicht und freundlichen Augen beugte sich über ihn und blickte besorgt auf ihn herab.

»Was ist mit Euch, Priester?«, fragte sie. »Kann ich Euch helfen?«

»Es geht schon«, presste Lhiuvan hervor und stand rasch auf, ehe der Schattenmahr der Frau noch etwas antat. Er wollte davoneilen, doch seine Beine gehorchten den Befehlen seines Gehirns nicht. Stattdessen zog seine Hand den Dolch aus seinem Gürtel.

DU HAST DICH GEGEN MICH AUFGELEHNT. VIELLEICHT WIRD DICH DAS LEHREN, MIR KÜNFTIG ZU GEHORCHEN.

Neeein!, schrie Lhiuvan gedanklich, doch der Schattenmahr ließ sich davon nicht beeindrucken. Er legte den linken Arm um die Schultern der Frau und rammte ihr mit der rechten Hand den Dolch bis zum Heft in die Brust.

Sie war auf der Stelle tot. Anklagend schienen ihre gebrochenen Augen ihn anzustarren.

In seinem Inneren hallte grausam das Gelächter des Schattenmahrs wider.

Selbst angesichts der bewussten Ignoranz, mit der die meisten Menschen hier allem begegneten, was um sie herum vorging, wagte es der Schattenmahr nicht, die tote Frau einfach fallen zu lassen, sondern schleppte sie ein kurzes Stück mit sich, als würde er sie stützen, bis sie eine schmale, unbelebte Seitengasse erreichten. Erst dort lud er sie wie einen Sack Müll ab.

Anschließend machte er sich auf die Suche nach der Stadtwache, was sich als schwieriger erwies, als er gedacht hatte. Wenn er auf irgendwelche Patrouillen gehofft hatte, so war es vergebens. Ihm blieb nichts anderes übrig, als wahllos einige Passanten zu fragen. Mehrfach bekam er keine Antwort, sondern die Menschen gingen einfach mit einem Schulterzucken an ihm vorbei. Man sprach in Gormtal nicht mit Fremden, nicht einmal mit einem Priester.

Erst nach dem sechsten oder siebten Versuch hatte er Erfolg.

»Statt auf den Straßen für Ordnung zu sorgen, sitzen sie lieber im Wirtshaus«, wetterte ein älterer Mann. »Im *Drachenblut* findest du bestimmt welche. Du brauchst nur die Straße bis zum Ende zu gehen und dann nach rechts, dann kommst du direkt hin.«

Grußlos eilte Lhiuvan weiter, die Kapuze tief nach vorne gezogen und den Kopf gebeugt, um sein Gesicht zu verbergen. Sein Körper stand völlig unter der Kontrolle des Schattenmahrs.

Er fand das *Drachenblut* an der beschriebenen Stelle und trat ein. Es war eine heruntergekommene Kaschemme mit primitiven Schemeln und Tischen. Durch die Fenster fiel nur wenig Licht herein, aber es gab einige Lampen, und auf den meisten Tischen standen Kerzen. Hinter dem Tresen spülte ein fettleibiger Wirt Becher mit einem so schmierigen Lappen, dass sie davon allenfalls schmutziger, nicht aber sauber werden konnten. Zwei Mädchen eilten zwischen den Tischen hin und her, sammelten die leeren Becher ein und brachten den Zechern neue.

Die Taverne war gut besucht. Tatsächlich hielten sich auch eine ganze Reihe Uniformierter hier auf, saßen an den Tischen und scherzten oder würfelten. Den einzelnen Mönch beachtete keiner von ihnen.

»Bring noch eine Runde Wein!«, brüllte einer der Soldaten in Richtung des fetten Wirts, ein feister Kerl mit roten Wangen und fast hinter Tränensäcken verschwindenden Augen, der kaum weniger fett war. »Und lass dir nicht einfallen, uns nochmal so eine verpanschte Pisse vorzusetzen, sonst sorge ich dafür, dass dieses Rattenloch gleich morgen dichtgemacht wird!«

Lhiuvan ging auf ihn zu.

»Bitte verzeiht, aber ich bin auf der Suche nach einer Gruppe von Elben, die sich hier in Gormtal aufhalten sollen. Ich habe gehofft, dass Ihr mir vielleicht sagen könnt, wo ich sie finde.«

»Elben?« Ein drohendes Funkeln trat in die Augen des Soldaten. »Was willst du von den verdammten Spitzohren, Priester?«

»Ich möchte sie einfach nur sprechen. Wisst Ihr, wo ich sie finde?«

Lhiuvan konnte spüren, wie der Schattenmahr einen winzigen Teil seiner Macht freisetzte und auf den Uniformierten richtete. Das Funkeln verschwand aus dessen Augen.

»Wir wüssten selbst gern, wo sie stecken«, antwortete er lammfromm. »Seit sie hier sind, machen sie nichts als Ärger. Sie mischen sich in alles ein, stören unsere Kreise und bilden sich ein, das Gesetz in die eigenen Hände nehmen zu können. Aber sie halten sich versteckt, wir können sie nicht aufspüren. Falls du sie findest, kannst du viel Geld verdienen, indem du ihr Versteck verrätst. Eine Menge Leute wären bereit, dafür zu zahlen.«

Wortlos wandte sich Lhiuvan ab und verließ die Taverne.

DAS HAT UNS NICHT WEITERGEBRACHT. WIE KÖNNEN WIR SIE FINDEN, WENN SIE SICH VERSTECKEN?

Gar nicht. Es wird uns nicht gelingen. Gerade die, die am besten wissen, was im Geheimen in dieser Stadt geschieht, sind ihre Feinde. Du hast es gehört, jeder Spitzel, der etwas über sie erfährt, kann viel Geld damit machen, und doch ist es bisher niemandem gelungen, sie gegen ihren Willen aufzuspüren. Da werden wir es bestimmt nicht schaffen.

WENN DU DICH IN DIESER STADT VERSTECKEN MÜSSTEST, WO WÜRDEST DU ES TUN?

Ich kenne Gormtal nicht. Ich müsste mich erst eine Weile hier aufhalten, um mehr zu erfahren.

Das entsprach der Wahrheit, wie auch der Schattenmahr erkannte. Deutlich konnte Lhiuvan den brodelnden Zorn des Ungeheuers spüren.

WIR WERDEN UNS WEITER UMHÖREN UND NACH IHNEN AUSSCHAU HALTEN, stieß es hervor. WENN WIR SIE BIS MORGEN NICHT GEFUNDEN HABEN, WERDE ICH MIR ANDERE HELFER SUCHEN, DIE MIR DEN WEG NACH TAL'ORIN BAHNEN.

Stunde um Stunde irrten sie durch die Straßen von Gormtal, von einer Taverne zur nächsten. Aus Lhiuvans Gedanken hatte der Schattenmahr erfahren, dass Gastwirte nicht nur zahlreiche Leute kannten, sondern häufig auch aus den Gesprächen ihrer Gäste manches aufschnappten und eine gute Informationsquelle darstellten. In Gormtal jedoch schien selbst diese Quelle ausgetrocknet zu sein.

Dass sich Elben in der Stadt aufhielten, war unbestritten, viele wussten davon. Allem Anschein nach hatten sie sich tatsächlich vor allem unter denen, die in der Stadt Schrecken, Chaos und Furcht verbreiteten, mächtige Feinde geschaffen, indem sie ihre Machenschaften durchkreuzten und den Schwachen halfen. Lhiuvans Hochachtung für sie steigerte sich dadurch noch, und er hoffte inbrünstig, dass die Suche nach ihnen wirklich erfolglos bleiben würde.

Meistens begegnete man ihm mit Feindseligkeit, sobald er sich nach ihnen erkundigte, doch stets bannte der Schattenmahr sein Gegenüber mit seiner Macht. So verschwand nicht nur die Aggressivität der Befragten, sondern er konnte auch sicher sein, dass er die Wahrheit erfuhr.

Ansonsten jedoch brachte auch diese ihn nicht weiter, da absolut niemand etwas zu wissen schien.

Ich habe dir gesagt, dass du sie nicht finden wirst, wenn sie nicht gefunden werden wollen, triumphierte Lhiuvan. *Unser Volk mag nicht mehr annähernd so mächtig sein wie zu der Zeit, als wir dich und deinesgleichen von dieser Welt vertrieben haben, aber das heißt noch längst nicht, dass wir deshalb schwach sind.*

SCHWEIG!

Ohne die Hilfe von Elbenkriegern wird es dir niemals gelin-

gen, bis nach Tal'Orin vorzudringen, oder du bräuchtest schon ein ganzes Heer, um die Ghoule …

Warnungslos brach der Schmerz über ihn herein und ließ ihn zusammenbrechen. Glühende Klingen schienen in sein Gehirn zu schneiden und jeden freien Gedanken aus ihm herauszubrennen. Unbeherrscht hatte der Schattenmahr zugeschlagen, was zeigte, wie sehr der Fehlschlag ihn bereits zermürbt hatte.

Nach wenigen Sekunden erlosch der Schmerz bereits wieder.

REIZE MICH NICHT ODER ICH WERDE DICH …

Der Schattenmahr verstummte, als etwas Kaltes, Hartes gegen seinen Hals gepresst wurde. Eine Schwertklinge.

»Bleib liegen!«, befahl eine Stimme. »Und keine hastige Bewegung, oder du stirbst. Dreh dich nun ganz langsam herum.«

Lhiuvan kam dem Befehl nach und nutzte die Gelegenheit, um sich umzublicken. Die Nacht war inzwischen fast vorbei, und um diese Zeit hielt sich selbst hier kaum noch jemand auf den Straßen auf. Ein Stück entfernt fiel aus den Fenstern des Wirtshauses, in dem er zuvor gewesen war, Licht auf das Straßenpflaster.

Obwohl er durch den Schmerz nur wenige Sekunden außer Gefecht gesetzt gewesen war, standen wie aus dem Boden gewachsen vier Gestalten um ihn herum und richteten ihre Schwerter auf ihn, eine fünfte hielt ihre Klinge ununterbrochen an seinen Hals gepresst. Alle trugen eng anliegende, schwarze Kleidung und gleichfalls schwarze Tücher um den Kopf geschlungen, die nur zwei Schlitze für den Mund und die Augen freiließen.

»Wir mögen es nicht, wenn jemand zu viele Fragen über uns stellt«, sagte der Unbekannte und bestätigte damit Lhiuvans Verdacht, dass er es mit den gesuchten Elben zu tun hatte. »Warum suchst du nach uns, Priester? Wer bist du?« Mit der Schwertklinge schob er die Kapuze zurück und stieß gleich darauf einen überraschten Laut aus. »Du bist ein Elb. Du … *Lhiuvan?*«

Lhiuvan nickte.

»Ja, ich bin es. Begreift ihr jetzt, weshalb ich euch gesucht habe?«

Er wollte aufstehen, doch die Spitze der Klinge drückte unverwandt gegen seinen Kehlkopf und zwang ihn zurück.

»Nein, ich begreife nicht. Wir haben Nachricht erhalten, dass du unser Volk verraten hast und gesucht wirst. Dir werden schreckliche Verbrechen vorgeworfen. Was willst du bei uns?«

Statt zu antworten, schlug der Schattenmahr mit seiner magischen Kraft zu. Er richtete sie gegen alle fünf Elben zugleich – und stieß kurz darauf ein zorniges, lautloses Gebrüll aus. Anders als bei den Menschen, die er bislang unter seinen Willen gezwungen hatte, prallte seine Macht von den Elben wirkungslos ab.

Gespürt hatten sie den Angriff trotzdem, wie Lhiuvan an ihrem Zusammenzucken bemerkte.

»Was soll das? Du kannst uns nicht beeinflussen. Noch so ein Versuch, und wir töten dich auf der Stelle.«

Mit Lhiuvans Hand griff der Schattenmahr nur nach dem Bein des Elben. Dessen Gesicht war zwar hinter den Tüchern verborgen, doch Lhiuvan konnte sehen, wie sich etwas in seinen Augen veränderte. Er zog die Klinge ein wenig zurück.

»Ergreift ihn und stellt ihn auf die Beine, aber haltet ihn gut fest!«, befahl er.

Zwei der anderen Elben taten, was er gesagt hatte. Lhiuvan fühlte sich von kräftigen Händen gepackt und hochgehoben. Allerdings hielten sie ihn so locker, dass er sich jederzeit losreißen hätte können, wenn er dies wollte. Obwohl er sie nicht wie zuvor die Menschen unter seinen Willen zwingen konnte, musste es dem Schattenmahr irgendwie gelungen sein, sie dennoch zu beeinflussen. Es war genau in dem Moment geschehen, in dem sie ihn berührt hatten, also war dafür offenbar körperlicher Kontakt nötig.

SO IST ES. ICH HABE MIT IHNEN DASSELBE GEMACHT WIE MIT DIR VOR JAHREN, ALS DU MIT DEM TOR IN KONTAKT GEKOMMEN BIST. EIN WINZIGER TEIL MEINES GEISTES BEFINDET SICH NUN IN IHNEN UND VERÄNDERT IHREN VERSTAND SO, DASS SIE IN MEINEM SINNE HANDELN. SIE MERKEN NICHT EINMAL, DASS ES NICHT IHRE EIGENEN GEDANKEN SIND, DIE SIE DAZU BRINGEN.

»Ihr beiden durchsucht ihn nach Waffen«, wandte sich der Elb, der noch immer sein Schwert auf ihn richtete, an seine beiden übrigen Begleiter.

Lhiuvan wollte schreien, sie irgendwie warnen, aber er war machtlos.

Im gleichen Moment, in dem die beiden ihn berührten, wurden auch sie zu einem Opfer des Schattenmahrs.

»Wie viele von euch gibt es insgesamt in Gormtal?«, fragte er.

»Zehn«, antwortete einer der Elben, ohne zu zögern.

»Dann bringt mich jetzt zu den anderen!«

19

DAS TRIBUNAL

Thalinuels Geschichte, September 11657
alter Zeitrechnung der Elben

Der Kampf innerhalb der Zwergenmine war nur kurz gewesen, trotzdem hatte auch er Opfer gefordert, wenngleich kaum mehr als die Angriffe zuvor. Darüber hinaus hatten viele Elben Verletzungen davongetragen, die meisten jedoch nicht allzu schwer. Alles in allem aber hatten sie einen hohen Preis für den Sieg bezahlen müssen. Er bezifferte sich nicht nur in den vielen Toten und Verletzten, sondern auch in der Anwendung von finsterer Chaosmagie und der Missachtung eines direkten Befehls des Königs, was sicherlich noch Folgen nach sich ziehen würde.

Olvarian hatte sogar noch in weiterer Hinsicht gegen dessen Anordnungen verstoßen. Natürlich hatte er nach dem Sieg nicht einfach alle Krieger wie verlangt in ihre Heimatorte zurückschicken und die Zwerge sich selbst überlassen können. Eine kleine Abteilung aus einer der unabhängigen Städte hatte er zurückgelassen, damit sie die Rückkehr der Zwerge an die Oberfläche überwachten und den Zugang zur Mine anschließend möglichst dauerhaft verschlossen.

Sollten die Zwerge sich weigern, die Kapitulationsvereinbarungen einzuhalten, würden die wenigen Elben sie zu nichts zwingen können, aber es war nicht zu erwarten, dass so etwas geschehen würde. In diesem Fall hätten die Zwerge damit rechnen müssen, dass bereits wenige Tage später erneut ein Elbenheer vor der Mine stand, und geschwächt, wie sie nun waren, konnten sie keinen weiteren Kampf durchstehen.

Nachdem sie ihre Toten begraben hatten, machte sich das übrige Heer auf den Heimweg. Ein Stück des Weges ritten sie gemeinsam, doch nach und nach trennten sich immer mehr kleine Züge von ihnen, so wie sie auf dem Hinweg zu ihnen gestoßen waren, um zu den Städten zurückzukehren, aus denen sie stammten.

Sie ritten schnell, denn Unruhe hatte Olvarian befallen. Viel mochte geschehen sein, seit die Reiter des Königs von Saltinan aufgebrochen waren, und er wollte so schnell wie möglich alle Neuigkeiten erfahren und sich mit Molakan beraten.

Zwei Tage benötigten sie, und es war bereits später Nachmittag, als sie in der Ferne schließlich das Meer und die Türme von Saltinan erblickten, die sich davor abhoben. Nur dreizehn von den zwanzig, die von hier aufgebrochen waren, kehrten zurück.

Ihr Kommen blieb nicht unbemerkt. Als sie sich der Stadt näherten, verließ eine große Abteilung Reiter in den Uniformen der königlichen Garde Saltinan und kam ihnen entgegen.

Thalinuel beobachtete sie mit einem unbehaglichen Gefühl.

»Was mag das zu bedeuten haben?«, wandte sie sich an Verilon.

»Auf jeden Fall Ärger. Es wäre ziemlich verwegen, zu glauben, dass der König die Auflehnung gegen seinen Befehl einfach so übergehen wird. Ein solches Ereignis hat es seit Jahrtausenden nicht mehr gegeben, wenn überhaupt schon jemals.«

»Kein Wunder, seit dem Zeitalter des Feuers haben wir uns auch nicht mehr im Krieg befunden, wie ihn Lotharon jetzt ausgerufen hat. Aber was soll schon groß geschehen? Wir werden einen Tadel erhalten und vielleicht ein paar Strafdienste verrichten müssen.«

»Ich weiß nicht, ob es wirklich dabei bleiben wird«, murmelte Verilon. »Es war äußerst klug vom König, das Kriegsrecht auszurufen. Es macht ihn nicht nur zum Oberbefehlshaber über alle Krieger und räumt ihm weitgehende Machtbefugnisse ein. Wer gegen seine Befehle verstößt, den kann er auch nach Kriegsrecht als Verräter bestrafen.«

»Und das bedeutet?« Thalinuel lachte nervös. »Ich meine, es gibt bei uns schließlich keine Todesstrafe.«

»Das nicht, aber er besitzt viele andere Möglichkeiten. Er kann uns gefangen nehmen, uns sogar aus dem Kriegerheer ausschließen und uns verbieten, jemals wieder Waffen zu tragen.«

»Aber…« Der Schreck fuhr Thalinuel in die Glieder. Damit hatte sie nicht gerechnet. »Warum sollte er das tun? Wir haben in bester Absicht für unser Volk gehandelt. Auch er wird einsehen, dass es ein wichtiger Sieg im bevorstehenden Krieg war, die Waffenlieferungen an die

Menschen zu unterbinden. Ich meine, wir haben schließlich nicht aus eigennützigen Gründen gehandelt.«

Verilon zuckte mit den Achseln.

»Ich weiß auch nicht, was geschehen wird. Es muss ja nicht gleich zum Schlimmsten kommen, ich wollte dir keine Angst machen. Warten wir einfach ab.«

Die Gardisten waren inzwischen herangekommen und zügelten ihre Pferde. Angeführt wurden sie auch diesmal von Natalion.

»Du hast einen großen Fehler begangen, als du gegen den Befehl des Königs gehandelt hast, Olvarian«, sagte er. »Und das gilt auch für euch andere. Nun werdet ihr die Konsequenzen dafür tragen müssen.«

»Ich bin immer noch der zweite Hüter der Türme von Saltinan und verlange, von Euch entsprechend ehrenvoll angesprochen und behandelt zu werden«, entgegnete Olvarian kühl.

Natalion lächelte.

»Du irrst dich. Wegen Verrats gegen den König hat er dich von diesem Posten entbunden und dir sämtliche Privilegien aberkannt. Ebenso wie Molakan nicht länger Hüter der Türme ist. Ich habe den Auftrag, dich zu ihm zu bringen, denn du wirst mit ihm zusammen vor einem Kriegstribunal des Verrats, der Befehlsverweigerung und des Aufruhrs angeklagt. Auf Befehl des Königs seid ihr alle festgenommen.«

Ungläubig riss Thalinuel die Augen auf. Das konnte doch nur ein Albtraum sein!

»Du wirst mir jetzt dein Schwert und deine sonstigen Waffen aushändigen, Olvarian. Und auch ihr anderen werdet eure Waffen ablegen, dann erspare ich euch die Demütigung, in Fesseln durch die Straßen von Saltinan geführt zu werden.

Verlangend streckte Natalion die Hand aus. Olvarian starrte ihn einige Sekunden lang hasserfüllt an, dann senkte er den Kopf. Er legte die Hand auf den Griff seines Schwertes, zog sie dann aber wieder zurück.

»Nein!«, brüllte er und versetzte Natalion mit dem Handballen einen harten Schlag gegen die Brust, der den Gardisten rücklings vom Pferd stürzen ließ. Gleichzeitig riss er sein eigenes Pferd am Zügel herum und preschte los. Mehrere der anderen Krieger schlossen sich ihm an.

Einem ersten Impuls folgend wollte auch Thalinuel losreiten, doch Verilon erkannte ihre Absicht und hielt sie am Arm zurück.

»Nicht!«, stieß er hervor. »Das bringt nichts. Dadurch verschlimmerst du deine Lage nur noch.«

»Ihnen nach!«, brüllte Natalion zornbebend und rappelte sich auf. Mehrere Gardisten nahmen die Verfolgung auf, doch war der Vorsprung der Flüchtenden bereits beträchtlich.

Zusammen mit den anderen, die zurückgeblieben waren, ließ Thalinuel sich widerstandslos entwaffnen und festnehmen.

Bislang hatte sie noch nicht einmal gewusst, dass es in Saltinan überhaupt Kerker gab, und erst recht hätte Thalinuel nicht gedacht, dass sie selbst jemals darin eingesperrt werden würde. Als wäre es eine besondere Ironie des Schicksals, lagen die Zellen ausgerechnet im Haus der

Türme, dem früheren Amtssitz Molakans, der nun selbst ebenfalls hier eingekerkert war, allerdings in einer eigenen Zelle, während sie sich zu zehnt eine teilen mussten.

Es gab noch weitere Gefangene, die sich offenbar ebenfalls geweigert hatten, den Befehlen zu gehorchen, oder sie waren enge Vertraute von Molakan und sollten deshalb zusammen mit ihm angeklagt werden. Gesehen hatte Thalinuel sie nicht, aber die verriegelten Zellentüren aus dickem Holz mit Wachposten davor, an denen sie vorbeigeführt worden war, waren unmissverständlich.

»Das ist doch alles eine riesige Farce«, stieß einer der Krieger hervor. »Der König möchte nur seine Macht demonstrieren. Er wird an uns ein Exempel statuieren, und wir haben ihm auch noch selbst den Vorwand geliefert, den er dafür braucht.«

»Ich hätte nie gedacht, dass uns solche Folgen erwarten könnten«, stimmte ein anderer zu. »Wie konnten wir nur so dumm sein, den Angriff auf die Mine trotzdem durchzuführen? Wären wir bloß zusammen mit den anderen umgekehrt, dann wären wir jetzt nicht in dieser Situation.«

»Wir haben den Angriff durchgeführt, weil es das einzig Richtige war«, ergriff Verilon das Wort. »Jedenfalls das einzig Richtige für unser Volk, und dessen Wohlergehen sollte uns wichtiger sein als unser persönliches Schicksal. Statt nur daran zu denken, solltet ihr euch lieber vor Augen halten, wie viele Elben durch die Waffen gestorben wären, die dank unseres Eingreifens nun niemals zu den Menschen gelangen. Mag Lotharon uns auch bestrafen, erst die Geschichte wird über uns richten. Und über ihn.«

Seine Worte beschämten die anderen. Auch Thalinuel

spürte, wie eine Art trotziger Mut in ihr aufstieg. Ihr waren ebenfalls bereits Zweifel gekommen, ob sie sich richtig entschieden hatte, als sie an der Erstürmung der Mine teilgenommen hatte, doch diese Zweifel verflogen jetzt. Mochte man sie auch bestrafen, sie hatte gehandelt, wie ihr Gewissen es ihr vorgeschrieben hatte.

Die Kerkertür wurde geöffnet, und einer der Aufseher trat ein.

»Du«, sagte er und deutete dabei auf sie. »Es ist Besuch für dich gekommen, deine Schwester. Komm mit.«

Verwundert erhob Thalinuel sich von dem Baumstumpf, auf dem sie gesessen hatte. Zwar war ihre Schwester innerhalb ihrer Familie diejenige, mit der sie sich noch am besten verstand, doch allzu herzlich war ihr Verhältnis deshalb trotzdem nicht. Dass Lacaria sie hier besuchen kam, hätte sie nicht erwartet.

Sie wurde aus der Zelle und über einen langen Gang bis zu einem weiteren kleinen Raum geführt. Er war fensterlos, wurde nur von einer Lampe erhellt. Kaum war sie eingetreten, wurde die Tür hinter ihr wieder geschlossen.

Als Erstes fiel ihr Blick auf die beiden Krieger der königlichen Garde, die an der gegenüberliegenden Wand Posten bezogen hatten, dann erst nahm sie die Frau wahr, die vor ihnen hinter einem Tisch saß. Auch jetzt trug Königin Larisal wieder ihren Kapuzenmantel, aber sie hatte die Kapuze bereits zurückgeschlagen.

»Meine Königin«, murmelte Thalinuel und verneigte sich.

»Setz dich. Ich habe mit dir zu reden«, befahl Larisal und deutete auf den Platz ihr gegenüber.

»Ich wusste gar nicht, dass meine Schwester Königin geworden ist«, sagte Thalinuel, während sie Platz nahm.

»Lass den Unsinn. Mir scheint, dir ist der Ernst deiner Lage noch immer nicht völlig bewusst.« Zorn funkelte in Larisals Augen. »Ich bin sehr enttäuscht von dir. Ich habe dir eine Chance geboten, deinen Hals aus der Schlinge zu ziehen, aber du hast es vorgezogen, weiterhin mit den Verrätern zu paktieren und direkte Befehle deines Königs zu missachten.«

»Ich habe nur getan, was ich für das Richtige hielt.« Thalinuel war entschlossen, ihre Position diesmal stärker zu vertreten. Sie hatte nicht mehr viel zu verlieren. Auf keinen Fall würde sie sich noch einmal so herablassend behandeln lassen wie beim letzten Gespräch. Schon dieses hatte ihr gezeigt, dass Königin Larisal keineswegs die milde, freundliche, stets auf Ausgleich bedachte Gebieterin war, als die sie in der Öffentlichkeit meist auftrat.

»Und wie kommst du darauf, dir einzubilden, dass du besser als der König weißt, was das Richtige für unser Volk ist?«, zischte Larisal.

»Die Waffenlieferungen der Zwerge …«

»Waffenlieferungen«, schnaubte sie. »Du begreifst es einfach nicht, wie? Diese Waffenlieferungen hat es nie gegeben! Das Einzige, was die Zwerge an die Menschen geliefert haben, waren Werkzeuge, ansonsten waren sie in den vergangenen Monaten nur damit beschäftigt, ihre Mine auszubauen. Bis sie wegen vorgeschobener, frei erfundener Anschuldigungen von einem Elbenheer überfallen und abgeschlachtet wurden!«

»Das … das ist nicht wahr«, keuchte Thalinuel. »Ich

habe die Beweise selbst gesehen. Waffen mit dem Siegel von König Voltan darauf, die den Menschen abgenommen wurden.«

»Ich weiß nicht, wie Molakan an die Waffen gelangt ist, aber von den Menschen stammen sie mit Sicherheit nicht. Das ist alles nur Teil eines Komplotts, das er und Olvarian ausgeheckt haben. Wie auch so vieles andere, begreifst du das nicht? Oder *willst* du es einfach nicht begreifen?«

Ungläubig starrte Thalinuel sie an. Das war das Absurdeste, was sie jemals gehört hatte. Von was für einem Komplott sprach Larisal? Molakan hatte niemals die bestehende Ordnung in Frage gestellt, sondern nur versucht, ihr Volk vor den wachsenden Übergriffen zu schützen, wie es eigentlich Aufgabe des Königs gewesen wäre. Aber der hatte es ja vorgezogen, untätig zu bleiben.

Natürlich hatte der Hüter der Türme damit gegen die Interessen des Königs gehandelt und gemeinsam mit den Verwaltern zahlreicher anderer Städte einen Weg gefunden, die Gefahr zu bekämpfen, die Lotharon einfach nicht hatte sehen wollen. Aber das als ein Komplott zu bezeichnen und ihm Verrat vorzuwerfen, war geradezu lächerlich. Wenn jemand Verrat an ihrem Volk übte, dann eher die Verweigerer, die am liebsten nur die Hände in den Schoß gelegt und darauf gewartet hätten, dass die jüngeren Völker von allein zur Einsicht kamen und die Elben wieder als Freunde statt als Feinde betrachten würden.

Ohne Molakan und viele andere wären die elbischen Städte vielleicht jetzt schon belagerte Oasen, aus denen sich kein Elb mehr herauswagen konnte, ohne in Lebensgefahr zu geraten.

»Ich sehe schon, du glaubst mir nicht«, seufzte Larisal. Thalinuel antwortete erst gar nicht darauf. »Und ich kann dir keine Beweise vorlegen, außer den Aussagen einiger Beteiligter, die morgen vor dem Tribunal gehört werden sollen. Vielleicht wollte Molakan unser Volk anfangs tatsächlich nur schützen, weil er fürchtete, was aus den jüngeren Völkern werden könnte, wenn wir sie sich selbst überließen. Aber er hat sich auf einen verhängnisvollen Weg begeben. Es ist nicht die Art unseres Volkes, andere zu beherrschen und zu unterdrücken, und doch beherrschen Elben mittlerweile fast die Hälfte der bekannten Welt. Gibt dir das nicht zu denken?«

»Es ist nur für eine Übergangszeit. Nach und nach werden die Völker ihre Freiheit zurückerhalten, aber so, dass sie sich nicht wieder gegen uns wenden können.«

»Diese Behauptung habe ich oft gehört in letzter Zeit, und sie wird auch morgen sicherlich wieder vorgetragen werden. Möglicherweise glaubst du sogar wirklich daran. Aber in Wahrheit hat Molakan angefangen, den verhängnisvollen Traum von Macht zu träumen. Er hat sich ein gewaltiges Reich geschaffen, das er unter allen möglichen Vorwänden ständig zu vergrößern trachtet. Er bezeichnet sich nicht öffentlich als Herrscher, aber er ist es, ohne dessen Befehl nichts geschieht.«

»Warum erzählt Ihr mir … das alles?«, fragte Thalinuel. Sie hatte eigentlich fragen wollen, warum sie ihr *all diese Lügen* erzählte, ihre Wortwahl aber im letzten Moment noch geändert. Ein immer größerer Grimm ergriff Besitz von ihr. Die Königin schien sie für sehr einfältig zu halten, wenn sie glaubte, sie mit einem solchen Gespinst unglaublicher Unterstellungen auf ihre Seite ziehen zu können.

»Du giltst als eine vielversprechende junge Kriegerin, vielleicht eine der besten, und kannst es einmal weit bringen, wenn du dich nicht vom richtigen Weg abwendest. Auch Molakan scheint in dir ein großes Potential zu sehen, jedenfalls hat er dich zu nahezu all seinen wichtigen Kampf- und Eroberungsmissionen in der letzten Zeit eingeteilt. Ich glaube nicht, dass der morgige Tag unsere Probleme lösen, sondern dass er neue, vielleicht noch schwierigere schaffen wird. Lass dich nicht von Molakan und seinen Anhängern mit ins Verderben reißen. Dies ist deine letzte Chance, dich von allen Verfehlungen, die du bereits begangen hast, reinzuwaschen. Kehre auf die Seite deines Königs zurück. Je nachdem, wie das morgige Tribunal verläuft, werde ich dir dann sagen, was du für uns tun kannst. Ich würde es bedauern, wenn du die falsche Entscheidung triffst, aber sei versichert, du bist nicht die Einzige, mit der ich ein solches Gespräch führe, und bei anderen bin ich bereits auf offenere Ohren gestoßen.«

Die Drohung in ihren Worten war unmissverständlich. Thalinuel sprang auf.

»Ich habe mich niemals gegen meinen König gewendet, sondern stets nur Schaden von unserem Volk abwenden wollen«, stieß sie heftig hervor. »Aber inzwischen zweifle ich daran, ob auch er dieser Aufgabe noch gerecht wird. Auf keinen Fall werde ich das Vertrauen derer, die sich wirklich um die Sicherheit unseres Volkes sorgen, missbrauchen und für Euch spionieren.«

»Nun, wie du meinst.« Auch die Königin erhob sich.

»Dann gibt es wohl nichts mehr zu sagen. Bringt sie zurück in ihre Zelle!«

Das bereits für den nächsten Tag anberaumte Tribunal fand auf dem großen, freien Platz zwischen dem Königspalast und dem Haus der Türme statt, den beiden Machtzentren und zugleich prächtigsten Gebäuden Saltinans. Jahrtausendelang hatte ein enges, freundschaftliches Verhältnis zwischen beiden Häusern geherrscht, gemeinsam waren von hier aus die Geschicke der Stadt und des elbischen Volkes gelenkt worden.

Und nun war ausgerechnet der Hüter der Türme des Verrats und der Verschwörung gegen den König angeklagt.

Es war ein ungeheuerliches, in der Geschichte der Elben noch nie dagewesenes Ereignis, dessen wahre Tragweite viele noch nicht einmal zu ermessen vermochten. Als sie zusammen mit den anderen Gefangenen auf den Platz geführt wurde und fühlte, unter welcher Spannung die zahlreichen Elben standen, die als Beobachter erschienen waren, begann Thalinuel zum ersten Mal zu ahnen, dass in Saltinan nach diesem Tag tatsächlich nichts mehr wie vorher sein würde. Und vielleicht noch weit über die Grenzen Saltinans hinaus.

In der Mitte des Platzes war das Tribunal aufgebaut worden. Es gab einen auf einem Podest erhöht stehenden Tisch, an dem der König und die beiden Richter Platz nehmen würden. Da es sich um ein Kriegstribunal handelte, würde es sich zweifellos um Krieger handeln, deren Loyalität bedingungslos dem König galt.

Davor gab es ein von Gardisten schwer bewachtes Areal,

auf dem Holzbänke standen, zu denen Thalinuel und die anderen Angeklagten geführt wurden. Es waren weit über hundert, nicht nur Kriegerinnen und Krieger, sondern auch viele von Molakans Vertrauten aus dem Haus der Türme. Olvarian und die anderen geflohenen Krieger befanden sich nicht unter ihnen. Offenbar war es ihnen gelungen, ihren Verfolgern zu entkommen.

Einzig für Molakan als Hauptangeklagten gab es vor den Bänken einen einzelnen Stuhl. Statt seiner würdevollen Gewänder trug er schlichte Kleidung, und auch das Stirnband als Insignie seines Amtes hatte er ablegen müssen, nachdem man ihm seinen Status entzogen hatte. Dennoch wirkte er auch jetzt stark und unbeugsam, als er auf dem Stuhl Platz nahm.

Seitlich des Richtertisches und der Bänke für die Angeklagten war eine Art Empore errichtet worden, auf der die Königin und andere besonders hochgestellte Persönlichkeiten saßen.

Darüber hinaus waren zahlreiche Zuschauer erschienen. Niemand wollte sich dieses Tribunal entgehen lassen, und obwohl die Elben dicht gedrängt standen, reichte selbst der große Platz nicht für sie alle aus, sodass sie sich bis in die Seitenstraßen drängelten. Hoch- und Schmährufe gleichermaßen erklangen aus der Menge.

Schließlich erschollen silberne Trompeten und kündigten die Ankunft des Königs an. Begleitet von den beiden Richtern trat Lotharon auf das Podest und nahm auf dem mittleren der drei Stühle Platz, während sich die beiden Krieger rechts und links von ihm setzten.

Bei ihrem Anblick konnte Thalinuel nur mit Mühe ein

Stöhnen unterdrücken. Sie hatte schon vorher nichts anderes erwartet, als dass Lotharon Vertraute auswählen würde, aber dass es ausgerechnet Ophil und Soloran sein würden, damit hatte sie nicht gerechnet. Beide waren selbst nach elbischen Maßstäben bereits alt und dem Königshaus in unverbrüchlicher Treue verbunden, und beide hatten in den vergangenen Wochen immer wieder bekundet, dass sie das gewaltsame Vorgehen gegen die Menschen aufs Schärfste verurteilten.

Nun erhielten sie Gelegenheit, auch im wahrsten Sinne des Wortes ein Urteil darüber zu sprechen. Wie hatte einer der festgenommenen Elben am Vortag gesagt? Dies alles wäre eine riesige Farce. Nun bewahrheitete sich dies. Das ganze Tribunal war nicht mehr als ein Spektakel, um die Form zu wahren; wie immer das Urteil lauten mochte, es war bereits gefällt und könnte ebenso gut direkt verkündet werden.

»Molakan, ehemaliger Hüter der Türme von Saltinan, Ihr seid angeklagt des Verrats, der Anstiftung zur Verschwörung und zum Aufruhr gegen den König, indem Ihr das Volk wiederholt zum Widerstand gegen seine Entschlüsse aufgerufen und Bündnisse mit mehreren anderen Städten geschmiedet habt, damit sie seine Weisungen umgehen«, begann Lotharon. »Darüber hinaus klagen wir Euch an, die Befugnisse Eures Amtes weit überschritten zu haben, indem Ihr zur Schaffung eines neuen Reiches unter Eurer Kontrolle einen Angriffskrieg gegen andere Völker begonnen habt, der unserem Ansehen extrem geschadet und unser Volk in große Gefahr gebracht hat. Mit Euch sind zahlreiche Mitverschwörer angeklagt, die Euch bei Eurem Tun unterstützt und dabei sogar gegen direkte Befehle des Königs verstoßen haben. Weitere Mitverschwörer in anderen Städten werden sich in nächster Zeit gleichfalls vor Tribunalen zu verantworten haben. Bekennt Ihr Euch dieser Verbrechen für schuldig?«

»Ich müsste es wohl tun, wenn es sich tatsächlich um Verbrechen handeln würde«, antwortete Molakan mit über den ganzen Platz hallender Stimme. »Aber das ist nur Eure Auslegung. Wir haben uns stets als ein sehr freiheitsliebendes Volk gesehen, doch versucht Ihr nun, die Nutzung dieser freiheitlichen Rechte als Verbrechen darzustellen. Es steht nirgendwo geschrieben, dass es verboten ist, Kritik an den Entscheidungen des Königs, des Hüters der Türme oder irgendeines anderen Würdenträgers zu äußern. Aber es scheint, als ob Ihr anderen Völkern, die uns und unseren König verhöhnen und beleidigen, mehr Freiheiten zuzugestehen bereit seid, als Angehörigen Eures eigenen Volkes. Dabei war es schon immer unsere Tradition, offene Aussprachen über alles führen zu können, ohne deshalb der Anstiftung zum Aufruhr angeklagt zu werden.«

Zustimmende Rufe erklangen. Geschickt war es Molakan gelungen, den Vorwurf in sein Gegenteil zu verkehren.

»Auch der Vorwurf, die Befugnisse meines Amtes überschritten zu haben, ist eine reine Auslegungssache«, fuhr er fort. »Ebenso wie die Verwalter anderer Städte habe ich Maßnahmen ergriffen, um unsere Städte und Handelswege zu schützen, wie wir es für angemessen hielten. Das war nicht nur eine Befugnis, sondern sogar eine mit meinem Amt verbundene Pflicht. Ich konnte nicht zulassen, dass weiterhin elbische Reisende zum Teil tödlichen Übergriffen ausgesetzt und Bündnisse gegen uns geschmiedet wurden, die irgendwann eine Gefahr für unsere Städte dargestellt hätten. Erinnern wir uns nur daran, was in Riell geschehen ist. Ich konnte nicht zulassen, dass sich solche oder noch schlimmere Ereignisse wiederholen würden.«

»Indem Ihr eigenmächtig Heere ausgeschickt habt, die zahlreiche Ortschaften erobert und Eurer Herrschaft unterworfen haben?«, unterbrach Ophil ihn scharf.

»Allein dieser Vorwurf zeigt schon, wie unhaltbar die Anklagen dieses Tribunals sind. Es gab keinen anderen Weg, die aggressiven und feindseligen Menschen zu befrieden, als sie für eine gewisse Zeit elbischer Kontrolle zu unterstellen. Keineswegs jedoch meiner eigenen, deshalb ist auch der Vorwurf der Schaffung eines Reiches unter meiner Herrschaft völlig absurd. Nur fünf Menschendörfer unterstehen der Kontrolle Saltinans und damit in gewisser Weise meinen Befehlen. Alle anderen werden von den Truppen der Verwalter anderer Städte kontrolliert.«

»Formelle Haarspalterei«, behauptete Soloran. »Ihr habt Euch mit den Verwaltern der Städte, die sich Eurer Art von *Verteidigung* angeschlossen haben, verschworen. Sie sind nicht viel mehr als Eure Handlanger. Ihr seid es, der an den Fäden zieht, nach denen sie tanzen.«

»Ihr meint wohl, ich spiele die Musik, nach der sie tanzen, sonst ergibt Eure Aussage wenig Sinn«, höhnte Molakan. Selbst wenn das Urteil dieses Tribunals längst feststand, hielt Thalinuel es für nicht besonders klug von ihm, die Richter zu verspotten und damit noch mehr gegen sich aufzubringen. »Ich frage mich, was wohl die ehrwürdigen Verwalter großer, florierender Städte dazu sagen würden, dass Ihr sie zu meinen Handlangern degradiert. Ich fürchte, Ihr gesteht mir deutlich zu viel Macht und Einfluss zu.«

»Tun wir das?« Solorans Frage klang lauernd. »Dann wollt Ihr abstreiten, dass Ihr die Verwalter von Städten, die nicht mit Euren Plänen einverstanden waren, unter Druck gesetzt habt, von den Friedensbemühungen des Königs abzurücken und sich Eurem Eroberungsfeldzug anzuschließen? In diesem Fall rufe ich als ersten Zeugen Verwalter Luwilon aus Bre-Than auf.«

Ein Elb in mittlerem Alter wurde vor den Richtertisch geführt. Thalinuel kannte ihn nicht. Luwilon machte einen nervösen Eindruck, mochte es an der Anwesenheit des Königs liegen oder an der ungewohnt großen Menge von Zuschauern, da Bre-Than nur eine kleine elbische Siedlung südwestlich von Saltinan war. Die beiden Richter stellten ihm zunächst einige allgemeine Fragen, ehe sie ihn aufforderten zu schildern, in welcher Form ihm Molakan nahegelegt hätte, sich an den Eroberungen zu beteiligen.

»In der Umgebung von Bre-Than gibt es mehrere kleine Dörfer«, berichtete er mit mittlerweile etwas größerer Selbstsicherheit. Nach der großen Konferenz wurden die elbischen Helfer und Lehrer wie überall auch dort aufgefordert, sie zu verlassen. Davon abgesehen bestand jedoch weiterhin ein freundschaftliches Verhältnis zwischen uns und den Menschen. Es gab keinerlei Übergriffe, sondern stattdessen regen Handel. Ende Juni kam Olvarian, zu dieser Zeit zweiter Hüter der Türme von Saltinan, erstmals nach Bre-Than. Er berichtete, dass Saltinan und zahlreiche andere Städte fortan regelmäßige Patrouillen aussenden würden, um frühzeitig festzustellen, ob sich irgendwo eine Gefahr zusammenbraut, und bedrohten elbischen Reisenden beizustehen. Ich erklärte ihm, dass dies in unserer Gegend nicht nötig wäre, aber er bestand darauf. Inzwischen waren Berichte über Kämpfe in anderen Teilen des Landes zu uns gedrungen, und auch in Bre-Than gab es einige, die ein härteres Vorgehen forderten. Um sowohl sie wie auch Olvarian zufrieden zu stellen, willigte ich in die Patrouillen schließlich ein. Sie unternahmen nur Erkundungsritte, dennoch wurden sie von den Menschen als Bedrohung wahrgenommen, und die freundschaftlichen Beziehungen kühlten merklich ab. Wir waren auch als Gäste in den Dörfern nicht mehr willkommen, und die Handelsbeziehungen fanden ein Ende. Immer häufiger blieben die Tore der Ortschaften für uns verschlossen.«

»Dann waren also allein die Patrouillenritte für die Verschlechterung des Verhältnisses zu den Menschen verantwortlich?«, hakte Lotharon nach.

»So war es. Die Patrouillen und die Berichte aus anderen Gegenden verängstigten die Menschen, sodass sie mit uns nichts mehr zu tun haben wollten.«

»Halten wir fest, dass also die Patrouillen, die für größere Sicherheit sorgen sollten, die Lage stattdessen unsicherer gemacht haben. Und was geschah weiter?«

»Bald darauf besuchte uns der zweite Hüter der Türme von Saltinan erneut. Diesmal behauptete er, es hätte sich erwiesen, dass die Existenz freier menschlicher Ortschaften in direkter Nähe von Elbensiedlungen stets eine Gefahr darstellte. Selbst wenn es bislang noch keine offenen Feindseligkeiten gegeben hätte, würde offenkundig alles darauf zusteuern. Meinen Einwand, dass erst die Patrouillen die Menschen gegen uns aufgebracht hätten, ignorierte er und forderte, dass wir verhindern müssten, dass die Menschen sich gegen uns zusammenschlössen und dadurch zu einer Gefahr für uns würden. Dies wäre nur möglich, indem wir, wie schon an vielen anderen Orten geschehen, auch die Dörfer in unserer Umgebung unter elbische Herrschaft stellten. Ich wies diesen Vorschlag entschieden zurück. Daraufhin drohte er mir, dass ich es mir gut überlegen sollte, ob ich als Verwalter einer kleinen Siedlung wie Bre-Than wirklich das Wohlwollen bedeutender Städte wie Saltinan aufs Spiel setzen wollte. Gerade nach dem Ende des Handels mit den Menschen waren wir auf gute Handelsbeziehungen mit anderen Elbenstädten angewiesen. Dennoch blieb ich bei meiner Ablehnung. Fortan wurden jegliche Warenlieferungen aus Saltinan und anderen Städten, die Molakans Bestrebungen unterstützten, ausgesetzt, wodurch eine schwere Zeit mit erheblichen Entbehrungen für uns begann.«

»Dies wird sich ab jetzt wieder ändern«, versicherte König Lotharon. »Ich danke Euch für Euren Bericht, Verwalter Luwilon, Ihr könnt nun wieder gehen. Was wir gehört haben, zeigt überdeutlich, dass der Angeklagte Molakan die Patrouillen nicht zur Sicherung unserer Städte ausschickte, sondern um Feindseligkeiten zu provozieren und zu schüren, um diese zum Vorwand zu nehmen, die Ortschaften der Menschen anschließend zu besetzen.«

»Die Sicherung Saltinans war stets die Antriebsfeder für mein Handeln«, wies Molakan den Vorwurf entschieden von sich. »Und nicht anders verhielt es sich mit den

Verwaltern anderer Städte, die sich meinem Vorgehen angeschlossen haben, daran habe ich keinen Zweifel. *Freiwillig* angeschlossen haben, wie ich ausdrücklich betone. Und unser Handeln war von Erfolg gekrönt. In den von uns befriedeten Gebieten hat die Zahl der Übergriffe drastisch abgenommen, sie finden praktisch nicht mehr statt. Elben können sich wieder ungefährdet in diesen Landstrichen bewegen. Möglicherweise hat Olvarian sich als mein Gesandter dem Verwalter Luwilon gegenüber ungeschickt ausgedrückt. Es ging niemals darum, Druck auf ihn auszuüben. Aber aufgrund seiner Verweigerung liegt Bre-Than in einem unsicheren Gebiet. Er sollte sich fragen, ob vielleicht nur deshalb niemand mehr mit seiner Siedlung Handel treiben wollte. Warum sollte jemand ein vermeidbares Risiko auf ungesicherten Wegen durch feindliches Gebiet eingehen, wenn es genügend andere Städte gibt, mit denen der Handel sicher und frei von jeglicher Gefahr ist? Wartet noch einen Moment, Verwalter. Ich denke, Ihr habt uns nicht alles erzählt, nicht wahr? Wollt Ihr dabei bleiben, dass es keinerlei Übergriffe von Menschen und keinerlei Hilfe durch andere elbische Städte gegeben hat, oder habt Ihr Euren Bericht nur ein wenig früh beendet?«

»Ich … nun, vor etwas mehr als einer Woche wurde eines unserer kurz vor der Ernte stehenden Felder des Nachts niedergebrannt«, erklärte Luwilon stockend. »Das hat unsere Notlage noch erheblich verschlimmert. Zwei Tage später kamen dann elbische Kampftrupps aus Talarien. Sie besetzten als Reaktion auf das Niederbrennen des Feldes die nahe gelegenen Dörfer der Menschen und unterstellten sie der Kontrolle Talariens, da wir dies nicht übernehmen wollten. Außerdem brachten sie uns eine große Lieferung an Nahrungsmitteln, um unsere größte Not zu lindern. Und sie zwangen die Menschen der besetzten Dörfer, als Wiedergutmachung einen Teil ihrer Ernte an uns abzutreten.«

»Und seither dürfte es keine weiteren Ausschreitungen mehr gegeben haben«, sagte Molakan. »Wie allgemein bekannt, verbindet mich mit dem Verwalter von Talarien eine langjährige Freundschaft, und er war einer der Ersten, die sich meinem sogenannten Feldzug angeschlossen haben. Hätte ich einen solchen Einfluss auf die anderen Städte, wie hier behauptet wird, und hätte ich Verwalter Luwilon für seine Weigerung strafen wollen, hätte ich solche Lieferungen nach Bre-Than doch sicherlich verhindert. Stattdessen wurden die Hilfslieferungen wieder aufgenommen, sobald wir die Initiative ergriffen hatten und die Wege nach Bre-Than nicht länger bedroht waren. Dass es in den von unserem Volk kontrollierten Gebieten wesentlich sicherer ist als anderswo, lässt sich eindeutig nachweisen. Insofern ist der Vorwurf, durch mein Handeln wäre die Lage unsicherer geworden, ebenso unsinnig wie der, dass ich andere Städte hätte einschüchtern und erpressen wollen.«

Thalinuel fand, dass Molakan seine Sache bislang ausgezeichnet machte. Jede Anklage widerlegte er mit nüchternen Tatsachen, statt sich aus der Reserve locken zu lassen. Die Gesichter des Königs und der beiden Richter verfinsterten sich hingegen immer mehr. Mit einer Handbewegung entließ Lotharon den Verwalter.

»Jetzt reicht es!«, rief Ophil und schlug wütend mit der Faust auf den Tisch. »Ihr verdreht alles, wie es Euch gerade passt. Was ihr anstrebt, ist nicht die Art von Frieden und Sicherheit, die aufrechte Elben sich vorstellen. Eure Sicherheit bedeutet Unterdrückung, Euer Frieden ist der Frieden eines Friedhofs. Wir wollen Freundschaft mit den jüngeren Völkern und sie nicht beherrschen!«

»Aber sie selbst haben unsere Freundschaft zurückgewiesen.«

»Wie es zumindest in der Umgebung von Bre-Than dazu gekommen ist, hat Verwalter Luwilon gerade ausführlich geschildert, und so wird es auch an vielen anderen Orten gewesen sein«, ergriff Lotharon wieder das Wort. »Ihr wolltet den anderen Völkern gar nicht erst die Gelegenheit geben, sich für oder gegen unsere Freundschaft zu entscheiden. Stattdessen wolltet Ihr, dass sie unsere Feinde werden, um sie anschließend bekämpfen und unterjochen zu können.«

»Dieser Entwicklung habt Ihr sogar aktiv nachgeholfen, wie wir beweisen können«, fuhr Soloran fort. »Eine Eurer früheren Vertrauten hat uns darüber berichtet und wird ihren Bericht nun vor dem Tribunal wiederholen. Ich rufe die Kriegerin Murcina.«

Stolzen Schrittes kam eine junge Kriegerin auf den Richtertisch zu. Thalinuel konnte sich nicht erinnern, sie schon einmal gesehen zu haben.

»Mein Name ist Murcina«, sagte sie. »Nach dem Scheitern der Verhandlungen mit den anderen Völkern empfand ich großen Zorn auf sie und war der Ansicht, dass man ihnen ein solches Verhalten nicht durchgehen lassen dürfte. Im Verwalter der Türme fand ich jemanden, der mich und viele andere Krieger in dieser Haltung bestärkte und sie mit bedrohlichen Schilderungen von zu erwartenden Kriegen gegen unser Volk noch schürte, denen wir zuvorkommen müssten. Er schickte mich und einige andere aus, denen er besonders vertraute, um die Menschen zu provozieren. Wir sollten bewusst hochnäsig auftreten, sie beschimpfen und verhöhnen, uns wie ihre Herren aufführen und sie wie Untergebene behandeln, um Streit mit ihnen anzuzetteln. So war es in Norburg und mehreren anderen Ortschaften. Wenn die Menschen sich dann gegen uns wandten und uns verjagten, wurde das als Beweis verkündet, wie feindselig sie unserem Volk gegenüber geworden wären. Es kam zu gewalttätigen Auseinandersetzungen, und bei einem dieser Kämpfe wurde ich verletzt. Ich lag lange im Haus der Genesung und hatte Gelegenheit, über mein Tun nachzudenken. Dabei wurde mir bewusst, dass es falsch war, was ich getan hatte. Viele Elben und noch viel mehr Menschen fanden bereits bei den Kämpfen den Tod oder wurden wie ich verwundet, nur um weitere Übergriffe zu verhindern, die wir selbst hervorgerufen hatten. Hätten wir dies nicht getan, so wäre es vermutlich erst gar nicht so weit gekommen.«

»Ich danke auch dir für deine Aussage«, sagte Lotharon. »Nun, Molakan, was habt Ihr dazu zu sagen? Wollt Ihr auch bestreiten, dass ein Teil der von Euch ausgesandten Patrouillen den Auftrag hatte, bewusst Feindschaft zu säen und Übergriffe zu provozieren?«

»Allerdings, das will ich!«, rief Molakan. »Es gibt nur eins, was ich dazu sagen kann: Diese Anschuldigung ist völlig frei erfunden. Es ist richtig, dass Kriegerin Murcina bis zu ihrer Verletzung von mir mehrere Male auf Patrouillenritte geschickt wurde, doch einen entsprechenden Auftrag, wie sie ihn hier geschildert hat, hat es niemals gegeben. Welch einen Sinn sollte so etwas auch haben, außer der an den Haaren herbeigezogenen These, dass die Menschen damit zu weiteren Übergriffen provoziert werden sollten? Nichts dergleichen wäre nötig gewesen. Schon vor den Patrouillenritten hat es Übergriffe gegeben, dazu brauchten sie nicht eigens provoziert zu werden. Vergessen wir doch auch nicht, dass König Hollan bereits vor der Beratung in Tal'Orin einen Anschlag auf uns hat verüben lassen.«

»Wofür es keinen anderen Beweis als Eure eigene Aussage gibt«, fiel ihm Ophil ins Wort. »Nur Ihr habt den Anführer der Tzuul mental verhört und behauptet, dabei von ihm erfahren zu haben, dass König Hollan für den Überfall bezahlt hätte.«

»Dass ein Fremder diesen Auftrag erteilt hat, wurde von den gefangenen Tzuul bestätigt, auch wenn sie seine Identität nicht kannten«, entgegnete Molakan. »Ich selbst bedauere es am meisten, dass es ihrem Anführer gelang, sich selbst zu töten. Gerne hätte ich ihn nach Saltinan gebracht, damit jeder sich von Hollans Schuld hätte überzeugen können. Dann hätte auch der König nicht untätig bleiben können, indem er sich auf den fehlenden Beweis berief, und alles hätte vielleicht einen ganz anderen Verlauf genommen.« Er holte tief Luft. »Aber der entscheidende Punkt ist, dass wir die zeitliche Reihenfolge nicht einfach verdrehen können. Es ist unzweifelhaft belegbar, dass es zuerst von Seiten der Menschen Übergriffe und Feindseligkeiten gegeben hat. Die Patrouillen waren nur eine Reaktion darauf, genau wie später die Besetzung verschiedener Menschensiedlungen. Ich weiß nicht, warum Kriegerin Murcina hier eine solch frei erfundene Geschichte vorträgt, und ich will ihr zugute halten, dass sie ihren Auftrag möglicherweise einfach nur nicht richtig verstanden hat.«

»Verdammter Lügner!«, brüllte die Kriegerin und machte Anstalten, sich auf ihn zu stürzen, hielt sich dann aber doch zurück. »Ich habe nichts falsch verstanden. Ihr habt mir den Befehl genau so erteilt, wie ich es hier geschildert habe, das wisst Ihr! Hialdon, du warst auch bei diesen Ausritten dabei. Warum sagst du nicht, wie es wirklich war? Willst du tatsächlich für diesen Verräter lügen und mit ihm in den Untergang gerissen werden?«

Alle Blicke richteten sich auf den Krieger, der wie alle anderen, die an dem Angriff auf die Zwergenmine beteiligt gewesen waren, ein Stück neben Thalinuel ebenfalls auf den Anklagebänken saß.

»Sprich!«, forderte König Lotharon ihn auf.

»Einen solchen Befehl hat es nie gegeben«, sagte Hialdon. »Ich weiß nicht, warum etwas derartig Unglaubliches hier vorgetragen wird. Aber vielleicht liefern deine eigenen Worte uns ja einen Hinweis darauf, Murcina. Kann es Angst sein, wegen deiner Teilnahme an den Patrouillen ebenfalls angeklagt zu werden? Hat man dir möglicherweise versprochen, dass dies nicht geschehen würde, wenn du hier eine so absurde Anklage vorträgst?«

»Schweig!«, donnerte Lotharon. »Ich dulde es nicht, dass hier unterstellt wird, Zeugen seien beeinflusst worden, bewusst falsche Aussagen zu machen!«

»Dann fragt doch nicht nur mich, sondern auch die anderen Mitangeklagten«, sprach Hialdon ungerührt weiter. »Viele von ihnen haben von Anfang an an den Patrouillen teilgenommen. Fragt doch, ob irgendeiner von ihnen etwas von einem derartigen Auftrag weiß!«

Niemand ergriff das Wort. Thalinuel konnte nur den Kopf schütteln. Dieses Tribunal wurde immer verrückter, die Anschuldigungen immer unhaltbarer. Wären die Richter unvoreingenommen und frei in ihrer Entscheidung gewesen, hätten sie gar nichts anderes tun können, als die Anklagen fallen zu lassen. Aber es zeigte sich immer deutlicher, dass es hier nicht um die Wahrheit ging, sondern nur darum, einen lästigen Gegner der königlichen Pläne loszuwerden.

Wie hatte es bloß dazu kommen können, dass ein elbischer König so weit sank und es nötig hatte, auf solche Methoden zurückzugreifen? Derlei Intrigen passten eher zu den Menschen als zu ihrem Volk.

Angst empfand Tahlinuel nicht, lediglich eine quälende Ungewissheit. Es ging nicht mehr um die Frage, ob, sondern nur wie sie bestraft werden würde. Sie glaubte inzwischen nicht mehr, dass sie und die anderen mit ein paar Strafdiensten davonkommen würden. Für eine so leichte Strafe war dieses Tribunal mit seinen schweren Anklagen eine zu große Angelegenheit. Es sollte alle anderen davor abschrecken, gegen die Interessen des Königs zu handeln, und dafür waren drastischere Strafen vonnöten. Vermutlich würde man ihr alle Ehrentitel aberkennen und sie für einige Monate, vielleicht sogar Jahre, aus dem Kriegerverbund ausschließen, was eine große Demütigung und

Schande darstellte. Selbst das Tragen von Waffen wäre ihr dann verboten.

Noch schlimmer allerdings wäre eine Haftstrafe. Diese war zwar bei ihrem Volk äußerst unüblich und war seit langer, langer Zeit schon nicht mehr verhängt worden, aber in dieser Situation konnte Thalinuel nicht einmal das ausschließen.

»Wie ich sehe, gibt es niemanden, der die Behauptungen dieser Zeugin bestätigen kann«, ergriff Molakan wieder das Wort. »Selbst diejenigen, die dem gleichen Trupp wie sie angehört haben, bestreiten, dass es solche Befehle gegeben hat, was ihre Aussage und ihre Motive dafür in reichlich fragwürdigem Licht erscheinen lässt. Alles, was man mir vorwerfen kann, ist, dass mein Handeln sich nicht mit den Interessen des Königs deckt. Aber als Hüter der Türme und somit Verwalter dieser Stadt war es nicht meine Aufgabe, Entscheidungen zu treffen, die ihm möglichst gut gefallen, sondern nach bestem Wissen und Gewissen für die Sicherheit Saltinans zu sorgen. Genau das habe ich getan, und die Verwalter vieler anderer Städte haben ebenso gehandelt. Macht uns das alle zu Verrätern? Wenn es neuerdings ein Verbrechen ist, seine Aufgaben möglichst gewissenhaft und erfolgreich zu erfüllen, dann sind wir in der Tat fraglos schuldig, denn wir haben die Sicherheit in weitem Umkreis deutlich erhöht. Aber verurteilt werden sollen wir, weil wir dies durch ein hartes Vorgehen erreicht haben, das dem König nicht gefällt. Einem König, der deshalb anscheinend zu jedem Mittel greift, selbst der Verhängung des Kriegsrechts, obwohl er ganz offenkundig gar nicht vorhat, Krieg zu führen, und der ein solches

Tribunal einberuft, nur um lästige Widersacher loszuwerden und seine eigenen Interessen leichter durchsetzen zu können. Denn nur darum geht es hier doch in Wahrheit!«

Zustimmende Rufe erklangen aus der Menge.

»Ruhe, oder ich lasse den Platz räumen!«, brüllte Lotharon mit vor Zorn verzerrtem Gesicht. »Und auch Ihr schweigt, Angeklagter! Ihr verbessert Eure Lage nicht, wenn Ihr mir unlautere Motive unterstellt, und ich lasse nicht zu, dass Ihr die Rechtmäßigkeit dieses Tribunals in den Schmutz zieht.« Er fasste sich wieder und fuhr mit ruhigerer Stimme fort: »Wir haben genug gehört. Das Gericht wird nun über das Urteil beraten. Vorher möchte ich jedoch noch ein Wort an die Mitangeklagten richten. Wir haben hier eine Kostprobe von der Zungenfertigkeit des früheren Hüters der Türme erhalten. Manche von euch mag er damit betört haben. Ich glaube nicht, dass alle von euch sich im vollen Wissen um die Hintergründe und seine Motive an dieser Verschwörung und diesem Verrat beteiligt haben. Diesen möchte ich jetzt eine letzte Gelegenheit geben, sich aus seiner unheilvollen Umklammerung zu lösen. Steht auf und sagt euch von diesem Verräter los, sagt, dass ihr eure Taten bereut und bittet euren König um Gnade, dann mag das Urteil über euch milder ausfallen.«

Er ließ seinen Blick über die Angeklagten schweifen, doch niemand erhob sich. Spätestens nach dem, was sie gerade erlebte, war auch Thalinuel so voller Zorn, dass es für sie nicht in Frage kam, um eines kleinen persönlichen Vorteils willen ihre Überzeugungen zu verraten. Sie hatte nichts getan, was sie bereuen und wofür sie sich schämen müsste, was dieses Tribunal auch immer anderes verkünden mochte. Lieber würde sie stolz erhobenen Hauptes ihre Strafe auf sich nehmen.

»Nun gut«, sagte Lotharon sichtlich enttäuscht. »Das Tribunal wird eure Unnachgiebigkeit und eure mangelnde Einsicht in seinem Urteil berücksichtigen. Wir werden jetzt darüber beraten.«

Es herrschte gespannte Stille, während der König und die beiden Richter leise miteinander sprachen.

»Ein schlechter Witz«, raunte Verilon. »Wahrscheinlich unterhalten sie sich über das Wetter oder dergleichen. Ihr Urteil haben sie längst gefällt. Aber fürchte dich nicht, wenn er all unsere Bemühungen zunichte macht und die Menschen sich erneut gegen ihn erheben, wird Lotharon schon bald erkennen, dass er einen großen Fehler begeht.«

»Ich fürchte mich nicht«, gab Thalinuel zurück. »Ich bedauere nur, dass alles, was wir erreicht haben, offenbar vergeblich war. Der König wird die Truppen aus den besetzten Dörfern abziehen, soweit er es nicht schon getan hat, und die Menschen wieder sich selbst überlassen. Wahrscheinlich wird er sogar die Zwerge in ihre Mine zurückkehren lassen, damit sie dort neue Waffen schmieden können, und unsere Opfer waren vergebens. Diese Vorstellung ist schlimmer für mich als jede Strafe, mit der Lotharon mich belegen kann.«

Nur wenige Minuten dauerten die Beratungen, dann erhoben sich der König und die beiden Richter.

»Obwohl Ihr Euch sehr geschickt bemüht habt, unsere Beweise wenig überzeugend erscheinen zu lassen und zu Eurem Vorteil zu verdrehen, sieht dieses Tribunal Eure Schuld als erwiesen an, Angeklagter Molakan«, verkündete

Lotharon das Urteil. »Ihr werdet schuldig gesprochen des Verrats und des Missbrauchs Eures Amtes als Hüter der Türme, indem Ihr unter dem Vorwand, die Stadt zu schützen, fremde Völker widerrechtlich mit einem Eroberungskrieg überzogen und die Friedensbemühungen des Königs damit sabotiert habt. Des weiteren werdet Ihr schuldig gesprochen, eine Verschwörung mit den Verwaltern anderer Städte geschmiedet zu haben, um Eure Pläne in großem Maßstab verwirklichen zu können. Damit habt Ihr vordergründig die Städte sicherer gemacht, wie Ihr selbst ausgeführt habt, aber Ihr habt auch alle anderen Völker zu Feinden der Elben gemacht. Sie stellen ein Heer auf, um gegen uns in den Kampf zu ziehen. Damit ist die Situation nicht sicherer, sondern gefährlicher geworden. Viele unserer Krieger haben durch Eure Machenschaften den Tod gefunden, und wenn es zu einer Schlacht kommt, werden noch viele weitere sterben, auch wenn wir diesen Krieg gewinnen.«

Er machte eine kurze Pause und wandte sich dann den anderen Angeklagten zu.

»Soweit es euch betrifft, befinden wir euch für schuldig, den Angeklagten Molakan bei seinen Verbrechen unterstützt und sie dadurch erst möglich gemacht zu haben. Ihr habt weder Reue noch Einsicht gezeigt, als das Tribunal euch die Gelegenheit gab, eure Verfehlungen einzugestehen und der Loyalität dem Verräter gegenüber zu entsagen. Aus diesem Grund sollt ihr sein Schicksal teilen. Für Verbrechen in diesem Ausmaß kann das Tribunal nur die härteste Strafe verhängen, zu der es in der Lage ist. Ihr alle werdet hiermit aus unserem Volk ausgestoßen. In keiner elbischen Stadt sollt ihr fortan noch willkommen sein, kein Elb soll mehr ein Wort mit euch sprechen, ohne sich selbst schuldig zu machen. Aus all unseren Landen seid ihr hiermit verbannt. Eure Namen werden aus der Geschichtsschreibung unseres Volkes getilgt. Von nun an sollt ihr Thir-Ailith sein, Verfemte und Unberührbare, bis euch der Tod ereilt!«

20

KAMPF IM FINSTERWALD

Juli 9430 neuer Zeitrechnung der Elben

Der Anführer des kleinen Elbentrupps, der als erster in die Gewalt des Schattenmahrs geraten war, hieß Pelariol, für die Namen seiner Begleiter interessierte der Mahr sich erst gar nicht. Auf seinen Befehl hin führten sie Lhiuvan zu ihrem Versteck, das in einem alten Haus hinter einer magisch errichteten Wand lag, weshalb niemand sie dort hatte aufspüren können. Dank Pelariols Hilfe war es für den Schattenmahr kein Problem, auch die übrigen dort wartenden Elben zu infizieren und sich hörig zu machen.

Es waren insgesamt nur zehn, weniger, als er erhofft hatte, und ihm blieben Zweifel, ob sie ausreichen würden, die Sarn und Ghoule zu überwinden. Aus diesem Grund vergrößerte er seine kleine Streitmacht um ein halbes Dutzend Tzuul, die ihm auf den Straßen begegneten. Auf sie brauchte er keinen Teil seines Geistes zu übertragen, sondern konnte ihren Verstand direkt beeinflussen und sie unter seinen Willen zwingen.

In aller Frühe, kaum dass die Stadttore geöffnet wurden, verließen sie Gormtal. Lhiuvan verzichtete mittlerweile auf seine Mönchskutte und zeigte sich ganz offen als

Elb. Während er und die anderen Elben ritten, gingen die Tzuul zu Fuß. Da sie jedoch sehr schnell und ausdauernd laufen konnten, würde dies keine allzu große Behinderung darstellen.

Die Wachen am Tor starrten sie verblüfft an, vor allem die so intensiv gesuchten Elben, die sich nun ganz offen zeigten, und das auch noch in Begleitung einer Schar Tzuul, aber sie unternahmen erst gar nicht irgendeinen törichten Versuch, sie aufzuhalten.

Die Nachricht, dass die Elben Gormtal verlassen hatten, würde sich wahrscheinlich in Windeseile herumsprechen. Lhiuvan hoffte, dass auch diejenigen, denen sie die größten Schwierigkeiten bereitet hatten, sich mit ihrer Abreise zufriedengeben würden, doch dem war nicht so.

Sie waren etwa zwei Stunden unterwegs, als sie hinter sich eine Staubwolke bemerkten, die sich rasch näherte. Schon bald konnte Lhiuvan erkennen, dass es sich um gut drei Dutzend berittene Tzuul handelte. Normale Pferde waren nicht in der Lage, die Halb-Trolle zu tragen, doch hier handelte es sich um besonders große, zottige Tiere, die selbst mit ihrem enormen Gewicht zurechtkamen.

Kurz darauf hatten die Tzuul sie erreicht und bildeten einen Kreis um sie. Sie hielten gespannte Bögen in den Händen, die Pfeile drohend auf sie gerichtet. Ein besonders großer Tzuul ließ sein Pferd ein paar Schritte vortraben. Eine breite Narbe zog sich quer über sein ganzes Gesicht, machte ihn jedoch auch nicht mehr nennenswert hässlicher, als er es ohnehin schon war.

»Ich bin Gork«, rief er. »Ich wurde von Xantirox geschickt. Die Tzuul mögen gehen, wenn sie es wollen, aber ich habe den Auftrag, euch Elben zu ihm zu bringen, und zwar tot oder lebendig. Es liegt an euch, ob ich euch unversehrt mitnehme, oder nur eure Köpfe. Habt ihr wirklich geglaubt, er würde euch einfach so davonreiten lassen, nach all den Schwierigkeiten, die ihr ihm bereitet habt?«

»Dann dürfte uns wohl kein besonders angenehmes Los erwarten, wenn wir uns ergeben«, erwiderte der Schattenmahr durch Lhiuvan spöttisch. »Unter diesen Umständen wäre ein schneller Tod im Kampf vermutlich erfreulicher. Aber ich habe eine noch viel bessere Idee. Warum vergesst ihr nicht einfach diesen Xantirox und schließt euch stattdessen mir an?«

Gorks Gesicht verzerrte sich vor Unglauben, entspannte sich gleich darauf jedoch, als der Mahr ihm seinen Willen aufzwang.

»Er hat recht«, stieß er hervor. »Was kümmert uns eigentlich Xantirox? Schließen wir uns ihm an. Senkt eure Bögen!«

Fassungslose Verblüffung ergriff die übrigen Tzuul, und diesen Moment nutzte der Schattenmahr, um auch sie geistig anzugreifen. Lhiuvan konnte spüren, wie er seine Macht erweckte, aber auch, wie schwer es ihm diesmal fiel. Er hatte sich bereits beträchtlich verausgabt, erst in Tal'Orin und dann auch in Gormtal. Vor allem einen Teil seines Geistes auf die Elben zu übertragen, hatte ihn stark geschwächt. So viele Gegner gleichzeitig zu versklaven und unter seinen Willen zu zwingen, wie es jetzt nötig war, stellte einen gewaltigen Kraftaufwand dar, den er kaum noch zu bewältigen in der Lage war.

Nur mit allergrößter Mühe gelang es ihm, und es kostete ihn nahezu alle ihm noch verbliebene Macht. Auch Lhiuvan selbst spürte plötzlich eine bleierne Erschöpfung, sowohl geistig als aus körperlich, schwankte im Sattel und wäre fast gestürzt. Er begriff, dass der Schattenmahr auch auf seine eigenen Kräfte zurückgegriffen und sie bis zum Äußersten ausgelaugt hatte.

Aber sein Angriff war geglückt. Alle Tzuul senkten ihre Bögen und hängten sie an die Sättel ihrer Pferde, nachdem sie die Pfeile in die Köcher zurückgesteckt hatten. Gemeinsam setzten sie ihren Weg fort, nun eine wirklich beachtliche Streitmacht. Jeder andere Reisende, dem sie begegneten, warf ihnen misstrauische und furchtsame Blicke zu und wich ihnen in großem Bogen aus.

Während der ersten Zeit hielt Lhiuvan sich nur zusammengekrümmt mühsam im Sattel und fühlte sich, als wäre er drei Tage hintereinander ununterbrochen gerannt. Allmählich jedoch wich seine Erschöpfung wieder.

Der Schattenmahr in ihm schwieg, aber auch wenn die Schwäche des Ungeheuers noch wesentlich größer war als seine, wusste Lhiuvan, dass eine Auflehnung gegen ihn auch jetzt sinnlos wäre.

Obwohl sie sich Tal'Orin diesmal von weiter im Westen näherten, brauchten sie zwei Tage länger für den Weg zurück als für den Hinweg, da sie auf die langsameren Tzuul zu Fuß Rücksicht nehmen mussten, bis der Schattenmahr sie an der richtigen Stelle wähnte, um in den Finsterwald einzudringen, der sich schon seit Tagen wie ein düsterer Schatten nördlich von ihnen erstreckte.

Innerhalb von Elem-Laan war es unmöglich zu reiten;

es wäre angesichts des dichten Unterholzes und des unebenen, teilweise von halb mannshohen, in- und übereinander verschlungenen Wurzeln übersäten Bodens sogar schwierig gewesen, die Pferde nur mitzuführen. Wie er es schon bei seinem ersten Vorstoß nach Tal'Orin getan hatte, ließ Lhiuvan die Pferde deshalb am Waldrand anbinden, und sie gingen zu Fuß weiter.

Diesmal bahnten einige der Tzuul mit ihren Schwertern den Weg durch das Dickicht. Auf Befehl des Schattenmahrs hüteten sie sich jedoch, die Bäume zu verletzen.

Dennoch konnte Lhiuvan spüren, dass diese ihnen wesentlich feindseliger gesonnen waren als ihm bei seinem ersten Vorstoß. Er hatte sonderbare Geschichten über Elem-Laan gehört. Es hieß, einst hätte sein Volk diesen Wald gehegt und mit den Bäumen gesprochen, hätte sie mit seinen Zauberkräften aus ihrem Schlaf erweckt und ihnen fast etwas wie ein Bewusstsein verliehen.

Niemand wusste heute noch zu sagen, wie viel davon bloße Legende war und wie viel der Wahrheit entsprach, aber der Finsterwald galt allgemein als gefährlicher Ort, in den sich nur wenige hineintrauten. Zwar schienen sich die Bäume selbst heute noch an die Elben zu erinnern und hatten ihn deshalb unbeschadet passieren lassen, doch obwohl sich jetzt noch weitere Elben in seiner Begleitung befanden, konnte er spüren, dass im Wald Spannung und Misstrauen herrschten.

Zumindest die Tzuul waren hier nicht willkommen. Immer wieder stolperten sie über Wurzeln, die sich angeblich plötzlich erhoben hatten, oder rutschten mit den Füßen in Spalten, die vorher noch nicht dagewesen sein sollten. Mancher tote Ast fiel zielsicher auf sie herab, als ob er geworfen worden wäre, und zurückschnellende Zweige trafen sie wie Peitschenhiebe, während Lhiuvan und den anderen Elben nichts dergleichen zustieß.

»Na, da bist du ja wieder«, vernahm er eine piepsige Stimme, als sie seiner Schätzung zufolge etwa die Hälfte des Weges vom Waldrand bis nach Tal'Orin zurückgelegt hatten. Als Lhiuvan den Kopf hob, entdeckte er auf einem der Äste das bunte Fellwesen, das ihm zuvor schon begegnet war. »Also bist du den Sarn und den Ghoulen entkommen, beachtlich. Bis nach Tal'Orin bist du jedoch trotzdem nicht gelangt, das habe ich dir ja gleich gesagt. Aber du wolltest ja nicht auf mich hören.«

»Lass die Dummheiten. Wer bist du und was willst du?«, stieß Lhiuvan hervor.

»Ich will eine ganze Menge, aber bestimmt nichts von dir.« Das sonderbare Wesen schnitt eine Grimasse. »Und dass ich dir meinen Namen nicht auf die Nase binde, habe ich schon mal gesagt, dein Gedächtnis ist wohl wie ein Sieb, was? Aber Dummheiten … So nennst du es also, wenn ich dich zu warnen versuche, na schönen Dank auch. Dumm ist es eher, wenn man einen Fehler ein zweites Mal begeht, auch wenn du dir diesmal ein bisschen Verstärkung besorgt hast. Vielleicht klappt es ja nun.«

»Sag, was du hier treibst, oder verschwinde«, knurrte Lhiuvan.

»Im Moment sitze ich nur gemütlich hier und frage mich, warum ein Elb, der einen Teil eines Schattenmahrs in sich trägt, unbedingt nach Tal'Orin gelangen will, wo es nichts gibt, was für dich von Interesse sein könnte. Aber offenbar bist du zu blöd, das zu kapieren.«

Lhiuvan konnte nicht glauben, was er gerade gehört hatte, und er spürte, wie selbst der Schattenmahr erschrak. Wie konnte dieses bizarre Wesen von ihm wissen?

»Sag … das noch einmal«, keuchte er.

»Ich sagte, offenbar bist du zu blöd, das zu kapieren.«

»Der Schattenmahr … Woher weiß du …«

»Ach, das. Das ist ja wohl leicht zu erkennen. Ich …«

»Tötet ihn!«, brüllte der Schattenmahr aus Lhiuvans Mund. »Sofort! Niemand darf davon erfahren!«

Elben und Tzuul griffen nach ihren Bögen, doch obwohl die Elben ausgesprochen schnell waren und ihre Pfeile blitzartig abschossen, verfehlten sie ihr Ziel. So grell bunt, wie es war, hätte es eigentlich überall leicht zu entdecken sein müssen, doch es war verschwunden.

»Das wird allmählich zu einer hässlichen Angewohnheit, dass du versuchst, mich umzubringen«, hörte Lhiuvan es lediglich noch zetern, dann kehrte Ruhe ein.

»Los, weiter!«, befahl der Schattenmahr.

Er war spürbar beunruhigt über den Zwischenfall. Noch war Geheimhaltung seine wichtigste Waffe; die größte Gefahr für ihn war, dass er von anderen entdeckt und an seinen Plänen gehindert wurde, ehe er bereit war. Solange er nicht mit all seiner finsteren Macht in diese Welt herüberwechseln konnte, sondern sich nur ein Teil seines Bewusstseins in einem fremden Körper eingenistet hatte, war er verletzbar und keineswegs über Furcht erhaben. Die Frage, wie ein so merkwürdiges Wesen, das er zunächst für nicht viel mehr als ein Tier gehalten hatte, ihn durchschauen konnte, oder woher es sonst von ihm wusste, quälte ihn.

DAS IST JETZT BEDEUTUNGSLOS, vernahm Lhiuvan seine Stimme. BALD SIND WIR IN TAL'ORIN, UND DORT WERDE ICH DAS TOR ÖFFNEN. DANN WIRD OHNEHIN DIESE GANZE WELT ERFAHREN, DASS ICH ZURÜCKGEKEHRT BIN. GEHEIMHALTUNG SPIELT NUN KEINE ROLLE MEHR.

Er versuchte sich siegessicher zu geben, aber Lhiuvan spürte dennoch die Zweifel, die an ihm nagten.

Eine gute Meile drangen sie tiefer in den Wald ein, ehe das Unterholz sich lichtete. Die Hoffnung, dass sie auf dieser Seite nicht auf Ghoule stoßen würden, erfüllte sich nicht. Auch hier waren die verräterischen Trichter und Erdlöcher überall im Boden zu entdecken. Offenbar bildeten sie einen Ring um ganz Tal'Orin herum.

Lhiuvan fragte sich, was sie ausgerechnet hierhin zog, zu einer verlassenen, längst aufgegebenen alten Kultstätte mitten im Wald, zu der sich normalerweise vermutlich niemand mehr verirrte.

TAL'ORIN IST EINST BELAGERT WORDEN. HIER TOBTE VOR LANGER ZEIT EINE GROSSE SCHLACHT, LANGE BEVOR DER WALD DIE STADT EINSCHLOSS, bekam er zu seiner eigenen Überraschung eine Antwort des Schattenmahrs. ES GAB VIELE TOTE, DIE HIER BEGRABEN WURDEN.

Aber nicht nur die Ghoule waren hier ebenfalls zu finden, auch Sarn drehten unter den Wipfeln der hohen Bäume ihre Runden. Sie hatten die Eindringlinge bereits entdeckt, denn einige von ihnen sanken tiefer, wagten jedoch noch keinen Angriff. Die Zahl der Feinde schien sie abzuschrecken.

Ein Teil von Lhiuvan hätte nichts dagegen gehabt, wenn dies so bliebe. Zwar sehnte er auf der einen Seite den Tod herbei, wenn es keine andere Möglichkeit gab, der grausamen Kreatur aus einer anderen Daseinsebene zu entrinnen und ihre Pläne zu durchkreuzen, aber von diesen Wesen getötet und anschließend von den Ghoulen gefressen zu werden, war ein Schicksal, das er sich auch nicht gerade wünschte.

Zumindest von den Ghoulen war im Moment noch nichts zu entdecken, aber er zweifelte nicht daran, dass sich das bald ändern würde. Sie spürten jede Erschütterung des Bodens und wurden davon angelockt. Die schweren Tritte der Tzuul mussten für sie wie Hammerschläge sein.

»Schießt diese Bestien ab!«, befahl er.

Elben und Tzuul griffen zu ihren Bögen. Pfeile zischten nach oben. Mehrere Sarn wurden getroffen und stürzten zu Boden.

Rasch zeigte sich, dass die Tzuul keine sonderlich guten Schützen waren. Anders als bei den Elben gingen fast alle ihre Pfeile fehl, und Lhiuvan ließ sie innehalten. Aber auch für die Elben wurde es immer mühsamer, ein Ziel zu treffen. Nach dem ersten Schrecken stiegen die Sarn höher. Viele von ihnen ließen sich im Geäst der Bäume nieder, wo sie selbst für die scharfen Augen und geschickten Finger der Elben ein wesentlich schwerer zu treffendes Ziel abgaben.

Nur noch vereinzelt stürzte einer von ihnen herab, und dann handelte es sich teils sogar nur um eine Finte. Dicht über dem Boden entfalteten sie plötzlich wieder ihre Schwingen, und sie stürzten sich auf die Angreifer. Einem Tzuul wurde von ihren messerscharfen Klauen das Gesicht regelrecht zerfleischt, einem anderen die Kehle aufgeschlitzt, ehe es seinen Gefährten gelang, die Bestie mit ihren Schwertern zu töten.

Besorgt beobachtete Lhiuvan, dass die Zahl der Ungeheuer trotz ihrer Verluste beständig zunahm. Ganze Schwärme kamen herangeflattert und ließen sich ebenfalls in den Baumwipfeln nieder. Kein Wunder, es musste ungeheuer viele von ihnen geben, wenn sie die ganze Gegend um Tal'Orin herum bewachten. Und mit jeder Minute, die sie warteten, versammelten sich mehr von ihnen hier, sodass sich das Zahlenverhältnis zusehends zu ihren Gunsten verschob. Vereinzelt erhoben sich auch schon die hässlichen Schädel von Ghoulen aus ihren Erdlöchern, verschwanden aber sofort wieder, ehe ein sicherer Pfeilschuss auf sie möglich war.

»Hört auf zu schießen!«, befahl Lhiuvan. »Wir müssen *jetzt* versuchen durchzubrechen, sonst schaffen wir es gar nicht mehr.«

Auch die Elben hängten sich ihre Bögen wieder um und zogen stattdessen ihre Schwerter. So schnell sie konnten, stürmten sie vor, um das gefährliche Gebiet rasch zu überwinden, doch auf diesen Moment schienen die Sarn nur gewartet zu haben. Der Himmel verdunkelte sich, und es wurde noch düsterer, als es unter dem Blätterdach ohnehin schon der Fall war, während sich unzählige der geflügelten Gestalten von den Ästen erhoben und in die Tiefe fallen ließen.

Die Tzuul und Elben hielten ihre Schwerter hoch über die Köpfe erhoben und schlugen wild damit um sich. Sie metzelten Dutzende der Kreaturen nieder, aber es mussten inzwischen Hunderte sein, die über ihnen flatterten, ihre Ohren mit kreischenden Schreien marterten und immer wieder auf sie herabstießen.

Lhiuvan hieb einem von ihnen den Flügel ab. Es gab ein reißendes Geräusch, als seine Klinge durch die ledrige Haut fuhr. Einen weiteren Sarn durchbohrte er mit seinem Schwert. Das skelettartige Wesen zischte und schrie, wand sich auf seiner Klinge. Lhiuvan schleuderte es zu Boden, aber er musste es mit dem Fuß niederdrücken, um sein Schwert freizubekommen.

Diesen Moment nutzte ein weiterer Sarn, um ihn anzugreifen. Mit knapper Not gelang es ihm, unter den Klauen hinwegzutauchen, aber ein Schlag der Flügel traf ihn und schleuderte ihn zurück. Die Flügelkrallen fügten ihm eine schmerzhafte Wunde an der linken Schulter zu.

Er stürzte zu Boden. Das Ungeheuer ließ sich auf ihm nieder, seine Klauen bohrten sich in seine Brust und in den rechten Oberarm. Lhiuvan versuchte sich herumzuwälzen, aber die Bestie war zu schwer. Mit ihrem bloßen Körpergewicht drückte sie ihn zurück. Verzweifelt bemühte er sich, den rechten Arm freizubekommen oder ihn wenigstens so weit zu verbiegen, dass er sie mit dem Schwert erreichen konnte, doch auch das gelang ihm nicht.

KÄMPFE!, donnerte die Stimme des Schattenmahrs in seinem Kopf. Furcht schwang darin mit.

Wenn du noch ein bisschen Kraft übrig hast, wäre jetzt der richtige Zeitpunkt für einen kleinen Blitz, gab Lhiuvan zurück.

DAFÜR BIN ICH NOCH NICHT WIEDER STARK GENUG.

Einer der Tzuul erkannte seine Notlage, erstach einen Sarn und versuchte, zu ihm zu gelangen. Er kam nur zwei Schritte weit. Als er sich unmittelbar neben einem Erdloch befand, tauchten lange, kräftige Hände daraus auf und packten ihn am Knöchel. Der Tzuul wurde völlig überrascht. Ohne Mühe brachten die Hände ihn zu Fall und zerrten ihn in das Erdloch hinab. Sein Schrei endete abrupt.

Lhiuvan zwang sich trotz der Schmerzen, seinen verletzten linken Arm zu bewegen, tastete an seinem Gürtel herum, bis er den darin steckenden Dolch zu packen bekam. Diesen rammte er dem Ungeheuer in eines seiner kurzen Beine. Es stieß ein Kreischen aus, schlug mit den Flügeln und machte erschrocken einen Satz nach oben. Sofort ließ es sich wieder auf ihn fallen, doch der kurze Moment hatte Lhiuvan gereicht, sein Schwert wie einen Pfahl vor die Brust zu bringen. Der Sarn spießte sich selbst darauf auf.

Zahllose der geflügelten Ungeheuer lagen bereits tot auf dem Boden, ihre verstümmelten Leichname zu grotesken Haufen getürmt. Auch mehrere Tzuul und einer der Elben waren bereits gefallen. Immer wieder holten sie neue Angreifer mit ihren Schwertern vom Himmel, erschlugen sie oder spießten sie auf, dennoch schien deren Zahl kaum abzunehmen. Für jedes Ungeheuer, das sie töteten, stürzten sich sofort neue auf sie.

Und die Gefahr lauerte nicht nur über ihnen …

Eine Reihe von Ghoulen war inzwischen aus ihren Löchern gekrochen, doch an der Oberfläche bildeten sie für die erfahrenen Krieger keine allzu große Bedrohung. Nachdem mehrere von ihnen erschlagen worden waren, waren die anderen wieder in ihr unterirdisches Reich zurückgekehrt, von wo sie blitzartig auftauchten, um ihre Opfer zu packen. Sobald es ihnen gelang, einen der Krieger aus dem Gleichgewicht zu bringen, so dass er stürzte, war er verloren und wurde in die Tiefe gezerrt.

Kaum hatte Lhiuvan sich erhoben, wurde auch er wieder angegriffen. Wie besessen schlug er mit dem Schwert um sich, tötete drei, vier der Bestien.

Ein Stück neben ihm war ein von Pelariol getöteter Sarn direkt auf den Elben herabgestürzt und hatte ihn mit zu Boden gerissen. Sofort kam aus einem nahen Erdloch ein Ghoul hervorgeschossen und versuchte ihn zu packen. Mit einem großen Schritt war Lhiuvan neben ihm und spaltete der abscheulichen Kreatur den Schädel.

»Zu mir!«, brüllte er. »Wir müssen dicht beisammen bleiben, dann haben wir eine bessere Chance!«

So gut dies in der Hitze der Schlacht möglich war, rückten die Tzuul und Elben näher an ihn heran. Trotz der wütenden Angriffe drangen sie Meter für Meter weiter vor, doch jeder Schritt, den sie zurücklegten, musste mit Blut erkauft werden.

Vor ihnen wurde es heller. Das Blätterdach lichtete sich, und die Baumstämme standen weiter auseinander. Dazwischen war etwas Dunkles zu sehen, und als sie noch einige Schritte näher herankamen, konnte Lhiuvan erkennen, dass es sich um eine aus großen Quadern gefügte Mauer handelte.

Tal'Orin!

Noch aber hatten sie kaum die Hälfte des Weges vom abrupten Ende des Unterholzes bis zur Mauer hinter sich gebracht, und Lhiuvan hatte nur noch sieben Elben und rund zwanzig Tzuul bei sich. Der Schattenmahr hatte die Zahl und die Angriffswut der Bestien unterschätzt. Wären ihnen nicht die vielen Tzuul aus Gormtal nachgeschickt worden, die er ebenfalls versklavt hatte, wäre vermutlich schon längst keiner von ihnen mehr am Leben.

Allmählich gelang es ihnen immerhin, sich etwas besser auf die Angreifer einzustellen. Auf Lhiuvans Befehl hin bildeten sie nun Dreiergrüppchen, von denen jeweils zwei die Sarn abwehrten, während ein Dritter den Boden beobachtete und jeden Ghoul erschlug oder zumindest zurückdrängte, der aus einem der Erdlöcher auftauchte.

Allzu viele der Kreaturen waren es jedoch glücklicherweise nicht. Anders als bei seinem ersten Vorstoß schienen die große Zahl der Eindringlinge und ihre vielen bereits getöteten Artgenossen die Bestien abzuschrecken. Sie waren von Natur aus feige, und wenngleich sie lebendes Fleisch bevorzugten, falls sie es ohne großes Risiko erlangen konnten, so ernährten sie sich doch hauptsächlich von Aas, je frischer, desto besser.

Diesbezüglich bot sich ihnen hier ein regelrechter Festtagsschmaus. Hinter sich hörte Lhiuvan ein widerwärtiges Schmatzen und dazwischen immer wieder das Knacken von Knochen. Als er in einer kurzen Atempause den Kopf wandte, sah er, wie zahlreiche Ghoule zwischen den Leichen herumhuschten und sich an ihnen gütlich taten oder sie in ihre unterirdischen Stollen zerrten, um sie dort in aller Ruhe zu verspeisen. Und sie machten sich keineswegs nur über seine gefallenen Begleiter her, sondern verschmähten auch die erschlagenen Sarn nicht.

Fast zeitgleich erschlugen er und der direkt neben ihm kämpfende Pelariol jeweils eines der geflügelten Monster und mussten über die Kadaver hinwegsteigen. Die Klauen eines Ghouls fetzten durch einen der Flügel und griffen nach Lhiuvan, doch der Tzuul, der sich als Dritter in ihrem Grüppchen befand, war auf der Hut. Blitzartig schlug er mit seinem Schwert zu. Die abgeschlagenen Klauen des Ghouls fielen zu Boden. Mit einem schrillen Kreischen wich die Kreatur in ihren Stollen zurück.

Erneut schlug Lhiuvan einem Sarn den Flügel ab und schnitt dabei gleichzeitig seinen Rumpf in zwei Teile. Einem weiteren Ungeheuer rammte er sein Schwert in den Schädel.

Täuschte er sich, oder ließ der Angriff der Bestien allmählich nach? Es kam ihm so vor, als würde sich der über ihnen flatternde Schwarm lichten. Selbst die Zahl dieser Ungeheuer schien nicht unbegrenzt zu sein.

Lange durfte der Kampf allerdings auch nicht mehr dauern. Jeder von ihnen hatte inzwischen zahlreiche Verletzungen erlitten. Nicht nur ihre Schwerter, auch sie selbst waren von Kopf bis Fuß blutbesudelt, teils mit dem Blut der Sarn, teils aber auch mit ihrem eigenen. Immer schwerfälliger wurden ihre Hiebe. Lhiuvans Arm- und Schultermuskeln schienen in Flammen zu stehen, und obwohl er sich bemühte, den Schmerz, so gut es ging, auszuschalten, begannen seine Kräfte ihn zu verlassen. Zu einem immer größeren Teil war es nur der Schattenmahr, der ihn dazu zwang, seinen Arm immer wieder zu heben und mit dem Schwert zuzuschlagen.

Und die Mauer war nach wie vor Dutzende Schritte entfernt. Wie sie sie überhaupt erklimmen sollten, während sie weiterhin von den Sarn angegriffen wurden, darüber machte er sich jetzt noch gar keine Gedanken.

Plötzlich jedoch geschah etwas Sonderbares. Ein vielfaches Zischen ertönte, und gleich darauf stürzten mehr als ein Dutzend Sarn um sie herum zu Boden.

Wieder ertönte das Zischen. Diesmal sah Lhiuvan die Pfeile, die von der Mauer aus auf die Ungeheuer abgefeuert wurden.

»Lauft!«, brüllte er, ohne lange nachzudenken, und stürmte selbst vorwärts. Mit weiten, schnellen Schritten näherte er sich der Mauer, achtete aber weiterhin auf seine Sicherheit. Mehrere Sarn fielen noch unter seinen Schwerthieben, doch der unerwartete Angriff von der Mauer schien sie zu verwirren. Viele von ihnen stiegen höher und gaben den Kampf auf.

Lhiuvan konnte nun sehen, dass die Mauer mehrere Meter hoch war, doch klafften Öffnungen darin, und teilweise waren die Felsquader schwärzlich verfärbt und wie mit einer Schicht aus Glas überzogen, als wären sie unter ungeheuren Temperaturen geschmolzen und wieder erstarrt. Etwas rechts von ihnen befand sich eine der Öffnungen. Sie war mit Astwerk und kleineren Felsen versperrt, doch ein kleines Tor schien hindurchzuführen. Eine Gestalt in einer dunklen Kutte mit hochgeschlagener

Kapuze stand dort und bedeutete ihnen mit Gesten, näherzukommen.

Lhiuvan änderte seine Richtung ein wenig und hastete als Erster an der Gestalt vorbei durch das Tor.

Er hatte Tal'Orin erreicht!

21

VERBANNUNG

Thalinuels Geschichte, September 11657
alter Zeitrechnung der Elben

Nach der Verkündung des Urteilsspruches senkte sich ungläubige, lähmende Totenstille über den Platz. Niemand sprach oder rührte sich.

Auch Thalinuel saß regungslos und stocksteif da, fühlte sich wie gelähmt. Die Gedanken rasten durch ihren Kopf, aber sie waren wirr und ungeordnet, und es gelang ihr nicht, einen davon klar zu fassen zu bekommen.

Verbannung war das einzige Wort, das wieder und wieder in ihrem Kopf hämmerte.

Verbannung …

Das härteste Urteil, das es überhaupt in ihrem Volk gab. Da Elben niemals andere Elben töteten, existierte auch keine Todesstrafe, aber der Ausschluss aus der elbischen Gemeinschaft kam dem schon nahe, ganz besonders in der gegenwärtigen Situation. Sie würden allein oder unter den anderen Völkern leben müssen, die angesichts des aufgestauten Hasses vermutlich nichts lieber tun würden, als sie zu jagen, bis sie sie getötet hatten. Es war ihnen verboten, jemals wieder eine elbische Siedlung zu betreten, um dort Schutz zu finden, kein Elb würde ihnen beistehen, wenn sie in eine Notlage gerieten, oder auch nur mit ihnen sprechen.

Hätte dieses Urteil nur Thalinuel getroffen, dann wäre es wohl tatsächlich nicht viel besser als ein Todesurteil gewesen, aber wenigstens war sie nicht allein. Innerhalb einer Gruppe von rund zweihundert anderen Elben waren ihre Überlebenschancen wesentlich größer, und sie würde auch nicht einsam sein. Vor allem, da Verilon derselbe Richterspruch getroffen hatte.

Nach einigen Sekunden brach auf dem Platz erschrockenes Gemurmel aus. Schmährufe wurden laut. Molakan und seine Ideen hatten nach wie vor eine große Anhängerschaft, die wie vor den Kopf gestoßen war. Niemand hatte ein so hartes Urteil erwartet, vor allem nicht, nachdem sie miterlebt hatten, wie das Tribunal verlaufen war und der frühere Hüter der Türme alle gegen ihn vorgebrachten Anklagen hatte entkräften können.

Vereinzelt wurden sogar Drohrufe gegen den König ausgestoßen. Die Garde hatte Probleme, die Menge noch im Zaum zu halten. Stellenweise kam es zu Rangeleien.

»Ich glaube, Lotharon hat gerade den größten Fehler begangen, den er überhaupt machen konnte, und ich bin sicher, er wird ihn noch bitter bereuen«, stieß Verilon hervor.

Thalinuel schreckte wie aus einem tiefen Schlaf auf. Einem von Albträumen gequälten Schlaf.

»Was?«

»Ich sagte, dass Lotharon gerade einen massiven Fehler begangen hat. Wenn er glaubt, unsere Ansichten auslöschen und die Spaltung unseres Volkes verhindern zu können, indem er uns verbannt, dann wird ihn die weitere Entwicklung bald eines Besseren belehren. Auch das Verhängen des Kriegsrechts gibt ihm keinen Freibrief, sich wie ein Despot aufzuführen.«

Thalinuel blickte ihn verwirrt an. Wie konnte er in so einem Moment an Politik denken? War sein eigenes Schicksal ihm denn völlig gleichgültig?

Mit sichtlicher Bestürzung ließ der König seinen Blick über die Menge schweifen. Er wirkte besorgt, hatte offenbar bei weitem keine so heftige Reaktion erwartet. Weitere Krieger kamen herangeeilt, um die Absperrungen zu verstärken und seine Sicherheit zu gewährleisten. Selbst tätliche Übergriffe schienen nicht mehr völlig ausgeschlossen.

Molakan stand auf und stieg auf den Stuhl, auf dem er bislang gesessen hatte. Mit ausgebreiteten Armen signalisierte er seinen Anhängern, sich zu beruhigen.

»Heute ist ein historischer Tag, der in die Geschichtsschreibung unseres Volkes eingehen wird!«, rief er so laut, dass er sogar den Lärm der Menge übertönte. Rasch nahm dieser ab – man wollte hören, was er zu sagen hatte. »Der König hat sich als ein Herrscher entlarvt, der Recht und Unrecht so hinbiegt, wie es in seine Pläne passt, und der härter gegen sein eigenes Volk als gegen dessen Feinde vorgeht.«

»Bringt ihn zum Schweigen! Führt die Verurteilten ab!«, brüllte Lotharon. Auch er war aufgesprungen und deutete mit dem Finger auf Molakan, doch die Krieger waren viel zu sehr damit beschäftigt, die aufgebrachte Menge zurückzudrängen, als dass sie seinem Befehl hätten Folge leisten können.

»Aber ich habe ein Urteil wie dieses erwartet, und nun, da es verkündet wurde, habe ich eine Botschaft für Euch, König Lotharon. Sie stammt von Verwalter Larkosh, dem Bewahrer der Säulen von Talarien. Er weigert sich, weiterhin einem König Gefolgschaft zu leisten, der die Gerechtigkeit mit Füßen tritt. Aus diesem Grund erklärt sich Talarien von diesem Tag an für unabhängig vom Königreich der Elben und gewährt allen, die von diesem Urteil betroffen sind, Asyl. Von dort aus werden wir weiterhin alles unternehmen, was für die Sicherheit unseres geliebten Volkes nötig ist, damit es nicht unter den Fehlern eines unfähigen Königs zu leiden hat. Ich bin überzeugt, dass andere Städte sich dieser Entscheidung anschließen werden. Auch jeder andere, der künftig unter der Willkürherrschaft König Lotharons zu leiden hat, wird in Talarien willkommen sein. Dies muss keine dauerhafte Spaltung bleiben, denn wir sind immer noch *ein* Volk, aber solange Lotharon an der Macht ist, wird es von nun an kein einheitliches Elbenreich mehr geben, sondern zwei!«

Seine Worte ließen Thalinuels Herz schneller schlagen. Auf der einen Seite entsetzte sie die Vorstellung einer so radikalen Spaltung ihres bisher stets vereinten Volkes, aber für sie selbst bedeuteten diese Neuigkeiten, dass das harte Urteil des Tribunals nahezu wirkungslos wurde. Sie und die anderen würden keine Ausgestoßenen sein. Auch wenn sie Saltinan verlassen mussten, würden sie zumindest in einer anderen Elbenstadt leben können, statt nur einander Gesellschaft zu leisten.

»Das … das ist unerhört!«, keuchte Lotharon. »Niemals werde ich zulassen, dass unser Reich auseinanderbricht. Führt ihn endlich weg!«

»Das habt Ihr bereits! Nun werdet Ihr die Folgen tragen müssen!«

Lotharon sank auf seinem Stuhl zurück und blickte sich gehetzt um. Die Atmosphäre war so von Spannung und Zorn erfüllt, dass selbst ein Angriff auf den König nicht mehr ausgeschlossen schien. So etwas hatte es noch nie zuvor gegeben, dachte Thalinuel schaudernd. Auch sie machte sich mit einem Mal mehr Sorgen darum, was in den nächsten Minuten noch geschehen mochte, als um ihr eigenes Wohl. Was sich jetzt abspielte, war die Erschütterung jeglicher Ordnung und der Ausbruch von Chaos.

Ein Triumph für die finsteren Götter.

Bislang blieb es bei Gedränge und Geschubse, einigen Rangeleien und immer wieder laut erschallenden Schmährufen, aber niemand konnte vorhersagen, was noch geschehen mochte, wenn die Situation vollends außer Kontrolle geriet, falls Blut fließen sollte und sich erstmals in der Geschichte ihres Volkes Elben gegen Elben wendeten.

Königin Larisal und die anderen Ehrengäste auf der Empore zogen sich bereits im Schutz der Garde in die Sicherheit des Palastes zurück. Auch die Minderheit der Zuschauer, die auf der Seite Lotharons gestanden hatten, war mittlerweile zum Glück fast vollständig geflüchtet, ehe sich der Zorn gegen sie entladen konnte.

Mit Erleichterung registrierte Thalinuel, dass weitere große Trupps königstreuer Krieger auf dem Platz eintrafen. Der größte Teil von ihnen half, die Menge zurückzudrängen und zu zerstreuen. Einige geleiteten nun auch den König und die beiden anderen Richter zum Palast. Die übrigen wandten sich den Verurteilten zu. Molakan war von seinem Stuhl heruntergestiegen und ließ sich ohne Gegenwehr wegführen. Auch Thalinuel und die anderen leisteten keinerlei Gegenwehr.

Sie wurden zunächst zurück ins Haus der Türme gebracht, doch wollte man sie offenbar so schnell wie möglich loswerden, um die Gemüter zu beruhigen. Keinem von ihnen wurde gestattet, sich von Freunden oder Angehörigen zu verabschieden oder irgendwelche persönlichen Dinge mitzunehmen.

Schon nach wenigen Minuten im Haus der Türme wurden sie durch einen anderen Ausgang wieder hinausgebracht und auf Umwegen zum Stadtrand geführt. Manche, denen sie begegneten, wandten ihnen den Rücken zu, wie es Ausgestoßenen gegenüber vorgeschrieben war, aber längst nicht alle. Vereinzelt ertönten sogar Hochrufe, und einige von denen, die sich zunächst abgewandt hatten, drehten sich wieder herum, als sie erkannten, dass auch andere bewusst gegen die Vorschrift verstießen.

Molakans Ankündigung, dass man jedem Verbannten in Talarien Zuflucht gewähren würde, zeigte Wirkung. Selbst die Höchststrafe, die der König verhängen konnte, war zu einem Schwert mit stumpfer Klinge geworden und hatte einen Großteil ihres Schreckens verloren.

Am Stadtrand schließlich wurden sie ohne Waffen und Pferde von der königlichen Garde verlassen. Die letzte an sie gerichtete Aufforderung, niemals wieder zurückzukehren und sämtliche elbischen Ländereien unverzüglich zu verlassen, wurde von einigen mit Hohngelächter quittiert.

»Sorgt euch nicht!«, rief Molakan, als die Krieger abgerückt waren. »Wir stehen nicht allein und werden bereits erwartet.«

Zu Fuß machten sie sich auf den Weg. Nachdem sie ein Stück gegangen waren, wandte Thalinuel sich noch einmal um und warf einen letzten Blick auf Saltinan und seine hoch aufstrebenden Türme, ehe sie entschlossen ihren Weg fortsetzte. Die Stadt war ihr ganzes Leben lang ihre Heimat gewesen, aber dies gehörte nun der Vergangenheit an.

Ein neuer Abschnitt ihres Lebens hatte begonnen.

So wie Molakan nicht einfach nur Verwalter von Saltinan gewesen war, sondern den Ehrentitel *Hüter der Türme* getragen hatte, wurde das entsprechende Amt auch in manch anderen, vor allem den größeren Elbenstädten mit einem klangvollen Zusatz versehen. So auch in Talarien, wo Verwalter Larkosh als *Bewahrer der Säulen* tituliert wurde.

Die Säulen waren drei unterschiedlich hoch aufragende Monolithe im Zentrum der Stadt, die mit unglaublicher handwerklicher Kunstfertigkeit behauen waren. Sie waren nicht von Elben geschaffen worden, sondern von einem unbekannten, längst vergessenen Volk, und hatten schon hier gestanden, als Talarien errichtet worden war. Thalinuel hatte die Stadt bereits mehrfach besucht und die Säulen bewundert, doch stets schlugen sie sie erneut in ihren Bann.

Es war ein Fünftagemarsch zu Fuß von Saltinan nach

Talarien, doch sie hatten nur wenige Meilen weit gehen müssen. In einem Waldstück, schon außer Sichtweite der hohen Türme, hatten talarische Reiter sie mit einer ausreichend großen Anzahl von Pferden und Waffen erwartet, und sie ritten so schnell, dass sie bereits am Abend ihr Ziel erreichten, wo ihnen allen, vor allem jedoch Molakan, ein begeisterter Empfang bereitet wurde.

Der überwältigende Teil der Einwohner betrachtete ihn als Helden und feierte ihn entsprechend. Sie standen auch hinter der Entscheidung des Bewahrers der Säulen, sich vom übrigen Königreich loszusagen. Diejenigen, die sich damit nicht abfinden konnten, hatten die Stadt verlassen, sodass für alle Neuankömmlinge und auch die, die in den kommenden Tagen und Wochen noch folgen mochten, mehr als genug Quartiere zur Verfügung standen. Auch Olvarian und die anderen, die sich der Festnahme durch die Garde entzogen hatten, waren bereits nach Talarien gekommen und erwarteten sie hier.

Verwalter Larkosh begrüßte sie persönlich und dankte ihnen für ihren Heldenmut und ihre Standfestigkeit. Trotz seines hohen Amtes und obwohl er bereits eine erwachsene Tochter hatte, die Kriegerin war, war er ein noch junger, aber sehr energisch auftretender Mann, der genau wusste, was er wollte. In dieser Hinsicht erinnerte er an Molakan. Kein Wunder, dass sich die beiden so gut verstanden.

Man führte sie zunächst in ihre neuen Unterkünfte, hübsche kleine Häuser in luftiger Baumhöhe, wo sie sich von der Reise erfrischen konnten. Anschließend fand auf dem Platz der Säulen eine offizielle Feier zu ihren Ehren statt. Etliche Reden wurden gehalten und sie alle ganz förmlich zu neuen Einwohnern Talariens erklärt.

Für Thalinuels Geschmack war das alles deutlich zu viel Rummel. Noch am Vormittag hatte sie die Schande eines Tribunals über sich ergehen lassen müssen und war am Boden zerstört gewesen, als das härteste vorstellbare Urteil über sie und die anderen verhängt worden war. Jetzt, nur wenige Stunden später, hatten sie eine neue Heimat gefunden und wurden fast wie Helden gefeiert. Das alles musste sie erst einmal verarbeiten. Sie war froh, als das Fest vorüber war und sie sich in ihr Quartier zurückziehen konnte.

Früh am nächsten Tag traf eine Gesandtschaft aus Saltinan ein. Ein Bote teilte Larkosh mit, dass er auf Befehl des Königs wegen der Beherbergung von Verbannten seines Postens als Bewahrer der Säulen mit sofortiger Wirkung enthoben wäre.

»Solltet Ihr Euch diesem Befehl nicht beugen und die Stadt weiterhin auf ihrer Unabhängigkeit und Loslösung vom Königreich bestehen, so soll sie geächtet werden und kein Elb mehr mit Talarien Handel treiben«, fuhr der Bote fort. »Ferner werden sämtliche Einwohner, die in Talarien verweilen, ebenfalls zu Ausgestoßenen erklärt.«

»Ich fürchte, Ihr seid nicht ganz auf der Höhe der Zeit«, verhöhnte Larkosh den Gesandten. »Geht und richtet Eurem König aus, dass er uns nichts mehr zu befehlen hat. Was immer er uns an Strafe androht, dafür haben wir uns bereits selbst aus freien Stücken und voller Stolz entschieden.«

Wenig später trafen Nachrichten ein, dass zwei weitere

Städte und mehrere kleinere Siedlungen dem Beispiel Talariens gefolgt waren und sich ebenfalls für unabhängig erklärt hatten. Damit stand die Stadt nicht mehr isoliert da. Der Riss, der sich durch das Volk der Elben zog, vergrößerte sich und wurde immer mehr zu einer Schlucht, über die es keinen Weg zurück gab.

Thalinuel fragte sich, ob es das alles wirklich wert war, und musste die Frage immer wieder mit einem klaren Ja beantworten. Es ging um eine Entscheidung, die schicksalhaft für ihr ganzes Volk war. Entweder leisteten sie der Feindseligkeit der jüngeren Völker Widerstand, oder sie warteten tatenlos ab und hofften auf eine Besserung der Lage. Dann würden die anderen Völker immer stärker und stärker werden und das Volk der Elben über kurz oder lang verdrängen.

Es wäre ein Weg, der nur in den Untergang führte, und den konnte sie nicht gutheißen.

Am Nachmittag kehrte nach all den grundlegenden Veränderungen erstmals wieder ein Hauch von Normalität in ihr Leben ein. Die Patrouillenritte wurden fortgesetzt, und Thalinuel wurde einem unter dem Kommando von Olvarian stehenden Trupp zugeteilt. Mit ihm und den anderen Kriegern umherzureiten, ließ sie für eine Weile alles vergessen, was geschehen war, und vermittelte ihr die Illusion, dass es sich nur um einen schlimmen Traum gehandelt hatte.

Diese Illusion zerplatzte jedoch, als sie in von Menschen besiedeltes Gebiet vordrangen.

Talarien hatte die unter seiner Kontrolle stehenden Dörfer weiterhin besetzt gehalten. In anderen Gebieten jedoch, die mühsam und unter Opfern von den Patrouillen befriedet worden waren, war die Lage desolat. Die Verwalter der meisten Städte waren dem Befehl des Königs gefolgt, hatten die Kontrolle über die Dörfer aufgegeben und die Krieger von dort abgezogen. Wenigstens hier im Süden sollte sich dies nun allerdings rasch wieder ändern.

Zumeist fügten die Menschen sich in das Schicksal, dass ihre Freiheit nur wenige Tage gedauert hatte, aber einige Dörfer leisteten auch Widerstand gegen eine erneute Besetzung. Wieder gab es Tote und Verletzte.

Fast musste Thalinuel die Menschen widerwillig bewundern. Ihnen musste bewusst sein, das sie keine Chance gegen einen starken elbischen Kampftrupp hatten – meist wurde ihr Widerstand schon in weniger als fünf Minuten gebrochen. Dennoch waren sie mehr als einmal bereit, ihr Leben für ihre Freiheit aufs Spiel zu setzen. Sie war sich nicht sicher, ob sie diese Tapferkeit und Beharrlichkeit als besonders heldenhaft oder besonders dumm betrachten sollte, aber auf alle Fälle waren es genau diese Eigenschaften, die die Menschen so gefährlich machten.

Die Patrouillenritte wurden auch an den folgenden Tagen fortgesetzt und sogar noch verstärkt. An Kriegern dafür mangelte es nicht. Talarien unterhielt ein beachtliches Heer, das zudem von Tag zu Tag größer wurde.

Waren anfangs nur Wenige Molakans Aufruf gefolgt, ebenfalls nach Talarien zu kommen, so wurden es nun von Tag zu Tag mehr. Die meisten hatten schon vorher auf seiner Seite gestanden und waren inzwischen ebenfalls Opfer der königlichen Verfolgung geworden. Nach der »Säuberung« Saltinans dehnte Lotharon diese nun auf immer mehr andere Städte aus. Weiterhin war Verbannung die am häufigsten ausgesprochene Strafe, ohne dass er erkannte, dass er seine Widersacher damit nur noch stärkte.

Es sprach sich herum, dass Molakan keine leeren Versprechungen gemacht hatte, dass alle Ausgestoßenen in Talarien und den anderen Städten, die sich unabhängig erklärt hatten, tatsächlich willkommen waren und von dort ihre Bemühungen zur Befriedung des Landes fortsetzen konnten. Gerade Letzteres musste dem König ein besonders schmerzhafter Dorn im Auge sein, hatte er doch genau das verhindern wollen.

Nach einigen Tagen kamen nicht mehr nur Opfer von Lotharons Straftribunalen, sondern auch zahlreiche andere, die Molakans Pläne befürworteten, hauptsächlich Kriegerinnen und Krieger, die sich ihm freiwillig anschließen wollten.

Und es wurden immer mehr.

Selbst als Lotharon endlich die Sinnlosigkeit seiner Tribunale einsah und sie beendete, riss der Zustrom nicht ab, sondern hatte sich bereits verselbständigt. Die Verwalter vieler Städte, selbst wenn sie Molakans Vorgehen zuvor unterstützt hatten, schreckten vor dem Schritt zurück, vollständig mit dem Königreich zu brechen, und unterwarfen sich Lotharon. Aus Enttäuschung verließen viele Krieger sie und kamen nach Talarien.

Anfangs hatte es sich nur um wenige Dutzend gehandelt, doch mittlerweile kamen Hunderte, und das jeden Tag. Ein Ende war nicht einmal annähernd abzusehen.

Im Gegenteil, nach knapp drei Wochen traf eine Nachricht ein, die den Zustrom sogar noch einmal rapide erhöhte. Statt gegen das Heer zu ziehen, das König Hollan im Norden aufstellte, hatte Lotharon Frieden mit ihm geschlossen.

»Aber das ist noch nicht alles«, berichtete der Krieger, der ihnen die Neuigkeiten als Erster mitteilte. Er kam direkt aus Saltinan, denn er hatte der Stadt und dem König voller Zorn den Rücken gekehrt, sobald er davon erfahren hatte. »Sie haben eine Aufteilung des Landes vereinbart. Mehrere menschliche Dörfer in der Nähe von Elbenstädten sollen geräumt werden. Im Gegenzug hat Lotharon eingewilligt, Elbensiedlungen in dicht von Menschen bewohnten Gebieten aufzugeben.«

Diese Mitteilung war so ungeheuerlich, dass sie alle Anwesenden für einige Sekunden sprachlos machte. Auch Thalinuel kochte innerlich vor Zorn, dabei hatte sie als Erste von dieser Entscheidung des Königs erfahren und einige Stunden Zeit gehabt, sie zu verdauen.

Seit einigen Tagen vertraute man ihr auch eigene Kommandos und den Befehl über kleinere Patrouillentrupps an. Während einer dieser Patrouillen war ihr der Krieger mit den Neuigkeiten auf seinem Weg von Saltinan begegnet und hatte ihr alles berichtet. Sie hatte ihn nach Talarien eskortiert und dafür gesorgt, dass er sofort zu Molakan vorgelassen wurde, bevor sich die Nachricht allgemein verbreitete.

»Das … das ist unglaublich«, polterte der frühere Hüter der Türme mit vor Zorn verzerrtem Gesicht. Thalinuel hatte ihn zusammen mit Larkosh, Olvarian und einigen anderen in einer Beratung im Amtszimmer des Bewahrers der Säulen angetroffen, die aber sofort unterbrochen worden war. »Elbische Siedlungen auflösen, die es zum Teil schon seit Jahrtausenden gibt, länger als das ganze Menschenvolk... Damit schaufelt Lotharon sich sein eigenes Grab! Was kommt als Nächstes? Bekommen wir Reservate zugewiesen, in denen wir leben müssen, um uns frei bewegen dürfen? Mir fehlen einfach die Worte für diese Zumutung!«

»Wir dürfen das unter keinen Umständen zulassen«, pflichtete Olvarian ihm bei. »Hier ist unser Handeln mehr denn jemals zuvor gefragt. Das ist eine Herausforderung, der wir begegnen müssen, und wenn wir dazu unsere eigenen Leute in die Siedlungen schicken, um sie unter unseren Schutz zu stellen.«

Larkosh strich sich seine blonden Haare über die Schultern zurück. Sein Gesicht war skeptisch und sehr ernst.

»Ich denke auch, dass wir auf diese Ungeheuerlichkeit reagieren müssen«, sagte er. »Aber ich sehe auch große Schwierigkeiten auf uns zukommen. Wir sind gerade erst dabei, unsere Macht hier im Süden neu zu festigen. Zuvor bildeten die Städte, die uns nicht unterstützt haben, nur eine kleine Minderheit. Ab sofort aber müssen wir von wenigen Orten aus die Kontrolle eines riesigen Gebietes organisieren. Das ist schon jetzt nur unter großen Mühen zu bewältigen. Im Norden gibt es gar keine Siedlungen, die sich bislang auf unsere Seite gestellt haben, also auch keine Stützpunkte, von denen aus wir handeln können. Wir können dieses Gebiet nicht auch noch von hier aus kontrollieren.«

»Ich schätze, dass sich das bald ändern wird«, entgegnete Molakan. »Die Verwalter der betroffenen Siedlungen werden von den Plänen des Königs bestimmt nicht begeistert sein. Ich könnte mir vorstellen, dass ihre Bereitschaft, unserem Bund beizutreten, jetzt sehr viel größer ist als vorher. Es wäre äußerst wichtig für uns, auch im Norden Verbündete zu finden.«

»Das ganze Gebiet dort ist wieder wild und gefährlich geworden, seit Lotharon alle Truppen aus den Städten und Dörfern der Menschen abgezogen hat«, ergänzte Olvarian. »Keimzellen für Verschwörungen, da keine der Ortschaften mehr elbischer Kontrolle unterstehen. Wir können unsere Aktivitäten nicht nur auf den Süden beschränken.«

»Nein, das können wir nicht.« Molakan nickte. »Vor allem, da der Norden wesentlich dichter von Menschen besiedelt ist als der Süden, sodass dort die größere Gefahr droht, und erst recht nicht angesichts der Tatsache, dass König Hollan dort ein jeden Tag weiter anwachsendes Heer zusammengezogen hat. Ich bezweifle stark, dass er es trotz des Friedensschlusses jetzt ohne weiteres auflösen wird.«

»Ihr meint…«

»Ich bin fest entschlossen, dieses Heer zu zerschlagen«, bestätigte Molakan. »Nur so können wir dort Ruhe und Ordnung wiederherstellen, ansonsten bleibt es eine ständige Bedrohung. Ich weiß, es wird eine schwere und blutige Schlacht werden, aber ich denke, wir werden schon bald genügend Krieger auf unserer Seite haben, um dieses Wagnis einzugehen. Umso wichtiger wird es sein, bis dahin auch über verbündete Siedlungen im Norden zu verfügen.«

»Genügend Krieger«, murmelte Larkosh. »Damit sind wir wieder beim eigentlichen Grund für dieses Gespräch angelangt. Ich nehme an, diese Entwicklung wird noch mehr Elben dazu bewegen, sich auf unsere Seite zu schlagen, aber unsere Kapazitäten sind erschöpft. Talarien platzt schon jetzt aus allen Nähten, und in den anderen Städten sieht es nicht anders aus. Wir können keine neuen Überläufer mehr aufnehmen, obwohl wir schon begonnen haben, Behelfszelte am Stadtrand aufzubauen.«

»Wie ich vorhin schon angedeutet habe, habe ich bereits Maßnahmen zur Lösung dieses Problems in die Wege geleitet«, behauptete Molakan mit einem hintergründigen Lächeln. »Wir werden eine gewaltige Festung errichten, in der wir unsere Truppen sammeln werden, und ich habe bereits den idealen Ort dafür gefunden. Einen Ort starker, verborgener Magie, die wir notfalls für unsere Zwecke anzapfen können. Ich habe sie gespürt, als ich während der Friedensberatungen dort war. Dieser Ort ist Tal'Orin.«

22

TAL'ORIN

Juli 9430 neuer Zeitrechnung der Elben

Erschöpfung überwältigte Lhiuvan, kaum dass er durch die Pforte getaumelt war. Obwohl der Schattenmahr sich noch immer weigerte, ihm Ruhe zu gönnen, war sein Körper am Ende seiner Kräfte angelangt und verlangte sein Recht. Nur noch mit Mühe gelang es ihm, sich auf den Beinen zu halten. Das Schwert in seiner Hand schien mit einem Mal Tonnen zu wiegen.

Plötzlich jedoch spürte er, wie vitalisierende Energie ihn durchströmte. Der Schattenmahr hatte erkannt, dass es seinem Körper unmöglich war, noch mehr zu leisten, und dass er ihn selbst mit eisernem Willen zu nichts mehr zwingen konnte. Obwohl selbst noch geschwächt, hatte er etwas von seiner Kraft an Lhiuvan abgegeben.

Erstmals blickte er sich innerhalb von Tal'Orin um. Erst von hier aus war zu erkennen, wie gewaltig die Mauer war, die die Stadt umgab, ein zyklopischer Wall, mehrere Meter hoch und an seinem Fuß fast zwei Meter durchmessend, auch wenn er sich weiter oben verjüngte. Aber er war an vielen Stellen ausgebessert worden, und die Zerstörungen waren nicht nur ein Werk von Wind und Regen, keine

Spuren normalen Verfalls. Sie waren schon vor langer Zeit entstanden und gewaltsamen Ursprungs. Hier hatte einst eine gewaltige Schlacht getobt.

Auch die Gebäude in der Stadt selbst waren verfallen, soweit Lhiuvan sie überblicken konnte, wesentlich stärker sogar als die Stadtmauer. Von vielen waren kaum noch mehr als ein paar Mauerstücke und einige Bögen oder Säulen geblieben, doch mussten es einst große und prachtvolle Bauwerke gewesen sein.

Das alles erfasste Lhiuvan mit einem raschen Rundblick, während die letzten seiner Gefährten ihm durch die Pforte folgten. Außer ihm hatten es nur vier Elben und sieben Tzuul lebend bis hierher geschafft. Bedenkenlos hatte der Schattenmahr ihre Leben geopfert, nur um selbst hierher zu gelangen.

Hinter dem letzten Tzuul schlug das Wesen in der Kutte die Pforte hastig wieder zu und schob von innen einen massiven Riegel vor. Dann wandte es sich ihnen zu, und es war nicht allein. Weitere Vermummte näherten sich ihnen von verschiedenen Seiten. Einige hielten noch Bögen in den Händen, andere lange, an beiden Seiten spitz zulaufende Metallstangen. In den Händen eines erfahrenen Kriegers würden sie gleichermaßen als Spieße wie als Kampfstäbe eine gefährliche Waffe abgeben.

»Willkommen, Fremde, die ihr bis nach Tal'Orin gelangt seid.« Zu Lhiuvans Überraschung vernahm er eine melodische, weibliche Stimme. »Schon seit vielen Jahren haben wir keine Fremden mehr hier begrüßen können. Ihr seid die Ersten seit langer Zeit, die es geschafft haben, den Todesgürtel zu überwinden.«

»Zumindest einige von uns«, sagte Lhiuvan grimmig. Er versuchte, einen Blick auf ihr Gesicht zu erhaschen, doch genau wie die anderen hatte sie ihre Kapuze so tief herabgezogen, dass außer Schwärze nichts darunter zu erkennen war. Die allmählich aufziehenden Schatten der Abenddämmerung erschwerten es ihm zusätzlich. »Und das nur dank eurer Hilfe, als wir kaum noch Hoffnung hatten.«

»Ihr wärt sonst wie eure Gefährten ein Opfer der Sarn und der Ghoule geworden, das konnten wir nicht zulassen«, sagte die Unbekannte. »Werden noch mehr von euch kommen?«

»Nein, wir sind die Einzigen.«

»Dann habt ihr einen großen Fehler begangen, herzukommen.« Die Stimme der Frau klang enttäuscht. »Nun seid auch ihr hier gefangen. Zu wenige von euch haben überlebt, als dass es euch gelingen könnte, euch den Rückweg freizukämpfen. Was führt euch nach Tal'Orin?«

»Wir… suchen etwas«, antwortete Lhiuvan ausweichend. Der Schattenmahr hatte ihn dazu bringen wollen, sich ohne Umschweife nach dem Tor zu erkundigen, aber in Lhiuvans Bewusstsein gelesen, dass es seiner Meinung nach unklug gewesen wäre, ihre wahren Absichten direkt zu äußern, solange sie nicht mehr über ihre Retter wussten.

»Ich kann mir auch denken, was. Wenn euch die Hoffnung auf Schätze oder andere Reichtümer hergeführt hat, so habt ihr euer Leben umsonst aufs Spiel gesetzt. Hier werdet ihr nichts dergleichen finden«, behauptete die Unbekannte. »Nun, das spielt jetzt keine Rolle mehr. Selbst wenn Tal'Orin von Gold nur so überquellen würde, würde es euch nichts nutzen, da ihr diesen Ort nicht mehr verlassen könnt.«

»Wir werden sehen. Aber was ist mit euch? Wir haben nicht erwartet, Tal'Orin bewohnt vorzufinden. Wer seid ihr, und was hat euch hierher verschlagen? Ich habe deine Fragen beantwortet, nun sollten auch wir einige Antworten bekommen. Warum zeigt ihr uns nicht eure Gesichter, wie es die Höflichkeit gebieten würde?«

»Nein, unmöglich«, stieß sie hervor. »Unser Glauben verbietet uns, unsere Gesichter vor Fremden zu enthüllen. Das müsst ihr respektieren.«

»Und wie heißt du? Ich bin Lhiuvan.«

»Man nennt mit Aila. Du sollst Antworten auf alle deine Fragen bekommen, aber nicht hier und jetzt. Wir sind hier nicht sicher. Die Ghoule können die Mauern nicht überwinden, wohl aber die Sarn. Sie wagen sich selten bis in die Stadt, aber es kommt vor, wenn sie hungrig sind. Jetzt werden sie und die Ghoule sich an euren gefallenen Gefährten gütlich tun, sodass die Gefahr gering ist, aber wir sollten kein Risiko eingehen. Wir halten uns nur selten in diesen Außenbereichen auf, lediglich einige wenige Wachen sind hier postiert. Kommt mit uns. Wenn wir die bewohnten Teile der Stadt erreichen, werden wir uns um deine Verletzungen und die deiner Gefährten kümmern.«

Lhiuvan nickte nach kurzem Zögern. Dies alles war völlig anders, als er es erwartet hatte. Die seltsamen Bewohner dieser Stadt mochten sie in größter Not gerettet haben, aber solange er nicht mehr über sie und ihre Absichten wusste, blieben sie ihm unheimlich, und sein Misstrauen legte sich nicht.

»Auch unsere Vorfahren kamen einst hierher, weil sie etwas suchten«, berichtete Aila, während sie durch die mit Trümmern übersäten Ruinen der Stadt schritten. »Keine Schätze, sondern nur einen Ort der Ruhe und Abgeschiedenheit, an dem sie frei ihren Glauben ausleben konnten. Sie bildeten nur eine kleine Glaubensgemeinschaft, die von den großen Priesterorden nicht geduldet wurde. Man beschuldigte sie der Blasphemie, und sie wurden gejagt. Hier in Tal'Orin, weit abgeschieden von der Welt, glaubten sie einen Ort gefunden zu haben, an dem sie in Frieden leben konnten. Eine Zeitlang gelang ihnen das auch, aber dann kamen die Ghoule und schließlich die Sarn. Viele Tote ruhen vor den Mauern von Tal'Orin, und die Erde hier enthält etwas, wodurch sie nicht vermodern. Das lockte die Ghoule an. Aber ihre Gier beschränkt sich nicht allein auf totes Fleisch. Noch mehr verlangt es sie nach lebenden Leckerbissen. Sie konnten nicht in die Stadt herein, aber unsere Vorfahren waren hier gefangen. Bis sie die Gefahr erkannten, waren die Ungeheuer bereits in der Überzahl, und jeder Versuch, diesen Ort zu verlassen, endete blutig. So blieb es bis zum heutigen Tag.«

»Ich verstehe«, murmelte Lhiuvan. Ihre Geschichte erklärte Vieles, aber irgendetwas störte ihn daran. Er spürte, dass sie ihm nicht die volle Wahrheit erzählt hatte. Sie bewahrte noch Geheimnisse, und solange das so war, blieb auch sein Misstrauen bestehen. Er fragte sich, wie viele der Vermummten es in Tal'Orin geben mochte.

DAS IST OHNE BEDEUTUNG, vernahm er die Stimme des Mahrs. DIESE LEUTE HIER SIND OHNE BEDEUTUNG. WIR NÄHERN UNS DEM TOR, ICH KANN ES

SPÜREN. NUR DAS ZÄHLT. SOBALD WIR ES ERREICHEN, WIRD ALLES ANDERE OHNE BELANG SEIN.

Seine Worte erinnerten Lhiuvan wieder an das, was wirklich wichtig war. In einem hatte der Mahr Recht: Alles hier würde ohne Bedeutung sein, wenn es ihm gelang, das Tor zu öffnen, die Ghoule und Sarn ebenso wie die Vermummten. Das Ungeheuer stand dicht vor der Verwirklichung seiner Pläne, die nicht nur diesem Ort, sondern dieser ganzen Welt den Untergang bringen würden.

Und Lhiuvan war nach wie vor hilflos, hatte noch immer keine Möglichkeit gefunden, das Ungeheuer an seinem Tun zu hindern …

Es wurde nun rasch dunkler. Einige der Vermummten begannen kleine Lampen zu entzünden, die sie an ihre Metallrohre hängten. Sie näherten sich allmählich dem Zentrum der Stadt. Auch hier waren die Gebäude verfallen, allerdings nicht so stark wie in der Nähe der Außenmauer.

DAS TOR IST NUN GANZ NAHE, stieß der Schattenmahr hervor. ICH WERDE …

Ein Geräusch ließ Lhiuvan herumfahren. Die meisten der Vermummten hatten ihre Kapuzen zurückgeschlagen. Entsetzt starrte er auf die Gesichter, die darunter zum Vorschein gekommen waren. Ihre Haut war fast weiß und von tiefen Furchen durchzogen. Aus riesigen, beinahe faustgroßen schwarzen Augen blickten sie um sich. Schwarzes Haar bedeckte ihren Kopf.

Nocturnen!

Lhiuvan hatte nicht einmal gewusst, dass es noch Überlebende dieses Volkes gab; er hatte gedacht, es wäre längst ausgestorben. Nur hier, abgeschieden von der Welt, hatte eine kleine Kolonie von ihnen überleben können. Damit war auch klar, warum sie die Kutten mit den Kapuzen wirklich trugen. Nicht aus religiösen Gründen, sondern um sich zu tarnen, und vor allem, um ihre empfindliche Haut vor dem Tageslicht zu schützen, das sie nicht schätzten.

Schlimmer noch als die Identität ihrer vermeintlichen Retter war jedoch, dass ihre Absichten offenbar keineswegs so friedlich waren, wie sie ihnen vorgespielt hatten. Jetzt, bei Einbruch der Nacht, die ihr wahres Element war, fühlten sie sich stark und ließen ihre Maske fallen.

Sie griffen an.

Weitere von ihnen waren aus den Ruinen herausgekommen und hatten sich ihnen unbemerkt von hinten genähert. Mehrere von Lhiuvans Begleitern hatten sie bereits niedergeschlagen.

Er sah, wie eines der Metallrohre seitlich auf seinen Kopf zuraste, und reagierte instinktiv. Er duckte sich und versetzte gleichzeitig Pelariol neben sich einen Stoß, da er sonst ebenfalls von dem Kampfstab getroffen worden wäre. Gleich darauf warf er sich zur Seite, um dem Hieb eines weiteren Nocturnen auszuweichen. Geschickt rollte er sich ab und kam wieder auf die Beine. Noch während er sich wieder aufrichtete, zog er sein Schwert und parierte damit einen weiteren Hieb.

Nur Pelariol und er standen noch auf den Beinen. Nicht nur die Tzuul, auch die drei anderen Elben waren von den Nocturnen inzwischen überwältigt und niedergeschlagen worden. Sie hatten eine mehr als zehnfache Übermacht gegen sich, gegen die sie nichts ausrichten konnten.

Er spürte die Wut des Schattenmahrs darüber, dass seine Pläne so kurz vor ihrer Verwirklichung einen solchen Rückschlag erlitten, während Lhiuvan selbst wieder leichte Hoffnung zu schöpfen begann. Es war eine Ironie, dass ausgerechnet Nocturnen, die einst mit den Mahren zusammen auf derselben Seite gekämpft und dieselben Götter verehrt hatten, nun ihre Rückkehr zu verhindern drohten. Aber auch jetzt konnte er sich gegen die Befehle des Ungeheuers in ihm nicht auflehnen.

Er ließ sein Schwert wirbeln und trieb die Nocturnen mit einigen wuchtigen Streichen zurück.

»Lauf!«, brüllte er Pelariol zu und fuhr selbst herum. Gleich darauf traf ihn der wuchtige Schlag eines Handballens an der Brust und trieb ihn zurück.

Er hatte Aila völlig vergessen. Auch sie hatte ihre Kapuze abgestreift, und er konnte sehen, dass sie keine reinrassige Nocturne war. Zwar war ihre Haut ebenfalls totenbleich, doch ohne Falten, sondern glatt und makellos. So makellos wie ihr ganzes von langem, schwarzem Haar umschmeicheltes Gesicht, das eine fast elbenartige Schönheit besaß. Auch ihre Augen waren nicht größer als die eines Elben oder Menschen. Einzig der Hass, den Lhiuvan darin las, zerstörte den liebreizenden Eindruck.

Erneut schlug sie nach ihm, doch obwohl ihr Anblick ihn für einen Moment in seinen Bann geschlagen hatte, gelang es ihm diesmal mühelos, den Angriff abzublocken.

Im nächsten Moment stieß sie sich vom Boden ab, wirbelte einmal um die eigene Achse und versuchte, ihm ihre

Stiefel ins Gesicht zu rammen. Auch diesen Angriff wehrte Lhiuvan ab und versetzte stattdessen ihr einen Tritt gegen die Brust, der sie zurück und zu Boden schleuderte.

Gleichzeitig begann er zu laufen, hinter Pelariol her, der bereits in eine schmale Gasse zwischen zwei Gebäuden eintauchte.

»Ihnen nach. Lasst sie nicht entkommen!«, geiferte Aila hinter ihm, doch er achtete kaum darauf.

Unter normalen Umständen wäre es ihm vermutlich nicht schwergefallen, seinen Verfolgern zu entkommen, doch er war immer noch von dem Kampf gegen die Sarn und die Ghoule geschwächt. Vor allem hatte er dabei zahlreiche Verletzungen erlitten, von denen zwar keine gefährlich war, die ihm in ihrer Gesamtheit aber doch zu schaffen machten. Er war bei weitem nicht so schnell wie gewöhnlich, und das galt auch für Pelariol. Zweifellos würde der Schattenmahr den anderen Elben ohne Bedenken zurücklassen und opfern, wenn er sich als Behinderung erweisen sollte, doch solange das nicht der Fall war, standen ihre Chancen zu zweit besser.

Sie rannten die Gasse entlang, bogen in eine weitere ab und schlugen sich dann in eine Seitengasse. Blindlings stürmten sie vorwärts, über Treppen und durch halb verfallene Häuser, dennoch holten ihre Verfolger langsam, aber beständig auf.

Dann geschah das, was Lhiuvan befürchtet hatte. Auch der Schattenmahr erkannte, dass ihre Flucht sich dem Ende entgegenneigte, und gnadenlos spielte er seinen letzten Trumpf aus. Pelariol blieb zurück und stellte sich den Verfolgern mit gezogenem Schwert entgegen, um sie wenigstens kurzzeitig aufzuhalten und dem Mahr so einen Vorsprung zu verschaffen.

Lhiuvan rannte, so schnell es seine schmerzenden Muskeln und sein geschwächter Körper noch vermochten. Immer wieder änderte er die Richtung, kletterte über halb verfallene Mauern und tat alles, um es seinen Verfolgern schwer zu machen, seinen Weg zu erraten.

Seine Taktik hatte Erfolg. Pelariol schien die Nocturnen lange genug aufgehalten zu haben, dass sie seine Spur verloren hatten. Dennoch trieb der Schattenmahr ihn unbarmherzig weiter, bis seine Muskeln einfach nicht mehr in der Lage waren, den Befehlen seines Geistes zu gehorchen. Mühsam taumelte er unter die Überreste einer größtenteils zusammengebrochenen Treppe, dann verließen ihn seine Kräfte endgültig.

Er brach zusammen, und gleich darauf umfing ihn eine gnädige Ohnmacht.

WACH AUF!

Lhiuvan spürte, dass er nicht lange bewusstlos gewesen war, als ihn die Stimme des Schattenmahrs aus seiner Ohnmacht riss, dennoch hatte der Schlaf ihm gut getan.

Von den Nocturnen war nichts zu sehen oder zu hören. Offenbar hatten sie die Verfolgung aufgegeben. Sie wussten, dass er nicht aus Tal'Orin entkommen konnte, und mussten davon ausgehen, dass er ihnen zwangsläufig irgendwann in die Hände fallen würde. Und das vielleicht sogar früher, als sie erwarteten …

Aila hatte davon gesprochen, dass sie sich hauptsächlich im Zentrum der Stadt aufhielten. Genau das war auch jetzt noch das Ziel des Schattenmahrs, da sich dort das Tor befand. Er rannte nicht mehr, sondern schlich vorsichtig vorwärts. Mond- und Sternenlicht reichten seinen scharfen Elbenaugen aus, um seine Umgebung wahrzunehmen.

Lhiuvan hatte nicht die geringste Ahnung, wo in Tal'Orin er sich befand, aber der Mahr konnte das Tor bereits spüren, und es wies ihm zumindest die ungefähre Richtung, in die er gehen musste.

Sie näherten sich allmählich dem Zentrum der Stadt, dennoch begegnete ihnen kein einziger Nocturne. Es hätte Lhiuvan beruhigen sollen, doch das Gegenteil war der Fall. Immer stärker hatte er das Gefühl, geradewegs in eine Falle zu laufen.

Aber nichts dergleichen geschah. Unbeschadet erreichte er einen großen Kuppelbau. Die Kuppel selbst war zum größten Teil eingestürzt, aber einige Träger ragten noch wie zersplitterte, gekrümmte Finger in die Höhe. Ein dumpfer Singsang aus zahlreichen Kehlen drang aus dem Gebäude.

DORT DRINNEN BEFINDET SICH DAS TOR, triumphierte der Schattenmahr.

Und offenbar auch eine ganze Menge Nocturnen, gab Lhiuvan zurück.

Über einen Geröllhaufen an einer Seitenwand des Gebäudes gelangte er zu einem mehr als handbreiten Riss, der sich durch das Mauerwerk zog, und spähte hindurch. In schmalen Rängen fiel der Boden im Inneren des Gebäudes zur Mitte hin ab. Rund hundert Nocturnen saßen auf den untersten dieser Ränge. Von ihnen kam der an- und abschwellende Gesang, während sie beobachteten, was in dem flachen Rund im Zentrum des Bauwerks geschah.

Aila und einige weitere Nocturnen hielten sich dort auf, zusammen mit ihren Gefangenen, Pelariol eingeschlossen. Sie waren noch am Leben, zumindest die meisten von ihnen. Einer der Elben wurde gerade auf eine dunkle Fläche des Bodens geschleift und dort von mehreren Nocturnen festgehalten. Der sonderbare Singsang wurde lauter, während Aila sich ihm näherte. In der Hand hielt sie einen blutbefleckten Dolch. Langsam ging sie in die Hocke, schloss für einen Moment die Augen – und rammte dann den Dolch dem Elben tief in die Brust.

Was hat das zu bedeuten?, stieß Lhiuvan von Entsetzen gepackt lautlos hervor.

In seinem Kopf hallte das Gelächter des Schattenmahrs.

DIESE NARREN! DORT BEFINDET SICH DAS TOR. UND DIESE EINFÄLTIGEN DUMMKÖPFE VERSUCHEN ES MIT PRIMITIVEN BLUTBESCHWÖRUNGEN ZU ÖFFNEN! SIE UND ICH VERFOLGEN DAS GLEICHE ZIEL. DIES IST DIE VON IHNEN LANGE HERBEIGESEHNTE STUNDE, IN DER SIE ERLEBEN WERDEN, WIE SICH DAS TOR WIRKLICH ÖFFNEN LÄSST!

Lhiuvan kletterte wieder von dem Geröllhaufen herunter und eilte ein Stück an der Außenmauer des Gebäudes entlang, bis er einen Eingang erreichte. Lautlos trat er ein. Niemand bemerkte ihn, da sich alle Nocturnen auf das Geschehen im Zentrum der Anlage konzentrierten, während er mit langsamen Schritten einen Rang nach dem anderen hinabschritt.

Lhiuvan fragte sich, was der Schattenmahr vorhaben mochte. Glaubte er ernsthaft, es mit dieser Übermacht aufnehmen zu können?

Erst als er die untersten Ränge fast erreicht hatte, entdeckte ihn einer der Nocturnen. Mit einem Schrei sprang er auf, streckte seine bleiche Hand aus und deutete auf ihn. Auch die anderen wurden jetzt auf den Eindringling aufmerksam. Die ihm am nächsten Sitzenden sprangen auf, griffen zu ihren Kampfstöcken und stellten sich ihm entgegen.

Doch nun offenbahrte der Schattenmahr seine ganze Macht, die er für diesen Moment aufgespart hatte, und überraschte selbst Lhiuvan mit der Kraft, über die er noch verfügte. Ungerührt schritt er zwischen den Nocturnen hindurch. Die auf ihn niederprasselnden Hiebe wurden wie von einer unsichtbaren Hand abgefangen, bevor sie ihn erreichten, und die Kampfstöcke federten zurück, als wären sie gegen ein massives Hindernis geprallt.

»Zurück, nichtsnutziges Gesindel!«, brüllte der Mahr. »Erkennt ihr nicht, wen ihr vor euch habt? Ich bin Khraátam, Fürst der Schattenmahre, euer aller Herr und Gebieter, der im Körper dieses Elben zurückgekehrt ist, um diese Welt erneut zu unterwerfen!«

Für einen Moment geriet der Angriff der Nocturnen ins Stocken, wurde dann aber umso heftiger fortgesetzt. Sie glaubten ihm nicht.

Aber es gab nichts, was sie jetzt noch tun konnten, um ihn aufzuhalten. Selbst auf Lhiuvan abgeschossene Pfeile wurden dicht vor seinem Körper in der Luft aufgehalten und fielen wirkungslos zu Boden.

In Lhiuvans Körper erreichte der Schattenmahr die freie Fläche im Zentrum und blieb auf dem dunklen, runden Fleck stehen. Namenloses Entsetzen erfüllte den Elben. Bis zuletzt hatte er gehofft, dass irgendetwas geschehen mochte, das verhinderte, was sich nun ereignete.

Bläuliche Blitze fuhren aus seinen Fingerspitzen, schufen grell leuchtend eine Verbindung mit dem Boden. Sie glitten über das Tor und bildeten eine Art Gitter darüber.

Der Angriff der Nocturnen hatte aufgehört. Wenige Schritte von Lhiuvan entfernt sank Aila auf die Knie und senkte den Kopf.

»Herr!«, stammelte sie.

Der Schattenmahr beachtete sie nicht. Immer greller leuchteten die Energiefäden, die aus seinen Fingerspitzen loderten. Lhiuvan konnte den Triumph der Kreatur spüren.

Und dann vernahm er plötzlich einen stumm gellenden Schreckensschrei in seinem Geist!

Die Blitze erloschen.

Unbändige, rasende Wut durchpulste ihn. Der Schattenmahr tobte und wütete in seinem Verstand, wie er es sich niemals hätte vorstellen können, während sein Körper weiterhin hochaufgerichtet und reglos dastand.

Es war ihm nicht gelungen, das Tor zu öffnen, er war gescheitert!

Eine zeitlose Ewigkeit währte das Wüten des Mahrs, bis sein kochender Zorn endlich etwas nachließ.

Was ist geschehen?, wagte Lhiuvan zu fragen, von vager Hoffnung erfüllt. Er erwartete erst gar keine Antwort, doch er sah sich getäuscht.

DAS TOR! DAS TOR IST ZERSTÖRT WORDEN! ES LÄSST SICH NICHT MEHR ÖFFNEN. Einige Sekunden lang herrschte Stille in Lhiuvans Kopf, dann sprach der Schattenmahr weiter. ABER TRIUMPHIERE NICHT ZU SCHNELL, MEINE PLÄNE SIND DAMIT NOCH NICHT GESCHEITERT. ES GIBT IMMER NOCH DAS TOR UNTER DEM SCHATTENGEBIRGE, AUCH WENN ES GUT BEWACHT WIRD UND SCHWER ZU ERREICHEN IST. ABER ES WIRD MIR DENNOCH GELINGEN, UND WEHE JEDEM, DER SICH MIR DABEI IN DEN WEG STELLT. WENN DIE ZWERGE MICH AUFZUHALTEN VERSUCHEN SOLLTEN, WERDE ICH SIE ZERMALMEN UND ELAN-DHOR STEIN FÜR STEIN NIEDERREISSEN!

EPILOG

Gebannt lauschte das Wesen der Erzählung des fremden Bewusstseins mit dem Namen Thalinuel, während sie gemeinsam durch die von unbegreiflichen Formen und sich ständig verändernden Farben erfüllte Unendlichkeit trieben.

Die in seinem Geist erklingenden Worte und Bilder eröffneten ihm eine völlig neue Welt, die ihm zugleich wenigstens in Teilen seltsam vertraut vorkam. War es selbst jemals in dieser Welt gewesen? Vor allem die Erzählung über die merkwürdigen Wesen, die den Drang verspürt hatten, in Höhlen unterhalb der Berge zu leben, hatte es in seinen Bann geschlagen.

Waren es Erinnerungen, die es dabei ergriffen hatten?

Es war sich unsicher, wusste es nicht. Es erinnerte sich an nichts, das gewesen war, bevor es begonnen hatte, durch die zeitgewobene Unendlichkeit zu gleiten. Dies allein war alles, was es kannte, aber Thalinuel hatte behauptet, dass hier kein Leben entstehen oder vergehen könnte, dass es vorher irgendwo anders gewesen und von dort hierher gekommen sein musste.

SO IST ES. DIES IST EIN ORT ZWISCHEN DEN WELTEN, AN DEM WIR GEFANGEN SIND.

WARUM ERZÄHLST DU NICHT WEITER? WENN ICH WIRKLICH AUCH AUS DEINER WELT STAMME,

VIELLEICHT KEHRT MEINE ERINNERUNG ZURÜCK, WENN ICH MEHR DARÜBER ERFAHRE.

ICH SPÜRE ETWAS, *behauptete die Stimme mit dem Namen Thalinuel.* IRGENDETWAS GESCHIEHT, ABER ICH WEISS NICHT, WAS. SPÜRST DU ES NICHT?

Erst jetzt, als sie es erwähnt hatte, bemerkte das Wesen, dass Unruhe in seine Umgebung gekommen war. Der Rhythmus der entstehenden und vergehenden Formen und Farben hatte sich verändert, war schneller und ungleichmäßiger geworden.

Auch sie selbst trieben nun schneller dahin, als würden sie von etwas angezogen. Ohne einen Einfluss darauf zu haben, glitten sie auf einen unbekannten Punkt zu, schienen in einen Mahlstrom geraten zu sein, der sie mit sich fortriss.

WAS HAT DAS ZU BEDEUTEN?, stieß es von Panik erfüllt hervor.

ICH WEISS ES NICHT, *erwiderte Thalinuel. Es konnte spüren, dass auch sie Angst empfand.*

Immer schneller wurde ihre Reise. Etwas Helles, Fremdes tauchte vor ihnen auf, auf das sie zutrieben, doch dann bemerkte es, dass seine Begleiterin hinter ihm zurückblieb.

ICH KANN NICHT WEITER, *stieß sie hervor.* ICH WERDE VON IRGENDETWAS FESTGEHALTEN. ICH KANN DIESEN ORT NICHT VERLASSEN!

UND ICH WERDE DICH NICHT HIER ZURÜCKLASSEN! WIR WERDEN BEIDE GEHEN, ODER KEINER VON UNS!

Es konnte spüren, wie ihr Bewusstsein es berührte und es erschauern ließ. Substanzlose Arme umfingen es, und es hielt sie mit gleichfalls immateriellen Fingern umklammert, riss sie mit sich fort.

Rasend schnell nun näherten sie sich der Helligkeit und stürzten hindurch, ohne zu ahnen, dass an einem unendlich fernen Ort ein Elb namens Lhiuvan sich gerade heimlich von seinen Begleitern abgesondert hatte und tief unter dem Schattengebirge versuchte, ein verschlossenes Tor abermals zu öffnen …

Und dann war es vorbei.

Es spürte festen Boden unter seinen Füßen und erkannte, dass es nicht länger ein bloßes Bewusstsein war, sondern einen Körper besaß. Es erkannte auch, dass es kein *es* war, sondern ein *er*.

Verloren geglaubte Erinnerungen stiegen in ihm auf.

»Barlok«, krächzte er mit einer Stimme, die für ihn selbst noch fremd klang. »Ich erinnere mich wieder! Mein Name ist Barlok!«

INHALTSVERZEICHNIS